Koudvuur

Van dezelfde auteurs

Springvloed
De derde stem
Zwarte dageraad
Wiegelied

Cilla & Rolf Börjlind

Koudvuur

A.W. Bruna Uitgevers

Oorspronkelijke titel
Kallbrand

Vertaling
Corry van Bree
Omslagbeeld

Omslagontwerp
Studio Jan de Boer

ISBN 978 94 005 1202 3
NUR 305

Er loopt een knappe jongeman door het park,
die het aan niets ontbreekt.
Aan niets?
Aan niets, fluistert zijn verpleger.

Noord-Thailand

Little Pluto rende door de compacte duisternis van de jungle. Het bloed stroomde uit de lange, diepe wonden op zijn rug, die hij had opgelopen toen hij zich onder het prikkeldraad door had gewurmd, maar gelukkig was hij de plastic zak niet kwijtgeraakt. Hij hoorde de honden achter hem janken. Ze zouden hem niet inhalen, hij kende dit terrein door en door, ook in het donker. Hij was twaalf en woonde hier al vier jaar. Hij gleed over het natte modderige pad naar de rivierbedding terwijl de hitte tussen de bomen dampte en de vliegen over zijn rug krioelden. Het was niet ver meer. Als hij bij de rivier was zou het sneller gaan, dan hoefde hij nog maar een paar honderd meter langs de oever te rennen voordat hij in veiligheid was. Hij bleef staan om op adem te komen. De honden zwegen. Nu hoorde hij alleen de vertrouwde geluiden en het zachte gekabbel van het langsstromende geelbruine water. Hij pakte de zak weer op, die verrassend licht was gezien het belang van de inhoud.

Het zou voor een hele tijd voldoende zijn als ze zuinig waren.

Plotseling werd de rivier verlicht door een kil blauw schijnsel. Little Pluto schrok. Soms gleden er donkere boten met afgezette motoren door de nacht, boten met gevaarlijke mannen en felle schijnwerpers aan boord die op zoek waren naar jongens die onder het prikkeldraad door waren gekropen.

Deze keer was dat niet zo.

De wolken hadden zich verspreid en de weg vrijgemaakt voor een vollemaan met een intense lichtsterkte. Little Pluto ademde uit, rende het laatste stuk naar de helling en keek op. De grote, oude rivierboot lag op een afgelegen plek en leek in het maanlicht op een verlaten spookschip. De ronde ramen van de patrijspoorten fonkelden, de lianen waren over het dek gegroeid en slingerden rond de schoorsteen omhoog, de brede houten spanten waren lek en in de kieren groeide grijsgroen mos. Little Pluto keek naar de boot.

De Contamana.

Dit was de plek waar hij woonde.

Little Pluto liep voorzichtig de ladder op, hij wist precies op welke sporten hij niet moest gaan staan omdat ze kraakten. Het laatste wat hij wilde was Decha wakker maken. Blootsvoets sloop hij met de plastic zak in zijn hand over het hardhouten dek. De wonden op zijn rug brandden, maar daar dacht hij niet aan.

Het was hem gelukt.

Hij bereikte de achterste hut en draaide zich om. Geen beweging, geen geluid van Decha. Mooi. De deur naar de hut stond op een kier en een paar jongens van zijn leeftijd wachtten op hem. Waarschijnlijk hadden ze hem bij de rivier al gezien. Hij liep naar binnen en de jongens duwden de deur achter hem dicht. Ze waren met zijn drieën, verschilden enigszins in lengte, hadden magere lichamen en droegen allemaal een korte zwarte broek. Op de vloer brandde een kaars, tegen de wanden van de hut lagen vier matrassen, onder de patrijspoort stond een langwerpige bamboekooi waarin een beest zat. Het schijnsel van de kaars weerkaatste in het harde pantser van het schubdier. De jongens hadden het de vorige dag in de jungle gevangen om het voor veel geld aan de juiste personen in Chiang Rai te verkopen.

'Doet het pijn?' fluisterde een van de jongens, die Little Pluto's rug had gezien.

'Het brandt.'

Een van de andere jongens veegde het bloed voorzichtig met een doek van zijn rug. Het deed pijn, maar Little Pluto probeerde geen geluid te maken. 'Bedankt,' zei hij, waarna hij de plastic zak omkeerde.

Ze keken naar de rode papaverplanten vol zaaddozen die op de donkere vloer lagen. De mooie bloemen lokten hen naar een wereld die donkerder was dan de nacht, waarin ze voorbij tijd en ruimte reisden. Hun hartslag versnelde, het kostte altijd enorm veel inspanning om de papavernacht binnen te stappen en sommigen van hen transpireerden nu al hevig. Little Pluto haalde een stuk folie tevoorschijn en legde dat op de vloer. Ze pakten allemaal een zaaddoos en haalden een dun scheermesje tevoorschijn. Langzaam en voorzichtig maakten ze een snee in de zaaddoos en lieten het rode melksap op het folie druppelen. Toen ze voldoende hadden keken ze elkaar aan en wachtten. Ze hadden in volledige stilte gewerkt. Decha's grote hut lag niet ver weg. Soms konden ze zijn gesnurk 's nachts tot op het dek horen; dan was de kust veilig. Vannacht was het doodstil in de hut.

Na een tijdje stolde het sap.

Little Pluto haalde een kort rietje tevoorschijn en begon de dampen op te zuigen. Hij had de bloemen gehaald, dus mocht hij beginnen. Zo meteen zou hij het rietje doorgeven.

Toen Little Pluto voldoende van de draak had geïnhaleerd liet hij zich op zijn matras zakken. Die was hard en dun, maar van hem. Hij was bovendien onderweg naar heel andere plekken dan de vloer van de hut, plekken die hij alleen tijdens de papavernachten kon bezoeken.

Plekken waar de herinnering aan een brandende, krijsende baby in de dampen van de draak verdween.

Toen de maan uren later achter een wolk verdween, was de kaars opgebrand en de draak weggezweefd. De vier jongens lagen op de vier dunne matrassen in de warme hut. Een van hen, Little Pluto, sliep met zijn duim in zijn mond naast de kooi met het schubdier.

Morgen zou hij zich alles weer herinneren.

Zoals gewoonlijk kwamen de kou en de sneeuw als een totale verrassing voor de Stockholmers. 'Wat is dit in vredesnaam? Midden in de winter!' De gladheid sloeg binnen een paar uur toe en zorgde voor kilometerslange files op de toegangswegen, mensen stapten uit hun auto's en begonnen te lopen. Naarmate er meer sneeuw viel, raakten ook in de binnenstad steeds meer straten onbegaanbaar en in de kranten verschenen koppen met rampzalige boodschappen: DE ERGSTE WINTER SINDS MENSENHEUGENIS! Vaak ging de mensenheugenis van de media niet meer dan een paar jaar terug in de tijd.

Het sneeuwde echter en de temperatuur daalde 's nachts tot twintig graden onder nul, glycol en hout raakten uitverkocht in benzinestations en winkels, mensen die zich buiten waagden voelden hoe de vorst in hun gezichtshuid beet.

Zo was de situatie in Gribbylund in Täby ook.

Het was zeven uur 's ochtends en een sneeuwruimer deed zijn best om alle verkeerd geparkeerde auto's in sneeuwbergen te veranderen. De bewaker die verantwoordelijk was voor het winkelcentrum in de buurt sloeg zijn armen een paar keer stevig rond zijn lichaam en vervloekte zijn beslissing om van dienst te ruilen. De oude man die de ijskoude hel noodgedwongen betrad omdat zijn schoothondje uitgelaten moest worden schopte sneeuw over de uitwerpselen van de hond. Als hij een poepzakje tevoorschijn zou halen bestond het risico dat zijn vingers van zijn handen vroren. Toen hij de plaats delict verliet kraakte de sneeuw onder zijn voeten en zijn adem kwam als een rookkolom uit zijn mond tevoorschijn. Hij keek naar de villawijk en zag dat zijn buurman de kofferbak van zijn zwarte Audi inpakte. Een elektriciteitssnoer liep van de motorverwarmer in de auto naar de garage.

De buurman liep zijn tuin in en opende de brievenbus. De ochtendkrant was er nog niet. Daar moest je begrip voor hebben op een ochtend zoals deze, dacht hij terwijl hij naar zijn auto terugliep. Hij heette Kaj Brovall en stond op het punt om met zijn gezin voor een skivakantie naar Sälen te vertrekken. Het was zijn vrouw en hem gelukt om vrij te krijgen zodat ze een week met hun dochter konden doorbrengen.

Dat was veel waard.

Nu was alles klaar voor de reis en hij wilde zo snel mogelijk vertrekken. Met het oog op de acute verkeerssituatie bestond het risico dat de skiweek zou veranderen in sleeën op de heuvel achter de school, dus hij had haast. Hij liep de geelgeschilderde vrijstaande houten woning in om zijn vrouw en dochter op te jagen. Voornamelijk zijn dochter, want zijn vrouw was klaar, ze wilde alleen controleren of ze nog ongelezen mails had. Zijn dochter Ida was een lastiger geval. Ze was zestien en had het tempo dat je op die leeftijd had, vooral als het om tijdsbesef ging. 'We moeten uiterlijk om zeven uur weg', betekende voor haar vader precies dat, maar voor haar iets heel anders. Zeven was een richtgetal, een tijdstip waarop het goed was om bezig te zijn. Ze was nog steeds half gekleed toen Kaj haar kamer binnenkwam en facetimede met haar vriend Sebastian.

'Ik kom eraan, papa.' Ida zuchtte en benadrukte de zin op zo'n manier dat Kaj zou begrijpen hoe hopeloos hij was omdat hij haar áltijd opjoeg. Hij verbeet een antwoord en liep naar de werkkamer.

Onderweg inspecteerde hij de kamers die hij passeerde en legde een paar kussens op de bank recht. Het waren mooi ingerichte kamers die getuigden van smaak en een goed inkomen. Hij was accountant en zijn vrouw officier van justitie, de woning hadden ze gekocht van het geld dat zijn vrouw had geërfd. Vervolgens hadden ze het in een kalm tempo zorgvuldig gemeubileerd.

Nu was het een droomhuis, vond hij.

'Ben je bijna klaar?' Hij keek naar zijn vrouw Malin, die met haar rug naar de deur zat. Ze sloot haar e-mailprogramma net af en zette de computer uit.

'Ja,' antwoordde ze zonder zich om te draaien.

Kaj zag aan Malins rug dat ze gespannen was. 'Wat is er?' vroeg hij.

'Ik heb vannacht een onaangename mail gekregen.' Malin had de leiding van een onderzoek naar een verdachte terreurcel en de mail was misschien uit die richting afkomstig. Dat wist ze niet, maar hij was dreigend. 'Ik heb hem doorgestuurd,' zei ze. 'Het wordt geregeld.' Malin draaide zich om en glimlachte naar haar man.

'Gelukkig maar,' antwoordde hij en hij dacht: ik ga het haar nog niet vertellen, dat doe ik na Sälen.

'Hoe ver is Ida?' vroeg Malin.

'Ik heb geprobeerd haar op te laten schieten, we moeten echt weg. Het is verschrikkelijk glad, dus het wordt een lange reis.'

Malin knikte, stond op en riep: 'Ida!'

Ze had net als Kaj genoeg van het getreuzel van haar dochter, maar had daar iets meer begrip voor. Op die leeftijd had je nu eenmaal een andere biologische klok in je lichaam, dat had ze zelf ook gehad, ook al was ze in haar tijd niet de halve nacht bezig geweest met kijken naar en commentaar leveren op zo veel mogelijk sociale media, om daarna de rest van de nacht te facetimen met haar vriend. Malin verdacht hen ervan dat ze zelfs contact met elkaar hadden als zij en Kaj sliepen en dat vond ze niet prettig. Ze vond Sebastian nogal overheersend en had geprobeerd er met haar dochter over te praten. Ida was natuurlijk woedend geworden, vond dat ze zich bemoeide met dingen waarvan ze helemaal geen verstand had en had zich in haar kamer opgesloten, waarna ze Sebastian had gebeld.

Malin was er niet meer over begonnen, maar de bezorgdheid was nog aanwezig en schuurde.

'We gaan!' riep Kaj naar Ida, waarna hij naar de voordeur liep. Hij had zich voor een lange autorit gekleed en had de laatste tas met skispullen in zijn hand. Wat ontbrak konden ze in Sälen huren.

Kaj liep naar de auto, stopte de tas in de dakkoffer en deed hem dicht. Een geniale uitvinding, dacht hij op het moment dat Malin naar buiten kwam. Ze had haar donzen jack in haar hand en een plastic tas met voedsel waarmee ze de eerste kilometers moesten overleven. Ida had het talent om 'ergens trek in te hebben' zodra ze de snelweg op reden.

Kaj ging achter het stuur zitten en trok het portier dicht. Malin liep naar de andere kant van de auto en opende het passagiersportier.

'Ik wil voorin zitten! Mag dat alsjeblieft?' riep Ida, die de voordeur achter zich dichtgooide en hem op slot deed. 'Anders word ik wagenziek.'

Malin deed een stap naar achteren. Ze wist dat Ida regelmatig last had van wagenziekte, vooral als ze op een prettiger plek wilde zitten.

Wat je al niet overhad voor je enige dochter.

Malin hield het portier open voor Ida, die met oordopjes in haar oren en haar mobiel in haar hand naar de auto slenterde. Ze droeg een spijkerbroek en een dunne trui die afhing van één schouder. Ze ging naast Kaj zitten en hij keek naar haar. 'Ida?'

Omdat Ida nog steeds in gesprek was met haar vriendje, dat nog in bed lag, reageerde ze niet.

'Waar is je jas?' vroeg Kaj. 'Je moet toch...'

'Die heb ik ingepakt,' zei Malin, waarna ze het voorportier dichtdeed en het achterportier opende om te gaan zitten. 'Alles is geregeld.'

Kaj schudde zijn hoofd en draaide de contactsleutel om.

De verwoestende explosie volgde onmiddellijk.

De auto van het gezin Brovall werd in stukken gereten, delen van de radiateur ploegden een tien meter lange groef in de sneeuw, de dakkoffer vloog dwars door de straat en verbrijzelde een raam van het huis ertegenover, een berg sneeuw raakte bedekt met bloed, uit de opgeblazen carrosserie schoten bulderende vlammen.

Daarna werd het stil.

Verlammend stil.

Het enige geluid dat klonk was het geknetter van het vuur in het wrak.

Ze probeert haar kind boven het wateroppervlak te houden, maar verliest haar grip op het kleine lijfje en begint naar beneden te zinken, nee, ze zinkt niet maar wordt naar beneden gezogen. Blauwe, rode, gele, groene kleuren omringen haar lichaam en trekken het onherroepelijk naar de diepte. Rond? De kleuren zijn rond en duwen tegen haar aan, omringen haar, slokken haar op, zachtjes maar tegelijkertijd verstikkend. Het is moeilijk om zuurstof te krijgen. Ze moet naar boven, naar haar kind. Dat is nog zo klein en kan zichzelf niet redden. De paniek overvalt haar. Ze tast met haar voeten. Er moet een bodem zijn. Die is er altijd. Ze voelt haar mond opengaan en zich tot een kreet vormen, maar de kleuren absorberen het geluid voordat het haar lippen verlaat. Ze moet naar de oppervlakte. Hulp zoeken. Plotseling verdwijnt de zuigende greep rond haar lichaam en is ze in staat om naar boven te zwemmen. Lichtflitsen schieten tussen de kleuren door. Daar! De contouren van het kleine lichaam. Het kind bevindt zich boven haar! Het leeft! Het deint boven op de ronde kleuren! Het geluk geeft haar de kracht om naar boven te zwemmen. Waar worstelt ze zich doorheen? Als ze de laatste ronde kleuren eindelijk verdrongen heeft en het warme licht bereikt ziet ze een ballenbak. Bevindt ze zich in een oneindige ballenbak? Ze hoort zacht gejammer, draait haar hoofd om en ziet haar kindje, dat zich net buiten haar bereik bevindt. Ze ziet het donzige hoofdje langzaam onder de gekleurde ballen zakken terwijl ze zelf eindelijk lucht in haar longen krijgt. Ze roept en probeert vertwijfeld haar kind te bereiken, maar dat lukt niet. Ze zit vast. Het is alsof ze in een bankschroef zit. De ballen sluiten als nat zand rond haar lichaam. Was dit hoe mijn moeder zich voelde? denkt ze, terwijl ze het kleine meisje in de ballenbak getrokken ziet worden door de kracht waartegen ze daarnet zelf heeft gevochten. Ze ziet hoe haar ongeboren dochter wordt opgeslokt door de ballen en in de diepte verdwijnt. Een gebreid, lichtgeel sokje dat van het babyvoetje is gegleden blijft nog even op een rode bal liggen, waarna dat ook in de diepte verdwijnt.

Machteloos.

Waarom ben ik zo machteloos?

Olivia's mobiele telefoon ging hardnekkig over en haalde haar uit de nachtmerrie. Ze was doornat van het zweet. Voordat het display zwart werd zag ze dat het Mette Olsäter was.

Ze ging rechtop in bed zitten. De droom die ze had gehad kwam telkens in verschillende vormen terug. Het kind dat ze niet kon redden. Haar kind, dat na tien weken had besloten om haar lichaam te verlaten. Het was moeilijk geweest. Nadat ze was bijgekomen van haar verbazing over de zwangerschap en haar angst om een beslissing te nemen, was Olivia gelukkig geweest omdat ze een kind verwachtte, euforisch bijna.

Vervolgens kwam de bloeding. De miskraam. Jamie was bij haar in het ziekenhuis geweest, had haar vastgehouden en getroost. Ze hadden hun verdriet gedeeld.

Na de miskraam waren ze elkaar een tijdlang blijven vasthouden. Ze hadden tenslotte de beslissing genomen om samen ouders te worden, ook al waren ze beiden net zo overrompeld door de zwangerschap geweest. Dat was echter ook het enige wat hen verbond, gevoelsmatig hadden ze elkaar jaren geleden al losgelaten. De kleine opleving die was geëindigd in een bevruchting was alleen een acute behoefte aan nabijheid geweest. Nu hadden ze af en toe contact via sms en moest Olivia in haar eentje met haar nachtmerries worstelen.

Ze draaide haar klamme kussen langzaam om. Wat ging er in vredesnaam in haar onderbewustzijn om? Een ballenbak?

Ze pakte de mobiel waarop Mette haar had gebeld. Ze had er twee en dit was haar werkmobiel, een oud model. Het was acht uur 's ochtends en het was zaterdag. Een vrije dag. Als Mette haar dan op haar werktelefoon belde, wilde ze haar niet uitnodigen om in het gezellige huis in Kummelnäs te komen eten.

'Eindelijk,' zei Mette.

Olivia kon aan haar schelle stem die bijna brak horen dat haar adrenalinepeil huizenhoog was. Dat was ongebruikelijk. Mette wond zich nooit nodeloos op. Denk aan je bloeddruk, wilde ze zeggen, maar ze wist dat Mette daar alleen geïrriteerd over zou worden. Ze haatte het als mensen haar vertelden dat ze haar gezondheid in acht moest nemen.

'Wat is er?' vroeg Olivia.

'Heb je het niet gezien?'

'Nee.' Olivia wilde haar er niet op wijzen dat normale mensen graag uitsliepen als ze vrij waren.

'Een autobom in Täby. Malin Brovall, weet je wie dat is?'

'De officier van justitie?'

'Ja. Ze zou met haar gezin naar de bergen gaan. Hun auto explodeerde vanochtend vroeg op de oprit. Het kan om een terreurdaad gaan. Je moet onmiddellijk hiernaartoe komen.'

'Ik kom eraan.'

Olivia verbrak de verbinding, sloeg het dekbed van zich af en had daar meteen spijt van. Het was ijskoud, absoluut ijskoud in het appartement. Dat besefte ze nu pas. Haar donzen dekbed en de nachtmerrie hadden haar vannacht warm gehouden. Ze liep naar de radiator en voelde eraan, die was lauw, ze moest eraan denken om contact op te nemen met de beheerder van het pand. Een blik op de thermometer die achter het raam hing maakte haar duidelijk dat het negentien graden onder nul was. Olivia keek naar buiten. De hemel boven Söder was grijs en er vielen grote, zware sneeuwvlokken uit.

Ik haat de kou en de duisternis heel erg, dacht Olivia, waarna ze huiverend naar de badkamer liep.

Een autobom?

Olivia's haar was nog nat toen ze het portiek aan de Högalidsgatan uit liep, wat met het oog op de temperatuur niet zo slim was. Ze trok de capuchon van haar jack over haar hoofd, stopte haar handen in haar zakken en wapende zich tegen de ijskoude wind door haar hoofd te buigen en strak naar haar zwarte Dr. Martens-schoenen te kijken, die weggleden in de sneeuw op de stoep.

Haar haarpunten waren al verstijfd tot ijs toen ze de bushalte aan de Långholmsgatan had bereikt. Er reden geen auto's door de straten, alleen een sneeuwschuiver die sneeuw van het trottoir veegde. Ze moest opzijspringen om niet omvergereden te worden toen hij passeerde. In de verte zag ze dat er een bus tegen de leuning van de Västerbrug was gegleden. Alle lampen van de bus knipperden. Ze besefte dat het geen goede dag was om met de bus te gaan en besloot in plaats daarvan de metro te nemen.

Toen ze uiteindelijk de gangen van de Nationale Operatieve Afdeling, de NOA, in liep, kon ze bijna voelen hoe de muren vibreerden van de activiteit. Iedereen liep op zijn tenen en ze moest meerdere keren opzijstappen om niet in botsing te komen met collega's die zich door de gangen haastten. Uiteindelijk bereikte ze Mettes deur. Die stond half open en Olivia hoorde dat de televisie aanstond.

Ze klopte zachtjes aan.

'Ja?'

Olivia liep het kantoor in. Mette stond samen met Bosse Thyrén naar de televisie aan de muur te kijken. Ze hadden beiden verward haar en rode wangen van opwinding. Als Olivia niet beter had geweten, zou ze zich generen omdat ze misschien iets intiems had onderbroken.

Dat was echter niet zo.

Mette en Bosse waren twee collega's die, net als zij, veel te vroeg op een zaterdagochtend naar het werk waren geroepen, met het verschil dat zij waarschijnlijk niet hadden gedoucht om zo snel mogelijk aanwezig te zijn. Op het televisiescherm praatte een eenzame verslaggever die in de sneeuwstorm voor de politieversperringen bij de woning van het gezin Brovall in Täby stond. Op de achtergrond was de uitgebrande auto te zien, waar koortsachtige politieactiviteit heerste. De verslaggever interviewde een woordvoerster van de politie die geen concrete informatie over de gebeurtenis gaf. Ze verwees naar een persconferentie die op dit moment werd voorbereid.

Mette zette het geluid van de televisie zachter en draaide zich naar Olivia om. 'Je hebt de tijd genomen. De bespreking begint over tien minuten.'

Lisa Hedqvist kwam binnen op het moment dat Mette de zin beëindigde. Ze knikte even naar Olivia voordat ze zich tot Mette richtte. 'Ik denk dat iedereen er nu is.'

'Mooi. Heb je ervoor gezorgd dat de laptop en het scherm werken?'

'Yep.'

Mette streek haar warrige kroeshaar glad en trok haar overhemdblouse over haar buik naar beneden om er zo netjes mogelijk uit te zien. Ze was de blik waarmee haar geliefde echtgenoot Mårten vanochtend naar haar had gekeken, voordat ze zich naar de wachtende auto haastte, al vergeten. Haar pensioen zou nog een tijdje moeten wachten. Als ze nodig was, dan was dat zo. Officier van justitie Malin Brovall en haar gezin waren exact twee uur en zevenentwintig minuten geleden de lucht in gevlogen.

Mette was er klaar voor om uit te zoeken waarom dat was gebeurd.

Het geroezemoes in de overvolle ruimte verstomde snel toen Mette samen met haar kerngroep binnenkwam. In de zaal bevonden zich meerdere van de beste onderzoekers die de NOA te bieden had, plus een aantal specialisten op diverse gebieden. De twee geüniformeerde politieagenten die als eerste ter plaatse waren geweest waren eveneens aanwezig. Het waren een man en een vrouw die uitgeput leken na wat ze hadden meegemaakt. Beiden hadden roet op hun gezicht en kleren. Mette richtte zich als eerste tot hen en vroeg hun om verslag van de gebeurtenis te doen.

De vrouw, agent Göransson, nam het woord. Ze hadden in een surveillancewagen door het centrum van Täby gereden om een inbraakmelding te controleren toen ze om 7.18 uur het bericht binnenkregen. Een buurvrouw van het gezin Brovall was wakker geworden door de explosie en had alarm geslagen. Tijdens het gesprek met de alarmcentrale bleek dat het ging om een auto die op de garageoprit van het gezin Brovall aan de Furuvägen in Gribbylund was geëxplodeerd. De politie arriveerde na zeven minuten en even later waren ook de brandweer en een ambulance ter plaatse. Ze troffen een gruwelijk beeld aan. De auto brandde nog steeds. De geschokte buurvrouw die alarm had geslagen was in haar badjas naar buiten gerend om te zien of ze iets kon doen. Toen de politie arriveerde zat ze een stukje bij de auto vandaan in de sneeuw heen en weer te wiegen met Malin Brovalls hoofd op haar schoot. Ze zat onder het bloed en was onderkoeld. Een oudere man liep met een hondje in zijn armen huilend over het trottoir heen en weer. Andere buren waren ook uit hun woningen gekomen en hadden geprobeerd het vuur te doven.

Het was echter te laat geweest.

'Kaj Brovall zat blijkbaar achter het stuur,' vertelde Göransson. 'Hij was in stukken gereten en was onmiddellijk dood. Dochter Ida zat naast hem op de passagiersstoel en was waarschijnlijk ook meteen dood, maar haar lichaam was iets meer intact. Malin Brovall vertoonde zwakke tekenen van leven en is met spoed naar Danderyd gebracht. Net als de geschokte buurman die niet goed meer kon horen.'

'Dus Malin Brovall bevond zich buiten de auto toen die explodeerde?' constateerde Mette.

'Ja, of ze was bezig in te stappen. Naar de sporen in de sneeuw te oordelen heeft de geschokte buurvrouw Malin Brovall een stuk bij de auto vandaan gesleept om haar van de vlammen te redden.'

Mette startte de laptop op en op het scherm, dat achter haar hing, verscheen een dramatische foto van de plaats delict. 'Zijn dit de foto's die jullie op de plaats delict gemaakt hebben?' vroeg ze.

'Ja. Ze zijn genomen nadat Malin Brovall en de buurman weggevoerd waren.'

'Was de plek nog niet afgezet?'

'Dat is meteen daarna gebeurd.'

De agent keek naar haar collega, die knikte. 'Inderdaad, de versperringen zijn geplaatst toen we de acute situatie onder controle hadden,' vulde hij aan.

'Dus vrij veel mensen konden bij de auto komen?' vroeg Mette.

'Ja, de plaats delict is flink besmet, zowel door de hulpdiensten als door de buren. En door de sneeuw natuurlijk. De technische recherche arriveerde toen wij nog aanwezig waren.'

De politieagenten uit Täby werden nog een tijdlang ondervraagd door Mette en haar collega's, waarna ze toestemming kregen om de zaal te verlaten en konden herstellen van de traumatische ervaring. Ze hadden zich uitstekend geweerd, dacht Mette, zowel op de plaats delict als tijdens hun verslag.

'Nu begint ons werk,' constateerde ze nadat ze waren vertrokken. 'Alle ogen zijn op ons gericht en we moeten uitermate effectief te werk gaan. Ik heb een aantal onderzoeksteams samengesteld.' Mette drukte weer op een toets op de laptop en er verschenen zes teams, van A tot F, op het grote scherm achter haar.

'Zoals jullie weten was Malin Brovall officier van justitie. De afgelopen tijd deed ze onderzoek naar een verdachte terreurcel die bestond uit een aantal geradicaliseerde jongemannen die de SÄPO, de Zweedse veiligheidsdienst, al langere tijd in het vizier heeft. Ik heb al het materiaal van dat onderzoek opgevraagd. Wat we tot nu toe weten is dat Malin Brovall vannacht een dreigmail heeft ontvangen die ze vanochtend vroeg naar haar chef doorgestuurd heeft. Het is nog niet duidelijk van wie de mail afkomstig is, maar met het oog op haar onderzoek kan het met de terreurcel te maken hebben. Vandaar dat team A zo groot is, dat concentreert zich namelijk op het hoofdspoor, de link met de terreurcel. Tegelijkertijd moeten we breed en onbevooroordeeld werken. Elke steen moet omgedraaid worden.'

Mette vertelde waar de verschillende teams zich op moesten concentreren. Olivia zag dat Lisa en zij samen in team F zaten. Ze waren maar met zijn tweeën.

Ze keek even naar Lisa, die haar blik voelde en haar schouders gelaten ophaalde. Geen van beiden begreep waarom ze uit het oog van de orkaan waren gehaald.

Op hetzelfde moment richtte Mette zich tot hen. 'Dat was team E. Ik wil van de gelegenheid gebruikmaken om te benadrukken dat de teamindeling en de weinig originele namen geen waardebepaling of rangorde bevatten. Het was nogal een haastklus. Ik hoop dat jullie daar begrip voor hebben.'

Mettes ogen keken uitdagend in die van Olivia. Ze registreert alles, dacht Olivia, zelfs wat anderen denken. Ze knikte kort naar Mette om aan te geven dat ze het begreep.

'Het laatste team is F. Dat bestaat uit Olivia Rönning en Lisa Hedqvist. Ik wil dat jullie onbevooroordeeld aan het werk gaan. Controleer andere mogelijkheden en invalshoeken, neem oude zaken door waaraan Malin Brovall gewerkt heeft, enzovoort. Ben ik duidelijk?'

Lisa en Olivia knikten allebei.

'Mooi,' zei Mette. 'Elk team heeft een teamleider die verslag aan mij uitbrengt. We houden dagelijks om negen uur 's morgens en om drie uur 's middags een bespreking en ik wil dat jullie voor die bijeenkomsten jullie privémobieltjes in de kast bij de deur achterlaten. We gebruiken alleen onze werktelefoons. Niets mag uit deze kamer lekken. Absoluut niets. Ik onderhoud samen met de teamchef van groep A, Bosse Thyrén, de contacten met de SÄPO.'

Mette keek op haar zwarte horloge. 'Over vijf minuten begint de persconferentie. Jullie kunnen meekijken op het grote scherm. Na afloop gaan Bosse, Ellinor en ik naar de plaats delict. We zien elkaar om drie uur terug. Bedankt!'

Mette zette de pagina met de teamindeling uit. Het geroezemoes in de zaal nam toe. Lisa liep naar de laptop om de zender waarop de persconferentie werd uitgezonden op het scherm te krijgen. Op het moment dat Olivia naar haar toe liep om haar te helpen verscheen er een man in donkere kleding in de deuropening. Hij gebaarde dat Mette naar hem toe moest komen. Ze keek over haar schouder voordat ze samen de gang in liepen. Olivia keek hen na en draaide zich vervolgens naar Lisa. 'Wie was dat?'

'Geen idee.'

'De SÄPO,' fluisterde Bosse, die naast hen was komen staan. Hij glimlachte. 'En ik heb haar niet omgekocht zodat ik in team A geplaatst zou worden,' ging hij verder.

'Niet?' Lisa glimlachte terug. Op dat moment kwam Mette de kamer weer in. Zonder de SÄPO. Dat was een snelle bespreking, dacht Olivia. Ze vond dat Mette er een beetje neerslachtig uitzag. Veel later zou ze pas begrijpen waarom dat was.

Mette schraapte haar keel om de aandacht te krijgen. 'Ik moet nogmaals jullie aandacht vragen.' Ze bestudeerde haar handen, die ze verstrengeld voor zich hield, even voordat ze opkeek en een aanloop leek te nemen. 'Ik moet jullie helaas meedelen dat Malin Brovall ook aan haar verwondingen overleden is.' Vervolgens keek Mette weer naar de grond.

*

De man had een gevlekt stuk stof in zijn hand, zijn televisie stond in de boekenkast en hij keek naar het scherm terwijl hij tegelijkertijd een penseel aan het stuk stof afstreek. Er werd een persconferentie over een autobom in Täby uitgezonden. Toen hij klaar was met het penseel zette hij de televisie uit, pakte een potlood en opende een dagboekje dat voor hem op tafel lag. Op een lege pagina schreef hij in een bijzonder mooi handschrift: *Malin Brovall is omgekomen bij een bomexplosie.*

Hij schreef nog een zin op, waarna hij naar het atelier ging en de tl-buis aan het plafond aandeed. Hij voelde zijn hoofdpijn toenemen, binnenkort zou hij klaar zijn. Hij controleerde of de verftubes er lagen: drie zwarte, een blauwe en vier okergele.

Malin Brovall?

Hij zag het gezicht van zijn moeder voor zich, de tranen op haar wangen terwijl ze probeerde op een mariakaakje te kauwen. *Niets gaat voorbij*, zei ze.

Hij keek naar het penseel in zijn hand. Haar ribben, dacht hij en hij kneep wat okergele verf uit de tube. 'Niets gaat voorbij.'

*

De leden van team A hadden een kop koffie gehaald en waren in hun kantoor tegenover elkaar gaan zitten. Dat bevatte niet veel meer dan twee bureaus en een bijna lege berkenhouten boekenkast. De gezelligheidsfactor was niet bijzonder hoog, maar ze waren hier niet voor de gezelligheid. Achter het raam sneeuwde het nog steeds hevig, in de kamer heerste minder activiteit dan bij de andere teams. Ze wachtten op het materiaal dat ze als eerste wilden doornemen, Malin Brovalls oude zaken.

Olivia keek naar Lisa, die in haar hete koffie blies. Ze waren opnieuw aan elkaar gekoppeld. Er was een tijd geweest waarin hun samenwerking niet helemaal probleemloos was verlopen, maar dat hadden ze achter zich gelaten. Tegenwoordig konden ze goed samenwerken. Ze gingen na het werk weliswaar niet met elkaar om en Olivia had Lisa niets over haar miskraam verteld, maar dat had ze op Jamie na aan niemand anders verteld.

Behalve aan Luna, de vrouw met wie Tom Stilton samenwoonde.

Luna had toestemming gekregen om het aan Tom te vertellen, maar daarmee hield het op. Zelfs haar moeder wist het niet. Ze had ervoor gekozen om het aan niemand te vertellen voordat de eerste drie maanden verstreken waren. Achteraf was dat een goede beslissing geweest. De miskraam was iets tussen Jamie en haar en ze hadden er samen verdriet over gehad. Voor de buitenwereld was Olivia na een paar dagen 'buikgriep' weer aan het werk gegaan. Met inbegrip van Lisa.

'Het voelt een beetje alsof we buitenspel staan.' Lisa zette haar beker koffie met het logo van de FBI op het bureau. Ze had hem gekregen van een collega die met terreurfinanciering werkte en was er gek op. Niemand mocht hem aanraken. Olivia had geen eigen beker, zelfs niet een met het logo van de politie Stockholm of de NOA. Ze had een oude beker van Mette in gebruik met de tekst DE LIEFSTE OMA TER WERELD, wat regelmatig opmerkingen veroorzaakte.

'We moeten ons er gewoon bij neerleggen,' antwoordde Olivia. 'Wie wil naar het bal op het kasteel als we hier kunnen zitten om afgedankte rechtszaken te bestuderen? Ik kies ervoor om te denken dat we uitverkoren zijn omdat wij het best zijn in creatief denken.'

Lisa glimlachte.

Ze had geleerd om haar collega op waarde te schatten en Olivia was veel volwassener geworden gedurende de jaren dat ze hadden samengewerkt. Lisa had begrepen dat Olivia een tijdje geleden een moeilijke periode had doorgemaakt en had vermoed wat de reden daarvoor was, maar had nooit iets gezegd. Olivia was integer en daar had Lisa respect voor. Ze wist ook dat ze betrouwbaar was. Eigenlijk had ze alle eigenschappen die Lisa graag in een vriendin zag, maar ze waren geen vriendinnen, niet echt, ze waren collega's die uitstekend met elkaar overweg konden.

'Oké, laten we het zo dan maar zien,' zei ze. 'We zijn het speciaal uitverkoren onderzoeksteam met een hoofdletter F. Waar beginnen we?'

'Ik denk dat we het best in het heden kunnen beginnen en van daaruit terugwerken.' Olivia nam een slok koffie en voelde dat ze nog niet had ontbeten. De sterke koffie brandde in haar maag. 'Was er iets te eten in de bestuurskamer?' vroeg ze.

'Ik denk dat ze broodjes wilden regelen, zal ik gaan kijken of die er zijn?' Lisa stond op.

'Dat kan ik zelf doen,' antwoordde Olivia.

'Het is geen probleem,' antwoordde Lisa. Ze wees naar haar arm. 'Ik heb het nodig voor mijn stappenteller, dus ik doe het graag. Ik heb het gevoel dat we voorlopig veel stil zullen zitten.'

Lisa liep het kantoor uit en Olivia keek uit het raam. Het sneeuwde nog steeds. Ik moet op de een of andere manier tijd zien te maken om een extra radiator te kopen, dacht ze. De beheerder kan op zijn vroegst maandag komen en dan ben ik doodgevroren. Op dat moment piepte haar laptop. Ze had een groot aantal documenten in haar postvak binnengekregen. Ze klikte erop en begon ze te printen.

Lisa kwam terug met twee in plastic verpakte broodjes kaas en gaf er een aan Olivia. Nadat ze er een hap van had genomen besefte ze dat het brood niet bepaald vers was, maar ze zou het ermee moeten doen. 'Stel dat de daad niet tegen Malin Brovall maar tegen haar man was gericht?' zei ze met een volle mond.

'Hij was accountant. Worden accountants op die manier vermoord?' vroeg Lisa. Ze haalde met een van walging vertrokken gezicht een verlept slablad van haar broodje.

'Misschien wel. Als je bijvoorbeeld teleurgesteld bent over de jaarrekening of je met illegale transacties beziggehouden hebt. We moeten hem ook natrekken.'

'Absoluut. En Ida, de dochter.'

'Hoe oud was ze?'

'Zestien.'

Olivia wees naar de printer, die pagina na pagina uitspuugde. 'Maar we beginnen met die stapel door te worstelen.'

‘Ik denk dat ik met de bewaker begin,’ antwoordde Lisa.

‘Oké. Waarom dat?’

‘Hij is vannacht vlak bij de woning van de Brovalls geweest. Weet jij voor welk beveiligingsbedrijf hij werkt?’

‘Nee.’

Lisa belde de geüniformeerde politie en kreeg de naam: Stockholms Beveiligingsbedrijf. Ze belde en hoorde dat Bengt Näs volgens het werkrooster nachtdienst had gehad. Toen ze Näs zelf te pakken kreeg bleek echter dat hij de afgelopen nacht niet had gewerkt.

‘Wie was het dan?’

‘Dat was Anders.’

‘Anders wie?’

‘Grytman. We hebben van dienst geruild.’

‘O ja? Waarom dat?’

‘Ik moest voor mijn zoon zorgen. Hij heeft de bof en mijn vrouw had nachtdienst in het Söder-ziekenhuis.’

‘Ik begrijp het. Heb je een telefoonnummer voor me waarop ik Grytman kan bereiken?’

Näs gaf haar het nummer en een paar minuten later kreeg Lisa Anders Grytman aan de lijn.

‘Klopt het dat je vannacht met Bengt Näs van dienst geruild hebt?’ vroeg ze.

‘Ja.’

‘Waarom was dat?’

‘Ik probeer extra diensten te draaien omdat ik wat financiële zorgen heb. Bengt stond zijn dienst aan me af,’ legde Anders uit.

‘Was hij niet thuis met een ziek kind?’

‘Nee. Hoezo?’

‘Wat voor financiële zorgen heb je?’ vroeg Lisa.

‘Waarom wil je dat weten?’

‘Ligt het gevoelig?’

‘Nee. Ik heb gewoon wat speelschulden,’ zei Anders.

‘Oké. Bedankt, Anders. Als we meer vragen hebben nemen we contact met je op.’

Lisa verbrak de verbinding, draaide zich naar haar laptop, opende het strafregister en zocht naar Anders Grytman. Ze vond een vrijspraak vanwege een eenvoudige mishandeling in verband met een caféruzie. Uit de informatie bleek ook dat hij sporadische contacten met de Bandidos in Stockholm had en een woning in Pattaya in Thailand bezat.

Het is het waard om daar zorgvuldiger naar te kijken, dacht Lisa.

Toen Mette samen met Bosse en rechercheur Ellinor Valbom voor de woning van de Brovalls uit de auto stapte, vervloekte ze de schoenen die ze droeg. Vanwege de haast had ze vanochtend vroeg niet gekozen voor de gevoerde leren laarzen, maar had ze een paar lage schoenen aangetrokken om een paar seconden tijd te winnen.

Hoe had ze het in haar hoofd gehaald? Er was tenslotte minstens een halve meter sneeuw gevallen.

De autorit naar Täby was langzaam gegaan vanwege de situatie op de wegen. Overal stonden auto's die van de weg waren gegleden en de auto's die nog reden kropen met dertig kilometer per uur over de snelweg. Ze hadden dus voldoende tijd gehad om het een en ander door te nemen en hadden doorlopend informatie van de SÄPO gekregen, onder meer over een adres in Märsta waar een paar van de verdachte terroristen zich vermoedelijk gedurende een bepaalde periode hadden opgehouden. Mette had overlegd met haar superieuren om de woning door het landelijke arrestatieteam te laten bestormen, dat paraat stond.

Meerdere stijf bevroren verslaggevers en cameramensen klampten hen aan zodra Ellinor de auto had geparkeerd. Mette stuurde ze vriendelijk maar beslist weg. In de huidige situatie mocht de politie niet worden opgehitst door ijverige journalisten. Mette tilde het plastic afzetlint op en ze liepen onder de versperring van de plaats delict door.

De aanhoudende sneeuwval bemoeilijkte het werk voor de technisch rechercheurs en een aantal van hen was in de jacht op eventuele sporen begonnen met het smelten van de sneeuw rond de plaats delict. Een sisyfusarbeid, omdat er voortdurend nieuwe sneeuw viel. Zodra de brand was geblust, was er een provisorisch tentdak boven de auto geplaatst, maar het dak boog vanwege de sneeuw al zo ver door dat de constructie wankelde en men had net besloten om de auto zo snel mogelijk naar de Forensische Opsporing te brengen voor een nieuwe inspectie.

Mette keek naar de woning van de Brovalls.

Ze was hier jaren geleden een paar keer geweest voor een etentje. Malin en zij hadden in dezelfde leeskring gezeten, die had bestaan uit een aantal vrouwen die elkaar via het werk kenden en af en toe iets anders wilden lezen dan procesverslagen en juridische en politiedocumenten.

De leeskring had een paar jaar bestaan en behalve dat ze bekende en vergeten vrouwelijke auteurs hadden gelezen, was het een goede reden geweest om bij elkaar te komen en lekker te eten, wijn te drinken en te praten. Mette herinnerde zich dat Malin vooral enthousiast was geweest over de boeken van Joan Didion, maar ze was vergeten waarom de leeskring was gestopt. Waarschijnlijk tijdgebrek.

Nu vond er een ander soort activiteit in de woning plaats. Ellinor liep naar de agenten die het buurtonderzoek hadden gedaan om te informeren of ze waardevolle informatie hadden gekregen. Bosse baggerde door de sneeuw naar een technisch rechercheur die bij de uitgebrande auto stond en een stuk gereedschap gaf aan een man die eronder lag: alleen een paar grove schoenen staken onder het wrak uit.

'Hebben jullie de bom gevonden?' vroeg hij aan de schoenen.

'Kleine resten ervan, het is helaas niet veel.'

'Kun je zeggen wat voor soort bom het was?' vroeg Bosse aan de man op de grond, die onder de auto vandaan kwam, opstond en de sneeuw van zijn kleding klopte.

Mette herkende hem meteen en liep naar hem toe. 'Magnus! De juiste man op de juiste plek.'

'Mevrouw Olsäter, dat is een tijd geleden,' antwoordde Magnus. Hij glimlachte breed naar Mette.

Mevrouw? dacht Bosse. Niemand mag haar toch ongestraft mevrouw noemen?

Mette reageerde echter niet en glimlachte terug. 'Wat zeg je ervan?' vroeg ze. 'Weet je al iets?'

'Het was een bom met een flinke explosiekracht, maar over de soort kan ik nog niets zeggen.'

'We hebben om drie uur een bespreking. Kun je daarbij zijn?'

'Absoluut. Het is niet waarschijnlijk dat ik dan meer antwoorden heb, maar ik kan jullie vertellen wat we tot dat moment weten.'

'Mooi.'

Ze liepen de woning in, waar de technisch rechercheurs koortsachtig aan het werk waren. Bosse nam meteen de leiding en informeerde wat er tot nu toe was gevonden, wat vrij weinig was. Met het oog op de mail waarvan ze al op de hoogte waren, waren de computers in het huis natuurlijk van groot belang. Ze hadden al een poging gedaan om ze op te starten, maar dat was mislukt, omdat daar specialisten voor nodig waren. Die waren er inmiddels mee bezig. Verder wees niets in de woning erop dat er voor de explosie iets had plaatsgevonden. Alles was schoon en netjes, behalve het bed van de dochter, dat niet was opgemaakt.

Mettes mobiel ging over en ze verdween buiten gehoorsafstand. Bosse zag dat ze haar rug rechtte en met haar hand gebaarde voordat ze ophing.

'Wat was dat?' vroeg hij.

'Het arrestatieteam staat bij het adres in Märsta. Er vindt activiteit in het appartement plaats, dus ze gaan naar binnen. Ik denk trouwens dat het tijd is om terug te gaan.'

Toen het arrestatieteam het appartement aan de Rudvägen in Märsta binnenviel, troffen ze een eenzame, doodsbange vrouw aan die vertelde dat ze de schoonmaakster was en opdracht had gekregen om het appartement op te ruimen en schoon te maken vanwege een verhuizing. Een aantal matrassen op de vloer getuigde ervan dat er minstens vijf personen tegelijk hadden geslapen. Verder was het leeg. Het arrestatieteam verliet het appartement en maakte plaats voor de technisch rechercheurs.

*

Iedereen behalve Mette was om vijf voor drie aanwezig voor de bespreking. Er werd uitgebreid gediscussieerd over de mislukte actie toen bommenexpert Magnus Larsson de deur voor Mette openhield. Olivia keek naar de tamelijk kleine man met het blonde krullende haar en de open blik. Hij liep na Mette naar binnen, bleef staan en keek om zich heen.

Hij loopt de kamer in op een manier zoals alleen een man met een heel hoge dunk van zichzelf dat doet, dacht Olivia, maar hij ziet er goed uit. Ze keek naar Lisa om een blik met haar te wisselen over de aanwezigheid van de man, maar Lisa keek niet van haar papieren op.

'Stilte graag,' zei Mette.

Iedereen gehoorzaamde onmiddellijk.

'Voordat we met de bespreking beginnen wil ik Magnus Larsson aan jullie voorstellen,' zei ze. 'De meest vooraanstaande explosievendeskundige van het land. Magnus zal verslag uitbrengen over de bevindingen van hem en zijn team met betrekking tot de bom en de gevolgde procedure.'

Dat deed Magnus op een manier die Olivia veel te simpel en langdurig vond. Hij praatte alsof hij voor een kleuterklas stond die nog nooit in de buurt van een plaats delict was geweest in plaats van voor de meest vooraanstaande politiemensen van het land.

Mansplaining, dacht ze.

Mannen hadden zolang ze zich kon herinneren vanzelfsprekendheden aan haar uitgelegd. Ze was op de politieacademie al gestopt met luisteren. Inmiddels had ze een goed ontwikkeld filter dat de dingen die het waard waren om op te nemen doorliet, meestal een fractie van wat er werd verteld, en de rest van de tijd hield ze zich in gedachten met belangrijkere dingen bezig.

Toen Magnus eindelijk over de bom begon te praten deed hij dat onder voorbehoud. 'We weten op dit moment nog niet precies om wat voor bom het gaat, daar hebben we meer tijd voor nodig, maar een gekwalificeerde gok is dat het om een vrij eenvoudige constructie met een flinke explosiekracht gaat. Een constructie die eenvoudig te vinden is op internet, bijvoorbeeld op Douchermann's Chemistry Page.'

Magnus liet een website op het grote scherm zien, waarna hij een aantal bomfragmenten die bij de auto waren gevonden tevoorschijn haalde en verderging met zijn uiteenzetting.

Zijn verhaal duurde bijna vijfentwintig minuten, terwijl hij het belangrijkste in vijf minuten had kunnen vertellen. Toen hij klaar was keek hij tevreden naar zijn publiek alsof hij applaus verwachtte. Mette keek op de klok. Zij heeft waarschijnlijk ook geconstateerd dat er kostbare tijd verloren is gegaan, dacht Olivia.

'Bedankt voor de waardevolle informatie, Magnus,' zei ze. 'En nu gaan we over naar het verslag van team A. Jullie weten inmiddels allemaal dat de actie in Märsta niet tot arrestaties heeft geleid. Op dit moment stellen we sporen veilig in het appartement.'

Bosse, lieve Bosse, die altijd kort van stof en direct was, wat Olivia heerlijk vond. Geen overbodige woorden. Hij vertelde dat ze acties planden op een paar andere adressen waar de verdachten zouden kunnen verblijven en dat aan een van die adressen prioriteit werd gegeven. Dat ze werkten vanuit de hypothese dat er elk moment een nieuwe aanval kon plaatsvinden. 'De misdaad tegen de Brovalls kan een geïsoleerde gebeurtenis zijn,' zei hij, 'maar we gaan ervan uit dat die in het ergste geval door meer acties gevolgd worden.'

Hij liet ook een foto zien van een handschoen die onder de sneeuw bij het autowrak was gevonden. 'Dit is, zoals jullie zien, een herenhandschoen. Hij kan van Kaj Brovall zijn, maar als we geluk hebben is dat niet zo. We hebben hem naar het Nationaal Forensisch Centrum, het NFC, gestuurd.' Daarna volgden de andere teams, die vertelden dat ze bezig waren om de telefoongesprekken en de computers van het gezin Brovall te controleren. Olivia keek naar Lisa, die nog steeds naar haar papieren keek. *Neemt ze een powernap met open ogen? Of mediteert ze?*

Lisa kwam bij haar positieven toen Mette de bijeenkomst met een paar bemoedigende woorden sloot. Toen ze de zaal uit liepen vroeg Olivia: 'Ken jij die Magnus Larsson?'

'Waarom denk je dat?' Lisa's antwoord kwam razendsnel en verried dat Olivia de vraag terecht had gesteld.

'Ik vroeg het me gewoon af,' antwoordde ze.

Lisa liep naar hun gemeenschappelijke kantoor zonder antwoord te geven.

Om negen uur 's avonds ging Olivia na een lange en intensieve dag eindelijk naar huis. Het sneeuwde niet meer, maar het was nog steeds flink koud toen ze het politiebureau verliet. Ze ademde de droge vrieslucht in, trok de wanten aan die ze van Lisa had geleend en besloot om naar huis te lopen. Ze voelde dat ze beweging en frisse lucht nodig had nadat ze de hele dag binnen had gezeten.

Dus trotseerde ze de kou en begon in een snel tempo van Kungsholmen naar Söder te lopen. De verse sneeuw kraakte onder haar schoenen en jeugdherinneringen aan langlaufen, een picknick met een thermoskan warme chocolademelk op het meer van Tynningö en haar vader die een sinaasappel voor haar pelde en haar bochten leerde maken doken in haar hoofd op.

Op de Västerbrug stond een gure wind en ze moest de capuchon van haar jack vasthouden zodat die niet van haar hoofd waaide. Ze bleef even staan en keek uit over de Riddarfjärden en de stad, die was bedekt met witte, krakende, fonkelende sneeuw. Ze haatte de winter en de kou, maar moest toegeven dat het mooi was als de sneeuw een kans kreeg om te blijven liggen, ook al beet de wind in haar wangen.

De radiator!

Ze had geen radiator geregeld en nu was het te laat. Het zou opnieuw een ijskoude nacht worden.

Terwijl ze het laatste stuk over de brug liep dacht ze aan Luna's aak.

Luna had een heleboel radiatoren die ze in de hutten kon neerzetten als dat nodig was. Luna en Tom waren er niet, tot Olivia's grote verdriet. Ze waren bij Toms halfzus Aditi in Thailand en Olivia had geen idee wanneer ze van plan waren naar huis te komen. Ze miste het dat ze niet naar hen toe kon gaan als ze zich eenzaam voelde in haar tweekamerappartement in de Högalidsgatan.

Misschien zou ze dat nooit meer kunnen doen.

Luna had de aak aan niemand minder dan Minken verhuurd. Olivia snapte niet hoe ze dat had gedurfd. De voormalige verklikker en evenwichtskunstenaar was tenslotte niet de betrouwbaarste uit hun kennissenkring, integendeel. Minken was een van de laatsten die ze haar appartement zou toevertrouwen, maar blijkbaar dacht Luna dat hij het zou aankunnen om in haar afwezigheid voor de aak te zorgen.

Olivia besloot om af te slaan naar Söder Mälarstrand en Långholmen om langs de aak te gaan en voor Luna te controleren of Minken zijn taak aankon en tegelijkertijd te vragen of ze een radiator kon lenen.

Toen ze de kade op liep en de aak Sara la Kali van een afstand zag liggen schrok ze. In de besneeuwde duisternis zag hij eruit als een ruimteschip. Uit alle kleine ramen aan de zijkanten scheen een krachtig, enigszins paarsig licht. Olivia wist dat het licht afkomstig was van kweeklampen. Ze was aanwezig geweest bij een aantal invallen in wietkwekerijen en twijfelde geen moment. Het buitenaardse licht werd veroorzaakt door kweeklampen. Teelde hij wiet op Luna's aak? Of was hij een solarium begonnen? Niets was onmogelijk als het om Minken ging.

Ze aarzelde.

Ze kon niet naar binnen gaan, constateren dat Minken een strafbaar feit pleegde en dan geen aangifte doen.

Olivia kwam dichterbij en zag dat de sneeuw bij de ladder en op de aak netjes was geruimd, wat haar verbaasde. Ze kon zich Minken niet met een sneeuwschuiver voorstellen. Ze werd langzamerhand nieuwsgierig en probeerde door de kleine ronde patrijspoorten naar binnen te kijken. Die waren echter te klein en het licht was zo krachtig dat ze niet kon zien wat er binnen gebeurde. Ze besloot aan boord te gaan en aan te kloppen. Als Minken zich bezighield met het illegaal telen van wiet, had Luna het recht om dat te weten.

En Tom.

'Ja?'

Minkens stem klonk zwak toen Olivia aanklopte.

'Ik ben het, Olivia, mag ik binnenkomen?'

Ze voelde aan de deur, die op slot was. Even later hoorde ze voetstappen en werd de deur geopend. Niet door Minken, maar door een vrouw die tussen de vijfendertig en veertig was. Olivia voelde zich overrompeld. De vrouw was knap, lang, blond, weelderig, en had mooie volle lippen.

'Hallo,' zei Olivia.

De vrouw stak haar hand uit. 'Hallo, ik ben Bettan.'

'Olivia.'

Olivia pakte haar hand en schudde die. Bettans handdruk was vastberaden en stevig, en Olivia zette iets meer kracht dan anders om te tonen dat ze niet voor haar onderdeed. Bettan glimlachte. Haar ogen hadden een energieke en enigszins geamuseerde blik.

'Is Minken hier, ik dacht dat...'

'Natuurlijk is hij hier,' zei Bettan. 'Kom binnen.'

Olivia volgde Bettan de trap af en bleef verbijsterd staan. De salon baadde in paars licht en midden in de salon zat de huurder van de aak in hoogsteigen persoon.

Leif 'Minken' Minqvist.

Hij zag er bijzonder goed uit, bijna in topvorm, droeg een ouderwets geel kostuum met brede revers en had zijn haar naar achteren gekamd. De tengere man straalde overmoed uit. Ooit had zijn neus een rechtstreekse aansluiting met een pijplijn uit Colombia gehad, maar nu had hij duidelijk andere interesses.

Dat was niet het enige wat Olivia opviel, ze merkte ook hoe warm en aangenaam het ondanks de kou was. Heel anders dan in haar appartement. Bovendien was het bijzonder netjes en schoon in de salon en behalve Luna's citroenboompje, dat uitstekend was verzorgd, stond de salon vol planten. Stekken, slaplantjes en kruiden werden gekweekt in statiegeldflessen, oude melkpakken en conservenblikken.

Olivia keek sprakeloos om zich heen.

'Wat vind je ervan?' vroeg Minken terwijl hij zijn armen spreidde. 'Ik krijg het gevoel dat juffertje Zuurpruim een beetje verrast is.'

Bettan kwam voor Olivia staan. 'Ga zitten, wil je iets drinken?' vroeg ze. 'We maken onze eigen muntthee.'

'Graag.'

Olivia ging tegenover Minken zitten.

'Schitterend, vind je niet?' vroeg hij.

'Inderdaad, maar wat is de bedoeling van dit alles?'

'Verkopen natuurlijk,' zei Minken, die op stoom kwam. 'Aan kleine winkels en restaurants. Bettan heeft contacten binnen de luxe restaurantbranche. Daar weten ze groenten die op een aak in de binnenstad zijn gekweekt te waarderen. We hebben ook een eigen slogan: "Plaatselijk gekweekt, van Sara la Kali. Dichterbij komt het niet." Je hebt geen idee wat de mensen willen ophoesten als het gaat om wat ze in hun mond stoppen, daar zit tegenwoordig meer geld in dan in wiet.'

Minken lachte en Olivia glimlachte naar hem. Wat ze zag was absoluut indrukwekkend.

'Ga mee,' zei Bettan tegen Olivia. 'Ik zal je een rondleiding geven. Leif, let jij intussen op het theewater.'

'Natuurlijk, schatje.'

Leif, dacht Olivia terwijl ze Bettan volgde, de merkwaardige verschijning die Minkens leven veranderd leek te hebben. 'Sorry dat ik het vraag,' zei Olivia. 'Maar woon jij hier ook? Dat wist ik helemaal niet.'

'Ja, ik heb mijn driekamerflat in Hägersten een paar maanden geleden onderverhuurd en ben hier komen wonen. Nadat we elkaar ontmoet hadden zijn we meteen gaan samenwonen. Het ging allemaal heel snel.'

En nu wonen deze twee ufo's samen in een ruimteschip, dacht Olivia.

'Waar hebben jullie elkaar ontmoet?'

'Op een bijeenkomst voor ondernemers.'

'O ja? Wat deed Minken, sorry, ik bedoel Leif, daar?'

'Hij verkocht karaokeapparatuur. Hij is heel handig op technisch gebied.'

Is dat zo? dacht Olivia. Daar had ze nooit iets van gemerkt.

'Tja, daarna ging het vanzelf,' zei Bettan met een lachje. 'Ik viel meteen voor hem, maar niemand is natuurlijk bestand tegen zijn waanzinnige charme.'

Jazeker, dacht Olivia, dat is wel zo, maar smaken verschillen duidelijk en dat is maar goed ook. Er is blijkbaar hoop voor iedereen.

Bettan opende de deuren van de hutten een voor een, overal werden planten gekweekt, zowel verticaal als horizontaal, en allemaal waren ze even goed verzorgd.

'We kweken ze met behulp van hydrocultuur, dat is verschrikkelijk praktisch, omdat we niet hoeven te knoeien met aarde en zo. Leif is zo goed met planten, maar hij heeft natuurlijk een hoveniersopleiding gevolgd.'

Hovenier, dat wist ik niet, dacht Olivia.

Ook dat niet.

Olivia verdacht Minken ervan dat zijn opleiding voornamelijk had bestaan uit het telen van wietplanten en eventueel de verzorging van de kamerplanten van zijn moeder.

'Ik begrijp absoluut niet hoe hem dat allemaal gelukt is,' zei Bettan. 'Hij heeft zoveel fantastische dingen in zijn leven gedaan. Het is zo heerlijk dat hij me elke dag opnieuw weet te verrassen!'

'Dat begrijp ik. Hoe komt het dat jullie hiermee begonnen zijn?'

'Ik ben ondernemer. Ik heb jarenlang een eigen blog gehad, Bettans Botox Blog. Misschien ken je die?'

'Eigenlijk niet.'

'Ik gaf kleding- en make-upadviezen, je weet wel. Ik had honderdduizend volgers. Daar verdiende ik veel advertentiegeld mee. Ik was ook bezig met het opzetten van mijn eigen merk met schoonheidsproducten, maar ik voelde dat ik een beetje genoeg van de branche begon te krijgen. Er zijn zoveel spelers die niet serieus zijn, iedere jonge beroemdheid heeft zijn eigen merk en de concurrentie is keihard, dus wilde ik iets proberen wat helemaal van deze tijd is. Lokaal geproduceerde groenten. En vervolgens kom ik een hovenier tegen! Snap je wat een geluk ik gehad heb?'

'Absoluut,' zei Olivia. Ze keek in Toms oude hut, zag lange rijen planten en vroeg zich af of hij het zou goedkeuren dat zijn matras was vervangen door een slabed.

'Vind je het niet fantastisch?' Bettan spreidde haar armen. 'Ik ben begonnen om bestellingen via Facebook aan te nemen en heb mijn blog omgedoopt tot Bettans Biologische Tips, met een heleboel ideeën over het kweken van planten in een stedelijke omgeving.'

In een oogwenk van make-up naar planten kweken, dacht Olivia. Met Minken als deskundige. De wonderen zijn de wereld nog niet uit.

'Dames! De thee is klaar!' riep Minken in de salon.

Olivia en Bettan gingen naar binnen. Minken had muntthee in Luna's mooie mondgeblazen glazen geschonken. Bettan ging naast Minken zitten en hij omhelsde haar en gaf een kus op haar mond. Omdat ze een kop groter was dan hij moest hij zich flink uitrekken, maar het lukte.

'Begrijp je wat een vangst ik gedaan heb?' zei hij tegen Olivia. 'Bettan is mijn eigen uit de Himalaya gevallen sneeuwengel. Bovendien is ze een financieel genie.'

Bettan glimlachte liefdevol naar hem.

'We overwegen zelfs om uit te breiden,' zei ze. 'Ik heb een oogje op een aantal ondergrondse ruimten die binnenkort misschien verhuurd gaan worden. Zodra dat gebeurt willen we toeslaan.'

Olivia begon te beseffen dat de vrouw die zich vroeger Bettan Botox noemde geen dom blondje, maar een bijzonder gedreven zakenvrouw was. Hoe ze voor Minken had kunnen vallen was een raadsel, maar blijkbaar waren ze heel verliefd.

Ze dronk van de warme, lekkere thee en keek naar Minken. 'Ik wist niet dat je hovenier was,' zei ze.

'Er is zoveel wat je niet weet, meisje. Ik ben min of meer opgegroeid in een moestuin, mijn moeder had een broeikas en zo. Ik ben met een wortel in mijn oor geboren.'

Olivia wist dat het een leugen was. Hij was opgegroeid in Kärrtorp en zijn moeder had op zijn hoogst geraniums gehad, maar ze liet hem zijn gang gaan. Als je wilde omgaan met Minken moest je zijn ziekelijke neiging tot liegen voor lief nemen, dat had ze inmiddels geleerd.

'Heb je nog iets van Tom en Luna gehoord?' vroeg ze om te polsen of ze wisten dat Minken en Bettan de aak in een drijvende broeikas hadden veranderd.

'Jazeker, ze lijken zich in het nirwana te bevinden en voelen zich daar als een vis in het water.'

'Ik heb Luna een whatsappje met een foto gestuurd toen we de eerste bestelling naar Mathias Dahlgrens restaurant verzonden,' vulde Bettan aan.

Het was alsof ze begreep waarom Olivia de vraag had gesteld.

'Dit stuurde ze terug.' Bettan pakte haar mobiel en liet een foto van Stilton in lotushouding zien. Olivia wist dat dit volledig in tegenspraak was met Stiltons karakter en ze lachte hardop toen ze hem zag. Ze was ervan overtuigd dat Luna de foto stiekem had gemaakt en gestuurd. Tom zou het niet prettig vinden als iemand hem zo zag.

'Je ziet het, hij is een echte boeddha geworden. Alleen de dikke buik ontbreekt,' zei Minken.

Daarna praatten ze nog een tijdje over de toekomstplannen van Minken en Bettan. Olivia voelde tot haar verbazing dat ze het naar haar zin had. Het was heel ontspannend om bij deze bijzondere wezens te zitten en over het kweken van planten te praten. Het stond in absoluut contrast met de rest van haar dag, die vol weerzinwekkend uit elkaar gereten mensen was geweest. Het was bevrijdend om te lachen om Minkens uiteenzettingen over hoe hun bedrijfsconcept de ultieme financiële slag zou worden.

'Binnenkort kan ik de muren met stapels bankbiljetten isoleren,' zei hij.

'De schotten,' verbeterde Bettan hem.

'De schotten?'

'Je bent op een aak. Het zijn geen muren, maar schotten.'

'Hoor je dat? Ze is net een wandelende encyclopedie. We zijn gewoon een verdomd goede combinatie.'

Daarna kuste hij Bettan, en Olivia vond het ontroerend om te zien hoe verliefd ze op elkaar waren.

Toen ze met een radiator onder haar arm naar huis baggerde was ze moe maar opgewekt. Er past dus echt op elk potje een dekseltje en hopelijk gold dat ook voor haar. Ze was blij dat ze had besloten om bij de aak langs te gaan, niet alleen vanwege de radiator maar ook omdat ze voelde dat ze dat vaker wilde doen. Bettan haalde het beste in Minken naar boven en dan was hij heel grappig om naar te luisteren, af en toe in elk geval.

Stel je voor wat een beetje liefde met mensen kan doen, dacht ze, terwijl ze haar donkere, koude appartement in liep. Ze deed de lamp in de hal aan, trok haar jas en schoenen uit en werd plotseling overweldigd door het contrast dat haar huis vertoonde met de warme aak vol planten. Ze zette de radiator tussen de slaapkamer en de zitkamer, zodat hij een beetje warmte in beide kamers kon geven en zette hem aan. Daarna ging ze op de bank zitten en opende Tinder.

Ze zag niets interessants.

Vervolgens keek ze op Instagram om te controleren of Lennie feestfoto's van Kopenhagen had geüpload. Dat had ze: foto's met lachende vriendinnen van vanavond. Olivia voelde een steek van jaloezie, ze maakte niet langer deel uit van Lennies leven en dat stak een beetje. Nadat Lennie en Erik hun relatie hadden beëindigd, was ze abrupt gestopt met haar rechtenstudie en was ze van Lund naar de Deense hoofdstad verhuisd om een opleiding tot goudsmid te gaan volgen. Ze had een nieuw leven met nieuwe vrienden en vriendinnen gekregen.

Olivia had dat niet en nu had ze Lennie ook niet meer. Ze zat in haar koude tweekamerappartement en de enige vrienden die ze had waren een afgedankte verklikker en zijn vriendin Bettan Botox.

Plotseling voelde ze zich heel eenzaam.

Tom Stilton voelde zich ook eenzaam, hoewel hij dat niet was. Hij lag op een hard bed onder een muskietennet en staarde naar de ventilator aan het plafond, die niet functioneerde. Zelf functioneerde hij ook niet. Hij was leeg. Aan de andere kant van de bamboewand hoorde hij fluisterende stemmen. Het waren Aditi en zijn vriendin Luna die met elkaar praatten, misschien over hem, hij verstond de woorden niet en het kon hem niet voldoende schelen om hen af te luisteren.

Hij had zijn toevlucht tot deze plek genomen, de yogaretraite van zijn halfzus Aditi in Mae Phim in Thailand. De reden was uitermate persoonlijk: hij had iemand vermoord. Telkens als hij daaraan dacht kreeg hij een brok in zijn keel en overspoelde de angst hem als een golf waartegen hij geen verweer had. Zijn hele lichaam reageerde erop. Hij had met opzet een mens om het leven gebracht en daar zou hij mee moeten leven.

Hij wist alleen niet hoe hij dat moest doen.

De gebeurtenis op de Filipijnen had in eerste instantie een ongeluk geleken. Maria Cosmina Basescu was verongelukt tijdens het bungeejumpen van een brug. De veiligheidsvoorziening had op de een of andere manier niet gewerkt. Het was de politie niet helemaal duidelijk hoe en vooral waarom ze had besloten om van de brug te springen en of ze alleen was geweest toen ze dat deed. Een café-eigenaar had verteld dat hij haar met een westerse man die hij niet kende had gezien. Een Nederlander, meende hij zich te herinneren. Zijn voornaam was René, maar de politie had de man niet gevonden. Toen ze erachter kwamen dat de vrouw werd gezocht door Interpol voor de moord op een aantal kinderen in Zweden, leek het niet meer zo belangrijk om hem te vinden. De Filipijnse politie had na een tijdje besloten dat ze ervoor had gekozen om zelfmoord te plegen.

Alleen Stilton wist dat ze daar hulp bij had gekregen. Luna en Aditi hadden geen idee wat hem dwarszat. Op dat moment was het een ingeving geweest, een snelle beweging waarna een cruciale veiligheidspal verdwenen was.

Het was gemakkelijk geweest. Toen.

Nu was het moeilijker.

Stilton observeerde een gekko die langs de bamboewand naar beneden rende en zijn karakteristieke klikkende geluid maakte. Net als een eekhoorn, dacht hij en hij deed zijn ogen dicht. Het gefluisterde gesprek tussen de vrouwen buiten had een kalmerend effect op hem. De verwrongen angstbeelden doken niet op en hij stond zichzelf toe om in een sluimerende, droomloze toestand te verdwijnen.

Luna en Aditi lagen voor de hut naast elkaar op een schommelend dagbed met oranje en rode kussens. De zoele lucht, die nog niet heet was, omringde hen als een vochtig, warm kompres. Het was vroeg in de ochtend en ze hadden net een yogales achter de rug, samen met een aantal vrouwelijke gasten die naar Aditi's retraite waren gekomen.

Aditi had bijna haar hele volwassen leven in Thailand gewoond. Het was begonnen als een vlucht van haar leven in Zweden, dat zoveel tragische incidenten had gekend, maar inmiddels was het de plek waar ze geworteld was. Ze had gedurende de jaren op verschillende plekken yogaretraites geleid en was nu beland in Mae Phim, een dorp dat de laatste jaren groeide, net als veel andere kustdorpen in Thailand die werden ontdekt door toeristen omdat het op andere heerlijke plekken te druk was geworden.

'Wat denk jij?' vroeg Aditi. 'Krijgen we hem vandaag zover dat hij zich scheert?'

Ze strekte haar pezige armen boven haar hoofd en draaide haar gezicht naar Luna toe. Haar lange, grijze haar was als een waaier op de kleurige kussens gedrapeerd. Luna vond het op een stralenkrans lijken. Aditi was bijzonder, ze bezat een onverstoorbare kalmte en had een genezende invloed op andere mensen waarvan Luna onder de indruk was. Het leek bij iedereen te werken, behalve bij Tom.

Ze had nog geen vat op hem maar bleef koppig volhouden, en daar was Luna haar intens dankbaar voor.

'We kunnen het altijd proberen,' antwoordde Luna en ze glimlachte naar Aditi.

Uit haar ogen straalde echter onmacht. Het verteerde haar om te zien hoe haar geliefde met zijn demonen worstelde. Het gevoel dat ze niet voldoende voor hem was nu hij haar zo hard nodig had, vrat aan haar.

Toch was ze dankbaar dat het hier gebeurde en niet thuis. Aditi en de omgeving waarin ze zich bevonden zorgden ervoor dat ze het kon verdragen.

Vanaf de dag dat ze in de retraite was gearriveerd had Luna zich onmisbaar gemaakt. Ze vond het heerlijk om zich bezig te houden met de dagelijkse werkzaamheden: schoonmaken; water, thee en vers fruit klaarzetten voor na de yogalessen; en bloemen plukken voor in de kleine waterschalen die bij alle Boeddhabeelden in de tuin stonden.

Aditi had al snel beseft dat Luna dat niet alleen deed om haar te helpen, maar ook om zichzelf te helpen. Iets omhanden hebben verdreef haar ongerustheid over Tom.

Aditi ging soepel zitten en streelde even troostend over Luna's been. 'Op een bepaald moment lukt het ons,' zei ze met een glimlach tegen Luna. 'Het kost tijd om uit een depressie te komen.'

'Dat weet ik.'

'En hij voelt zich er niet beter door als jij je ellendig voelt.'

Dat wist Luna ook. 'Ik ben alleen bang dat hij zich helemaal terugtrekt en verdwijnt,' zei ze. 'Dat heeft hij al een keer gedaan.'

'Dat gaat hij nu niet doen.'

'Hoe weet je dat?'

'Omdat ik denk dat zijn toestand is ontstaan door een specifieke gebeurtenis die hij moet verwerken,' zei Aditi.

'Heeft hij dat tegen je gezegd?'

'Nee, en dat is waarschijnlijk zijn probleem. Hij blijft koppig doorgaan met er niet over praten en kiest ervoor om die grote zwarte zak vol angst in zijn eentje te torsen. Als die voldoende gekrompen is, kan hij het loslaten, maar dat kost tijd. Ik wil hem graag een klysma geven, maar hij is de enige die kan beslissen wanneer de tijd is gekomen om zijn darmen te legen en alle rotzooi los te laten.'

Luna glimlachte. Aditi gebruikte soms heel aardse vergelijkingen die in schril contrast stonden met het engelachtige imago dat ze als spiritueel begeleidster had. Ze kon heel grappig zijn, wat vaak leidde tot een bevrijdende lach als die het meest nodig was.

'Het is trouwens tijd voor het ontbijt,' ging Aditi verder. Ze stak haar hand naar Luna uit en trok haar van het schommelende dagbed.

Voordat Luna met Aditi naar de keuken ging keek ze in de hut. Tom lag stil op het bed en leek te slapen. Hij ziet er bijna vredig uit, dacht Luna, waarna ze de deur voorzichtig achter zich dichtdeed.

In de keuken was Sirikit, Aditi's rechterhand, bezig met het voorbereiden van het ontbijt voor de gasten. Luna rook versgebakken brood toen ze binnenkwam. Versgeperste vruchtensappen waren netjes in mooie glazen karaffen geschonken. Grote schalen bezweken bijna onder de vruchten en mooi gesneden fruitsalades. Kleine schalen waren gevuld met noten en diverse zaden voor in de yoghurt, die in een mooie aardewerken kom was geschonken. Het ontbijt en de andere maaltijden in de retraite waren een droom voor een vegetariër zoals Luna, en Sirikit was een onuitputtelijke bron van nieuwe spannende recepten.

Aditi bracht thee en brood naar de eetzaal en Luna pakte de karaffen. Over vijf minuten zou de eetzaal vol gasten zitten die zich na de yogales hadden omgekleed.

Na het ontbijt deed Aditi haar administratie en dan ging de wifi aan. Het was het moment van de dag dat was bedoeld voor digitale contacten voor iedereen, ook voor de gasten. Daarna werd de wifi weer afgesloten. De rest van de tijd stonden alle mobiele telefoons en computers uit. Als iemand bereikt moest worden, kon dat via de vaste telefoonverbinding.

Het werkte goed, vond Luna, die het geen probleem vond om geen internet te hebben. Het was een bevrijding voor haar om niet voortdurend bereikbaar te zijn. Nu zette ze haar mobiel echter aan om te checken of ze mails of sms'jes had gekregen. Dat waren er niet veel. Haar vader had een mailtje gestuurd waarin hij vroeg hoe het met haar was en of er een mogelijkheid was om bij haar op bezoek te komen. Ze glimlachte in zichzelf toen ze dacht aan haar oude vader tussen alle vrouwen in yogakleding, vegetarische gerechten en heilzame aftreksels. Hij zou op hoge toon eisen dat hij zijn whisky zou krijgen.

Ze had ook een sms van Mette gekregen, die vroeg of er al een verandering bij Tom had plaatsgevonden.

Die lieve Mette stuurde meerdere keren per week een berichtje, maar helaas kon Luna haar ook deze keer geen positief antwoord geven. Hun gedeelde bezorgdheid over Toms toestand duurde voort.

Toch wisten ze allemaal niet waardoor die toestand was veroorzaakt.

Luna zette haar mobiel uit toen ze iedereen had geantwoord en ging naar Aditi, die in het mooie, spaarzaam gemeubileerde kantoor achter haar computer zat. Ze was zichtbaar geconcentreerd op wat ze op het computerscherm las. Luna herkende de uitdrukking in haar ogen niet, ze zag er verontwaardigd uit. Ze ging op de stoel voor Aditi's bureau zitten. 'Is er iets gebeurd?' vroeg ze.

'Wat? Nee, niets bijzonders, ik word alleen zo boos als ik lees over de manier waarop iemand die de Nobelprijs voor de Vrede gekregen heeft een minderheidsbevolking behandelt. Ik heb altijd zoveel respect voor haar gehad en nu ze eindelijk zelf aan de macht is laat ze dit gebeuren. Het is zo weerzinwekkend.'

Luna besefte dat Aditi het had over Myanmar, Aung San Suu Kyi en de vervolging van de Rohingya. Ze deelde haar verontwaardiging. Ze had verschrikkelijke verslagen onder ogen gehad over verkrachtingen, uitgebrande dorpen en ontvoerde kinderen die naar de opiumbergen in het noorden verdwenen.

'De wereld is stapelgek,' ging Aditi verder. 'Ik begrijp gewoon niet hoe je de tijd die je op aarde hebt kunt besteden aan het kwellen en doden van andere mensen. Misschien ben ik naïef, maar ik vind het onbegrijpelijk.'

'Je bent inderdaad naïef,' zei Tom, die in de deuropening stond.

Luna draaide zich om. Hij zag er slaperig uit. Het haar op zijn achterhoofd stond rechtovereind, hij droeg een groene kimono van de retraite en zijn baard was verwilderd.

Ik houd onvoorwaardelijk van die man, dacht Luna. Dat is ook onbegrijpelijk.

Op zondag 4 maart om 5.34 uur, terwijl Olivia diep in slaap was, voerde het nationale arrestatieteam de tweede bestorming in ruim een week uit. Deze keer op het adres met hoge prioriteit dat Bosse Thyrén had genoemd: een appartement in Värby. De SÄPO had het appartement geobserveerd en had gewacht op activiteit in het pand. Toen dat gebeurde werd er alarm geslagen.

Deze keer trof het arrestatieteam geen doodsbange schoonmaakster aan, maar vier jongemannen in de leeftijd van twintig tot dertig die in bed lagen te slapen. Of liever gezegd, op matrassen. Ze werden allemaal geboeid en in onderbroek uit het appartement gevoerd. De technische recherche nam het over en constateerde dat er zich illegale chemicaliën en andere materialen in de flat bevonden die erop wezen dat de mannen een explosief hadden gefabriceerd of dat van plan waren geweest. Het was nog niet duidelijk wat het was. De explosievenopruimingsdienst, met aan het hoofd Magnus Larsson, werd naar de flat gehaald om te onderzoeken of het materiaal gelijkenis vertoonde met het explosief dat in de auto van de Brovalls was geplaatst.

De SÄPO was het meest verontrust over het feit dat er maar vier mannen in de flat waren gearresteerd. De vijfde die werd gezocht was niet aanwezig geweest.

Mette Olsäter kreeg die informatie om 6.00 uur.

*

De donkerharige jonge man die het portiek uit kwam was blootshoofds en vrij klein. Hij bleef even staan en voelde voorzichtig aan de bomgordel onder zijn jack. Die was nauwkeurig geprepareerd. Vandaag was zijn dag. Hij voelde zich trots, uitverkoren. Het was een indrukwekkend gevoel dat hij nog nooit had meegemaakt.

Hij was uitverkoren.

De man begon langs de gevel te lopen. Hij was opgegroeid in deze ruggengraatloze samenleving, maar had zich hier nooit thuis gevoeld. Een tijdlang had hij naar Syrië gewild om voor de zaak te vechten, maar dat plan was verijdeld door zijn familieleden, die niets van zijn nieuwe overtuiging begrepen.

Hij had het kalifaat vanaf de zijlijn moeten volgen.

Maar nu kreeg Islamitische Staat de ene tegenslag na de andere te verduren en zijn vrienden en hij hadden het gevoel dat ze moesten helpen, dat ze iets moesten doen voor datgene waarin ze geloofden. Ze waren tot de conclusie gekomen dat ze dat het beste konden doen door chaos en verwarring te veroorzaken. Door verdeeldheid in de samenleving te zaaien. Ze wisten dat nietsontziende bomaanslagen de antivreemdelingenkrachten in het land zouden versterken en dat die krachten de angst zouden verhogen.

En een samenleving die is gebouwd op angst rot van binnenuit.

Dat was het doel.

Uiteindelijk zou de hele westerse wereld misschien bezwijken, dacht hij, omdat alle grote imperia uiteindelijk onder hun eigen tekortkomingen instortten.

En dan was hij erbij geweest en had hij het mogelijk gemaakt.

Hij glimlachte terwijl hij liep. Hij was niet bang om dood te gaan. Hij was altijd omringd geweest door diverse vormen van geweld en dood. Hij keek om zich heen en dacht aan zijn kameraden. Hij was het eens met alles wat ze uit de Koran citeerden en hoe ontaard de westerse samenleving was, maar dat was niet de werkelijke reden waarom hij hier liep, met de bomgordel onder zijn jack. Het ging om hemzelf. Om de mogelijkheid iemand te worden.

Om iets te doen waarmee hij geschiedenis zou schrijven.

Om zijn naam te verbinden aan een huzarenstukje.

Om een martelaar te worden.

Hij voelde de adrenaline door zijn lichaam stromen terwijl hij over de stoep liep. Hij voelde de kou niet en genoot terwijl hij de mensen die hij passeerde observeerde.

Eindelijk had hij macht!

*

Vanwege de inval was de ochtendbijeenkomst van negen uur naar half-acht verplaatst. Mette was om zes uur wakker gebeld en had niet lang geslapen.

Dat gold eveneens voor Bosse en zijn team.

De inval was echter een succes geweest, ook al was een van de gezochte mannen nog steeds op vrije voeten. Ondanks het slaapgebrek waren ze allemaal tevreden en vol energie. Rusten konden ze in de loop van de dag misschien doen, maar eerst moesten ze de vijfde terreurverdachte opsporen en het verband vinden tussen de gearresteerde mannen en de opgeblazen auto van de Brovalls. De flat in Vårby was uitgekamd op zoek naar bewijs dat de jonge mannen die misdaad op hun geweten hadden en Mette had een deel van het materiaal dat was gevonden al in haar bezit. Het ging voornamelijk om een paar met de hand beschreven briefjes die waren gefotografeerd en digitaal naar haar toe waren gestuurd. Het probleem was dat ze in het Arabisch waren geschreven. De politie had taaldeskundigen in dienst, maar Mette wist niet of die op dit tijdstip op zondagochtend aanwezig waren, dus koos ze een andere manier.

Ze belde Abbas. 'Hallo, met Mette. Kun je naar het politiebureau komen? We hebben hulp nodig in verband met een taalprobleem.'

Abbas stond twintig minuten later in Mettes kantoor. Zijn buitengewone effectiviteit en loyaliteit waren dingen die Mette bijzonder aan hem waardeerde. Nu keek ze naar de man die door haar hele gezin in het hart was gesloten en die deel van dat gezin uitmaakte. Zoals gewoonlijk was hij onberispelijk gekleed. Hij schoor zijn hoofd tegenwoordig om te verbergen dat zijn haar begon uit te vallen. Zijn sikje was perfect verzorgd en de donkere ogen fonkelden zoals altijd van nieuwsgierigheid en energie.

Ze omhelsden elkaar.

'Wat fijn dat je zo snel kon komen,' zei Mette. 'Is alles goed?'

'Altijd. Waarmee kan ik je helpen?'

Mette had het materiaal uit de flat van de terroristen laten uitprinten en gaf dat aan Abbas. 'Dit is vanochtend tijdens een inval gevonden en we moeten weten of het iets is wat we kunnen gebruiken tegen degenen die we gearresteerd hebben.'

'Ik neem aan dat het om de explosie gaat,' zei Abbas. Hij pakte de vellen papier aan die Mette hem voorhield.

'Inderdaad.'

Abbas ging zitten en begon te lezen en Mette bleef gespannen naast hem staan, een beetje te gespannen. Abbas keek naar haar op. 'Ga zitten, het gaat niet sneller als je in mijn nek staat te hijgen.'

'Sorry.' Mette liep naar haar stoel, ging zitten en voelde hoe moe ze was. Ze was geen vijfentwintig meer. Haar pensioen naderde en misschien zou dat ondanks alles toch prettig zijn. Deze intensieve werkdagen en -nachten deden haar geen goed. Ze deed haar ogen heel even dicht en haalde een paar keer diep adem om haar lichaam tot rust te brengen.

'Het gaat om de planning van een soort misdaad, zou ik zeggen.'

Ze schrok op door Abbas' woorden. Had ze geslapen? 'Is dat waar?' vroeg ze. 'Gaat het om Malin Brovall?'

'Nee, voor zover ik kan zien niet.'

Abbas las verder. Mette was weer klaarwakker.

'Luister, ze hebben het over iets wat ze "het feest" noemen,' ging Abbas verder. 'Wat ze moeten regelen voor "het feest", en omdat datgene wat ze moeten regelen onder meer over het aanschaffen van chemicaliën gaat, moet "het feest" een aanslag zijn, denk je ook niet?'

'Ja, dat kunnen we redelijkerwijs aannemen,' zei Mette. 'Staat er meer in wat dat bevestigt?'

'Ja, een datum. Het is nogal moeilijk om het handschrift te ontcijferen.'

'De vierentwintigste?'

'Nee, volgens mij gaat het om de vierde.' Abbas keek op van de vellen papier en ontmoette Mettes ogen.

'De vierde, weet je dat zeker?' vroeg ze.

'Ja, dat staat er. En het feest is niet bij de Brovalls.'

'Waar dan wel?' Mettes hartslag versnelde terwijl Abbas de gefotografeerde tekst ontcijferde.

'Op een boot, de Schebriz, de vierde om 10.00 uur. Bij het Grand Hôtel.'

'Dat moet de Sjöbris die aan de Strömkajen ligt zijn. Staat erbij om welke maand het gaat?'

Abbas keek weer op het vel papier. 'Ja, maart.'

'Jezus,' zei Mette. Ze keek op haar horloge en zag dat het 9.25 uur was. 'Blijf lezen! Ik moet...' Ze was al bijna de deur uit en maakte haar zin niet af.

*

Hij keek op zijn mobiel en zag dat het 9.26 uur was. Ruim op tijd dus. Hij liep langzaam door de Kungsträdgården naar de Strömkajen. De bomgordel was zwaar, maar beschermde goed tegen de kou. Het gevoel van macht had hij de hele weg gehouden. Toen hij in de metro stond was hij overvallen door een geluksroes. Hij had om zich heen gekeken en had geconstateerd dat hij de macht had om al deze mensen te vermoorden als hij dat wilde. Al deze ongelovigen.

De gedachte was bedwelmend geweest, maar dat was het plan niet, en zijn medepassagiers zouden nooit weten wat hun die ochtend had kunnen overkomen.

In eerste instantie hadden ze met hun daad willen wachten tot het zomer was, midzomer. Een perfecte gelegenheid met een perfect doel dat de perfecte chaos zou veroorzaken, maar vervolgens waren er dingen gebeurd waardoor ze hun plannen hadden moeten veranderen. Ze hadden contact gehad met een emir die heel vastbesloten was geweest. Er moest nu iets gebeuren, onmiddellijk, om mensen te herinneren aan het bestaan van het kalifaat en duidelijk te maken dat ze absoluut niet verzwakt waren.

Het zou een symbolische daad zijn.

Een explosie in Stockholm op het water voor het Koninklijk Paleis. Het aantal doden was minder belangrijk dan de boodschap: *Kijk, we bevinden ons te midden van jullie en kunnen doen wat we willen.*

Hij naderde de boten.

*

Het gebeurde tegenwoordig niet vaak meer, maar nu rende Mette door de gangen. Bosse zag verbaasd dat ze de deur naar de bestuurskamer opengooide, waar team A ingespannen probeerde om de gearresteerde mannen aan de autobom te koppelen en de vijfde verdachte terrorist te lokaliseren.

'We moeten het arrestatieteam weer oproepen!' riep ze. 'Ze kunnen een aanval voorbereid hebben die om tien uur op een boot aan de Strömkajen wordt gepleegd!'

Wat raaskalt ze? dacht Bosse, maar hij was verstandig genoeg om haar woorden niet in twijfel te trekken, pakte haastig zijn mobiel en toetste het nummer van het hoofd van het arrestatieteam in. Vervolgens gaf hij de telefoon aan Mette.

Ze vertelde wat Abbas had ontcijferd en dat het kon gaan om een aanslag die vandaag om tien uur 's morgens zou plaatsvinden.

'Bel Waxholmsbolaget,' zei het hoofd van het arrestatieteam. 'Alle boten moeten aan de kade blijven liggen!'

De kapitein van de Sjöbris keek uit over de kade. Het was een prachtige winterdag. De sneeuw van de vorige dag glinsterde voor het Grand Hôtel, de wolken trokken weg en de zon zou voor de eerste keer in weken tevoorschijn komen. Er stond geen enorme menigte te wachten om aan boord te gaan, alleen een paar gezinnen met kinderen die hadden besloten om naar hun vakantiewoningen te gaan en wat toeristen die de scherenkust van Stockholm of Vaxholm in wintertooi wilden zien.

Zo meteen zouden ze de warmte aan boord betreden.

Dat wil zeggen, als kaartjesverkoper en manusje-van-alles Erik op tijd op zijn werk zou verschijnen. Hij had gebeld om te vertellen dat hij zich had verslapen en dat was niet de eerste keer. De kapitein keek op zijn horloge. Vijf over halftien. Hij keek door het raam van de commandobrug en zag Erik over de kade rennen. Hij volgde hem met een lichte glimlach op zijn lippen en zag hem uitglijden in de sneeuw, waarna hij bijna tegen een jonge donkerharige man botste die dik aangekleed was en langzaam naar de boot liep.

Op dat moment ging zijn mobiel.

Het was zijn vrouw, die vertelde dat ze waren uitgenodigd om bij de buren te komen eten.

'Leuk,' antwoordde hij.

'Ik weet niet precies hoe laat je klaar bent met werken.'

De kapitein hoorde dat hij een tweede gesprek kreeg, maar schonk daar geen aandacht aan. Erik was eindelijk bij de boot en zwaaide vrolijk naar hem voordat hij aan boord sprong.

Hij zwaaide terug. 'We meren rond zes uur aan,' zei hij tegen zijn vrouw.

De man met de bomgordel naderde de Sjöbris.

Hij was bijna omvergelopen door de een of andere idioot die blijkbaar op de boot werkte. Het had helemaal mis kunnen gaan als ze waren gevallen, dan had het hele plan naar de bliksem kunnen gaan.

Hij keek naar de mensen die stonden te wachten; een moeder met een kinderwagen, een paar Japanse toeristen die selfies voor de boot met het paleis op de achtergrond namen, een jong stel dat elkaar omhelsde om warm te blijven en een paar gezinnen. Plotseling voelde hij zich onzeker, het gevoel van macht verdween toen hij zag wie hij met zich mee de dood in zou nemen. Hij probeerde die gedachte te verdringen, pakte zijn mobiel en stuurde een sms naar een van zijn kameraden: *Ga zo meteen aan boord, het feest kan beginnen.*

De kapitein beëindigde het telefoongesprek met zijn vrouw. Hij was meerdere keren gebeld tijdens het gesprek. Erik kwam naar hem toe en zei dat het hem speet dat hij te laat was.

'Zal ik ze aan boord laten?' vroeg hij.

'Ja, doe dat, het is koud.'

De kapitein keek op zijn mobiel. Wie had hem zo dringend nodig? Claes van kantoor? Wat wilde hij? Hij was vandaag toch vrij? Hij belde terug.

De man met de bomgordel staarde naar zijn mobiel. *Waarom beantwoorden ze mijn sms niet? Ze zitten toch te wachten op wat ik ga doen?*

Hij voelde de irritatie opkomen. Hij was degene die zich zou opofferen en zij hielden zich niet aan hun deel van de afspraak. Ze hadden geen contact gehad sinds hij gisteren met de bomgordel uit de flat was vertrokken, maar dat was het probleem niet. Ze hadden tenslotte afgesproken om geen risico's te nemen. Ze zouden echter een laatste keer contact hebben voordat hij aan boord ging. Zo was het afgesproken.

Moet ik bellen? dacht hij, terwijl de man die bijna tegen hem aan was gebotst de loopplank begon uit te leggen.

Hij besloot om eerst aan boord te gaan.

De kapitein kreeg Claes aan de telefoon, die schreeuwde dat hij onder geen beding van de kade mocht vertrekken of passagiers aan boord mocht laten. Als dat nog niet was gebeurd. De kapitein klopte hard op het raam en gebaarde in een poging Erik te laten begrijpen dat hij de loopplank niet mocht uitleggen. Erik zwaaide echter vrolijk naar hem en begreep niet wat hij wilde. De kapitein liep naar de geluidsinstallatie. 'Helaas moet ik de passagiers meedelen dat de boot niet vertrekt vanwege een defect aan de motor.'

Erik keek verbaasd naar de kapitein. De mensen op de kade keken elkaar aan. De Japanse toeristen begrepen er niets van en vroegen aan de moeder met de kinderwagen wat er was gezegd. De jonge man met de zware bomgordel keek bezorgd om zich heen en bracht zijn mobiel naar zijn oor. Een aantal zwarte voertuigen reed in volle vaart vanuit de richting Kungsträdsgården naar de Strömkajen. De jongeman liet zijn mobiel weer in zijn zak glijden, stopte zijn hand onder zijn jas en pakte de blauwe ontstekingsdraad vast terwijl hij zich afvroeg wat er aan de hand was en wat hij nu moest doen.

Op het moment dat hij naar het Grand Hôtel begon te rennen scheurden de zwarte voertuigen de Strömkajen op. Hij rende de foyer in, keek over zijn schouder en zag dat de auto's abrupt remden, waarna er mannen met pistolen in hun handen naar buiten sprongen. Hij rende een open lift in. De liftdeur ging achter hem dicht en de lift gleed naar boven. Iemand had blijkbaar op de knop gedrukt. Hij zag zijn bezwete, angstige gezicht in de liftspiegel. *Wat moet ik doen? Ik kan mezelf toch niet in een lift opblazen?*

De lift stopte op de derde verdieping, de deuren gingen open en een keurig geklede vrouw van middelbare leeftijd stapte in. Ze knikte vriendelijk naar hem. 'Ga je naar beneden?'

Hij gaf de vrouw geen antwoord en ze drukte op de parterreknop. Hij zag dat ze in de spiegel naar hem en zijn dikke jack gluurde.

'Logeer je in het hotel?' vroeg ze.

Hij schudde zijn hoofd en stopte zijn hand weer onder zijn jack.

Toen de lift de parterre bereikte sloeg hij zijn arm met een snelle wurggreep van achteren rond haar hals en duwde haar naar de openschuivende deuren. De vrouw gilde. Voor de lift stonden een paar politieagenten met getrokken wapens. Hij brulde: 'Ik blaas haar op als jullie me aanraken!'

Hij stapte met de vrouw stevig tegen zijn lichaam gedrukt naar buiten. De agenten trokken zich meteen terug, een paar van hen die iets verder weg stonden communiceerden met de actieleider, die buiten stond. Hij hield de vrouw, die te bang was om nog langer te gillen, als een schild voor zich terwijl hij door de foyer liep. Hij bereikte de deuren en nam haar mee naar buiten. Overal stonden zwarte auto's en politieagenten.

Hij leunde tegen een groot raam en hield de vrouw nog steeds stevig vast. 'Ik wil een taxi!' schreeuwde hij.

De politieagenten wachtten af, ze durfden niet te schieten zolang de man de vrouw voor zich hield.

Plotseling zag hij iets verderop een rij taxi's en hij begon er samen met de vrouw naartoe te lopen. Ik ga in een taxi zitten, laat haar los en zeg tegen de chauffeur dat ik de bom laat ontploffen als hij niet wegrijdt, dacht hij.

Het lot greep echter in op een manier die hij niet had voorzien.

Toen hij bij de rij taxi's was kwam er een oudere chauffeur naar hem toe lopen, pakte zijn jack vast en zei: 'Ali!'

Ali staarde naar zijn oom, die hij niet meer had gezien nadat hij was geradicaliseerd en met zijn familie had gebroken.

'Wat doe je?' vroeg de oom. 'Wat is er aan de hand?'

'Laat me los!' riep Ali. 'Je begrijpt het niet! Je verpest alles!'

De oom liet hem niet los. Hij wist waar Ali mee bezig was en wat er onder zijn jack opbolde, en was niet van plan om dit te laten gebeuren als het de wil van Allah niet was.

En dat was het niet.

Dus hield hij zijn neef stevig vast, waarmee hij zijn eigen leven riskeerde, terwijl de vrouw zich losrukte en wegrende.

Een paar seconden later waren ze omsingeld door politieagenten.

Mette, Lisa, Olivia en nog een aantal agenten stonden in de bestuurskamer van het politiebureau. Ze kregen doorlopend informatie van Bosse, die aanwezig was op de Strömkajen. De situatie was gespannen. Een scherpe lucht van door adrenaline veroorzaakt zweet vermengd met de geur van zwarte koffie verspreidde zich in de ruimte. De Strömkajen was afgezet. Dankzij de heldhaftige taxichauffeur hadden ze de terrorist gepakt, hadden ze hem de bomgordel uitgetrokken en die op de kade gelegd. Nu wachtten ze tot de explosievenopruimingsdienst die in het appartement in Vårby was, zou arriveren. Het wachten maakte hen zenuwachtig en het leek een eeuwigheid te duren voordat ze Bosses stem weer door de luidsprekertelefoon hoorden.

'Ze komen eraan. Het explosieventeam is aanwezig. Ik meld me zodra ik weet wat er gebeurt. Ik hou de lijn open.'

Mette haalde diep adem. Ze voelde zich misselijk, maar kon op dit moment onmogelijk naar het toilet. Dus bleef ze staan en keek naar de telefoon alsof ze hoopte dat ze hem kon hypnotiseren om snel positieve informatie te geven. Het enige wat ze echter hoorden waren gekraak en zwakke stemmen op de achtergrond. Bosse had hem blijkbaar in zijn zak gestopt. De minuten verstreken. Iemand in de kamer hoestte. Een ander probeerde de laatste druppels koffie uit de pompthermoskan te halen, wat resulteerde in een sissend geluid en geïrriteerde blikken van zijn collega's. Olivia was op Bosses bureaustoel gaan zitten en draaide zenuwachtig heen en weer. Plotseling zag ze Abbas in de deuropening verschijnen. Ze glimlachte en knikte naar hem. Hij knikte terug. Mette liet de telefoon met rust, de hypnose werkte duidelijk niet en ze voelde dat ze iets moest drinken. Lisa zag haar om zich heen kijken en begreep waarnaar ze zocht. Ze pakte een fles water en liep snel naar haar toe.

'Bedankt,' fluisterde Mette, en ze pakte de fles aan en dronk. Ze begon ongeduldig te worden, het was ondraaglijk om niet ter plaatse te zijn en alles onder controle te hebben.

'Wat gebeurt er?' vroeg ze uiteindelijk door de telefoon aan Bosse.

Geen antwoord.

'Bosse, wat gebeurt er? Is de situatie onder controle?'

Er klonk een schrapend geluid in de telefoon. 'Het antwoord is ja. Ze hebben het risico ingeschat, zetten een robot in om het object naar Rosersberg te transporteren en brengen het daar tot ontploffing.'

Mette ademde uit. Als de explosievenopruimingsdienst zei dat de situatie onder controle was, dan was dat zo.

'Oké,' zei Mette. 'Heb je tijd om een beeldverbinding te regelen zodat we kunnen zien wat er gebeurt?'

Dat had Bosse.

Ze keken allemaal doodstil naar het computerscherm waarop de bomrobot de bomgordel naderde, hem oppakte en naar de aanhangwagen transporteerde waarin hij weggevoerd zou worden.

Alle aanwezigen in de bestuurskamer haalden opgelucht adem toen de auto met de bom langzaam wegreed. De plek was veiliggesteld en de gearresteerde dader was onderweg naar de gevangenis. Olivia zag vanuit haar ooghoeken dat Abbas uit de deuropening verdween en de gang in liep. Ze sloop de kamer uit en liep hem achterna. 'Abbas!'

Olivia riep hem net voordat hij om de hoek verdween. Abbas bleef staan en deed een stap naar achteren toen hij haar stem hoorde. Ze liep naar hem toe en omhelsde hem. 'Verdwijn je gewoon nu je de held van de dag bent?'

Abbas' bruine ogen lachten terwijl hij naar haar keek. 'Jullie hebben het verschrikkelijk druk en ik moet een aantal dingen regelen. Maar het is fijn om je te zien, dat lijkt een hele tijd geleden. Is alles goed met je? De laatste keer dat we elkaar zagen had ik het gevoel dat je nogal gedeprimeerd was.'

Rechtdoorzee. En hij sloeg de spijker op zijn kop. Dat was Abbas in een notendop. Hij was een waarnemer en niets ontging hem.

'Dat klopt, maar nu gaat het weer goed met me.' Ze lachte om te onderstrepen hoe geweldig ze zich voelde, hoewel ze wist dat Abbas niet in zulke doorzichtige trucjes trapte. 'Hoe is het met jou?' ging ze verder.

'Ik mis mijn backgammonavonden met Tom, verder gaat het goed.'

'Ik ben verdomd goed in backgammon.'

Abbas lachte even en zijn ogen fonkelden. 'Natuurlijk, waarom heb ik daar niet eerder aan gedacht?'

'Olivia!' riep Lisa vanuit de deuropening van de bestuurskamer.

Olivia draaide zich naar haar om.

'Mette wil met ons praten, ze geeft zo meteen een persconferentie.'

'Ik kom eraan,' antwoordde Olivia.

Abbas legde een hand op haar schouder. 'Ik ga ervandoor. Zeg tegen Mette dat ik contact met haar opneem. En bel me als je een enorm pak slaag wilt hebben.'

Olivia antwoordde met een glimlach. 'Dat doe ik, je bellen dus, wat je over het enorme pak slaag zei heb ik niet gehoord.' Ze omhelsde hem opnieuw en zag hem aan het eind van de gang om de hoek verdwijnen. Ik moet aandacht gaan besteden aan de vrienden die ik heb in plaats van me te wentelen in eenzaamheid, dacht ze, waarna ze naar de bestuurskamer liep.

*

Er waren heel veel journalisten aanwezig bij de persconferentie en Mette Olsäter zat ook op het podium. Een terreurdaad was voorkomen en iedereen was heel tevreden over het resultaat. De SÄPO en de politie hadden op een voorbeeldige manier samengewerkt, daarover was iedereen het eens. Nu waren ze bezig met het vaststellen van een verband tussen de aanslagpoging van vandaag en de geëxplodeerde auto van het gezin Brovall, en dat was iets wat tijd kon kosten.

'Jullie zijn er dus niet zeker van dat het dezelfde dader is?' vroeg een verslaggever.

'Dat klopt,' antwoordde Mette. 'Het is niet onmogelijk, maar we kunnen daar pas zeker van zijn als het ons gelukt is om ze aan de plaats delict in Täby te linken. De verhoren van de arrestanten beginnen vanmiddag en hopelijk zullen die een aantal vragen beantwoorden. We verwachten ook informatie van de explosievenopruimingsdienst of de bomgordel die de dader bij zich had van dezelfde soort is als de bom waarmee de auto van het gezin Brovall opgeblazen is. En of die kan worden gekoppeld aan de vondsten die zijn gedaan in het appartement in Vårby dat vanochtend vroeg is bestormd.'

Daar moesten de media voorlopig tevreden mee zijn.

*

De bestuurskamer zat vol voor de bijeenkomst van drie uur. De sfeer was opgelucht. Iemand had een paar taarten geregeld zonder dat te overleggen met Mette, die tegen een muur leunde en haar werknemers observeerde. Ze voelde een collegiale warmte, iedereen in deze kamer had keihard gewerkt vanaf het moment dat de autobom ruim een week geleden was geëxplodeerd. Tegelijkertijd wist ze wie ze moest bedanken omdat de terreurdaad van vandaag was voorkomen: Abbas el Fassi. Als hij niet zo snel was gekomen en zo goed in talen was geweest, dan was een grote boot in de wateren van Stockholm geëxplodeerd, wat dodelijke slachtoffers gekost zou hebben.

Ze schraapte haar keel een paar keer, waardoor iedereen naar haar keek. Toen het helemaal stil in de kamer was, zei ze: 'Vandaag zijn we erin geslaagd om iets te voorkomen wat een nieuw nationaal trauma had kunnen worden en daar mogen we trots op zijn. Allemaal.'

Olivia en Lisa keken elkaar aan, ze waren beiden niet betrokken geweest bij het voorkomen van het drama.

'Maar we hebben nog steeds een tragedie waarnaar we onderzoek moeten doen,' ging Mette verder. Ze maakte een handgebaar naar de foto's van de plaats delict van de autobom in Täby. 'De vreselijke misdaad tegen het gezin Brovall moet opgelost worden en wij zijn degenen die dat moeten doen. De gearresteerde terroristen zitten vast en worden zo snel mogelijk verhoord. Hopelijk vinden we bewijs dat hen aan de autobom koppelt, maar dat weten we nog niet.

Dus geniet van de taart, maar daarna moeten we weer aan het werk.'

De deur ging plotseling open en Magnus Larsson kwam binnen.

'Goed dat je er bent,' zei Mette. 'We hadden het net over de autobom. Heb je nieuws?'

Wat Magnus vertelde verminderde de feestelijke sfeer enigszins. Hij zette uiteen wat ze in de flat van de terroristen hadden gevonden. 'De bom die in de flat is gefabriceerd komt niet overeen met de bom die voor de Brovalls is gebruikt. Hij komt daarentegen wel overeen met de bomgordel die de jonge terrorist vandaag droeg. Dat sluit niet uit dat er een verband met de Brovall-aanslag kan zijn. Ze kunnen de bom tenslotte ergens anders gefabriceerd hebben.'

Olivia gluurde naar Lisa en zag dat ze haar best deed om niet naar Magnus te kijken. Wat is er tussen die twee? dacht ze. Of beeld ik me gewoon iets in?

*

De grote rode villa van rond de eeuwwisseling in Kummelnäs was deels wit van de sneeuw en grotendeels donker. De enige kamer waar licht brandde bevond zich op de bovenverdieping; een grote slaapkamer met witte kasten en een deur naar de badkamer. Het was al na middernacht toen het oudere paar daar eindelijk uit kwam en in het brede tweepersoonsbed ging liggen.

Mette had niet alleen het succes gevierd maar had ook verder gewerkt, en had haar man Mårten gevraagd om een lauwwarm bad voor haar klaar te maken toen ze op weg naar huis was. Ze hield er niet van als het water te warm was.

Nadat ze zich met een glas rode wijn op de badrand en met een man verderop op het toiletdeksel in het water had laten zakken kon ze haar geest eindelijk ontspannen, of liever gezegd uitschakelen. De autobomzaak was nog steeds niet opgelost, ook al was de hoop op een afsluiting na vandaag veel dichterbij gekomen. Het enige wat de vreugde verstoorde was het aantal aanslagen. Twee stuks vlak na elkaar en zonder vanzelfsprekende verbanden. Dat was eerder gebeurd, ook in Europa, maar het was toch zorgelijk.

'Ben je nog met je werk bezig?' vroeg Mårten met zijn glas in zijn hand.

'Helemaal niet. Ik lag te denken aan...' Omdat Mette niet meteen kon bedenken waaraan ze lag te denken viel er een stilte die Mårtens vermoeden bevestigde.

'Ik heb je op tv gezien,' zei hij.

'Was ik goed?'

'Je was duidelijk. Dat ben je altijd.'

'Is dat een compliment?'

'Het is een constatering. Je deed wat je moest doen.'

Mette trok zich aan de badrand omhoog en keek naar Mårten. 'Het is heerlijk om een man te hebben die zijn vrouw zo waardeert,' zei ze.

'Dat doe ik, dat weet je, dat doe ik al vanaf het moment dat je me arresteerde.'

'Ik heb je opgepakt, lieverd, in Zweden arresteren we niet, je hebt te veel Engelse politieseries gezien.'

Mårten had in zijn radicale jeugd zonder vergunning in de Kungsträdgården gedemonstreerd en was nogal onzacht weggevoerd door een jonge politieagente.

Dat was het begin van hun liefdesverhaal geweest.

Nu lag de politieagente in het lauwwarme water en zat de demonstrant een paar meter verderop met een glimlach op zijn gezicht op het toiletdeksel.

Mette liet zich weer in het water zakken. 'Ik denk dat we Magnus en Veronica moeten uitnodigen,' zei ze. 'Hij is de afgelopen dagen een enorme steun geweest.'

'Graag. We krijgen binnenkort tenslotte meer tijd voor etentjes.' Dat was Mårtens tactvolle manier om te beginnen over het pensioen dat in aantocht was en waar hij heel verlangend naar uitkeek, wat zijn vrouw overigens niet deed. Daarom was hij voorzichtig met zijn uitspraken. Begon hij erover als Mette humeurig was, dan moest hij dat meteen bezuren.

Het bad had echter het effect dat het vaak heeft, het verzachtte en maakte doezelig, en Mette zei alleen: 'Ja, dat zal leuk zijn.'

'Nu we het er toch over hebben...' Mårten maakte gebruik van de gelegenheid nu hij een klein beetje meegaandheid bij Mette proefde. 'Bekijk deze eens,' zei hij terwijl hij zijn hand onder zijn billen stak en de brochure waarop hij had gezeten tevoorschijn haalde.

'Wat is dat?'

Mårten hield Mette de kleurige brochure voor.

'Dit is een waanzinnig interessante brochure met themareizen, zoals een groepsreis van een week naar Zuid-Engeland waarbij je onder meer het huis van de Bloomsburygroep en een aantal tuinen kunt bezoeken. Fantastische tuinen! Fantastische huizen! Zou dat niet geweldig zijn?'

Mette droogde haar handen heel zorgvuldig af aan een handdoek die naast haar hing en dat was niet omdat ze de folder niet wilde natmaken, maar om tijd te winnen. Mårten en zij hadden ideeën die lijnrecht tegenover elkaar stonden als het om het begrip 'geweldig' ging. Voor hem was dat een tuinreis, voor haar waren dat heel andere en aanzienlijk ingewikkelder dingen.

Ze pakte de brochure en bladerde er een tijdje in terwijl ze Mårtens verwachtingsvolle gezicht meer voelde dan zag.

Dat hij het toch nooit leert, dacht ze. Gelooft hij na honderd jaar samen nog steeds dat ik enthousiast raak over de reizen in deze folder?

Die honderd jaar hadden haar echter ook geleerd hoe ze moest omgaan met zijn naïeve hoop. 'Wat een goed idee, een tuinreis,' zei ze. 'Laten we er verder over praten als alles weer wat rustiger is.'

Ze gaf de brochure aan Mårten terug, die voelde dat hij op dit moment niet verder zou komen. Hij had de gelegenheid zorgvuldig gekozen, Mette in bad met een glas wijn naast zich, en het zaadje was geplant. Nu hoefde hij het alleen te verzorgen.

'Je bent altijd gek op *Midsomer Murders* geweest,' zei hij.

'Dat klopt,' antwoordde Mette, waarna ze met haar gezicht onder water verdween.

Het was een effectieve manier om een eind aan het gesprek te maken.

Na het bad gingen ze naar bed, allebei aan hun eigen kant. Mette stak haar hand uit naar het lichtknopje. Ze wist dat het niet lang zou duren voordat Mårten begon te snurken, dus maakte ze van de gelegenheid gebruik om nog snel iets te zeggen. 'Olivia lijkt niet bepaald vrolijk,' zei ze.

'O ja? Wat vervelend. Zou ze Tom missen?'

'Ze mist een man in haar leven en dat is Tom niet.'

'Nee, natuurlijk niet, maar ze zal vinden wat ze nodig heeft, dat kost alleen tijd. Ze moet zich verzoenen met datgene wat ze in haar bagage heeft en daarna kan ze verder.'

'Dat is gemakkelijk gezegd.'

'Maar waar. Op een bepaald moment ontmoet ze iemand die zich niets aantrekt van de beschermende muur die ze heeft opgetrokken en wordt ze verliefd.'

'Of ze wordt net zoals Abbas. Hij heeft het verlies van die vrouw in Marseille nooit verwerkt.'

'Dat geloof ik ook. Maar vroeg of laat ontmoet ook hij de ware.'

Mette hield haar hand bij het lichtknopje. Ze wist niet waarom, misschien omdat ze nadacht. 'Ik heb een tijdje gedacht dat Abbas en Olivia een relatie met elkaar zouden krijgen,' zei ze. 'Volgens mij is ze een tijdlang heel verliefd op Abbas geweest.'

'Dat waren we waarschijnlijk allemaal. En dat zijn we nog steeds. Ik heb trouwens een idee,' zei Mårten.

'Ja?'

'Misschien moeten we haar meenemen op die tuinreis. Zou dat haar niet opvrolijken?'

Mette deed het licht uit en het werd donker in de kamer.

Olivia liep het portiek uit en stapte de blubberige sneeuw in. De kou was haar grip op de hoofdstad enigszins kwijtgeraakt en het mooie witte gewaad was veranderd in een saaie grijze brij. Voor Olivia was dat positief. Het was iets warmer in het appartement en ondanks het grijze weer leken de dagen langer. Er was hoop dat het ook dit jaar weer voorjaar zou worden.

Goedgehumeurd en met muziek in haar oren liep ze naar de bushalte in de Långholmsgatan. Toen ze op de hoogte van de Borgargatan was voelde ze plotseling een hand op haar schouder. Ze schrok en bleef staan.

'Hallo, Olivia.'

Olivia draaide zich om en zag Jamie samen met een donker, mooi meisje naast zich staan. Ze haalde de oordopjes uit haar oren en glimlachte. Ze was enigszins overrompeld, ze had niet verwacht hem hier tegen te komen en vooral niet met een nieuwe mooie vriendin. Ze wist niet goed of het gepast was om hem te omhelzen en koos ervoor om het niet te doen. 'Hallo,' zei ze.

'Dit is Amanda, we werken samen.'

Dat is waarschijnlijk niet het enige wat jullie samen doen, dacht Olivia terwijl ze Amanda met een enigszins gemaakte glimlach een hand gaf. 'Leuk je te ontmoeten,' mompelde ze.

'Ik heb al een tijdje niets van je gehoord,' zei Jamie. 'Je hebt mijn laatste sms niet beantwoord.'

'Is dat zo?'

'Ja. Daar was ik een beetje teleurgesteld over.'

'Het spijt me, die heb ik blijkbaar over het hoofd gezien. Het is de laatste tijd nogal druk op mijn werk, dus je moet het me maar vergeven. Wat wilde je?'

'Ik zat in een tapasrestaurant in de Högalidsgatan en dacht dat je misschien zin had om naar me toe te komen om iets te drinken.'

'Dat zou leuk geweest zijn,' antwoordde Olivia.

'Dat moeten we dan een andere keer doen. Ik wilde erover opscheppen dat ik een contract bij een platenmaatschappij getekend heb en dat ik mijn eigen muziek ga produceren.'

'Wat ontzettend gaaf, Jamie. Gefeliciteerd!' Nu omhelsde Olivia hem wel. Amanda mocht ervan denken wat ze wilde.

'Dank je,' antwoordde Jamie. 'Heb je een afspraak of heb je tijd voor een kop koffie?'

'Ik moet naar mijn werk, ik ben al laat, maar leuk om... jullie te zien.' Het 'jullie' kwam er een beetje aarzelend uit.

Met wederzijdse beloften om contact met elkaar te houden gingen ze uit elkaar. Amanda en Jamie sloegen links af naar Hornstull en Olivia keek hen een tijdje na voordat ze doorliep. Daar liep hij, mooie, innemende Jamie met zijn dreadlocks, zijn coole manier van doen en het geprononceerde kuiltje in zijn kin. We hadden samen achter een kinderwagen kunnen lopen, dacht ze, en dan zou daar de schattigste baby van de wereld in gelegen hebben.

Zo was het echter niet gegaan.

Misschien had het zo moeten zijn omdat het kind niet gepland was.

Olivia voelde een steek in haar maag en haar ogen werden vochtig. Het verscheurende verdriet overviel haar nog steeds, maar er zat steeds meer tijd tussen. Ze stopte de dopjes weer in haar oren en zette het geluid harder om niet te hoeven nadenken.

Toen ze bij het stadhuis uit bus 54 stapte botste ze bijna tegen Magnus Larsson aan. Hij was blijkbaar ook onderweg naar de ochtendbespreking. Het was opnieuw iets wat ze niet had verwacht. Ze was nog steeds een beetje van slag door de ontmoeting met Jamie en wilde het laatste stuk naar het politiebureau niet gedwongen zijn om met hem te praten, dus keek ze opzij en probeerde eruit te zien alsof ze volledig in haar eigen muziekwereld opging.

Het werkte niet.

'Hallo! Olivia is het toch?'

'Dat klopt.' Olivia hield de dopjes in haar oren om aan te geven dat ze geen behoefte had aan een gesprek. Dat werkte ook niet.

'We hebben elkaar nog nooit fatsoenlijk begroet.' Magnus stak zijn hand uit en Olivia moest wel toegeven. Ze wilde niet onbeleefd zijn. Ze haalde de dopjes uit haar oren en schudde zijn hand.

‘De laatste keer dat ik je gezien heb was je zo klein,’ zei Magnus. Hij lachte en gaf met zijn hand aan dat Olivia destijds ongeveer een meter was geweest, een gebeurtenis die Olivia zich absoluut niet herinnerde. ‘Ik werkte in die tijd veel met je vader samen,’ ging hij verder. ‘Ik mocht hem bijzonder graag, het was zo triest dat hij zo vroeg overleden is.’

Hij legde zijn hand medelijdend op haar schouder terwijl ze de ingang van het politiebureau naderden. ‘Hoe is het met je moeder?’ vroeg hij.

Ik zou het niet weten, dacht Olivia. ‘Goed, ze is op dit moment op Mallorca,’ antwoordde ze. Met een nieuwe man en een nieuw huwelijk op komst, dacht ze.

‘Je moet haar de hartelijke groeten van mij en mijn vrouw Ellinor doen. We kwamen indertijd af en toe bij elkaar op visite. We hebben een zoon, Johannes, die dezelfde leeftijd heeft als jij. Jullie speelden heel leuk samen.’

Een vage herinnering aan een lachende jongen met spierwit haar die een tennisbal gooide en een kleine witte hond die erachteraan rende schoot door Olivia’s hoofd. ‘Dat kan ik me inderdaad herinneren,’ zei ze. ‘Hadden jullie een hond?’

‘Dat klopt, Lajka, een maltezer, we hebben haar heel lang bij ons gehad. Johannes en zij waren onafscheidelijk.’ Magnus hield de deur op een overdreven galante manier open voor Olivia. ‘Dames gaan voor, hoewel je dat tegenwoordig blijkbaar niet meer mag zeggen,’ zei hij met een knipoog.

Olivia besloot de opmerking te negeren. Sinds de #MeToo-beweging over de wereld was geraasd, was het dagelijkse kost geworden om zich tegen dat soort opmerkingen te verweren. Mannen, vaak enigszins ouder, die vonden dat het allemaal een beetje te ver was gegaan maakten er graag grapjes over dat ze tegenwoordig geen compliment meer konden maken zonder dat het verkeerd werd opgevat en ze werden gevierendeeld vanwege seksuele intimidatie.

‘Maar ik ben van de oude stempel, dus je moet het maar door de vingers zien,’ ging Magnus verder.

Olivia glimlachte, waarmee ze toonde dat ze de oude stempel deze keer door de vingers zag. Ze had de energie niet om een boze jonge vrouw te zijn en erop te wijzen dat een dergelijke opmerking juist aantoonde dat hij bij het oude patriarchaat hoorde en niet bereid was om te veranderen, plus dat alle mensen, ongeacht het geslacht, het waarschijnlijk prettig vonden als er een deur voor hen werd opengehouden.

'Wat doet Johannes tegenwoordig?' vroeg ze om het gesprek van het mijnenveld af te leiden.

Magnus' glimlach verstarde tot een grimas toen ze de vraag stelde en hij kreeg een verdrietige blik in zijn ogen. Ze was blijkbaar opnieuw op een mijn getrapt.

'Niet zoveel helaas,' antwoordde Magnus. 'Hij heeft een paar jaar geleden een motorongeluk gehad en is net begonnen met weer te leren lopen.'

'O, dat spijt me. Ik wist niet...'

'Nee, hoe had je dat moeten weten?'

Magnus zag er gekweld uit, kreeg een afwezige blik in zijn ogen en verdween een paar seconden in zichzelf. Olivia wist niet goed wat ze moest zeggen, dus paste ze een uitwijkmanoeuvre toe door te doen alsof ze in haar tas naar haar toegangspasje zocht, hoewel ze precies wist waar dat was. Magnus had dat van hem in zijn hand en passeerde de portier voor haar. Hij bleef staan toen hij zag dat ze niet achter hem aan liep. 'Kun je je pasje niet vinden?' vroeg hij.

'Jawel.' Olivia pakte haar pasje en volgde hem naar binnen.

'Sorry, ik raak altijd een beetje van slag als iemand naar Johannes vraagt,' zei hij toen ze weer naast hem liep. 'Verdriet is moeilijk te hanteren. Het kan je plotseling overvallen, als een stuiptrekking waartegen je je niet kunt verweren. Maar daar weet jij natuurlijk alles van, Arnes dood moet jullie bijzonder aangegrepen hebben.'

Olivia knikte. Het verbaasde haar hoe open hij zijn kwetsbaarheid toegaf. Soms oordeel ik te snel over mensen, dacht ze.

'In eerste instantie wisten we niet of hij het zou overleven,' ging Magnus verder. 'Daarna wisten we niet of hij de rest van zijn leven een kasplantje zou blijven. Of zijn hersenen nog intact waren. Om je kind op die manier te zien lijden... dat wens ik niemand toe.'

Olivia zag het beeld van de lachende jongen weer voor zich. Het leven kon razendsnel veranderen. Sommigen hadden geluk, anderen ongeluk. Ze naderden de gangen van de NOA en deze keer hield Olivia de deur voor Magnus open. Hij keek naar haar en glimlachte, waardoor de neerslachtige gezichtsuitdrukking verdween. 'Nu was jij de snelste.'

'Ik ben van de nieuwe stempel,' antwoordde ze en ze glimlachte terug.

Magnus lachte hardop om haar opmerking. 'Alweer de snelste! Het was leuk om met je te praten, Olivia. Ik vind het fantastisch dat je in de voetsporen van je vader getreden bent. Hij was een uitstekende politieagent en in alle opzichten een goed mens.'

Magnus legde zijn hand even op Olivia's arm toen ze voor de deur van de bestuurskamer stonden. Ze zag vanuit haar ooghoeken dat Lisa in het kantoor dat ze deelden stond en naar hen keek. Olivia zwaaide naar haar, Lisa maakte een vluchtig handgebaar en keek weg.

'Ik vond het ook leuk,' zei Olivia. 'We zien elkaar zo meteen, ik moet voor de bespreking nog even naar mijn kamer.'

'Vergeet niet om je mooie moeder de groeten te doen.'

'Ik zal eraan denken,' zei Olivia, waarna ze naar het kantoor van Lisa en haar liep.

Toen ze binnenkwam was Lisa verdiept in een aantal papieren.

'Hallo,' zei Olivia. 'Hoe gaat het?'

'Goed.'

'Ik ben vanaf de bus met Magnus Larsson opgelopen.'

'Dat zag ik,' antwoordde Lisa, die nog steeds diep geconcentreerd was op de tekst die voor haar lag.

'Hij is eigenlijk heel aardig,' ging Olivia verder. 'Ik dacht eerst dat hij behoorlijk arrogant was, je weet wel, hij doet zelfs tegen Mette neerbuigend, maar in werkelijkheid is hij heel anders. Het blijkt dat ik als kind met zijn zoon gespeeld heb, ik kan me dat zelfs herinneren. Een paar jaar geleden heeft hij een ernstig motorongeluk gehad. Dat is verschrikkelijk verdrietig.'

Jezus, waarom kletste ze zo door? Was dat om een reactie van Lisa te krijgen? Die bleef echter uit. Lisa vertrok geen spier, ze keek niet eens op. Olivia hield haar mond, trok haar jas uit en hing die over Lisa's jas aan de gemeenschappelijke kledinghaak, die los begon te komen van de muur. Ze wees naar de haak. 'Daar moeten we iets aan doen,' zei ze.

'Die smerige klootzak,' zei Lisa zachtjes.

'Wie?'

'Sebastian Landback.'

'Ida's vriend?'

'Ja, ik heb hun sms-verkeer daarnet van de D-groep gekregen.'

'En?'

'Luister naar wat hij schrijft: "Ik zag je op zijn schoot zitten, verdomde hoer." Zij antwoordt: "Maar Sebbe, dat was maar twee seconden, hij trok me naar beneden." Hij antwoordt: "Daar had hij waarschijnlijk een reden voor, zoals jij je gedraagt. Als je een relatie met me wilt, dan zit je op mijn schoot, kutwijf. Oké?" Ze antwoordt: "Oké", met een hartje erachter. "Mooi, want je bent van mij, denk daaraan." En daarna wordt het alleen maar erger.'

Lisa's verontwaardiging was overduidelijk en haar stem trilde toen ze verderging. 'Later heeft hij een naaktfoto van haar op Instagram gezet om haar te straffen. Ida is vertwijfeld, schrijft dat ze alleen van hem houdt en dat het nooit meer zal gebeuren. Hij verwijdert de foto, maar schrijft dat hij een ergere foto plaatst als het nog een keer gebeurt en dat ze precies weet welke hij bedoelt.'

Lisa liet het papier in haar hand zakken en keek voor de eerste keer nadat Olivia was binnengekomen naar haar. Haar hals was vuurrood en de kleur begon naar haar wangen te kruipen. Lisa was hevig verontwaardigd, wat Olivia verbaasde. Het was weliswaar een provocerende en schokkende sms, maar tegelijkertijd helaas dagelijkse kost voor politieagenten zoals zij.

'Bovendien lijkt het erop dat hij op het moment dat de auto explodeerde met Ida facetimede,' ging Lisa verder. 'Het tijdstip klopt.'

Olivia schrok. Ze hadden er geen idee van gehad dat er misschien iemand was die alles in real time had gezien. Waarom waren ze daar niet eerder achter gekomen? Waarom had Sebastian geen contact met hen opgenomen als dat zo was? 'Het is duidelijk dat we met hem moeten praten,' zei Olivia. 'Waar woont hij? Hebben we zijn adresgegevens?'

'Ja, hij woont ook in Täby. Het adres staat erbij. Ik zal in onze registers controleren of we iets over hem hebben.' Lisa keek op haar horloge. 'Maar dat wordt na de bijeenkomst.'

Mette en Bosse zaten in Mettes kamer. Over vijf minuten begon de bijeenkomst en Mette trommelde met haar vingers op haar knieën.

'Ben je gestrest?' vroeg Bosse.

'Ja.'

'Waarom?' Bosse en Lisa werkten al jarenlang met Mette samen, lang voordat Olivia erbij was gekomen. Hij stond zo dicht bij haar dat hij het zichzelf in bepaalde situaties toestond om persoonlijk te worden. Dit was zo'n situatie.

'Het voelt niet goed,' zei Mette.

'Wat niet? De terroristen? En de Brovalls?'

'Ja.'

'Dat gevoel heb ik ook.'

Vervolgens werd het stil.

Het volledige onderzoek was erop gericht om de terroristen aan de autobom te linken en nu keken twee onderzoekers uit de kerngroep naar elkaar en hadden hetzelfde gevoel. Het klopte niet.

'Zou IS niet van zich laten horen als het zo was?' vroeg Bosse.

'Misschien wel.'

'Hoewel ze dat bij Akilov ook niet gedaan hebben.'

'Nee, maar dit is anders,' antwoordde Mette.

'Ja.'

Mette keek naar Bosse om zich ervan te verzekeren dat hij de ernst van wat ze ging zeggen besefte. 'We houden dit voor onszelf.'

Bosse knikte en ze stonden beiden op.

Toen Olivia en Lisa de bestuurskamer in liepen stond Mette bij Bosse en Magnus Larsson. Het zag eruit alsof ze het heel gezellig hadden. Magnus gaf een klap op Mettes schouder terwijl hij iets zei waar ze om moest lachen. Olivia keek met een schuin oog naar Lisa en zag dat ze het ook had geregistreerd voordat ze wegkeek en op een stoel ging zitten die bij de muur stond. Bosse knikte naar Olivia en zocht Lisa's blik, maar ze was weer verdiept in de papieren die ze in haar hand had en bladerde erin. Olivia zag dat Magnus met een waarderende blik naar Lisa keek en ze vroeg zich af of er iets tussen hen speelde.

Ze pakte een stoel en ging naast Lisa bij de muur zitten. Lisa keek op en glimlachte naar haar. Toen iedereen aanwezig was, opende Mette de bijeenkomst. 'De situatie is als volgt,' zei ze. 'We hebben antwoord gekregen van het Nationaal Forensisch Centrum met betrekking tot de handschoen die op de garageoprit gevonden is. Die was niet van Kaj Brovall of een ander gezinslid. We hebben het DNA van de opgepakte daders ermee vergeleken en hebben helaas geen match gevonden.'

Er klonk teleurgesteld gefluister in de kamer. Ze hadden allemaal gehoopt de terroristen snel aan de auto-explosie te kunnen linken.

'Er is dus een onbekende persoon bij de auto geweest,' constateerde Mette.

Lisa gaf Olivia een duwtje en hield haar papieren omhoog, waarop ze *Sebastian?* had geschreven. Olivia knikte en fluisterde 'Misschien' voordat Mette verderging. 'Hoe gaat het met groep A?'

Ze knikte naar Bosse, die haar blik een paar seconden vasthield voordat hij het woord nam. 'Tot nu toe ontkennen de opgepakte personen, maar we hebben voldoende om ze aan de voorbereiding van de verijdelde terreurdaad te kunnen linken. Behalve datgene wat we al gemeld hebben, hebben we kaliumnitraat, zwavelzuur en andere chemicaliën, messen, tekeningen van verschillende bekende gebouwen in Stockholm, onder meer van het paleis, en een aantal krantenknipsels over terreurfinanciering in de flat aangetroffen. In een van die knipsels wordt Malin Brovall terloops genoemd. Dat kan erop wijzen dat ze wisten wie ze was en waarmee ze zich bezighield. We gaan dus door met de intensieve verhoren en proberen ze zover te krijgen dat ze gaan praten.'

'Het paleis?' vroeg Olivia. 'Bedoelen jullie dat ze een aanslag op het paleis voorbereidden?'

'Het lijkt er inderdaad op dat het een van de beoogde doelwitten was.'

Iedereen in de kamer besefte opnieuw wat ze door de acties in Vårby en op de Strömkajen hadden voorkomen.

'We gaan hier niet mee naar de media voordat we zeker weten dat het klopt,' zei Mette. 'Dank je wel, Bosse. Magnus?'

Magnus ging staan. 'We hebben vastgesteld dat de bom die de dader bij zich droeg in de flat in Vårby gefabriceerd is.' Vervolgens begon hij alle technische details met betrekking tot het produceren van de bom met behulp van het grote scherm uit te leggen, om duidelijk te maken hoe gedegen ze hadden gewerkt om dat vast te stellen. Het was opnieuw omslachtig en oninteressant, vond Olivia, maar ze deed haar best om eruit te zien alsof ze aandachtig naar Magnus luisterde toen hij naar haar keek. Toen hij klaar was bedankte hij de onderzoekers in de kamer en zei een paar bemoedigende woorden.

'Wij moeten jou bedanken,' zei Mette. 'Jullie hebben fantastisch effectief werk geleverd en we hebben waarschijnlijk redenen om bij je terug te komen. Heeft iemand anders nog nieuwe informatie?'

Olivia keek naar Lisa en besefte dat ze niet van plan was om iets te zeggen, hoewel zij degene was die de nieuwe informatie had ontdekt. Lisa leek afwezig en tekende figuurtjes op haar papieren. Olivia snapte op dit moment niets van haar. Lisa, die bij alle besprekingen altijd haantje de voorste wilde zijn, was plotseling veranderd in een zoutzak zodra ze zich in de bestuurskamer bevond.

'We zijn van plan om nader onderzoek te doen naar Sebastian Landback, de vriend van Ida,' zei Olivia. 'Het is gebleken dat hij een aantal min of meer dreigende sms'jes naar Ida heeft gestuurd. Bovendien weten we dat hij op het moment van de explosie facetimede met Ida, wat betekent dat hij dingen gezien kan hebben waarvan we op dit moment nog geen idee hebben.'

'Mooi,' zei Mette. 'Ga daar meteen mee aan de slag.'

Dat deden Lisa en Olivia.

Lisa zocht in het register en ontdekte dat Sebastian was veroordeeld voor een eenvoudige mishandeling. De veroordeling maakte Sebastian nog interessanter, omdat hij zijn toenmalige vriendin had mishandeld.

Terwijl Lisa zocht piepte haar mobiel. Olivia zag dat ze de sms las en hem meteen wiste. Ze kreeg weer rode vlekken in haar hals en Olivia had dolgraag willen lezen wat er in de sms stond.

Als ze dat had gedaan, was ze waarschijnlijk verbijsterd geweest. Daarin stond namelijk: *Hou je nog steeds van gele rozen?*

Lisa stond abrupt op, vertelde over Sebastians veroordeling met betrekking tot de mishandeling en rukte haar jas zo onbeheerst naar zich toe dat de haak meekwam. Olivia lachte en Lisa draaide zich naar haar om. 'Wat is er zo grappig?' vroeg ze.

'De haak,' antwoordde Olivia.

Lisa staarde een tijdje naar haar. 'Zullen we gaan?' vroeg ze, waarna ze naar de deur liep.

Olivia stond op, pakte haar jack van de grond en haastte zich achter Lisa aan. 'Ben je chagrijnig?' vroeg ze toen ze Lisa had ingehaald.

'Nee, ik ben woedend.'

'Op wie?'

'Op Sebastian Landback natuurlijk.'

Olivia keek naar Lisa. Ze vond het helemaal niet zo natuurlijk.

Lisa reed. Olivia zat naast haar en verzekerde zich ervan dat Sebastian thuis was. Hij nam zijn mobiel niet op, maar zijn moeder Beata deed dat wel.

'Sebastian is ziek,' zei ze. 'Hij heeft griep, maar ik denk dat het niet meer besmettelijk is.'

Beata was degene die opendeed toen ze aanbelden. Ze was een vijftiger, met lang hennakleurig haar, een geprononceerde neus en donkere kringen onder haar ogen die onthulden dat ze de laatste tijd niet goed had geslapen.

'Het spijt me, het is nogal rommelig in huis,' zei ze. 'Het is zo'n afschuwelijke tijd geweest. Ida was hier kind aan huis en die arme Sebbe is volkomen gebroken.'

Lisa en Olivia liepen het rijtjeshuis in en constateerden dat het wel meeviel met de rommel.

Maar misschien had Beata bedoeld hoe ze zich vanbinnen voelde.

'Sebbe! Ze zijn er!' riep ze naar de bovenverdieping.

Hij bromde iets bij wijze van antwoord.

Ze wees naar de zitkamer en zei: 'Gaan jullie maar vast naar binnen. Willen jullie iets drinken?'

'Nee, bedankt,' antwoordde Lisa kortaf.

'Ik hoef ook niets,' zei Olivia. Ze probeerde iets beleefder te klinken dan Lisa en Beata glimlachte dankbaar naar haar.

Nadat ze op de bank waren gaan zitten klonken er slepende voetstappen op de trap en even later kwam Sebastian binnen. Hij was lang en slungelachtig, en zijn haar stond alle kanten op.

'Misschien is het beter als jullie elkaar geen hand geven, hoewel hij bijna helemaal beter is,' waarschuwde Beata.

Sebastian zag er inderdaad niet gezond uit. Zijn huid was bleek en onder de spaarzame baardharen op zijn kin waren een paar enorme rode puisten zichtbaar. Hij had donkere kringen onder zijn ogen en zijn blik dwaalde onzeker heen en weer terwijl hij op de stoel tegenover Lisa en Olivia ging zitten. Beata bleef staan, wreef in haar handen en keek onzeker van de een naar de ander.

'We willen alleen met Sebastian praten,' zei Lisa.

'Als dat geen probleem is,' vulde Olivia aan.

'Ik weet het niet,' antwoordde Beata onzeker. 'Sebastian?'

'Sebastian is negentien, hij is meerderjarig, dus ben je niet langer verantwoordelijk voor hem,' constateerde Lisa droog. 'We kunnen hem op het politiebureau verhoren als je dat liever hebt.'

Olivia keek met een geïrriteerde blik naar Lisa. Ze vond de manier waarop ze zich opstelde niet prettig. Het was nergens voor nodig om weerstand te wekken, integendeel. Lisa is zichzelf niet en dat laat ze op een bijzonder onprofessionele manier blijken, dacht ze. Zo was Lisa anders niet.

'Hij wordt nergens van verdacht,' zei Olivia tegen Beata. 'We willen gewoon met hem praten en het kan gemakkelijker zijn als daar geen gezinsleden bij zijn. Voor allebei.'

Beata keek met een vragende blik naar haar zoon. Sebastian antwoordde met een scheve glimlach die zijn ogen niet bereikte.

'Het is oké,' zei hij, waarna hij hevig begon te hoesten.

Beata keek hem ongerust aan. 'Heb je je hoestdrankje genomen?'

'Ja, ga nou maar.'

Toen Sebastian klaar was met hoesten had zijn moeder de kamer verlaten, maar Olivia was er vrij zeker van dat ze zich op een plek bevond waar ze alles wat ze zeiden kon horen. Lisa had haar rug gerecht, alsof ze klaar was om in de aanval te gaan, en daarom zorgde Olivia ervoor dat zij de eerste vraag stelde. 'We begrijpen dat het moeilijk voor je is, Sebastian. Hadden Ida en jij al lang verkering?'

Sebastian keek met zijn roodomrande ogen naar Olivia. 'Ja, bijna een jaar. We zouden het vieren als ze terug was uit de bergen.' Hij snotterde en veegde met zijn hand over zijn neus.

'Hadden jullie veel contact?' vroeg Olivia. 'Ook als jullie elkaar niet zagen?'

'Ja, de hele tijd. Haar moeder werd er stapelgek van dat we zo vaak facetimeden, maar we waren zo verschrikkelijk verliefd.'

Olivia knikte en wilde vragen naar hun contact op de ochtend van de explosie, maar Lisa was snel als een cobra en was haar voor.

'Ik heb een vraag aan je,' zei ze. 'Wat is jouw definitie van liefde?'

Sebastian keek een beetje verward naar haar. 'Hoezo? Wat bedoel je? Een definitie?'

'Het is een eenvoudige vraag, maar ik kan je een beetje helpen. Is je vriendin bedreigen en haar een hoer noemen voor jou liefde?'

'Lisa,' zei Olivia zachtjes.

'Nee,' antwoordde Sebastian.

'En toch heb je dat gedaan. We hebben jullie sms'jes gelezen.'

Sebastian wreef over zijn neus. Hij besefte plotseling dat de twee politieagenten volledige inzage in het sms-verkeer van Ida en hem hadden. Hij wist dat zoiets opgespoord kon worden, maar kon niet geloven dat ze zoveel moeite hadden gedaan. 'Dat is gewoon iets wat je zegt,' zei hij. 'Het was niet serieus bedoeld.'

'En was het ook niet serieus bedoeld toen je een naaktfoto van haar op internet plaatste?' vroeg Lisa.

Sebastian reageerde meteen. 'Ik was verschrikkelijk boos op haar, oké? Ik heb hem later verwijderd. Dat is toch niet zo erg?' Sebastians benen trilden van rusteloosheid of zenuwachtigheid en er liep snot uit zijn neus, dat hij met de mouw van zijn shirt wegveegde.

'Vind je?' zei Lisa. 'Hoe denk je dat Ida het vond om een naaktfoto van zichzelf op internet te zien?'

Lisa boog zich naar Sebastian toe en Olivia legde een hand op haar arm om haar te kalmeren, maar Lisa was op dreef. Haar stem veranderde en werd persoonlijk op een manier die helemaal niets met haar rol als verhoorder te maken had.

'Ik denk dat het je geen donder kon schelen. Het interesseerde je helemaal niet dat ze heel gekwetst en bang was toen je dreigde om meer foto's te plaatsen, ergere foto's. Als ze niet deed wat jij wilde nam je wraak, omdat je wilde dat ze je gehoorzaamde, nietwaar? En dat deed die arme Ida, ze bood haar verontschuldigingen aan en vertelde je hoeveel ze van je hield. Het was een fijn gevoel om zoveel macht te hebben. Dat is precies hoe vrouwenmishandelaars hun slachtoffers behandelen. Ze breken ze af tot een volgzame massa die hen op hun kleinste wenken bedient. Zo wil je dat je meisjes zijn, nietwaar? Je bent al eens veroordeeld voor het mishandelen van een vriendin, was dat meisje niet gehoorzaam genoeg?'

Lisa ging naar achteren zitten. Ze wist dat ze al haar munitie in haar persoonlijke vendetta tegen hem had gebruikt.

Dat wist Olivia niet. Zij hield nog steeds vast aan haar rol in het verhoor en vroeg zich af wanneer haar collega over het FaceTime-gesprek zou beginnen. Lisa had het draaiboek volledig omgegooid en was begonnen over datgene waarmee ze het verhoor volgens afspraak zouden beëindigen.

Olivia zag vanuit haar ooghoeken dat Beata de deur naar de keuken op een kier had gezet en wist niet goed wat ze moest doen om de situatie te normaliseren. Sebastian staarde strak naar Lisa. De haat gloeide in zijn ogen. 'Wat wil je daar verdomme mee zeggen?' snauwde hij.

'Misschien wilde je Ida harder straffen dan alleen met naaktfoto's?' vroeg Lisa kalm. 'Misschien wilde je haar hele gezin opblazen?'

'Je bent verdomme niet goed bij je hoofd!' Sebastian vloog overeind en boog zich naar Lisa toe. 'Loop naar de hel!' schreeuwde hij.

'Sebastian,' zei Olivia zo kalm mogelijk. 'Ga alsjeblieft weer zitten.' Vervolgens keek ze naar Lisa. 'Ga naar buiten, ik maak dit af, oké?'

'Ja, donder maar op!' voegde Sebastian eraan toe, waarna hij zich tot Olivia's opluchting weer op de stoel liet zakken.

'Lisa?'

Olivia keek dwingend naar Lisa, die haastig van de bank opstond en demonstratief snel de kamer uit liep. Toen de deur dichtsloeg fluisterde Sebastian zachtjes ‘Kutwijf’ in zichzelf.

‘Dat hoorde ik,’ zei Olivia.

‘En ik begrijp hem,’ klonk Beata’s stem in de deuropening. ‘Hij is geprovoceerd op een manier die alle perken te buiten gaat. Die arme jongen heeft gezien hoe zijn vriendin opgeblazen is en dan behandelen jullie hem op zo’n manier!’

Ze liep naar haar zoon toe en legde een hand op zijn schouder. Sebastian schrok door de aanraking en het leek heel even alsof hij probeerde een klap af te weren. Olivia vroeg zich af wat voor relatie moeder en zoon hadden. Was Beata inderdaad de liefhebbende moeder die ze probeerde te lijken?

‘Het spijt me,’ zei Olivia tegen Sebastian. ‘Kunnen we proberen opnieuw te beginnen? Je hebt de explosie dus op je mobiel gezien?’

Sebastian knikte met zijn blik op de tafel gericht.

‘Waarom heb je dat niet aan de politie verteld? Of heb je dat wel gedaan en hebben we dat op de een of andere manier over het hoofd gezien?’

Sebastian schudde zijn hoofd.

‘Die arme jongen was intens geschokt,’ zei Beata. Ze ging op Lisa’s plek zitten. ‘En daarna werd hij ziek en kreeg hij hoge koorts. Hij lag alleen maar te ijlen.’

Olivia knikte. ‘Dat was nogal onhandig,’ zei ze. ‘Sebastian kan namelijk waardevolle informatie voor ons hebben.’

‘Maar dat heb ik niet,’ zei Sebastian zachtjes. ‘Ik heb niets gezien, we praatten, ik zag alleen haar gezicht, we stuurden elkaar een kusmondje en ineens knalde het.’

‘Wat deed jij toen?’

‘Schreeuwen natuurlijk. Ik had geen idee wat er gebeurde. Het scherm werd ineens zwart. Daarna kwam mijn moeder binnen en zij heeft 112 gebeld.’

‘Anderen hadden ook al gebeld,’ voegde Beata eraan toe.

‘Is je tijdens het gesprek nog iets anders opgevallen?’ vroeg Olivia. ‘Dat kan van alles zijn. Zei haar vader of moeder iets wat je je kunt herinneren?’

‘Nee. Jezus, ik herinner me niets behalve die enorme klap... En die verdomde collega van je, dat kutwijf, probeert het te laten lijken alsof ik het gedaan heb. Dat is gewoon ziek.’

Sebastian sloeg zijn handen voor zijn gezicht en Olivia zag dat hij huilde. Het lange, slungelige lichaam schudde op de maat van zijn snikken.

'Hebben jullie hem niet lang genoeg gekweld?' vroeg Beata.

Olivia besefte dat het geen zin had om hem verder onder druk te zetten. Het moment was voorbij. 'Ik heb nog een laatste vraag,' zei ze. 'Als dat geen probleem is.' Ze haalde een foto tevoorschijn van de handschoen die op de garageoprit van de Brovalls was gevonden en hield die voor Sebastian. 'Herken je deze handschoen?'

Hij keek naar de foto die ze hem voorhield en schudde zijn hoofd.

'Dus die is niet van jou?'

'Nee,' zei hij.

Beata keek ook naar de foto en Olivia durfde te zweren dat ze een fractie van een seconde een beetje verward leek. Herkende ze hem? 'Nee, zulke handschoenen heeft hij nooit gehad,' zei ze terwijl ze recht in Olivia's ogen keek.

Olivia was teleurgesteld en boos toen ze de woning van het gezin Landback uit liep. Het verhoor was niet gegaan zoals ze had gewild en ze hadden niets nuttigs uit het gesprek met Sebastian gehaald. Ze wist niet of Lisa's verkeerde begin van het verhoor daar bepalend voor was, maar ze wist wel dat Lisa haar een excuus verschuldigd was. Ze keek naar de auto en zag dat haar collega achter het stuur zat te wachten.

Ze begrijpt zelf waarschijnlijk ook dat ze te ver is gegaan, dacht Olivia terwijl ze naar de auto liep. Ze opende het passagiersportier, stapte in en trok het portier dicht.

'Zo behandel je me nooit meer,' zei Lisa met haar handen op het stuur terwijl ze recht voor zich uit staarde.

Olivia keek naar haar. 'Lisa...'

'Je hebt gehoord wat ik zei. Je hebt me naar buiten gestuurd alsof ik de een of andere assistent ben. Doe dat nooit meer!'

Olivia voelde hoe de haren in haar nek letterlijk overeind gingen staan. Dat Lisa haar op deze manier aanviel na alles wat er daarnet was gebeurd maakte haar woedend en ze sloeg met haar vuist tegen het dashboard. 'Jij bent degene die het verhoor volledig verpest heeft! Je beschuldigde hem van de explosie terwijl we op heel andere dingen uit waren! Hij sloeg compleet dicht door jou! Hoe slim is dat, verdomme!'

Lisa gaf geen antwoord maar startte de motor en reed overdreven snel weg.

'Lisa?' zei Olivia.

'Iemand zoals hij zegt niets als hij niet geprovoceerd wordt,' snauwde Lisa.

'En dat weet je omdat...?'

'Dat weet ik omdat ik honderden mannen zoals hij meegemaakt heb.'

'Maar wat wilde je daarmee bereiken? Je hebt helemaal niets voor elkaar gekregen met je provocatie. Denk je nou echt dat hij iets met de explosie te maken heeft?'

'Misschien niet, maar ik wilde in elk geval dat hij zich schaamde voor wat hij Ida aangedaan heeft. Oké? Maar die klootzak was zelfs niet verstandig genoeg om dat te doen.'

Olivia observeerde Lisa's profiel. Haar kaken waren gespannen en het zweet stond op haar voorhoofd. Ze begreep niet wat er in Lisa's hoofd omging, maar het was volkomen duidelijk dat ze zichzelf niet was.

'Je hebt een probleem, Lisa,' zei ze. 'Ik weet niet wat het is, maar je zult je verdomme moeten vermannen, want ik ben niet van plan om je nog een keer uit een dergelijke situatie te redden.'

Lisa gaf geen antwoord en zette de radio hard aan. 'Hotel California' stroomde uit de boxen en tijdens de terugrit zeiden ze geen van beiden nog iets.

Het was laat in de middag. Little Pluto zat op de rivieroever en liet water over zijn voeten lopen. Het was een ritueel waaraan hij vasthield.

Hij was ver bij zijn dorp Rakhine en zijn familie uit de buurt, bij alles wat deel uitmaakte van zijn verleden. Hij was nog maar twaalf, maar kinderen die werden gedwongen om volwassen te worden hadden een andere tijdrekening; hun leeftijd werd niet in jaren geteld, maar stond in verhouding tot wat ze hadden meegemaakt. Datgene wat hij had doorstaan had hem veel ouder dan twaalf gemaakt.

Hij stak een hand in het zachte, lauwe water en zag dat er een paar kleine bruine vissen naartoe zwommen. Hij wist niet wat voor soort vissen het waren, misschien zwommen die ook in de rivieren waar hij vandaan kwam? Het idee beviel hem. Hij draaide zijn hoofd een stukje en keek naar de rivierboot. Een paar van zijn kameraden stonden bij de reling, niemand voerde taken uit. Dat kwam doordat Decha er niet was. Als hij weg was, gebeurde er niets. Hij was inmiddels al een hele tijd op reis, zoals zo vaak. Geen van de jongens wist waar hij naartoe ging, hij zei altijd dat hij naar een land reisde waar het koud was en sneeuwde en voornamelijk *farang* woonden.

'Little Pluto!'

Een van de jongens bij de reling riep hem en wees naar de rivier. Little Pluto keek naar de plek waarnaar hij wees. Hij zag niets, maar dat kwam doordat hij zat. Toen hij opstond zag hij vlak onder het wateroppervlak een paar lange, donkere schaduwen in de rivierbedding. Hij wist wat het waren en deed een paar stappen naar achteren.

'Kom hiernaartoe!'

De jongens riepen en hij slenterde naar de reling. Hij was niet bang, niet voor de krokodillen en niet voor Decha. Hij had in de sloppenwijken van Wanssingi gewoond en had dingen gezien die achtjarigen niet hoorden te zien, niet op die leeftijd en ook niet op latere leeftijd. Hij had geleerd dat zijn lichaam de omringende huid niet eens waard was.

Nu was hij hier.

Dit was beter.

Hier kon hij zijn voeten in de kalme rivier wassen en de kleine bruine vissen zien die misschien ook in zijn dorp voorkwamen. En als hij geluk had en dapper was, kon hij in de bergen onder het prikkeldraad door kruipen om papavers te stelen.

Terwijl hij naar de reling klom dacht hij aan opa, een oude man die in elkaar gedoken voor zijn hut had gezeten en naar vliegen had gespuugd. Soms had hij met zijn dunne bamboestok naar de langsrennende kinderen gezwaaid en dan waren ze naar hem toe gegaan en bij hem gaan zitten. Opa keek recht in hun ogen met zijn vreemde troebele blik. Het was moeilijk om niet weg te kijken, maar toch probeerden ze dat. Wegkijken deed je niet bij opa, ook al dwaalden hun blikken een enkele keer af naar de enige tand in zijn bovenkaak. Hij was heel gerimpeld en rook zuur.

'Jij bent Little Pluto,' had hij gezegd de laatste keer dat Little Pluto bij hem was gaan zitten, waarschijnlijk omdat opa de rondrennende kinderen niet goed uit elkaar kon houden.

'Ja, dat ben ik.'

Opa had zijn stok heel voorzichtig op zijn schouder gelegd en had zich een stukje naar hem toe gebogen.

'De papaver zit daarbinnen.' Opa had de stok opgetild en naar zijn hoofd gewezen. Little Pluto begreep niet wat hij bedoelde.

'Al het verdriet bevindt zich daarbinnen,' ging hij verder, 'maar ook al het geluk. Je mag nooit een dwaalweg nemen. De papaver is een dwaalweg. Het is de verkeerde weg.' Vervolgens grijnsde hij breed, zodat zijn glimlach de enige tand die hij had omlijstte.

Little Pluto had destijds niet begrepen wat de nagenoeg tandeloze man bedoelde, maar had er veel later over nagedacht. Meerdere keren, zoals nu, terwijl hij naar het dek klom. De papaver was een dwaalweg, maar het was een dwaalweg die hij nodig had. Niet vanwege het verdriet of het geluk waarover opa het had gehad, maar omdat het een dwaalweg naar de vergetelheid was.

Daarover had opa het nooit gehad, maar hij had ook nooit hoeven meemaken wat Little Pluto had meegemaakt. Opa was een week voordat het vuur kwam gestorven.

Olivia had geen nachtmerrie gehad en had aan één stuk door geslapen tot de wekker ging. Ze voelde zich uitgerust. Nu zat ze achter haar bureau in de NOA en vroeg zich af waar Lisa was. Ze had er inmiddels moeten zijn. Was ze nog steeds boos?

Olivia keek naar de stapel materiaal die aanwijzingen over de explosie kon bevatten. Ze wist dat het grootste deel van de zoektocht naar leidraden of koppelingen niet zou opleveren waarnaar ze op zoek was, maar het zoeken in op het oog irrelevant materiaal was een deel van het politiewerk dat er op de politieacademie al in was gehamerd. Als je geluk had of voldoende alert was kon er een aanknopingspunt opduiken waaraan je verder kon werken.

Dus bracht ze de hele dag met Malin Brovalls oude rechtszaken door. Omdat Malin een bekwame, veelgevraagde officier van justitie was, waren het heel veel zaken. Olivia had een derde deel doorgenomen toen ze besloot om een pauze te nemen, een wandeling te maken, water te drinken of gewoon te stoppen voor vandaag.

Ze besloot om nog één zaak door te lezen.

Het was een zaak die ze herkende, ze was jaren geleden zijdelings betrokken geweest bij het onderzoek. Een zaak waarin een jongeman ondanks zijn ontkenning was veroordeeld voor een ernstige verkrachting. De jongere broer van de man, Lukas Bengtsson, was ontzettend verontwaardigd geweest over het vonnis en had tijdens het proces meerdere hatelijke opmerkingen tegen Malin Brovall gemaakt. Vlak na het vonnis had Lukas' moeder zelfmoord gepleegd. Lukas had de zelfmoord aan de veroordeling van zijn broer toegeschreven en had een dreigbrief naar Malin gestuurd. Olivia haalde de brief tevoorschijn en las: *Je bent erger dan de ergste gifslang, je ijskoude kwaadaardigheid moet uitgeroeid worden, je bent het niet waard om in deze wereld te leven.*

Een ernstige bedreiging, maar die had jaren geleden plaatsgevonden en was onder bijzondere omstandigheden geschreven.

Maar toch...

Lukas Bengtsson?

Kon hij iets met de explosie te maken hebben?

De kans was niet groot, dat voelde ze meteen, maar Mette was duidelijk geweest: alle stenen moesten omgedraaid worden.

Dit was nauwelijks een steen, eerder een korrel, maar ze was toch van plan hem om te draaien. Of om te rollen.

Ze opende haar webbrowser en probeerde actuele informatie over Lukas Bengtsson te vinden. Hij leek geen gebruik van de sociale media te maken. Negenentwintig jaar en volkomen onzichtbaar op internet? Dat is ongewoon, dacht ze. Uiteindelijk vond ze zijn naam op de website van een kleine uitgeverij. Een tijd geleden was er een verzameling prozagedichten van hem uitgegeven: *Koudvuur*.

Wat een vreemde titel, dacht ze, waarna ze opstond. Het was genoeg voor vandaag, tijd om naar huis te gaan.

Op weg naar huis bedacht ze zich. Haar appartement leek niet aantrekkelijk. Ze had de hele dag in haar eentje opgesloten gezeten en besloot om bij Urban Deli in de Skånegatan te gaan eten, alleen om een tijdje in het gezelschap van andere mensen te zijn. Het was een beetje te duur voor haar, maar ze vond een caesarsalade voor een schappelijke prijs en bleef langer dan een uur zitten.

Toen ze vertrok besefte ze dat ze in de buurt van Ronny Redlös was. Ik ga bij hem langs, dacht ze. Misschien kent hij het boek *Koudvuur*.

Ronny Redlös bezat een antiquariaat in de Katarina Bangata, een met mythes omgeven centrum voor uitgebluste individuen die hij altijd op wat eten en een glas wijn trakteerde. Hij stond bekend om zijn ruime hart en passie voor literatuur. Veel bezoekers waren daklozen en randfiguren die het moesten verdragen dat Ronny hun voorlas uit de literaire werken die hij als onontbeerlijk voor ieder denkend mens beschouwde. Ze accepteerden dat echter gelaten: soms waren het teksten die zowel gedachten als gesprekken op gang brachten, soms moesten ze het gewoon doorstaan om iets te eten en te drinken te krijgen.

Een enkele keer was het beide.

Vanavond was het iets daartussenin. Ronny zat in het antiquariaat met Benseman, een uitgemergelde oudere man die een achtergrond als dakloze had. Onder de hoge vloerlamp stond iets te eten en een jerrycan wijn op tafel. Benseman was echter niet op bezoek omdat hij op jacht was naar iets eetbaars, hij werkte tegenwoordig parttime in het antiquariaat en kon daarom als een werknemer worden beschouwd.

'Stoor ik?' Olivia trok de deur achter zich dicht zonder het antwoord af te wachten.

'Jij stoort nooit, Olivia, dat weet je,' zei Ronny. 'Heb je honger?'

Dat had ze inderdaad, nu Ronny het vroeg, ondanks de salade.

'Een beetje,' antwoordde ze.

'Ga zitten.'

Olivia ging in een van Ronny's leesfauteuils zitten, vlak bij Benseman. Hij stak zijn hand uit en streelde haar arm even. 'Je ziet er moe uit,' zei hij.

'Dat valt wel mee. Hoe is het met jou?'

'Goed.'

Ronny verwarmde het restant van de ovenschotel in de magnetron en Benseman schonk rode wijn in een plastic beker voor Olivia zonder te vragen of ze wilde. Ze had er niets op tegen. Toen Ronny een bord voor haar neerzette herinnerde ze zich waarom ze hiernaartoe was gekomen.

'Luister, Ronny, ken jij een boek dat *Koudvuur* heet? Het is geschreven door Lukas Bengtsson.'

'Dat heb ik hier staan.'

Natuurlijk.

Ronny stond altijd vooraan, en niet alleen wat antiquarische literatuur betrof. Hij volgde alle uitgaven en kocht graag boeken van kleine uitgeverijen. Daartussen vond hij vaak zijn parels, boeken waarvan hij voelde dat ze vroeg of laat felbegeerd zouden worden door mensen die zich buiten de enorme maalstroom van vergankelijke literatuur begaven. Hij liep meteen naar een speciale kast, streek met zijn vinger over een paar ruggen en pakte er een dun grijs boekje uit.

'Hier heb ik het.' Hij gaf het aan Olivia.

Ze keek naar het omslag, dat alleen bestond uit de titel. *Koudvuur*. Toen ze het opensloeg zag ze de subtitel: *Van binnenuit rotten*. 'Heb je het gelezen?' vroeg ze.

'Ja. Het is vreemd.'

'Op welke manier?'

'Een deel van de gedichten is zo afgepeld en uitgesneden alsof ze zijn geschreven zonder dat de schrijver daarbij aanwezig was. Ik weet niet goed hoe ik het moet uitleggen. Het is proza met een enorm hoog poëtisch gehalte, uitermate openbarend. Daarna volgt plotseling een bijna manische stortvloed aan woorden die doet denken aan *Naakte lunch*, uitermate suggestief, extatisch, met een aparte beeldspraak. Ik ben een beetje verbaasd dat er niet meer over dit boek is geschreven. Ken je de schrijver?'

'Nee. Mag ik het lenen?'

'Natuurlijk. Maar wees er zuinig op, ik wil het graag terug hebben.' Ronny stopte het dunne boekje in een plastic tasje en gaf dat aan Olivia.

'Heb je nog iets van Tom gehoord?' vroeg Benseman.

'We sms'en soms, hij lijkt geen behoefte aan contact te hebben.'

'Zoals gewoonlijk.'

'Hoe lang blijft hij daar?' wilde Ronny weten.

'Geen idee.'

Ronny schonk nog wat wijn uit de steeds leger wordende jerrycan in Olivia's plastic beker. Olivia nam een slok en besefte dat ze nog even wilde blijven. Ze voelde zich prettig in de warme sfeer, met alle boeken langs de muren en op de tafels, de stoffige stilte die in de ruimte hing en Ronny en Benseman, twee van de mensen die zich de afgelopen jaren in haar omgeving hadden bevonden, weliswaar via Tom, maar toch. Ze had niet zoveel mensen om zich heen.

Ze zette haar beker neer en keek naar Benseman. De lange Norrlander met het witte haar en de vriendelijke ogen wreef met een vinger over zijn beker. Ze wist eigenlijk niet zoveel over hem.

'Waar ben je opgegroeid?' vroeg ze.

Benseman keek naar Ronny alsof hij groen licht wilde hebben om het verhaal nog een keer te vertellen. Ronny glimlachte en Benseman vertaalde dat in een ja. Vervolgens richtte hij zijn aandacht op Olivia en trok een beetje aan zijn lange haar.

'Ik ben opgegroeid op een afgelegen boerderij in Jukkasjärvi, mijn vader was predikant en knipte mijn haar met een snoeischaar. "Je wordt sterk of zwak," zei hij altijd. "Dat maakt God niet uit." Mijn moeder stierf in het kraambed. Toen ik tweeëntwintig was pleegde mijn vader zelfmoord en bleef ik alleen op de boerderij achter. Mijn zus was naar het buitenland verhuisd. Ik had in die tijd geen gevoelens.'

Benseman nam een slok uit zijn beker. Olivia zag dat zijn hand een beetje trilde, misschien vond hij het moeilijk om zijn verhaal te vertellen of misschien was het iets anders.

'Op een avond ontmoette ik Louise. Ze stond bij een gesloten station met ogen waaruit het noorderlicht straalde. Ze opende de deur van een kamer binnen in mij waarvan ik niet wist dat ik die had, diep in mijn hart, en kwam op de boerderij wonen. Ze bleef de hele winter en hield de kou en de vorst op een afstand. Toen het voorjaar werd verdween ze met een marskramer uit Boden. Ze liet een briefje op de keukentafel achter. *Het spijt me*, stond erop. Vervolgens werd ik bibliothecaris, wat het begin was van een levenslange romance met een vrouw die me nooit in de steek liet. De Barones van Alcohol. Proost.'

Benseman hief zijn beker. Olivia wist dat hij jarenlang alcoholist was geweest en in dezelfde achterafstraten als Tom had geleefd. Nu was hij weer redelijk op de been en had hij een baan in het antiquariaat. Ze had niet geweten dat hij bibliothecaris was geweest. Daarentegen was hij een van de weinigen met wie Tom nog steeds contact had uit zijn tijd als dakloze. Drammerige Vera en Muriel waren dood. Tom had ook dood kunnen zijn, dacht ze.

Ze besloot hem te bellen als ze thuis was.

Het eerste wat ze deed toen ze in haar appartement terug was, was de extra radiator uitzetten. Die was niet langer nodig en ze zou hem naar het excentrieke stel op de aak terugbrengen. Ze was duizelig van de wijn en dronk een glas koud water voordat ze op bed ging liggen. Ze legde het boek dat ze van Ronny had gekregen op het nachtkastje en pakte haar mobiel. Het duurde een hele tijd voordat er werd opgenomen en ze een zacht gebrom hoorde.

'Hallo, met Olivia.'

'Is er iets gebeurd?' vroeg Stilton.

'Nee.'

'Weet je hoe laat het is?'

'Een uur of elf?'

'Het is vijf uur 's ochtends,' zei Stilton.

'O jee. Het spijt me, daar heb ik niet bij nagedacht. Sliep je?'

'Wat doen mensen om vijf uur 's ochtends?'

'Sorry, ik bel je wel een andere keer,' zei Olivia.

'Is het belangrijk?'

'Nee, of wel eigenlijk. Ik wil weten hoe het met je is.'

Het bleef stil aan de andere kant van de lijn. Hij denkt erover na hoe het met hem is of hij is weer in slaap gevallen, dacht Olivia.

'Het is nogal leeg nu je weg bent,' ging ze verder.

'Dat is fijn om te horen.'

Hij was dus niet in slaap gevallen.

'Hoe lang ben je van plan daar te blijven?' vroeg Olivia.

'Misschien voor altijd.'

'Echt waar?'

'Nee, maar ik denk dat Luna graag wil blijven. Ik ga over een tijdje naar huis. Hoe is het met jou?'

Hij was dus toch een beetje geïnteresseerd.

'Ik werk. Heb je over de opgeblazen auto gelezen?'

'Nee, maar Luna had het erover. Ben jij daarbij betrokken?'

'Mette leidt het onderzoek. Lisa en ik zitten bij haar in het team.'

'Wat goed.'

Daarna bleef het een hele tijd stil, tot Olivia weer begon te praten. 'Ik heb Ronny en Benseman vanavond gesproken. Ik moest je de groeten doen.'

'Hoe is het met Benseman?'

'Het lijkt goed met hem te gaan. Wist jij iets over zijn jeugd? Op die boerderij in Norrland?'

'Ja.'

Stilte.

Opnieuw.

Waarom had ze eigenlijk gebeld? Tom was in klaarwakkere toestand al geen retorisch genie, maar nu ze hem had gewekt en hij nog half sliep was het duidelijk nog veel erger.

'Ik wilde je gewoon even spreken,' zei Olivia.

'Dank je. Ik denk soms aan je.'

'O ja?'

'Slaap lekker.'

De verbinding werd verbroken.

Meer kreeg ze niet, maar het was toch de eerste persoonlijke opmerking die Tom in heel lange tijd had gemaakt. Ze wist dat hij zich niet goed voelde, hij was gevlucht en ze wist min of meer waarom dat was. Ze waren betrokken geweest bij hetzelfde zware onderzoek, maar Tom had er het meest onder geleden. De moord op de verslaafde randfiguur Muriel had hem hard geraakt. Muriel was een van de weinige vrienden uit zijn jaren als dakloze geweest. Muriel, Vera en Benseman.

Nu was alleen Benseman nog in leven.

Gelukkig heeft hij Luna bij zich, dacht ze en ze keek naar het plafond. Ik heb helemaal niemand. Medelijden met zichzelf hebben was iets waar Olivia normaal gesproken niet aan deed, dus gaf ze de schuld aan de wijn en wat andere dingen.

Ze pakte het boek van het nachtkastje om haar stemming te doorbreken.

Koudvuur.

Ze keek naar de titel, sloeg het boek open en begon te lezen. De eerste zinnen luidden: *Het leven is vannacht onrustig, net als de vorige nacht. Ik probeer de onrust onder woorden te brengen. Het gaat niet om eenzaamheid of verdriet, eerder om het verlies van gemis. Je kunt een kind of een geloof missen, een gemis houdt je in leven. Ik mis niets. Ik weet niet wat gemis is. Dat maakt de nacht onrustig.*

Ze wist niet of het de lichte roes, de vermoeidheid of de eenzaamheid was, maar ze bleef lezen omdat de woorden haar in haar hart raakten. Het waren gedichten over verdriet en kwetsbaarheid, over de zin van het bestaan, over intensiteit, over de blijdschap om terug te keren naar een plek waar je nog nooit was geweest.

Ze kon zich niet verweren, het raakte haar. Ze dacht aan wat Ronny over het suggestieve en extatische had gezegd, over de beeldspraak. Ze pakte een potlood en onderstreepte bepaalde uitdrukkingen en bijzondere formuleringen. Na een paar uur besefte ze dat ze het boek twee keer had gelezen.

Het was niet zo dik, maar toch.

Op de voorlaatste pagina stond één zin: *Binnen in het oog zit Gustave Doré en hij graveert een dodendans in de blik.* Olivia las de raadselachtige zin meerdere keren. Ze begreep de betekenis niet, maar het beeld van het oog bleef hangen.

De blik.

Ze sloeg de binnenkant van het boekje open en keek naar de foto van Lukas Bengtsson, een close-up. Donker, enigszins krullend haar, een rechte neus, een kuiltje in zijn kin, blauwe ogen met een intense blik onder brede donkere wenkbrauwen. Hij ziet er goed uit, dacht ze. Zijn mond deed haar aan iemand denken, maar ze kon er niet op komen wie dat was. Ze sloeg het boekje dicht, legde het op het dekbed en ging in bed liggen.

Lukas Bengtsson.
Schrijver.
De man die Malin Brovall had bedreigd.
Kon hij werkelijk iets te maken hebben met de autobom?

Niet zo ver daarvandaan, hoogstens een kwartier met de bus, kneep Lukas Bengtsson een kleine okerkleurige klodder uit een tube verf op zijn penseel. Hij legde de tube weg en draaide zich naar het doek dat op de muur was gespannen. Hij moest de vaalgele spronggewrichten van het paard invullen. Hij boog zich naar voren en haalde het penseel met zachte halen over het doek. Hij wist precies waar hij dat beetje extra moest aanbrengen. Toen hij klaar was deed hij een paar stappen naar achteren en bekeek het grote schilderij. Hij wist wat hij wilde vastleggen, maar daar was hij nog lang niet.
Tot nu toe was hij er niet voldoende in doorgedrongen.
Hij bevond zich nog in zichzelf.

Het gebeurde niet elke dag of om de dag, nauwelijks één keer per halfjaar, maar vandaag was het zo'n moment. Mårten had Mette zover gekregen dat ze met hem ging lunchen. Zijn motivatie was dat ze mee moest om een colbert voor hem uit te zoeken. Hij had een reünie met collega's van Skå en wilde daar een nieuw colbert voor kopen. Hij had er twee gevonden die hem wat leken, maar wist niet welke van de twee hij wilde hebben. Of welke hem het best stond.

Dat was een van de redenen.

De tweede reden was dat hij buitenshuis tijd met zijn vrouw wilde doorbrengen.

Hij wilde met haar in de stad rondlopen, mensen zien, zich door de straten bewegen, in winkels kijken, alles wat in hun huwelijk nauwelijks was voorgekomen. Hij wilde gewoon twee verliefde mensen op leeftijd zijn die hun hele leven achter zich hadden en rondslenterden.

Een heerlijk gevoel, vond Mårten.

Dat vond Mette ook.

Toen Mårten zijn arm door de hare stak en in de buurt van warenhuis NK bij een drukke kruising bleef staan voelde ze dat ze zich in een andere wereld bevond, met mensen die zich in alle richtingen bewogen, de zon die tussen de gevels door scheen, stemmen, bewegingen, leven, niet alles draaide om een bedompte bestuurskamer in de NOA.

Er waren alternatieve planeten in de ruimte.

Ze was dus in een opvallend goed humeur toen ze een colbert voor Mårten koos dat in haar ogen identiek was aan het colbert dat was afgevallen.

Mårten was echter opgetogen.

Tijdens de wandeling naar het politiebureau was hij degene die erover begon. 'Heb je nog iets van Tom gehoord?'

'Nee, maar wel van Luna.'

Mette belde regelmatig naar Luna. Ook naar Tom, maar dat waren uitermate korte gesprekken. Met Luna kon ze bespreken waarover ze zich zorgen maakte. Over hoe het met Tom was.

'Wat heeft ze gezegd?'

'Hij voelt zich blijkbaar ellendig.'

Mårten knikte. Hij wist wat er in Mettes hoofd omging, het waren exact dezelfde dingen die er in dat van hem omgingen. Tom had een verleden dat hen allebei tot de grens van wanhoop had gebracht. Zijn psychose, zijn volledige vlucht uit de werkelijkheid, zijn tragische leven als dakloze, een bestaan waarin het uiteindelijk onmogelijk was geworden om hem te bereiken.

'Ik maak me zorgen dat hij weer in een psychose terechtkomt,' zei Mette.

'Gaat het zo slecht met hem?'

'Ik weet het niet, maar Luna is ongerust en zij is degene die het dichtst bij hem staat.'

Mårten hield de tas met het colbert stevig vast en voelde plotseling hoe onbelangrijk het was geweest om te kiezen welke van de twee hij zou kopen. Tom had in een mentale en fysieke ellende geleefd die onmenselijk was geweest.

Zou hij daar weer in wegzakken?

'Kunnen we iets doen?' vroeg Mårten.

'Ik weet het niet, ik denk het niet. Het zou het beste zijn als hij zich op iets kan concentreren wat niets met hemzelf te maken heeft, iets waardoor hij constructief en praktisch moet nadenken. Ik weet hoe hij functioneert, dat weet jij ook, hij heeft heel veel mogelijkheden als je hem op de juiste manier weet te prikkelen.'

'En prikkel je hem niet, dan bestaat het risico dat hij verder wegzakt.'

Het was een constatering die het stel tot het politiegebouw achtervolgde.

Het risico dat hij zou wegzakken in de toestand waarnaar hij nooit meer wilde terugkeren, was groter dan Mårten en Mette vermoedden. Hij was daar geweest, ver weg in de ijskoude kelder van de zelfhaat, alleen met zijn leegte en apathie. Hij was jarenlang een dood pakket geweest, dat zich met hulp van anderen in dezelfde situatie met moeite naar boven had geworsteld.

De gedachte om opnieuw weg te glijden naar dat bestaan en alles los te laten was niet alleen angstaanjagend, maar ook aantrekkelijk. Toch was dat tot nu toe niet gebeurd, dankzij Luna en Aditi, maar de vorige keer had hij ook mensen om zich heen gehad die van hem hielden: zijn vrouw, Abbas, Mette en Mårten. Toch was hij afgegleden. Hun liefde en steun waren niet voldoende geweest. Integendeel, na een tijdje hadden alle pogingen om hem vast te houden in het tegenovergestelde geresulteerd. Hij had alleen nog willen vluchten.

Nu voelde hij dezelfde signalen.

Daarom liep hij in de buurt van de retraite eenzaam over het lange verlaten strand. Hij had midden in de nacht een hevige aanval van machteloosheid gekregen en was uit de bungalow gevlucht. Luna had diep geslapen en had waarschijnlijk niet gemerkt dat hij in de duisternis verdween. Nu begon het licht te worden aan de horizon, de roodgele zon worstelde zich uit de zee naar boven om te tonen wie de god van het licht was.

Het maakte Stilton niet uit.

Hij moest lopen, bewegen, ademhalen, voelen dat hij in contact was met het fysieke deel van zichzelf. Hij liep langzaam door het zand terwijl hij probeerde om controle te krijgen over zijn hersenen, over alles wat daarin zonder enig verband rondtolde. *De bodem in mij is de bodem in jou*, had hij ergens gelezen, als een soort verklaring van de basisvoorwaarden van de mens. Hij was er sceptisch over. Hij hoopte vurig dat anderen geen ervaring hadden met de bodem die hij kende.

In elk geval het grootste deel ervan. *Maar misschien is mijn bodem ook voor alle anderen een dreigende bodem, dus misschien was dat de bedoeling? Arme drommels.*

Hij merkte dat het fluiten in zijn hoofd iets minder werd, hij zag minder lichtflitsen, het werd eenvoudiger om één gedachte per keer te pakken te krijgen. Ik moet hier blijven, dacht hij. Ademhalen, lopen, zo meteen is het ochtend. Dan wordt Luna wakker, gaan we ontbijten en verschijnt Aditi met rinkelbelletjes in het haar.

En daarna?

Hij ging op een duin zitten en begon een paar dunne grashalmen uit een kleine pol te trekken. Ik houd van haar, ik houd niet van haar... Toen hij bij de laatste grashalm was, was hij de tel kwijt. Hij trok de halm uit het zand en stopte hem in zijn mond.

Op dat moment zag hij een stuk verderop een klein meisje zitten. Waar kwam ze vandaan? Hij had haar niet zien naderen. Hij zou de Titanic waarschijnlijk ook niet hebben zien naderen, blind is het eerste wat een egoïst wordt. Hij keek naar het meisje. Het zwarte haar zat met behulp van een groen elastiek in een knot, ze was blootsvoets, droeg een dunne, lichte trui en een zwarte broek. Ze had een kleine papieren parasol in haar hand.

Stilton glimlachte en zwaaide naar het meisje. Ze reageerde niet. Stilton vond dat hij had gedaan wat van hem werd verwacht en keek weer naar de zee. Vanuit zijn ooghoeken registreerde hij dat het meisje opstond en naar hem toe liep. Hij bewoog zijn hoofd niet. Toen ze een paar meter bij hem vandaan was, ging ze naast hem op het duin zitten.

Hij keek weer naar haar. 'Hallo. Hoe heet je?'

Het was niet waarschijnlijk dat ze Engels sprak, maar omdat hij niet veel Thaise woorden kende had hij weinig keus. Het meisje gaf geen antwoord. Ze keek naar Stilton omdat hij iets had gezegd, waarna ze haar hoofd weer naar de zee draaide.

Stilton deed hetzelfde.

Lang, hoe lang was niet belangrijk, keken de verdwijnende man en het kleine meisje met de papieren parasol naar de ochtendzon die opkwam boven de zee. Stilton zag dat het meisje haar blote voeten af en toe over het zand bewoog, ze trok kleine strepen met haar tenen. Na een tijdje trok hij zijn sandalen uit en bewoog zijn tenen eveneens over het zand.

Het strand was wonderbaarlijk stil, juist op dat moment, er waren nog geen mensen verschenen, dieren hadden zich hier nog niet naartoe gewaagd, een zwakke wind bewoog de bladeren van de platanen boven hen, de golven stroomden vanuit de verte met een zacht ruisen het strand op.

Stilton dacht nergens aan.

Eindelijk.

Plotseling stond het meisje op en hield hem haar parasol voor. Stilton keek naar haar en pakte hem aan. Met een kort lachje rende ze weg over het strand. Hij keek haar na tot ze was veranderd in een stip die in het dorp verdween.

Vervolgens keek hij naar de parasol in zijn hand en stond op.

Ik kan tegen Luna zeggen dat ik ben weggegaan om een parasol voor haar te kopen, dacht hij. Iets leuks.

Waarom niet?

Het was Olivia niet helemaal duidelijk hoe ze het moest aanpakken. Ze had Lukas Bengtssons adres gevonden en had gezien dat hij vlak bij haar aan de Ringvägen woonde.

Nu zat ze in de bus en ze had zijn boek meegenomen om een gesprek te kunnen beginnen. Ze wist niet waar dat toe zou leiden, behalve dat ze nieuwsgierig naar hem was.

En naar zijn eventuele link met Malin Brovall.

Toen ze bij het adres arriveerde zag ze dat er een paar brandende toortsen bij de portiekdeur hingen en dat de deur met behulp van een baksteen werd opengehouden. Ze ging naar binnen en liep de trappen naar de tweede verdieping op. De deur van Bengtssons woning stond eveneens open. Ze hoorde harde muziek in het appartement en besefte dat het zinloos was om te kloppen of aan te bellen.

Olivia liep de hal in en zag stapels jassen liggen. Ze besefte dat er een feest werd gegeven en wilde zich net omdraaien toen ze de man van het boekomslag met een glas rode wijn in zijn hand naar haar toe zag komen.

Het was Lukas Bengtsson.

Hij had een zachte vilten hoed op zijn hoofd, droeg een grijze chinobroek en een dunne trui met een paar vlekken erop. 'Hallo,' zei hij. 'Kom binnen.'

'Hallo, ik wilde niet storen. Ik kan terugkomen als...'

'Je stoort niet, ik geef een feest. Kennen wij elkaar?'

'Nee, maar ik heb je boek in een antiquariaat gevonden en was daar zo door gefascineerd dat ik je wilde ontmoeten.'

Het was net een soapserie, maar dat was wat Olivia wist uit te brengen.

'Wat leuk,' zei Lukas. 'Ik kan je vertellen dat niet veel mensen het gelezen hebben.' Hij lachte en deed de deur achter Olivia dicht.

'Wil je een glas wijn?'

‘Luister, ik ben niet van plan om te blijven, ik moet...’

‘Ga mee! Natuurlijk drink je wat wijn.’

Lukas pakte haar arm vast en stapte over een stapel jassen. Olivia volgde hem naar een kleurige zitkamer vol mensen. Alle zitplaatsen op de bank en de stoelen waren bezet, jonge vrouwen en mannen dansten en dronken en lachten en praatten heel hard vanwege de muziek. Overal brandden kaarsen in kandelaars, bekers en kleine aardewerken kommen. Aan de muren hingen lampjes die gekleurd licht in de kamer verspreidden.

Dat hij zoveel brandende kaarsen durft te hebben, dacht Olivia en ze trok zich terug bij een muur waar wat ruimte was zodat ze zich afzijdig kon houden. Het was vergeefs. Lukas kreeg haar meteen in het oog en liep met een fles rode wijn en een leeg glas naar haar toe voordat ze had kunnen reageren.

‘Het is afgewassen,’ zei hij, waarna hij wijn in het glas schonk. ‘Hoe heet je?’

‘Olivia.’

‘Proost.’

Olivia hief haar glas, toostte en nam een slok. De wijn was lekker. Op het moment dat ze van plan was Lukas te vragen of ze voor morgen een afspraak konden maken was hij verdwenen. Een meisje met een groene tulband had hem naar de piepkleine dansvloer bij de salontafel getrokken en was een soort gymnastiek begonnen. Olivia lachte erom, tot ze zag dat een man van haar eigen leeftijd met een markante baard naar haar toe liep op een manier die iets over zijn alcoholinname vertelde.

Shit, dacht ze terwijl ze naar de baardaap lachte.

‘Ben je er net?’ vroeg hij en hij begeleidde zijn woorden met een adem die aan een rottende slang deed denken.

‘Inderdaad,’ antwoordde Olivia.

‘Hoe ken je Lukas?’

‘Ik heb zijn boek gelezen, ik ken hem niet.’

‘Dat doet niemand, dus dat hindert niet, maar hij is een verdomd goede schilder. Wil je dansen?’

‘Nee.’

‘Jammer.’

De baardaap slenterde weg om iemand anders te zoeken die hij rottende slang in het gezicht kon ademen. Olivia begon rond te lopen, zag licht branden en liep een grote kamer in waar niemand was. Het bleek het atelier te zijn. De grote kamer had een hoog plafond en een vensternis, voor het enige raam was grijs papier geplakt, op de vensterbank stonden blikken verf en een lege karaf. Het enige licht was afkomstig van een paar krachtige tl-buizen aan het plafond en het enige meubel was een eenvoudige houten stoel vol opgedroogde verfklodders die bij een van de muren stond.

Olivia hoorde iemand roepen dat het tijd was om naar de stad te gaan, wat iedereen een goed idee leek te vinden.

Lukas nam in de hal afscheid van de gasten en beloofde ook te komen zodra hij een beetje had opgeruimd. Hij deed de voordeur dicht, blies de kaarsen uit en liep naar het atelier.

Olivia was met het wijnglas in haar hand in de vensternis gaan staan en bekeek de schilderijen in het atelier. Hij was dus inderdaad een kunstenaar. Sommige schilderijen stonden ingelijst op de vloer, een aantal doeken was met een nietpistool rechtstreeks aan de muren bevestigd. Ze waren allemaal kleurig, donker en suggestief. Het rook sterk naar olie en terpentine en ze vroeg zich af of Lukas hier weleens luchtte, met het oog op het afgeplakte raam.

'Heb je belangstelling voor kunst?'

Olivia schrok. Ze stond met haar rug naar de deur en was verdiept in de schilderijen geweest. Ze draaide zich om en zag dat Lukas met een fles wijn in zijn hand naar haar toe liep.

'Ja,' antwoordde ze. 'Mijn moeder was kunstenares, textielkunstenares.'

'Was? Is ze overleden?'

'Ja.' Ze is vermoord op een strand op Nordkoster, had ze kunnen zeggen, maar daar zag ze van af. Ze wilde die tragedie niet oprakelen.

'Ze is jaren geleden gestorven,' zei ze in plaats daarvan.

Lukas knikte en schonk wijn in Olivia's glas voordat ze kon weigeren. Ze draaide zich om en bekeek een groot explosief doek dat bijna de hele muur bedekte en was gevuld met surrealistische gedaanten in sterke kleuren. 'Dat is fantastisch,' zei ze. 'Schilder je dromen?'

'Nee, toestanden.'

'Wat voor toestanden?'

'Dat weet ik niet. Ik ben er niet bij.'

'Je bent er niet bij?'

'Nee, maar ik probeer het te schilderen.'

Lukas glimlachte even en ging op de houten stoel bij de muur zitten. Boven hem hing een ander groot doek, het motief was een zwart luguber monster dat op een vaalgeel paard reed. Lukas zag dat Olivia ernaar keek.

'De ruiter op het vaalgele paard,' zei hij.

'Heet het zo?'

'Op dit moment wel.'

'Wie is het monster op het paard?'

'De dood.' Lukas hief zijn glas zwijgend naar Olivia.

Ze nam een slok uit haar glas. 'Ben je bang voor de dood?' vroeg ze.

'Soms wel, als ik 's nachts naar bed ga en niet weet of ik weer wakker word, wat nogal irrationeel is. Ben jij er bang voor?'

'Voor de dood?'

'Ja,' antwoordde Lukas.

'Ik wil nog niet dood.'

Ze glimlachten naar elkaar, alsof het aarzelende gesprek eigenlijk over iets anders ging. De omvang van het atelier zorgde ervoor dat hun woorden een vreemde echo kregen. Olivia leunde tegen het raamkozijn en wachtte tot hij verderging. Ze voelde zich kalm en nieuwsgierig.

'Je vond mijn boek dus mooi?' vroeg Lukas.

'Ja, heel mooi.'

'Waarom?'

'Vis je naar complimentjes?'

'Ja. Er zijn niet zoveel mensen die het hebben gelezen en bijna niemand heeft me verteld wat hij of zij ervan vindt. Het betekent veel voor me.'

'Waarom?'

'Omdat ik je bereikt heb. Ik stuur een deel van mezelf de ruimte in en hoop dat daar mensen zijn die me opvangen. Als dat niet zo is, verdwijn ik.'

'Dan is het een geluk dat ik er was.'

'Ja. Mag ik nog wat meer vissen?'

'Graag.'

'Wat sprak je aan in het boek?'

'Een heleboel. Ik heb het twee keer achter elkaar gelezen en heb veel zinnen en uitdrukkingen onderstreept.'

'Noem eens een voorbeeld.'

'*Te midden van de zinloosheid passeert een speer van tijd.*'

Lukas keek naar Olivia. Ze zag dat zijn lippen de woorden vormden terwijl hij de zin herhaalde en in zichzelf leek te verdwijnen. Zijn linkerhand streek langzaam over zijn dijbeen en toen hij terug was vroeg hij: 'Stond dat in het boek?'

'Ja. Wat bedoel je daarmee?'

'Geen idee.'

Olivia keek naar Lukas en dacht aan wat Ronny had gezegd, dat een deel van de gedichten geschreven leek te zijn zonder dat de schrijver daarbij aanwezig was. 'Was dat ook een toestand?' vroeg ze.

'Waarschijnlijk wel. Wat doe jij voor werk?'

De verandering van onderwerp was heel abrupt en werd onderstreept met een beweging van zijn lichaam waardoor Olivia besefte dat ze klaar waren met praten over het boek van Lukas. Ze begreep alleen niet goed waarom dat was. *Wat doe jij voor werk?*

Ze aarzelde een paar seconden. Moest ze zeggen dat ze politieagent was? Ze wist dat het bijna altijd reacties veroorzaakte. Sommigen werden nieuwsgierig, anderen voelden zich niet op hun gemak, de meesten hadden een mening over politieagenten.

Positief of negatief.

'Op dit moment werk ik bij een overheidsinstantie met een sociale inslag,' zei ze. 'En jij, kun jij met schilderen in je levensonderhoud voorzien?' Ze vroeg het snel om vervolgvragen over haar leugentje om bestwil te voorkomen, maar Lukas reageerde niet, hij was nog steeds een beetje afwezig.

'Ik schilder niet om in mijn levensonderhoud te voorzien,' antwoordde hij.

'Maar kun je ervan leven?'

'Nee, maar binnenkort wordt mijn werk tentoongesteld. Als ik dan goed verkoop red ik het een tijdje.' Lukas pakte een geel houten penseel dat naast de stoel op de vloer lag en streek er zachtjes mee over zijn hand. 'Het is een beetje vreemd,' zei hij.

'Wat bedoel je?'

'Soms denk ik dat het penseel de rib van mijn moeder is en dat ik haar verleden schilder.'

Olivia wist dat Lukas' moeder zelfmoord had gepleegd, dat was gebleken tijdens het onderzoek naar zijn bedreiging van Malin Brovall.

'Is dat niet lastig?' vroeg ze.

'Jazeker. Maar op andere momenten denk ik dat ik iets heel anders schilder, iets wat zich in mijn hersenen bevindt zonder dat ik dat weet,

fragmenten van een innerlijke schoonheid. Klinkt dat warrig?'
'Ja.'
Lukas lachte hardop. 'Zullen we op een comfortabeler plek gaan zitten?' Hij gebaarde naar de zitkamer en Olivia liep voor hem uit. Het was niet ver naar de zithoek, maar de afstand was voldoende om na te denken over haar reactie op Lukas. Die was irritant. Ze wilde niet beïnvloed worden door zijn uitstraling, zijn energie, de intense blik in zijn ogen, zijn warme lage stem, ze was hier niet om beïnvloed te worden.
Eigenlijk.
Over sommige chemische processen in haar lichaam had ze echter geen controle, hoe graag ze dat ook wilde.
'Wat is je favoriete muziek?' Lukas was naar de muziekinstallatie gelopen en had zijn mobiel in zijn hand. Waarschijnlijk had hij Spotify geopend.
'Kies maar iets,' zei ze. Ze wilde niet te persoonlijk worden.
Lukas koos instrumentale muziek met fluiten en doffe trommels. Olivia kende het niet, maar het was mooi en gevoelig.
'Ik heb geprobeerd je op de sociale media te vinden, maar die gebruik je niet,' zei Olivia.
'Dat klopt.'
'Waarom niet?'
'Moet dat dan?' vroeg Lukas.
'Nee, maar de meesten doen dat wel.'
Lukas glimlachte, pakte een fles wijn en ging op een stoel zitten. Hoewel Olivia de brede bank had gekozen, was hij niet naast haar gaan zitten. Dat waardeerde ze.
'Je moeder was dus textielkunstenares?' constateerde Lukas.
'Ja.'
'Hoe heette ze?'
'Adelita Rivera.'
'Rivera?'
Olivia had verschillende reacties gekregen op de achternaam van haar biologische moeder, die vaak te maken hadden met de beroemde kunstenaar Diego Rivera. Soms had ze daar misbruik van gemaakt en had ze beweerd dat ze familie van elkaar waren.
Dat was echter niet waar, voor zover zij wist. 'Ja, en ze was geen familie van Diego.'
'Was ze wel afkomstig uit Mexico?'

‘Ja.’

‘Jij bent dus een halve Mexicaanse?’

Olivia glimlachte, omdat het antwoord duidelijk was. Ze hoopte dat Lukas geen vragen meer over haar moeder zou stellen. Dat was privéterrein en dat wilde ze zo houden, ook al was ze er zelf over begonnen.

‘Ik heb een halfjaar liftend door Mexico gereisd,’ zei Lukas.

‘O ja? Wanneer was dat?’

‘Een paar jaar geleden, toen ik genoeg had van alle rotzooi hier en inspiratie wilde opdoen.’ Lukas stond op, trok zijn shirt omhoog en ontblootte een goedgetrainde buik.

Olivia deinsde een stukje naar achteren, tegen de rugleuning van de bank. Wat was hij van plan?

Toen hij zijn shirt hoog genoeg had opgetrokken, zag ze een tatoeage tussen zijn tepels die bestond uit twee woorden in blauwe hoofdletters: XIPE-TOTEC.

Lukas glimlachte, maar zei niets.

‘Xipe-Totec?’ zei Olivia.

‘De “gevilde” god. Azteekse mythologie. Hij vilde zichzelf om de mensen zijn vruchtbaarheid te schenken.’ Lukas trok zijn shirt weer naar beneden, ging zitten en schonk zijn wijnglas vol. ‘Wil jij nog?’

‘Een beetje. Daarna heb ik genoeg.’

Het was een van de meest leugenachtige antwoorden die er bestonden.

‘Vreemd,’ zei Olivia. ‘Ik herken de naam, Xipe-Totec. Die heb ik ergens gezien.’

‘Ik heb de tatoeage in een klein stadje, Cuatro Ciénegas, laten zetten,’ zei Lukas. ‘Er was een hotel dat zo heette.’

Olivia morste bijna uit het glas dat Lukas net voor haar had ingeschonken.

Cuatro Ciénegas?

De stad waar ze zelf uit een bus was gestapt, waarna ze in een woestijnhotel was beland, een paar heel sterke biertjes had gedronken, had besloten om de achternaam Rivera te gebruiken en vervolgens met de jonge slissende barman in bed was beland.

Een woestijnhotel dat Xipe-Totec heette.

Was Lukas daar ook geweest?

‘Wat is er?’ vroeg hij. ‘Ben jij daar ook geweest?’

'Ja, dat ben ik inderdaad. In precies hetzelfde hotel. Is dat geen ongelofelijk toeval?'

'Misschien wel. Hoe ben je daar terechtgekomen?'

'Ik liftte, reisde met de bus, huurde een motor, ik ben daar toevallig terechtgekomen. Dat is toch vreemd?'

'Ja en nee. Cuatro Ciénegas is aantrekkelijk voor westerlingen.'

'Waarom dat?'

'Vanwege de peyote, neem ik aan. Iedereen die Castaneda gelezen heeft gaat daarnaartoe.'

'Ik was daar niet vanwege de peyote.'

'Toch ben je daar terechtgekomen,' zei Lukas en hij glimlachte. 'Heb jij een tatoeage laten zetten?'

Olivia wist niet zeker of hij erop hoopte dat ze haar shirt ook omhoog zou trekken, maar zij had geen tatoeage tussen haar tepels. Daarom zei ze: 'Ik hou niet zo van tatoeages.'

'Verstandig,' merkte Lukas op.

'Waarom dat?'

'Omdat het vaak statements zijn die op een bepaald moment in je leven belangrijk voor je zijn, maar als je niet stilstaat word je later voortdurend herinnerd aan dingen die je misschien niet langer wilt voelen.'

'Of het zijn statements waar je je hele leven achter staat. Geldt dat niet voor jouw tatoeage?'

'Dat hoop ik wel. Hoewel ik het gedaan heb om mezelf tegen te houden.'

Lukas keek in zijn glas wijn. Olivia zag dezelfde reactie als toen ze daarnet over het boek hadden gepraat. Hij verdween naar binnen en zakte een stukje in elkaar.

'Hoe voel je je?' vroeg ze.

Ze wist niet goed waarom ze het vroeg. Een halfuur geleden zou ze de vraag niet gesteld hebben en nu kwam die volkomen spontaan op.

'Ik voel me heel goed,' zei Lukas en hij keek op. 'Ik krijg een tentoonstelling, ik heb dag en nacht geschilderd en ben verdomd tevreden over het resultaat en ik zit hier met een opwindende vrouw die in Cuatro Ciénegas is geweest. Hoe voel jij je?'

Olivia had instinctief 'Ik voel me ook goed' moeten antwoorden, maar om de een of andere reden dacht ze een paar seconden na en wachtte met het antwoord alsof ze niet wilde liegen.

Uiteindelijk vertelde ze een halve leugen. 'Ik voel me ook goed.'

'Je ogen vertellen iets anders.' Lukas staarde naar Olivia's irissen.

'Wat bedoel je?' vroeg ze.

'Ik vind dat Diego's vrouw Frida veel interessanter was dan hij, op alle niveaus. Zij gaf uiting aan dingen waarbij hij niet eens in de buurt kwam, maar het meest fascinerende aan haar waren haar ogen. Wat daarin te zien was, als je verstand van ogen hebt, was een levensverhaal en bodemloos verdriet.'

Lukas zweeg en keek een andere kant op, alsof hij Olivia de ruimte wilde geven om na te denken over wat hij had gezegd.

Ze probeerde het.

Hij wist niets over haar, niets over de tragediën die haar volwassen leven hadden bepaald, niets over de ballenbak, hij wist niets.

Hij keek alleen in haar ogen en insinueerde dingen.

'Ik heb een tijdje geleden een miskraam gehad,' zei ze. 'Ik weet niet of je dat in mijn ogen kunt zien, maar dat verdriet draag ik met me mee en misschien is dat te zien. Ik probeer het niet te verbergen.'

Lukas knikte, stond op, pakte zijn wijnglas en ging naast Olivia op de bank zitten. Ze schoof een stukje opzij.

'Je moet het me maar niet kwalijk nemen,' zei hij. 'Soms kan ik een beetje indiscreet worden, dat is de bedoeling niet, ik probeer alleen aanwezig te zijn. Soms ben ik dat niet.'

'Waar ben je dan?'

'Dat weet ik niet, ik verdwijn naar plekken waar ik geen pijn voel.'

'Wat doet er pijn? Als je niet verdwijnt?'

'Om een mens te zijn, denk ik. Om te weten dat je deel van alles uitmaakt. Dat er geen onmenselijkheid op de aarde bestaat waarvan je op de een of andere manier geen deel uitmaakt. Daar vlucht ik soms voor.'

'Waar vlucht je dan naartoe?'

'Naar Cuatro Ciénegas.'

Lukas lachte en Olivia deed mee. 'Wat gaaf dat je hiernaartoe gekomen bent,' zei hij toen ze uitgelachen waren, waarna hij opstond.

Olivia zette het glas neer en stond ook op, een beetje te snel, ze voelde dat haar evenwicht niet optimaal was maar kreeg haar lichaam onder controle. Lukas liep voor haar uit naar de hal. Op weg daarnaartoe pakte hij zijn zachte witte vilten hoed van een stoel en zette die op zijn hoofd.

'Hier,' zei hij en hij hield Olivia een kaartje voor.

Ze keek ernaar en zag dat het een uitnodiging voor de vernissage van zijn tentoonstelling was. 'Dank je wel.'

'Het zou leuk zijn als je langs kunt komen. Het is geen supermoderne galerie, maar er is wijn en er zijn leuke mensen.'

'Ik zal het proberen,' antwoordde Olivia met een glimlach.

'Heb je mijn boek bij je?'

'Ja.'

'Zal ik er iets in schrijven?'

Olivia was een beetje verbluft. Ze had het boek geleend, het was van Ronny, maar ze was toch van plan geweest om het van hem te kopen, dus waarom niet?

Ze haalde het boekje uit haar jaszak. 'Graag.'

Lukas pakte het aan en sloeg het open. 'Heb je een pen?'

'Ja.'

Die had Olivia ook in haar zak. Lukas pakte de pen aan en schreef een paar woorden op het schutblad. Olivia keek over zijn arm en zag wat hij schreef: *Bedankt dat je het gelezen hebt. Lukas.* Olivia pakte het boek aan, waarna Lukas zich vooroverboog, haar een korte tedere omhelzing gaf en fluisterde: 'Het spijt me van die ogen, soms ga ik te ver.'

'Het hindert niet.'

Olivia liep naar buiten en Lukas deed de deur achter haar dicht.

Het was nog niet zo laat toen ze op straat stond, een uur of elf, maar het was koud. Ze was hier met de bus naartoe gekomen, maar had geen zin om bij de halte te wachten en besloot te gaan lopen.

Twee gedachten drongen op de voorgrond.

De eerste ging over Lukas Bengtsson.

Waarom was ze zo onder de indruk van hem, en dat op een manier waarbij ze zich niet prettig voelde? Was dat omdat ze zich na de miskraam volledig had teruggetrokken van mannen en er niet tegen gewapend was geweest? Of was het omdat hij een heel bijzonder persoon was die haar had geraakt door te vragen naar een periode waarin ze kwetsbaar was? Dat hun wegen elkaar in Mexico hadden gekruist was op de grens van onwaarschijnlijk. Had hij dat alleen verzonnen? Maar de tatoeage dan?

Ze constateerde dat hij niet had geprobeerd haar te versieren, wat ze niet helemaal gewend was. Ze was dankbaar dat ze zelf niet te ver was gegaan. Soms was het gemakkelijk om je beoordelingsvermogen kwijt te raken.

Ze probeerde zich ook te herinneren op welk moment ze de reden waarvoor ze naar hem toe was gegaan – polsen of Lukas iets met het opblazen van de auto van de Brovalls te maken kon hebben en of hij een alibi voor die nacht had – was vergeten. Enigszins beschaamd besefte ze dat dat waarschijnlijk was gebeurd op het moment dat ze de schilderijen in zijn atelier had gezien.

De tweede gedachte ging over haar leugentje om bestwil. Ze had niet verteld dat ze bij de politie werkte. Die gedachte zorgde ervoor dat ze zich vies voelde.

Toen ze bij de Högalidskerk was had ze het warm. Een eindje verderop zat een dronken oude man op een stuk karton te zingen. Hij had een deken rond zijn schouders en Olivia zag dat hij over zijn hele lichaam trilde. Wat moet ik doen? dacht ze. Hem mee naar huis nemen? Een paar collega's bellen om hem op te halen? Ze koos voor het laatste en toen dat geregeld was, was ze bijna bij haar appartement.

Ze had de hele weg naar huis over de situatie nagedacht en had geprobeerd er een analyse van te maken. Als zou blijken dat Lukas Bengtsson om de een of andere reden aan het opblazen van de auto van de Brovalls gelinkt kon worden, was ze er al bij betrokken. Zij was degene die hem in een van Malins rechtszaken had gevonden. Zij was degene die bij hem langs was gegaan. Daar kon ze niet aan ontsnappen.

Aan de andere kant was het helemaal niet belangrijk dat ze een politieagent was als Lukas niets te maken had met de explosie, wat veel waarschijnlijker was. Ze hoefde de reden waarom ze bij hem langs was gegaan tenslotte niet te vertellen. Die was trouwens niet alleen beroepsmatig geweest. Ze was onder de indruk geweest van zijn gedichten en was nieuwsgierig naar hem geweest.

Toen ze haar appartement in liep en het licht in de keuken aandeed wist ze wat de enige rationele beslissing was die ze kon nemen. Ze moest Lukas vertellen wat voor werk ze deed. De leugen daarover kon gevolgen hebben en ze was niet bereid dat risico te lopen. Ze zette thee, haalde haar mobiel tevoorschijn en vroeg zich af wat ze zou zeggen. *Hallo, Lukas. Ik ben vergeten te zeggen dat ik politieagent ben. Nu weet je het.* Dat klonk belachelijk. Ze probeerde andere openingen die ongeveer net zo hopeloos waren.

Uiteindelijk besloot ze te beginnen met het aanbieden van haar verontschuldigingen en daarna af te wachten hoe het gesprek verliep.

Als hij tenminste thuis was, misschien was hij ook naar de stad gegaan.

Ze toetste Lukas' nummer in en hij nam na een paar keer overgaan op. 'Ja? Met wie spreek ik?'

'Hallo, met Olivia Rönning, stoor ik?'

'Nee. Naar wie ben je op zoek?'

'Naar Lukas... Ben jij Lukas niet?'

'Ik ken geen Lukas.'

De verbinding werd verbroken. Olivia bleef met haar mobiel in haar hand staan. Het was absoluut Lukas geweest die had opgenomen. Waar was hij mee bezig? Had hij niets willen zeggen omdat er iemand anders bij hem was? Een meisje dat was langsgekomen misschien?

Olivia schonk thee in en keek naar de uitnodiging voor de vernissage die ze van hem had gekregen.

Een kunstgalerie in de Tegnérgatan.

Ze draaide het kaartje om. Aan één kant stond een foto van een van zijn schilderijen dat ze herkende uit het atelier, aan de andere kant stond een portretfoto van hem. Hij stond bij een grijze bakstenen muur en had een zachte witte vilten hoed op zijn hoofd. Zijn ogen keken in de camera alsof ze de lens wilden verbrijzelen. Een dodendans in de blik, dacht Olivia. Onder de foto stond een citaat: IK BEN HIER NIET.

Een gecompliceerde man, maar spannend.

Op dat moment belde Lisa aan.

Ze was bij Olivia in de buurt en vroeg of ze naar boven mocht komen.

'Natuurlijk.'

Lisa kreeg de portiekcode en Olivia zette water op. De wandeling had een deel van de alcoholroes weggehaald, een pot sterke thee zou de rest doen. Ze zette twee grote aardewerken bekers neer en vroeg zich af wat Lisa wilde. Ze was nog nooit bij haar thuis geweest, zo'n relatie hadden ze niet, en nu wilde ze 's avonds laat nog langskomen?

'Hallo,' zei Olivia nadat ze de deur had geopend. 'Kom binnen. Trek je jas uit.'

Olivia liet Lisa het appartement zien, maar voelde meteen dat Lisa daar geen belangstelling voor had.

'Wil je thee? Ik heb net gezet,' zei ze.

'Graag.'

Lisa ging aan de keukentafel zitten en Olivia schonk thee in de bekers en wachtte af. Ze hoefde niet lang op een verklaring van Lisa te wachten.

'Ik wil mijn verontschuldigingen aanbieden voor mijn gedrag toen we Sebastian verhoorden,' zei Lisa. 'Dat was ongelofelijk verkeerd van me.'

Olivia was het met haar eens zonder dat uit te spreken.

'Daar was echter een reden voor,' ging Lisa verder.

'Dat je hem zo hard aanpakte?'

'Ja.'

Lisa zweeg even, alsof ze een aanloop nam.

'Ik herkende datgene waaraan Sebastian Ida had blootgesteld,' zei ze. 'Ik heb het verhoor door mijn eigen ervaringen laten beïnvloeden. Dat was onprofessioneel.'

'Dat kan iedereen overkomen. Wat herkende je?'

'De blootstelling. De dreiging.'

Lisa zweeg en warmde haar handen aan de theebeker.

Olivia voelde dat ze het moest vragen, ook al zou Lisa het verkeerd kunnen opvatten.

'Hebben we het over Magnus Larsson?' vroeg ze.

'Ja.'

Lisa haalde haar handen van de beker en hield ze een paar seconden tegen haar wangen, waarna ze ze liet zakken en inademde.

'Je hebt natuurlijk gemerkt dat ik nogal vreemd reageer zodra hij verschijnt,' zei ze.

'Daar heb ik me inderdaad over verbaasd.'

'Ik was verschrikkelijk geschokt toen hij de eerste keer de bestuurskamer in kwam. Ik wist wel dat het een keer zou gebeuren, maar toch... Toen we ons plotseling in dezelfde kamer bevonden werd het uitermate fysiek en kwam alles terug.'

Lisa zweeg en Olivia keek naar haar. Ze wist dat er meer zou volgen en wapende zich daartegen. Ze kende Lisa als een sterke, onverschrokken vrouw, maar zag nu iemand die een aanloop nam om iets te vertellen wat bijzonder persoonlijk en moeilijk was.

'Het begon toen ik op de politieacademie zat,' zei Lisa. 'Hij gaf daar een gastlezing, ik voelde me tot hem aangetrokken en dat merkte hij waarschijnlijk. We kregen een geheime relatie. Hij was getrouwd, dat wist ik, maar dat stoorde me niet. Ik vond het zijn probleem. Na een tijdje begreep ik dat ik niet zijn enige tijdverdrijf was: een van mijn vriendinnen had ook een relatie met hem. Ik maakte het uit. Of uitmaken – ik zei tegen hem dat ik niet meer met hem wilde afspreken. Dat accepteerde hij niet. Waarschijnlijk paste het niet in zijn zelfbeeld om te worden afgewezen. Als er iemand was die een eind aan de relatie maakte, dan was hij het.'

'De beledigde blanke man.'

'Zo ongeveer. Hij begon me te terroriseren.'

'Op welke manier?'

'In eerste instantie waren het voornamelijk sms'jes, onaangename berichten over wat een kutwijf ik was, vervolgens belde hij 's nachts op zonder iets te zeggen. Ik wist dat hij het was. Daarna begon hij me te achtervolgen. Hij zat in de buurt van mijn portiek in zijn auto als ik 's avonds thuiskwam, wat vreselijk was. Hij was behoorlijk gespierd en ik wist niet hoe ver hij zou gaan. Op een keer stond hij in mijn supermarkt, trok me tussen een paar stellingen en vertelde dat mijn carrière bij de politie dood was. Morsdood. Hij kende iedereen en zou rondvertellen dat ik een hoer was.'

'Heb je er nooit met iemand over gepraat?'

'Ik kende destijds niet veel mensen; ik was hiernaartoe verhuisd toen ik op de academie begon en had geen contacten. Bovendien wist ik dat hij heel populair was.'

Lisa nam een slok thee en veegde haar mond af.

'Op een avond belde hij aan. Ik wilde net naar bed gaan, trok mijn badjas aan, opende de deur, en daar stond hij. Met een bos gele rozen. Hij zei dat hij zich als een enorme klootzak had gedragen en dat hij me nooit meer zou lastigvallen. Op de een of andere manier lukte het hem om de hal in te komen en ik pakte de bloemen aan. Ik herinner me dat ik dacht dat het nu misschien afgelopen zou zijn, dat hij had beseft waarmee hij bezig was. Ineens vroeg hij of we een laatste keer seks konden hebben, bij wijze van afsluiting. Ik besefte eerst niet wat hij zei, maar hij zei het nog een keer en trok de deur achter zich dicht. Ik zei tegen hem dat hij moest vertrekken, maar hij bleef staan en ik draaide me om en wilde het appartement in rennen. Hij pakte mijn arm vast en trok me naar de vloer. Hij was sterk en ik werd doodsbang. Hij begon te praten over hoe fijn we het hadden gehad en hoe fantastisch hij het had gevonden om seks met me te hebben en ik...'

Lisa zweeg en pakte de beker weer vast.

'Durfde je niets te doen?' vroeg Olivia voorzichtig.

Lisa schudde haar hoofd. 'Ik zag dat hij zijn broek uittrok en dacht dat het dan maar moest gebeuren, als hij daarna maar vertrok, als hij gewoon wegging... dus toen deed hij het.'

Lisa zweeg weer en Olivia wachtte een tijdje af. Uiteindelijk vroeg ze: 'Had hij seks met je?'

'Ja. In de hal.' Lisa zei het bijna uitdrukkingsloos.

Olivia keek naar haar. 'Magnus Larsson heeft je dus in de hal verkracht?'

'Het was geen echte verkrachting, ik liet hem zijn gang gaan en we hadden seks.'

'Dat was geen seks, Lisa, het was een verkrachting en dat weet je.'

Lisa keek weg en Olivia zag haar kaken verstrakken, alsof ze niet wilde dat het een verkrachting zou zijn en probeerde zichzelf te beschermen. Na een tijdje keek ze weer naar Olivia. 'Ik weet het.'

Olivia kon niet langer blijven zitten. Ze kwam overeind, ging bij het aanrecht staan en keek naar Lisa. Ze zag een beheerste maar heel verdrietige vrouw. Ze liep naar haar toe en sloeg haar armen om haar heen. Lisa liet het toe, heel even. Daarna rechtte ze haar rug, pakte haar beker en zei: 'Misschien begrijp je nu waarom ik zo reageerde toen hij naar de bijeenkomst kwam. Het was een hel om naar zijn verhaal te luisteren en al het applaus te horen toen hij vertrok... En dan Mette die hem de hele tijd de hemel in prees... Maar het ergste was toen hij me plotseling een sms stuurde.'

'Was dat vlak voordat we naar Sebastian zouden gaan?'

'Ja. Weet je wat hij me stuurde?'

'Geen idee.'

'"Hou je nog steeds van gele rozen?"'

Olivia dacht er een paar seconden over na. 'Wat een smerige klootzak,' zei ze vervolgens.

'Daarom was ik zo uit mijn evenwicht bij Sebastian Landback. Plotseling was ik bang dat Magnus me weer zou gaan terroriseren en alles opnieuw zou beginnen en dat heb ik afgereageerd op Sebastian.'

Olivia knikte en probeerde te verwerken wat Lisa had meegemaakt. 'En je hebt het dus nooit aan iemand verteld?' vroeg ze.

'Niet op deze manier. Ik heb het anoniem op onze gesloten Facebook-groep en op #Nödvärn verteld, maar niemand weet dat het om Magnus en mij gaat.'

Olivia kon zich het verhaal herinneren. Ze was ontzettend verontwaardigd geweest toen ze het las en had zich afgevraagd wie de vrouw was die op zo'n manier was behandeld.

Dat was Lisa Hedqvist dus geweest.

Olivia ging weer op haar stoel zitten. Ze had een heleboel vragen die ze aan Lisa wilde stellen, maar de belangrijkste was waarom ze geen aangifte had gedaan.

'Ik kon me er niet toe zetten om aangifte tegen hem te doen,' zei Lisa. Ze had Olivia's gedachten geraden.

'Waarom niet?'

'Om meerdere redenen. Deels schaamde ik me verschrikkelijk. Ik vond mezelf een idioot omdat ik voor hem was gevallen, ik voelde me absoluut waardeloos en was helemaal kapot. Hoe stom kan iemand zijn? En ik was bang voor wat hij zou doen, wat er met mijn toekomst bij de politie kon gebeuren. Bovendien wisten meerdere mensen dat we een relatie hadden gehad. Hij kon van alles beweren, het zou zijn woord tegen het mijne zijn en dan zou ik geen enkele kans hebben. Er waren tenslotte geen getuigen, alleen hij en ik weten wat er in de hal gebeurd is.'

'Maar nu?' vroeg Olivia. 'Met #MeToo en #Nödvärn en dergelijke? Nu ziet het er heel anders uit. Nu kun je het vertellen.'

'Verkrachtingen en schendingen verjaren en dit heeft ruim tien jaar geleden plaatsgevonden.'

'Maar het is gebeurd en hij loopt nog steeds rond en heeft succes bij de politie. Misschien doet hij andere vrouwen hetzelfde aan?'

'Ik weet het, maar het heeft ook met Mette te maken.'

'Met Mette?'

'Ze is al heel lang bevriend met Magnus' vrouw en bovendien geeft ze heel hoog op van Magnus. Dat heb je toch wel gemerkt?'

'Ja.'

'Ik zou het niet kunnen verdragen om het aan Mette te vertellen.'

Olivia begreep Lisa. Ze begreep dat het gemakkelijk was om naast haar te zitten en verontwaardigd te zijn, maar zij was niet degene die verkracht was. Ze wist niet zeker hoe ze in Lisa's plaats gereageerd zou hebben. Ze wilde graag geloven dat ze het tegen de hele wereld geschreeuwd zou hebben, maar het was gemakkelijk om dat te denken als het jou niet was overkomen.

Als je zelf niet op die vloer in de hal had gelegen.

Op dat moment piepten hun mobiele telefoons tegelijkertijd. Ze hadden een sms van Mette gekregen: *De ochtendbijeenkomst is vervroegd naar 7.30 uur vanwege een nieuwe bewakingsfilm.*

Toen Lisa na een lange omhelzing in de hal eindelijk naar huis ging, was het al twee uur geweest. Olivia liet zich in bed vallen en dacht dat ze binnen tien seconden zou slapen. Haar lichaam voelde loodzwaar, maar in haar hoofd woedde een kleine tornado aan gedachten, over Magnus Larsson en Lukas Bengtsson en autobommen en verkrachtingen. Ze gooide het dekbed van zich af en trok het weer over zich heen, draaide zich naar links en naar rechts en pakte een ander kussen toen ze voelde hoe nat het was van het zweet, waarna ze het uiteindelijk opgaf en met een glas water, een pen en een post-itblok in de keuken ging zitten. Ze keek een hele tijd met brandende ogen naar het blok. Uiteindelijk schreef ze *Tom* op.

Wanneer ze precies in slaap viel wist ze niet, alleen dat het veel te laat was omdat ze die ochtend zo vroeg op moest vanwege de bijeenkomst in de NOA.

Olivia en Lisa waren de volgende ochtend doodmoe toen ze zich naar de bestuurskamer haastten. Die was vol. Sommige onderzoekers stonden bij de muren en Bosse zat op de rand van een bureau. Lisa en Olivia hadden helemaal achterin zitplaatsen bemachtigd. Ze constateerden beiden opgelucht dat Magnus Larsson niet aanwezig was.

Mette stond vooraan op haar gebruikelijke plek. Ze had haar laptop op het grote scherm aangesloten. Voordat ze dat activeerde draaide ze zich naar de aanwezigen.

'Gisteravond laat kregen we een tot dat moment onbekende bewakingsfilm in ons bezit. Hij is afkomstig van de buurtpreventieorganisatie in Gribbylund. De camera bewaakt een parkeerterrein in de buurt van de woning van het gezin Brovall.'

'Waarom hebben we die nu pas gekregen?' vroeg Bosse.

'De organisatie had geen vergunning. In de wijk was een aantal brandstofdiefstallen gepleegd en de woningeigenaren hadden aangedrongen op een camera, waarna ze er een opgehangen hebben. In juridisch opzicht is het dus een illegale bewakingscamera en dat is de reden dat ze de film eerst niet naar ons toe durfden te sturen. Nu hebben ze dat echter wel gedaan. Of die iets oplevert moeten we nog zien.'

Mette zette de film aan. Er verscheen inderdaad een parkeerterrein met een aantal auto's en lantaarnpalen. Na een tijdje kwam er iemand tussen de rijen auto's aanlopen. Hij droeg een muts en had een tas in zijn hand. Voordat de man weer verdween was zijn gezicht heel even op de film te zien.

Mette spoelde de film terug, speelde hem opnieuw af en pauzeerde toen het gezicht van de man in beeld kwam. 'Deze man is niet geïdentificeerd en hij komt niet in ons andere materiaal voor. Zodra we hier klaar zijn verspreiden we de beelden van zijn gezicht teneinde hem op te sporen. Vragen?'

'Wat heeft hij in zijn hand?' vroeg een van de politieagenten.

'Het ziet eruit als een tas,' zei Mette. 'Maar het zou interessanter zijn om te weten wat de inhoud is.'

Er volgden nog een paar vragen voordat Mette de bijeenkomst beëindigde en iedereen naar buiten liep.

Olivia wachtte tot de kamer leeg was.

Volledig.

Daar had ze haar redenen voor.

Toen Lisa uiteindelijk ook naar buiten was gegaan, nadat ze met een verbaasde blik naar haar had gekeken, stond Olivia op en liep naar Mette toe, die haar laptop dichtklapte. 'Ik weet wie de man op de film is,' zei ze.

Mette schrok en keek naar Olivia. Ze zag een bleek gezicht met een breekbare blik in de ogen. Wat is dit? dacht ze. 'Hoe weet je dat?'

'Hij heet Lukas Bengtsson. Ik ken hem. Hij heeft Malin Brovall een paar jaar geleden meerdere keren bedreigd na een rechtszaak tegen zijn broer. Op die manier heb ik hem gevonden.'

'Lukas Bengtsson?'

'Ja. Hij is kunstenaar en auteur.'

'En jij kent hem?' vroeg Mette.

'Oppervlakkig.'

'Weet je zeker dat hij degene op de film is?'

'Ja.'

Mette haalde haar mobiel tevoorschijn en keek naar Olivia. 'Ik geef dit meteen door. Ga jij iets eten, je ziet eruit alsof je elk moment kunt flauwvallen.'

Olivia zat helemaal achter in de metrowagon en was op weg naar de Rådmansgatan. Ze wilde haar lunchpauze gebruiken om naar Lukas' vernissage te gaan. De schok die ze had gekregen toen ze hem op de bewakingsfilm had gezien begon te verdwijnen. Hij was de avond voor de explosie dus aantoonbaar in de buurt van de villawijk waar het gezin Brovall woonde geweest. Maar er konden toch andere verklaringen zijn dan dat hij daar was geweest om een bom in hun auto te plaatsen? Misschien kende hij mensen in de buurt? Of was hij daar toevallig geweest? Hij had verteld dat hij vaak in een willekeurige bus stapte en meereed om te ontspannen of na te denken. Was dat misschien wat hij had gedaan? En was hij op het verkeerde tijdstip op de verkeerde plek geweest?

Toen ze uitstapte voelde ze zich een beetje beter.

Tijdens de korte wandeling naar de galerie dacht ze erover na waarom ze Lukas instinctief probeerde te verdedigen. Misschien was hij inderdaad degene die de autobom had geplaatst, daar had ze tenslotte geen idee van. Dat had niets te maken met hoe mooi zijn gedichten en schilderijen waren. Tegelijkertijd wist ze dat Mette een keer had gezegd dat een van haar belangrijkste talenten haar instinct was.

Dat instinct sprak Lukas vrij.

Ze betrad de galerie op de hoek van de Tegnérgatan en de Döbelnsgatan. Het was een vrij grote galerie, met brede ramen die op straat uitkeken. De muren waren witgeschilderd, zoals in de meeste galerieën, en het plafond was hoog. De eerste grote zaal was vol bezoekers, de meesten stonden met een glas wijn in hun hand naar de schilderijen te kijken, het was tenslotte een vernissage.

Olivia herkende een paar schilderijen die ze in Lukas' atelier had gezien. Grote donkere schilderijen met krachtige abstracte motieven. Op een aantal ervan waren vormen, voorwerpen en gezichten zichtbaar die in het schaduwlandschap verdwenen. Ze ging bij een van de schilderijen staan en luisterde naar een gesprek dat vlak bij haar werd gehouden. Ze begreep dat het een werknemer van de galerie was die een bezoeker van de kwaliteit van het werk probeerde te overtuigen.

'Dit is een schilderij dat wordt gekenmerkt door een onvoorstelbare diepte,' zei de galeriemedewerker enthousiast. 'Het gebeurt zelden dat een schilder die zo jong is zoveel intensiteit in zijn werk weet te leggen.'

'De prijzen zijn aan de hoge kant,' zei de bezoeker.

'Niet als je bedenkt hoe hoog ze over een paar jaar zullen zijn. Dit zijn spotprijzen vergeleken met wat ze straks als verzamelaarsobject zullen opleveren. Ik denk dat je van de gelegenheid gebruik moet maken.'

In hoeverre de bezoeker dat van plan was zou Olivia nooit te weten komen, omdat de kunstenaar zelf plotseling de ruimte in kwam.

Lukas.

Een glimlachende en blijkbaar vrolijke Lukas.

Hij had in het kantoor van de galeriehouder gezeten, had catalogussen gesigneerd en wijn gedronken. Toen hij binnenkwam duurde het niet lang voordat hij Olivia ontdekte.

'Hallo,' zei hij.

Olivia glimlachte en liep naar hem toe. Ze stond op het punt hem te omhelzen, maar bedacht zich. 'Hallo,' zei ze in plaats daarvan. 'Wat leuk om de schilderijen te zien.'

'Een deel ervan heb je al gezien.'

'Dat klopt.'

Olivia keek om zich heen naar de muren. 'Is het vaalgele paard er niet bij?'

'Nee, dat durf ik niet tentoon te stellen.'

'Waarom niet?'

'Iemand zou het kunnen begrijpen.' Lukas glimlachte toen hij het zei, bijna alsof hij een geheim onthulde. 'Wil je een glas champagne?' vroeg hij. 'Ik heb al vijf schilderijen verkocht. Het is ongelofelijk.'

'Nee, dank je, ik moet zo meteen naar mijn werk terug. Wat leuk dat je zo goed verkoopt.'

'Ja, dat is ontzettend gaaf.' Lukas straalde. De tentoonstelling leek een succes te worden, misschien zelfs een doorbraak.

Dat zou veel veranderen.

'Misschien kunnen we samen naar Mexico gaan?' zei hij, waarna hij moest lachen om zijn eigen voorstel.

Zijn donkere krullende haar hing over zijn voorhoofd, hij was opgewonden en gelukkig en wilde dat met zijn omgeving delen. Hij keek naar de bezoekers en Olivia dacht aan wat hij over het bodemloze verdriet in Frida Kahlo's ogen had gezegd. Toen ze in Lukas' ogen keek kon ze het geluk dat de rest van zijn lichaam uitstraalde niet ontdekken. Hij had een opgejaagde blik die niet klopte.

Ze voelde dat de verkeerde soort gevoelens haar weer overvielen. Ze wilde hem in haar armen nemen alsof hij een kind was en vragen wat hem dwarszat.

Dat deed ze niet. In plaats daarvan trok ze hem opzij en stelde de vraag die op het puntje van haar tong lag. 'Ik heb je gisteren gebeld,' zei ze. 'Toen ik thuiskwam nadat ik bij jou was geweest.'

'O ja? Nam ik niet op?'

'Jawel, maar je beweerde dat jij het niet was.'

Lukas keek naar Olivia om te controleren of ze het serieus meende. 'Maak je een grapje?'

'Nee.'

'Tja, dan was ik dronken of zoiets, ik kan me niet herinneren dat je gebeld hebt. Wat wilde je?'

'Je bedanken voor je gastvrijheid.' De echte reden, om te vertellen dat ze bij de politie werkte, had na de bewakingsfilm een nieuwe betekenis gekregen. Ze wist niet hoe ze zich moest opstellen nu ze dat wist.

Op dat moment belde Mette. Olivia zag haar naam op het display en verontschuldigde zich. 'Ik moet dit telefoontje nemen.'

Olivia liep een stukje weg en de galeriehouder kwam meteen naar Lukas toe en probeerde hem aan een paar bezoekers te koppelen.

'Hallo, Mette, wat is er?' vroeg Olivia.

'We hebben net gepraat met de bewaker bij het winkelcentrum die iemand heeft zien passeren. Hij kon de muts van die persoon beschrijven en die kwam overeen met de muts die de man op de film draagt. Ik wil zo snel mogelijk een getuigenconfrontatie met Bengtsson om te checken of hij het inderdaad is. Heb je zijn adres?'

'Ja.' Olivia draaide zich om en zag dat de uitgelaten Lukas in een geanimeerd gesprek met een potentiële koper was verwikkeld. Ze liet haar stem dalen en gaf Mette zijn adres. Dat ze zich op dit moment in dezelfde ruimte als hij bevond wilde ze niet zeggen. Dan zou Mette haar onmiddellijk vragen om Lukas aan te houden en mee te nemen naar het bureau.

Lukas liep zijn appartement in, gooide zijn jas op een stoel en gaf een schreeuw van geluk. Hij had nog een schilderij verkocht voordat de galerie sloot, een van de grote, een dure. Hij zou voorlopig voldoende geld hebben. Nu zou hij een snelle douche nemen, zich omkleden en een taxi naar Wasahof nemen. De galeriehouder had hem uitgenodigd voor een etentje en hij ging ervan uit dat het een late en krankzinnige avond zou worden.

Misschien moet ik Olivia bellen om te vragen of ze zin heeft om mee te gaan, dacht hij.

Hij haalde zijn mobiel tevoorschijn en wilde haar nummer net intoetsen toen er werd aangebeld. Hij stopte zijn mobiel weer weg, liep naar de hal en deed open.

*

Acht personen stonden voor een betonnen muur, allemaal hielden ze een briefje met een nummer voor zich, een van hen was Lukas Bengtsson. Hij had nummer 6 in zijn handen. Achter het glas stond Anders Grytman met een politieagent naast zich. Mette en Olivia stonden bij de muur achter de bewaker. Mette was geconcentreerd op datgene waarop ze zich moest concentreren, Olivia was geconcentreerd op Lukas. Ze zag dat hij zijn nummer omhooghield en zag aan zijn ogen dat hij niet begreep waarom hij daar was. Hij droeg dezelfde kleren als in de galerie. Olivia slikte en voelde het zweet onder haar armen. De ruimte was krap, maar dat was niet de belangrijkste reden.

'Nummer zes,' zei Grytman.

Hij zei het zachtjes, zodat Mette hem vroeg om het te herhalen.

'Dat is hem, nummer zes.'

'Is hij de man die je in het winkelcentrum gezien hebt?'

'Ja, ik weet het zeker.'

'Bedankt.'

Mette knikte naar de agent, die Grytman vervolgens naar buiten begeleidde. Toen de deur dicht was keek Mette naar Olivia. 'Een glasheldere verklaring,' zei ze.

'Ja. Hoewel hij er misschien belang bij had om dat te doen?'

'Om Bengtsson aan te wijzen?'

'Ja. Om zijn eigen activiteiten te verdoezelen. Misschien hebben we zijn steen niet goed omgedraaid?'

'Die van Grytman?'

'Ja. Ik weet dat Lisa nieuwsgierig naar hem was.'

Mette keek naar Olivia en had moeite om haar irritatie te verbergen, dat was aan haar trillende kaakspieren te zien.

'Eerst ben jij degene die Bengtsson op de bewakingsfilm identificeert,' zei ze. 'Daarna wijst de bewaker hem aan. Wat is de bedoeling hiervan?'

Dat wist Olivia niet.

*

Het onderzoek naar de misdaad had het punt bereikt waarop Mette als onderzoeksleider werd vervangen door officier van justitie Tova Hemmingson. Ze kenden elkaar van vroeger en Hemmingson was bovendien een collega van Malin Brovall geweest.

De korte bespreking vond bij Mette plaats.

'Wat hebben we over hem?' vroeg Hemmingson.

Mette deed verslag van wat ze tot nu toe hadden. De bewakingsfilm. De getuigenis van de bewaker. Zijn gedocumenteerde bedreiging van Malin Brovall.

'Is hij verhoord?'
'Informatief. Hij ontkent dat hij daar geweest is.'
'Ondanks de getuigenverklaring?'
'Ja.'
Hemmingson maakte een aantekening op het blok dat voor haar lag. Mette keek naar haar terwijl ze zich afvroeg waarom vrouwelijke officieren van justitie bijna allemaal eender gekleed waren. Streng, kleurloos. Misschien was het juist de bedoeling om kleurloos te zijn, bedacht ze. Zodat de aandacht niet van hun taak in de rechtbank werd afgeleid.
Malin Brovall was een uitzondering geweest.
'Hoe wil je verdergaan?' vroeg Hemmingson.
'Ik wil hem beschouwen als iemand die onder redelijke verdenking staat.'
'Waarom?'
'Ik wil een huiszoeking bij hem doen.'
'Dan beschouwen we hem als een verdachte.'
'Dank je wel. Ik wil zijn mobiele verkeer ook bekijken.'
'Dat is geen probleem.'
Het was geen goed gefundeerd besluit dat de twee vrouwen namen, maar met het oog op de misdaad, het opblazen van een officier van justitie en haar gezin, was het volkomen begrijpelijk.

*

Een huiszoeking is een gevoelige kwestie. Het uitgangspunt is om materiaal te vinden dat op de een of andere manier relevant voor het onderzoek kan zijn. Het is niet altijd zo eenvoudig om dat ter plekke te bepalen. In een rommelig en niet schoongemaakt appartement zoals dat van Lukas was het extra moeilijk.
Er waren echter ook concrete dingen waarnaar ze konden zoeken, zoals bijvoorbeeld de bijzondere muts die een buschauffeur de passagier had zien dragen die bij de eindhalte in Gribbylund was uitgestapt.
Die vonden ze.
Of in elk geval een muts die overeenkwam met de beschrijving.
Ze vonden ook andere dingen die ongetwijfeld interessant waren, ook al hadden ze niet onmiddellijk met de misdaad te maken. Veel van de spullen die in dozen werden verpakt zouden later op het bureau nauwkeurig worden onderzocht door technisch rechercheurs.

De meeste onzekerheid werd veroorzaakt door de grote hoeveelheid schilderijen in het atelier. Er was geen verband tussen de schilderijen en de misdaad waarover Lukas verhoord zou worden, en bovendien waren de meeste heel groot. Ze kozen er in plaats daarvan voor om ze te fotograferen en te documenteren.

Het laatste wat ze vonden was een dagboek, dat onder een kussen in het bed lag.

Dat werd meegenomen.

*

De kamer was vol geweest toen de bespreking begon, maar nu begon die langzaam leeg te lopen. Ze hadden uitvoerige informatie over het resultaat van de huiszoeking in het appartement van Lukas Bengtsson gekregen. Van zijn mobiele verkeer op het bewuste tijdstip was eveneens verslag gedaan, plus een aantal andere dingen. Het had een paar dagen gekost om al het materiaal door te nemen, maar nu waren de resultaten besproken.

Mette liep naar het raam en probeerde het te openen, hoewel ze wist dat dat niet ging, ze had frisse lucht nodig. Ze draaide zich om en keek naar de enige persoon die was blijven zitten.

Olivia.

'Ik ga Lukas Bengtsson vanmiddag verhoren en vertellen wat we hebben,' zei Mette. 'Ik wil dat jij daarbij aanwezig bent.'

Olivia schrok. Ze was diep in gedachten geweest, dingen die bij de huiszoeking waren gevonden hadden in haar hoofd rondgespookt, waardoor ze zich opnieuw afvroeg wie Lukas Bengtsson was.

Ze keek naar Mette. 'Dat wil ik liever niet.'

'Waarom niet?'

'Ik wil het gewoon niet.'

Een buitengewoon slecht argument, vooral als dat tegen Mette werd geuit. Dat begreep Olivia meteen, maar het alternatief was nog veel lastiger. Vooral voor haarzelf. *Lukas weet niet dat ik politieagent ben en dat ik hem om de tuin geleid heb*, zou ze tegen Mette kunnen zeggen. Daar zou Mette op twee manieren op kunnen reageren. Ze zou het begrijpen maar erop wijzen dat hij ervan werd verdacht dat hij de bom in de auto van het gezin Brovall had geplaatst.

Of ze zou over Olivia heen walsen.

‘Jij hebt hem gevonden,’ zei Mette. ‘Je bent gewoon bij het verhoor.’
Ze had over haar heen gewalst.

Mette en Olivia kwamen tegelijkertijd de verhoorkamer binnen. Alles was voorbereid. Mettes materiaal lag op de tafel en de stoelen stonden klaar. Mette ging aan de tafel zitten, Olivia pakte de stoel naast haar en nam die mee naar de muur achter haar.

‘Wat doe je?’ vroeg Mette.

‘Ik wil hier zitten.’

‘Waarom?’

‘Omdat ik dat prettiger vind. Jij bent degene die het verhoor afneemt, ik wil luisteren en leren. Binnenkort ga je met pensioen en ik wil zo veel mogelijk in me opzuigen.’

Mette haalde haar schouders op. Ze wist wie ze als haar opvolger in de verhoorhiërarchie wilde hebben. Olivia.

Als ze bij de muur wil zitten om zo veel mogelijk van mijn sublieme verhoortechniek in zich op te zuigen, dan moet ze dat kunnen doen, dacht ze.

Mette was niet volledig bestand tegen vleierij.

Ze controleerde of de videoband werkte zoals dat moest en leunde naar achteren. Als ze geluk had kon ze dit vandaag afhandelen.

Dat zou Mårten prettig vinden.

Een paar seconden later ging de deur open en werd Lukas Bengtsson naar binnen geleid. Hij had het aanbod van een advocaat afgewezen, een beslissing die Mette waardeerde. Nu liep hij met gebogen hoofd en zijn blik op de vloer gericht naar de tafel. Hij kreeg een stoel aangewezen en ging zitten.

Vervolgens keek hij op.

Het eerste wat hij zag was een oudere vrouw met grijs kroeshaar en vriendelijke ogen. Het tweede wat hij zag kon hij niet plaatsen. Op een stoel bij de verste muur zat de jonge vrouw die in Cuatro Ciénegas was geweest en op de bank in zijn appartement over haar miskraam had verteld. Olivia? De vrouw keek strak naar de vloer.

Uiteindelijk kreeg hij zijn spraakvermogen terug. ‘Wat doe jij hier?’ vroeg hij aan Olivia.

Mette schoof een stukje opzij om zijn blik op te vangen. ‘Ik ben Mette Olsäter en ben recherchecommissaris. Ik ga je verhoren. Achter me zit Olivia Rönning, zij is rechercheur en jullie kennen elkaar. Jij bent

Lukas Bengtsson en wordt verhoord met betrekking tot de autobom waarmee het gezin Brovall op zaterdag 24 februari in Täby is vermoord.'

Lukas hield zijn hoofd schuin en keek naar Olivia. De verachting straalde uit zijn ogen. Mette dwong hem weer om naar haar te kijken.

'Heb je begrepen dat we over de autobom gaan praten?'

Lukas gaf zijn pogingen om in Olivia's ogen te kijken op en zijn schouders zakten naar beneden. 'Waarom word ik daarover verhoord?' vroeg hij.

'Waar was je de avond ervoor? Op vrijdag?'

'Geen idee. Waarschijnlijk thuis.'

'Was je niet in Täby?'

'Nee. Waarom zou ik daar geweest zijn?'

'Weet je dat zeker?'

Lukas knikte kort en probeerde Olivia's blik weer te vangen.

Dat lukte niet.

'Het is prettig als je antwoord geeft in plaats van te knikken,' zei Mette. 'Je was dus niet in Täby?'

'Nee.'

Mette trok een blauwe zak naar zich toe en haalde er een muts uit die van stukken stof in verschillende kleuren was gemaakt. 'De eindhalte van buslijn 605 is bij het centrum van Gribbylund in Täby. De laatste bus op vrijdagavond, de avond voor de explosie, stopte daar rond middernacht. In die bus zaten twee passagiers. De chauffeur herinnert zich het uiterlijk van de passagiers niet, maar weet nog wel dat een van hen een heel bijzondere muts droeg. Die zag er zo uit.'

Mette tilde de muts op.

'Hij is met grote zekerheid geïdentificeerd,' ging ze verder. 'Ken je deze muts?'

'Nee.'

'Hij is tijdens de huiszoeking op een plank in je hal gevonden. Is hij van jou?'

'Als hij daar lag is dat waarschijnlijk zo.'

'Waarom zeg je dat je hem niet herkent?'

Lukas haalde zijn schouders op en keek naar de tafel.

Olivia durfde niet naar hem te kijken, ze voelde zich ontzettend ellendig en vond het moeilijk om te zien hoe gekweld hij was. Ze snapte niet waarom hij loog, zowel over de bus als over de muts. Wat dacht hij daarmee te bereiken?

'Jij was dus degene die in de bus zat en bij de eindhalte uitstapte, of niet soms?' zei Mette.

'Blijkbaar.'

'Wat ging je daar doen?'

'Niets. Het komt vaak voor dat ik in een bus ga zitten en meerij tot de eindhalte.'

'Gewoon zomaar?'

'Ja.'

'Waarom?'

'Om in twee richtingen tegelijk te reizen. Naar voren en naar binnen.'

Mette keek naar Lukas. Hij ontweek haar blik en probeerde weer naar Olivia te kijken.

'Blijft ze daar de hele tijd zitten?' vroeg hij.

Mette schoof haar lichaam met enige moeite voor Olivia. 'Hoe ben je uit Täby thuisgekomen?' vroeg ze.

'Ik neem aan dat ik gelopen heb.'

'Herinner je je dat niet?'

'Nee.'

'Liep je van Täby naar Söder?'

'Waarschijnlijk wel,' zei Lukas.

Mette klemde haar kaken op elkaar, ze haatte dit soort ontwijkende antwoorden, ze haatte het als ze geen contact kreeg met degene die ze verhoorde. Lukas was heel afwezig.

'Ben je meteen naar huis gegaan nadat je uit de bus bent gestapt?'

'Dat denk ik wel.'

'Ben je niet door het winkelcentrum dat iets verderop ligt gekomen?'

'Niet voor zover ik me kan herinneren,' antwoordde Lukas.

'We hebben een getuigenconfrontatie met je gedaan, misschien herinner je je dat nog?'

'Ja.'

'Daarbij werd je herkend door een bewaker. Hij bevond zich die avond in het centrum en is er zeker van dat hij je zag lopen.'

Lukas zweeg.

'Hoe verklaar je dat?' vroeg Mette.

'Misschien heb ik een stukje omgelopen, dat weet ik niet.'

'Dat weet ik wel. Je liep door het winkelcentrum in de richting van de villa van het gezin Brovall aan de Furuvägen. Ben je bij die villa geweest?'

'Nee.'

'Dan wil ik dat je hiernaar kijkt.'

Mette pakte een iPad en speelde een stukje uit de bewakingsfilm af.

'Deze film is gemaakt door een bewakingscamera op een parkeerterrein, dertig meter bij de woning van de Brovalls vandaan. Een man loopt over het parkeerterrein.'

Mette pauzeerde de film op het moment dat het gezicht van de man in beeld kwam.

'Zie je wie dat is?'

Lukas keek een hele tijd naar het stilstaande beeld. Olivia wist precies wat hij zag, zij was tenslotte degene die hem op de film had aangewezen. Plotseling sloeg hij zijn handen voor zijn gezicht.

Gaat hij huilen? dacht Mette. Mooi. Dan staat hij misschien op het punt om in te storten. 'Ik vraag het je opnieuw, Lukas,' zei ze. 'Zie je wie die man is?'

Lukas haalde zijn handen van zijn gezicht. Hij huilde niet, maar de pijn was duidelijk op zijn gezicht te zien en in zijn ogen te lezen. Hij beet op zijn bovenlip.

'Dat ben ik,' zei hij zachtjes. 'Hoewel ik daar niet was.'

'Je was daar niet?'

'Nee.'

Mette keek naar Lukas. Olivia herinnerde zich hun gesprek in het appartement van Lukas.

Wat voor toestanden?

Dat weet ik niet. Ik ben er niet bij.

Je bent er niet bij?

Nee.

Mette legde de iPad neer en keek naar Lukas. 'Je was dus in de buurt van de woning van de Brovalls, zoals we daarnet gezien hebben. Ben jij degene die de bom in hun auto geplaatst heeft?'

'Nee,' fluisterde Lukas.

'Een beetje harder graag.'

'Nee, dat was ik niet.'

Mette keek naar Lukas, ze probeerde grip op hem te krijgen, op wie hij was, waarom hij deze antwoorden gaf.

'Je bent kunstenaar, of niet soms?'

'Ja.'

'En je hebt een boek geschreven, *Koudvuur*.'

'Ja.'
'Waar gaat dat over?'
'Om van binnenuit te rotten,' antwoordde Lukas.
'Heb je het over jezelf?'
'Ja, en over jou. Het gaat erover hoe het is om in deze tijd een mens te zijn. En over datgene waaraan we blootgesteld worden.'
Mette voelde dat het voorlopig genoeg was.
'We houden een korte pauze,' zei ze. 'Je mag blijven zitten.'
Mette kwam overeind en pakte haar papieren op. Olivia stond eveneens razendsnel op en liep zonder naar Lukas te kijken achter Mette aan.

In de koffiekamer nam Olivia meteen een kop koffie. Mette keek naar haar. 'Wat was er daarbinnen aan de hand?' vroeg ze.
'Hoezo?'
'Tussen jou en hem?'
'Wat bedoel je?'
'Hij probeert de hele tijd je blik te vangen, ik breek mijn rug bijna om contact met hem te krijgen, wat zo ook al verschrikkelijk lastig is. Wat speelt er tussen jullie?'
'Niets.'
Mette keek naar Olivia en het duurde niet lang voordat Olivia besefte dat ze het moest uitleggen. In elk geval gedeeltelijk, anders zou het nog moeilijker worden.
Dus vertelde ze dat ze bij Lukas op bezoek was geweest toen ze zijn adres te pakken had gekregen. Ze was nieuwsgierig naar wie hij was.
'Ben je bij hem thuis geweest?' vroeg Mette.
'Ja.'
'Heb je verteld waarom je daar was?'
'Niet meteen.'
'Heb je niet verteld dat je een politieagent bent?'
'Nee.'
'Waarom niet?'
Dat had Olivia zich ook al afgevraagd.
'Omdat ik de situatie wilde peilen,' zei ze.
'Peilen?'
Het was een goed woord in bepaalde situaties, omdat het bijna alles met onduidelijkheid omringde.

'Ja. Zijn naam was een gok, op dat moment in elk geval. Ik had hem gevonden tussen een heleboel rechtszaken waarbij Malin betrokken was geweest en ik was voornamelijk nieuwsgierig.'

'Naar hem?'

'Ja. Wat hij voor iemand was. Ik had *Koudvuur* gelezen en vond dat hij interessante gedichten schreef.'

'Om van binnenuit te rotten?'

Dat was het moment waarop Olivia voelde dat het genoeg was. Ze had het verteld en was niet van plan er dieper op in te gaan. Daarom zei ze: 'Ik denk dat Lukas onschuldig is.'

Vervolgens zette ze haar kopje neer en liep weg.

'We gaan over een kwartier verder!' riep Mette haar na.

Ze was niet van plan Olivia te laten ontsnappen.

Lisa zat achter haar bureau toen Olivia binnenkwam. Ze hadden niet veel met elkaar gepraat sinds Lisa in Olivia's keuken had gezeten om over Magnus Larsson te vertellen, maar ze wisten allebei dat er iets in hun relatie was veranderd. Ze hadden de stap van collega's naar vriendinnen gezet.

Nu zag Lisa een vriendin binnenkomen die er zowel onder druk gezet als gekweld uitzag. Ze wist niet goed waarom, maar vermoedde dat het met Lukas Bengtsson te maken had.

'Hoe gaat het verhoor?' vroeg ze.

'Goed, neem ik aan.'

Olivia ging achter haar bureau zitten en keek naar een map die haar niets zei.

'Is het lastig?' vroeg Lisa.

'Ja.'

'Waarom?'

Dit was het moment waarop Olivia haar hart kon luchten over de schaamte die ze voelde vanwege haar leugenachtigheid, maar ze koos ervoor om dat niet te doen. 'Laten we het er een andere keer over hebben,' zei ze.

'Oké. Ik heb Grytman, die bewaker, nagetrokken. Hij is heel verdacht, maar ik heb nog geen motief ontdekt.'

Olivia knikte afwezig.

'Maar nu is alle aandacht waarschijnlijk op Bengtsson gericht?' ging Lisa verder.

'Ja.'

Lisa keek naar Olivia en dacht even na. 'Zullen we vanavond ergens een glas wijn gaan drinken?'

'Ja. Leuk.'

Veel meer dan deze reddingslijn naar de buitenwereld, de herinnering aan het feit dat alles doorging, was niet nodig. Verhoren waren een deel van het werk, pijnlijke situaties waren een deel van het leven, maar alles ging door.

Olivia kwam overeind, liep naar Lisa toe en omhelsde haar enigszins onverwacht, voor Lisa tenminste.

'We zuipen ons helemaal klem,' fluisterde Olivia, waarna ze glimlachte.

Een kwartier later ging het verhoor verder. Ze zaten op de plek waar ze eerder hadden gezeten. Lukas had zijn jack uitgetrokken, waaronder hij een grijze gebreide trui droeg. Mette schonk water in een glas, zette dat voor hem neer, leunde naar achteren en observeerde de verdachte.

Ze vond het niet moeilijk te begrijpen waarom Olivia in de ban was geraakt van deze jongeman, dat had haar een paar decennia geleden ook kunnen gebeuren.

Afgezien van het feit dat hij werd verdacht van een bomaanslag.

Maar ook misdadigers kunnen uitstraling hebben, dacht ze, en ze besloot te bewijzen dat hij dat inderdaad was. Een misdadiger dus.

'Op de bewakingsfilm waarnaar we voor de onderbreking gekeken hebben heb je een tas in je hand,' begon ze. 'Wat zat daarin?'

'Dat weet ik niet. Ik bewaar er schilderspullen in. Penselen, verf.'

'Waarom had je die bij je toen je laat in de avond naar Täby ging?'

'Misschien wilde ik schilderen,' zei Lukas.

'We hebben de tas niet in je appartement gevonden. Weet je waar die is?'

'Ik heb hem weggegooid.'

'Waarom dat?'

'Hij was stuk.'

'Waar heb je hem weggegooid?'

'In de een of andere container.'

Mette klemde haar kaken weer op elkaar vanwege de voortdurende ontwijkende antwoorden. Ze had veel verhoren meegemaakt met aanzienlijk gewetenlozere personen die alleen met 'Geen commentaar' hadden geantwoord. Dit was anders.

Deze man antwoordde zonder te antwoorden.

'We hebben je mobiele verkeer van het bewuste tijdstip bekeken,' ging ze verder. 'Je kreeg een telefoontje toen je door de villawijk liep. Van wie was dat?'

'Ik heb geen mobiel.'

Mette begon er genoeg van te krijgen. Ze trok een plastic zak naar zich toe waarin een mobiel zat. 'Dit is je mobiel! De mobiel die je bij je had toen je aangehouden werd. Je bereikt er niets mee door tegen me te liegen. Integendeel. Wie heeft je die avond gebeld?'

Lukas keek recht voor zich uit alsof hij nadacht. Uiteindelijk gaf hij antwoord. 'Dat kunnen jullie toch op de gesprekkenlijst zien?'

'Het gesprek was afkomstig van een versleutelde app. Wie was het?'

Lukas begon op de nagel van zijn middelvinger te bijten. Na een paar seconden pakte hij zijn glas water en dronk een paar slokken. Vervolgens zette hij het voorzichtig neer, alsof hij niet op Mettes papieren wilde morsen.

'Ik weet niet wie dat was. Helaas.'

Mette haalde een vel papier tevoorschijn en zette haar bril op. 'Ik ga een mail aan je voorlezen die Malin Brovall de nacht voordat ze vermoord is gekregen heeft. Daarin staat het volgende: *Mensen zoals jij moeten uitgeroeid worden, je bent het niet waard om op deze wereld te verblijven, je bent erger dan de ergste gifslang, je ijskoude kwaadaardigheid moet verdwijnen!*'

Mette liet het vel papier zakken en zette haar bril af.

'Herken je die tekst?' vroeg ze.

'Nee, zou dat moeten?'

'Geen van de zinnen?'

'Nee.'

Mette pakte een ander vel papier, zette haar bril op en las: '*Je bent erger dan de ergste gifslang, je ijskoude kwaadaardigheid moet uitgeroeid worden, je bent het niet waard om in deze wereld te leven.*'

Vervolgens keek ze naar Lukas. 'Herken je deze zinnen wel?'

'Nee.'

'Ze zijn afkomstig van een haatmail die je naar Malin Brovall gestuurd hebt in verband met de rechtszaak tegen je broer. Je hebt eerder toegegeven dat die van jou afkomstig was. In de mail die Malin Brovall de nacht voordat ze stierf kreeg staan bijna identieke zinnen. Heb je die ook gestuurd?'

'Nee.'

'Iemand anders heeft dus een mail met bijna dezelfde zinnen gestuurd?'

'Blijkbaar wel.' Lukas haalde zijn schouders op.

Mette was van mening dat er geen tekstdeskundige nodig was om de overeenkomsten in beide mails vast te stellen, maar dat was een kwestie waarover de officier van justitie een beslissing moest nemen.

'Waarom bedreigde je Malin Brovall de eerste keer?' vroeg ze.

'Omdat ik geschokt en verontwaardigd was. Ze had mijn broer veroordeeld voor een verkrachting waar hij niets mee te maken had.'

'Daarover had de rechtbank een andere mening.'

'Dat komt doordat de officier van justitie ze een heleboel dingen op de mouw speldde die niet waar waren!' Lukas reageerde voor de eerste keer tijdens het verhoor impulsief, hij boog zich naar voren en staarde naar Mette. 'Ze heeft mijn broer laten veroordelen en mijn moeder vermoord,' zei hij.

'Je moeder heeft zelfmoord gepleegd.'

'Dat was alleen uitstel. Ze stierf toen mijn broer veroordeeld werd.' Lukas liet zich weer achterovervallen.

'Je schreef dus naar de officier van justitie dat ze uitgeroeid moest worden?' vroeg Mette.

'Ja.'

'En je dreigde haar te vermoorden?'

'Ja. Maar dreigen is niet hetzelfde als vermoorden.'

Mette observeerde Lukas en liet het dreigmotief voorlopig vallen. Ze trok een dun boekje naar zich toe en sloeg het open. 'We hebben een dagboek in je appartement in beslag genomen. Het lag onder een kussen in je bed. Op de dag waarop het gezin Brovall omkwam bij de explosie schrijf jij in het dagboek: *Malin Brovall is omgekomen bij een bomaanslag. De ruiter op het vaalgele paard?* Wat bedoel je daarmee?'

'Niets.'

'Wie is de ruiter op het vaalgele paard?'

'De dood. Het is een van de vier ruiters van de Apocalyps.'

'Wat heeft dat met Malin Brovall te maken?'

'Misschien heeft hij haar gedood.'

Olivia dacht meteen aan het schilderij in Lukas' atelier, dat hij *De rui-*

ter op het vaalgele paard had genoemd. Waarom zegt hij niet gewoon dat het een schilderij is?

Mette trok een ander boek naar zich toe, ingenaaid, versleten. Ze had er een geel briefje als bladwijzer in gestopt en sloeg het boek op die plek open. 'Ik ga je een stukje uit dit boek voorlezen,' zei ze. 'Het heet *De geïndustrialiseerde samenleving en haar toekomst. Over de gevangenen van de technologie.* Heb je daar weleens over gehoord?'

'Nee.'

Mette nam een slok water en begon voor te lezen: '*De industriële en technologische revolutie en de consequenties daarvan zijn een catastrofe voor het mensdom geweest. Daardoor is de maatschappij gedestabiliseerd en zijn mensen aan onwaardigheden blootgesteld. Het heeft geleid tot aanzienlijk psychisch lijden en heeft ernstige schade aan onze natuur veroorzaakt. We hebben het recht om daar een eind aan te maken.*'

Mette sloeg het boek dicht en keek naar Lukas. 'Dat is in 1995 geschreven. Ben je het daarmee eens?'

'Ja, dat ben ik.'

'Waarom?'

'Omdat het zo is, we zijn gevangenen van de technologie,' antwoordde Lukas.

'Kun je daar iets meer over vertellen?'

Lukas rechtte zijn rug en trok zijn gebreide trui uit, waaronder hij een zwart T-shirt droeg. Hij liet de trui op de vloer vallen en keek naar Mette. Plotseling had hij een heel andere klank in zijn stem: 'We zijn gevangenen in een gevangenis die we zelf gebouwd hebben,' zei hij. 'We hebben onze levens als vrije individuen verlaten.'

'Wat bedoel je daarmee?'

'Dat weet je heel goed. We laten ons bewaken zonder te reageren. Alles wat we doen wordt in kaart gebracht, alles wat we consumeren wordt geregistreerd, alles wat we denken en vinden plaatsen we op sociale media. Iedereen weet alles over ons, ons privéleven wordt aan de hoogste bieder verkocht, onze meningen worden gemanipuleerd vanwege politieke motieven. Ben je het daar niet mee eens?'

Mette vond dat deels ook, maar ze was niet van plan hem dat te vertellen, dus liet ze Lukas verdergaan.

'We hebben een verbazingwekkende technologie opgebouwd,' zei hij. 'Onvoorstelbaar geavanceerd, maar die heeft maar één doel.'

'En dat is?'

'Ons controleren.' Plotseling liet hij zich tegen de rugleuning vallen en zijn stemvolume daalde. 'Het meest deprimerende eraan is dat we daar positief tegenover staan. We rennen onze eigen ondergang tegemoet met het laatste technische snufje in onze hand. We zijn volkomen vernederd en hebben geen enkele menselijke waardigheid meer. We rotten echt van binnenuit.'

Olivia keek naar haar handen. Daarom is hij onzichtbaar op alle sociale media, dacht ze, het is een doordachte keuze. Hij wilde zijn privéleven voor zichzelf houden. Ze had er volledig begrip voor.

Lukas wees naar het boek dat voor Mette lag. 'Wie heeft het geschreven?' vroeg hij.

'Ted Kaczynski,' antwoordde Mette. 'Dit is zijn manifest. Hij heeft in de VS drie personen door middel van bombrieven vermoord en heeft een groot aantal mensen verwond. Zijn bijnaam was de Unabomber. Anders Behring Breivik heeft delen van zijn manifest gekopieerd. Heb je het boek van de Unabomber gelezen?'

'Nee.'

'Het stond helemaal beduimeld in je boekenkast.'

Lukas keek eerst naar Mette en vervolgens naar het boek alsof het de eerste keer was dat hij het zag.

'Vreemd,' zei hij, waarna hij het waterglas optilde.

Mette begon haar materiaal te verzamelen. 'Je kunt blijven zitten. Zo meteen wordt er DNA van je afgenomen,' zei ze.

*

Olivia had Lisa's voorstel met beide handen aangegrepen. Wijn in een café. Ze hadden het allebei om persoonlijke redenen nodig. Olivia omdat ze het verhoor van Lukas Bengtsson had moeten doorstaan en Lisa omdat ze sinds de avond in Olivia's keuken niet meer met elkaar hadden kunnen praten. Lisa was naar huis gegaan met een gevoel van angst en bevrijding. Angst omdat ze het pijnlijke verhaal over Magnus Larsson had verteld aan Olivia, met wie ze geen vertrouwensband had. En bevrijding omdat ze het toch had gedaan. Eindelijk had ze haar verhaal aan iemand verteld en had ze het niet alleen in de anonimiteit van de sociale media gedeeld.

Nu zaten ze samen in een afgescheiden hoek in een van de kroegjes van Vasastan en hadden een fles witte wijn in een koeler op tafel staan.

'Wat leuk om te gaan stappen met iemand die graag witte wijn in de kroeg drinkt,' zei Olivia. 'Ik denk altijd dat je rode wijn of bier moet drinken als je uitgaat.'

'Ik drink alles,' zei Lisa met een glimlach. 'Maar niet tegelijkertijd.'

Ze toostten en namen een slok van de droge wijn. Daarna nam Lisa het woord. 'Ik wil je bedanken voor laatst,' zei ze. 'Het was heel fijn om met je te praten, ik hoop niet dat je het erg vond dat ik je al die ellende toevertrouwd heb.'

'Helemaal niet. Heb je trouwens nog iets van hem gehoord?'

'Na die sms niet meer.'

Ze keken elkaar aan en Lisa sloeg haar ogen na een paar seconden neer. 'Ik weet dat ik het zou moeten vertellen,' zei ze. 'Daar heb ik sinds ons gesprek over nagedacht.'

'Maar?'

'Het gaat om Mette.'

'Durf je niet met haar te praten?'

'Nee.'

'Ik weet zeker dat ze voor honderd procent achter je staat als je het vertelt.'

Olivia wist dat het waar was en ze wist dat Lisa dat ook wist. Dat was dus niet de volledige waarheid. Waarschijnlijk was het eerder de stap om het echt te doen. Om aan de wereld te vertellen wie Magnus Larsson, de gevierde explosievenexpert, in werkelijkheid was.

Die stap was misschien niet zo gemakkelijk te zetten.

'Je zag eruit als een lappenpop toen je tijdens het verhoor van Lukas Bengtsson ons kantoor binnenkwam,' zei Lisa, waarmee ze het estafettestokje overgaf.

'Is dat zo?'

'Dat weet je heel goed. Wat is er daarbinnen gebeurd?'

Olivia schonk wijn in hun glazen, de muziek was harder gezet, wat ze haatte. Ze boog zich naar Lisa toe om niet te hoeven schreeuwen. 'Ik heb medelijden met hem,' zei ze.

'Met Bengtsson?'

'Met Lukas, ja.'

'Waarom dat?'

Waarschijnlijk had Olivia er behoefte aan om dingen onder woorden te brengen die ze alleen had gedacht, of die haar gevoelens hadden beheerst, dingen die haar niet duidelijk waren. Ze zat tegenover Lisa, die haar een pijnlijk geheim had toevertrouwd, ze deelden een fles heerlijke witte wijn, ze had geen reden om zichzelf te beschermen of te doen alsof er niets aan de hand was.

Lisa was meer waard.

'Ik ben in zijn appartement geweest,' zei Olivia. 'Dezelfde avond dat jij naar mij toe bent gekomen. Hij is kunstenaar en we hebben gepraat en ik was enorm onder de indruk van hem.'

'Waarom was je bij hem thuis?'

'Ik had een boek gelezen dat hij had geschreven en was gefascineerd door de gedichten.'

'Is er iets gebeurd?'

'Wat bedoel je?'

'Geen idee. Bij hem thuis,' zei Lisa.

'Wat er gebeurde is dat ik onder de indruk van hem was, zoals ik al zei, op een manier die ik helemaal niet wil.'

Olivia voelde zich gedwongen een slok wijn te nemen. Lisa's vragen hadden haar in een hoek gedreven. Het waren vragen die ze niet kon maar ook niet wilde beantwoorden.

'Daarna zag ik hem plotseling op de bewakingsfilm,' ging ze verder. 'En toen wilde Mette dat ik aanwezig was bij zijn verhoor.'

'En jij had niet verteld dat je politieagent bent?' Lisa had het begrepen.

'Inderdaad,' antwoordde Olivia.

'Dus daarom zag je eruit als een lappenpop toen je het kantoor in kwam. Nu weet ik het.'

Lisa glimlachte. Het was geen glimlach die signaleerde dat het tijd was om de dansvloer op te stormen, eerder een die vertelde dat ze begreep dat het heel ingewikkeld was.

Zoals met Magnus Larsson.

Ze bleven zitten en dronken nog een paar glazen wijn, voldoende om het politieleven los te laten en over andere dingen te praten, zoals hun achtergronden en familieverhoudingen en de algemene toestand van de wereld. Nadat ze het probleem van de klimaatverandering hadden opgelost was het tijd om te vertrekken.

Toen ze buiten stonden zei Olivia: 'Zag je die man in de garderobe?'

'Nee,' antwoordde Lisa. 'Wie dan?'

'Anders Grytman.'

'De bewaker?'

'Ja, ik heb hem bij de getuigenconfrontatie gezien.'

Het was de steen waarvan ze beiden het gevoel hadden dat ze hem wat verder hadden moeten omdraaien.

*

Dezelfde avond zat officier van justitie Tova Hemmingson tegenover Mette in haar kamer, in dezelfde strenge kleding als de vorige keer. Mette had een maaltijd van het Thaise restaurant in de buurt laten bezorgen. Ze aten uit kartonnen doosjes waaruit een heerlijke geur opsteeg en hadden een lightbiertje binnen handbereik staan. Tova Hemmingson hield een iPad met een video-opname van het verhoor van Lukas Bengtsson in één hand en een plastic vork in de andere. Af en toe stopte ze de opname, spoelde terug en keek opnieuw.

Mette, die het verhoor had afgenomen en de opname na afloop bovendien een paar keer had gezien, stond op het punt om weg te glijden. Dit was haar laatste zaak, als deze was opgelost ging ze met pensioen. Het was een beslissing die ze lange tijd voor zich uit had geschoven, zo lang dat het haar een tijd geleden bijna het leven had gekost. Nu was het besluit echter genomen. Hierna was het afgelopen.

Ze vond het woord 'afgelopen' niet prettig klinken.

Het zou afgelopen zijn met haar.

Alleen voor wat betreft mijn carrière in dit gebouw, probeerde ze zichzelf te troosten. Met mij is het niet afgelopen. Ik ben een vrouw in mijn beste seniorenjaren en functioneer nog uitstekend. Ik heb mijn hele leven voor me!

Min of meer.

Het was niet anders. Ze had een man die van haar hield en zoveel kinderen en kleinkinderen dat ze de tel bijna was kwijtgeraakt, wat kon ze verder nog wensen?

Een heleboel, volgens Mette.

Vooral de adrenaline. Het gevoel dat door haar lichaam stroomde als er een moord op haar bureau belandde, vooral een moeilijk oplosbare moord. Die kick zou ze nauwelijks krijgen als Mårten met een bezweet gezicht naar binnen rende en de eerste zelfgekweekte primeurs op de keukentafel legde.

Ze zou zich heel gewoon moeten aanpassen.

'Hij lijkt ze niet allemaal op een rijtje te hebben,' zei Tova Hemmingson.

Mette was zo in beslag genomen door het beeld van Mårten dat ze zei: 'Mijn man?'
'Lukas Bengtsson.'
'Sorry, ik was... Dat is dus ook jouw oordeel?'
'Ja. Veel van zijn antwoorden zijn bijzonder eigenaardig.'
'Inderdaad. Een paragraaf 7-onderzoek dus?' vroeg Mette.
'Absoluut.'
Dat betekende dat een psychiater een gesprek van een uur met Lukas Bengtsson zou hebben om te bepalen of hij het onderwerp van een aanzienlijk groter onderzoek zou worden.
'Hoe snel kun je dat regelen?'
'Binnen een week,' antwoordde Hemmingson.

*

Olivia zat op het toiletdeksel en probeerde nuchter te worden. Een kwartier geleden had ze gedacht dat haar maaginhoud naar boven zou komen, maar ze had het gered. Ze haatte overgeven. Niet alleen omdat het smerig was, puur fysiek gezien, maar ook omdat het ongelofelijk pathetisch was als een eenzaam halfnaakt mens boven een aardewerken pot in een leeg appartement hing en medelijden met zichzelf had.
Ze schonk een glas water bij de wastafel in en dronk de helft.
De rest dronk ze op weg naar de keuken. Ze deed geen lampen aan, het licht dat door het raam naar binnen scheen moest voldoende zijn, of dat nu door de maan of de straatlantaarns tot stand werd gebracht. Ze ging aan tafel zitten en staarde in de duisternis voor zich uit. *We zijn gevangenen in een gevangenis die we zelf gebouwd hebben.* Ze hoorde Lukas' stem in haar hoofd, zag zijn plotselinge vuur, alsof het verhoor voor het eerst over iets ging wat hem raakte. Gevangenen van de technologie? Ze zag zichzelf haar mobiel wegleggen voordat ze tijdens de jacht op de terroristen de bestuurskamer binnenliep voor een bespreking met Mette. We leggen onze mobieltjes weg om niet afgeluisterd te worden, dacht ze, en dat accepteren we gewoon. Dat is toch volkomen krankzinnig? *We zijn volkomen vernederd.* Zijn we dat?
Na een tijdje voelde ze dat ze durfde te gaan liggen. Ze had haar maag al even niet meer gevoeld en was doodmoe. Ze ging op bed liggen en trok het dekbed over zich heen. Op dat moment kwam de duizeligheid terug, als een dronken boemerang. Ze ging zitten, knipte het bed-

lampje aan en probeerde diep adem te halen. Lukas' boek lag op het nachtkastje. Olivia pakte het, liet zich weer op het kussen zakken en begon er lukraak in te bladeren. Ze bekeek wat ze had onderstreept, herhaalde een aantal zinnen hardop en werd tegen haar wil opnieuw in de gedichten gezogen.

Na een tijdje verminderde de duizeligheid, waardoor er ruimte kwam voor iets anders, wat aanzienlijk lastiger was.

Het idee dat Lukas een aanslag had gepleegd.

Ze kon het zich gewoon niet voorstellen.

Natuurlijk, ze had het dreigement tegen Malin Brovall gelezen, maar daarvoor had hij een begrijpelijk motief gehad: een jongeman die woedend en wanhopig was vanwege de veroordeling van zijn broer en het verlies van zijn moeder. Hoewel hij het helemaal bij het verkeerde eind had. Maar om vervolgens jaren na de gebeurtenissen die zijn gemoedstoestand hadden veroorzaakt drie mensen op te blazen... Dat voelde eigenaardig. Of zoals hij zelf had gezegd: *Dreigen is niet hetzelfde als vermoorden.*

Uiteindelijk sloeg ze het boekje dicht en besloot om te doen wat juist was. Ze moest naar Lukas toe gaan om met hem over haar leugen te praten.

*

Diezelfde nacht viel het licht van een bureaulamp op een versleten laserprinter. De vrouw die hem optilde had er een groene punt onder zien uitsteken. Met een eenvoudige beweging haalde ze een plastic map tevoorschijn. Ze begreep niet waarom die onder de printer verstopt lag. Toen ze de map opende viel er iets uit. Ze boog zich in haar rolstoel naar voren en pakte het op. Het was een foto van een man die ze niet kende. Ze bekeek de foto en draaide hem om. Op de achterkant stond: *Contamana*. Dat woord kende ze niet. Ze legde de foto onder de plaid en keek in de map. Er zat een met potlood beschreven vel papier in en ze herkende het handschrift meteen. Ze las de korte afgekapte zinnen over angst en een man met een duister geheim. Ze begreep de betekenis niet. Voorzichtig haalde ze de foto weer onder de plaid vandaan en keek naar de onbekende man.

Was hij degene met een geheim?

*

Achter Mettes raam druppelde de gesmolten sneeuw van het dak en raakte de metalen vensterbank in een aritmische stortvloed. Ze merkte het niet. Het was bijna lunchtijd en ze zat achter haar bureau om aan haar toespraak te schaven. Ze wist dat de politieorganisatie zou stilstaan bij haar pensioen en dat er een toespraak van haar werd verwacht. Het was niet acuut, het zou niet gebeuren voordat het onderzoek naar de moord op de Brovalls gesloten was en het duurde nog een tijd voor de eventuele rechtszaak zou plaatsvinden, maar ze wilde ruim op tijd zijn. Toespraken waren niet haar favoriete bezigheid. *Lieve collega's. Bedankt voor de tijd die ik hier heb meegemaakt. Proost.* Een beetje kort, voelde ze. Mårten had erop gewezen dat het goed was om er een paar grappen in te verwerken, een paar leuke herinneringen uit haar jaren bij de organisatie, dus probeerde ze iets te bedenken. Een amusante herinnering of een grapje.

Ze had geen idee.

Is er helemaal niets grappigs gebeurd? dacht ze. Dat is heel triest. Of vergeet ik gewoon zo snel wat er gebeurd is? Ze vond het buitengewoon grappig dat een chef aan wie iedereen een hekel had gehad ontslagen was vanwege zijn contacten met een prostituee, maar dat moest ze waarschijnlijk eerder als leedvermaak beschouwen. Misschien moest ze daar niet over beginnen in haar toespraak. Tijdens een vergadering met internationale politieleiders was ze haar voordracht begonnen met een boer. Dat was eerder pijnlijk dan grappig geweest, ook al was er gegrinnikt in de zaal. Ze besloot daar ook van af te zien.

Ze zuchtte en wilde haar pen net wegleggen toen er op de deur werd geklopt en een jonge politieagent met een plastic map in zijn hand haar kantoor in kwam.

'Wat heb je daar?' vroeg Mette.

'Het verslag van het paragraaf 7-onderzoek van Lukas Bengtsson.'

Mette pakte de plastic map aan, haalde de papieren eruit en legde die op het bureau. Het was een kort verhaal. De psychiater had met Lukas gepraat en adviseerde een uitgebreid psychiatrisch onderzoek.

Punt uit.

Mette schoof de papieren opzij en dacht aan Olivia.

*

Olivia was wakker geworden met een stijve rug en pijnlijke ledematen. Ze had de halve nacht gespannen wakker gelegen en wist waarom dat was. Ze had opgezien tegen dit bezoek. Nu liep ze achter een bewaker van het cellencomplex aan en voelde zich een beetje misselijk. Ze was echter gedwongen dit te doen, omdat ze kwijt wilde wat haar dwarszat.

'Hier is het.' De bewaker wees naar een deur en deed hem van het slot. 'Ik blijf buiten staan.'

Olivia knikte en ging naar binnen. De bewaker deed de deur achter haar dicht.

Lukas zat op zijn brits in een lichtgroene trui en een grijze joggingbroek. Hij had blote voeten. Hij keek naar de deur. 'Wie ben jij?' vroeg hij.

'Olivia...'

'Werk je hier?'

'Lukas...'

Lukas boog zich naar voren, zijn donkere krullende haar viel over zijn voorhoofd. Hij had een tekenblok op zijn schoot en een potlood in zijn hand. Olivia wachtte af, ze nam aan dat hij weer zou opkijken.

Dat deed hij niet.

'Ik ben hiernaartoe gekomen om mijn verontschuldigingen aan te bieden,' begon ze. 'Ik had moeten vertellen dat ik bij de politie werk. Dat wilde ik doen toen ik bij je thuis was, maar het kwam er op de een of andere manier niet van. Ik had op dat moment het gevoel dat het niet belangrijk was, omdat ik niet bij je was in mijn hoedanigheid van politieagent. Ik had je gedichten gelezen en was nieuwsgierig naar wie je was.' Een leugentje om bestwil of een reconstructie, dacht ze. Maar deels waar.

Lukas keek nog steeds naar zijn blok, de hand met het potlood gleed over het papier.

'Ik wil je alleen vertellen dat waar we die avond over praatten veel voor me betekende, ongeacht wat er daarna gebeurd is. Ik lees je boek vaak.'

Lukas vertrok geen spier. Olivia boog zich een stukje naar voren om in zijn ogen te kijken, maar dat lukte niet.

'Hoe voel je je?' vroeg ze.

Lukas bleef het potlood over het papier bewegen zonder op te kijken.

Hoort hij wat ik zeg? dacht Olivia. Kan het hem iets schelen? Ze wist niet wat ze moest doen. Ze had gezegd wat ze wilde zeggen, ze had haar verontschuldigingen aangeboden. Misschien haat hij me? Dat zou niet helemaal onterecht zijn.

'Ik ga nu,' zei ze, hoewel ze bleef staan.

Toen ze geen reactie van Lukas kreeg liep ze naar de deur en pakte de kruk beet. Op dat moment hoorde ze een scheurend geluid. Ze draaide zich om. Lukas had een vel papier van het blok getrokken en stak het naar haar uit.

'Een cadeautje,' zei hij. 'Gesigneerd.'

Olivia pakte het vel papier aan en bekeek het. Het was een schitterende tekening van haar gezicht en haar, een gedetailleerde portrettekening met mooi aangebrachte schaduwen rond de ogen en de neus. Het enige wat niet klopte was de mond.

Die was er niet.

In één hoek stond de signatuur: *De gevilde god.*

'Bedankt,' zei Olivia. 'Wat een mooie tekening.'

Ze glimlachte naar Lukas, die recht in haar ogen keek.

'Je kunt me een alibi geven,' zei hij zachtjes. 'Ik was die nacht bij jou.'

'Dat was je niet.'

'Hoe weet je dat?'

Olivia duwde de celdeur dicht en bleef tegen de muur geleund staan. De situatie in de cel met Lukas was onaangenaam geweest. Niet omdat hij niet naar haar had gekeken, of had gedaan alsof hij niet wist wie ze was, niet eens omdat haar mond op de tekening ontbrak. Het was alsof ze alleen in de cel was geweest, alsof Lukas er niet was geweest. Tot het moment dat ze wilde vertrekken.

Ik was die nacht bij jou. Waarom had hij dat gezegd?

De hersenen van de mens zijn een verbluffende constructie met onvoorspelbare koppelingen. Op dit moment, gedurende een microseconde, schoot er een gedachte door Olivia's hoofd: was dat zo?

Omdat het een volslagen krankzinnige gedachte was verdween die bliksemsnel en werd vervangen door een aanzienlijk verstandigere: Lukas heeft een probleem.

Luna kwam aanlopen van de dichte vegetatie aan de rand van de retraite. Ze had haar mobiel in haar hand en stopte die in haar zak toen ze bij Tom was. Ze had weer met Mette gebeld en had verslag uitgebracht van de situatie.

Het was zoals het was.

Tom was stil en in zichzelf gekeerd zonder prikkelbaar te zijn. Hij was alleen neerslachtig, of verdwaald. Mette had voorgesteld dat ze naar huis zouden komen, misschien zou zijn toestand verbeteren als hij meer mensen om zich heen had die hem konden activeren. Luna geloofde daar niet in. Ze wist dat Tom op dit moment alle vormen van sociaal contact vermeed, alles wat niets met haar en Aditi te maken had. Hij had zelfs nauwelijks gereageerd toen Luna hem over Minken en zijn grootse plannen met de aak had verteld.

'Minken is niet in staat om iets te realiseren,' was het enige wat hij erover had gezegd. 'Hij kwam een keer op het idee om nudisten te gaan zakkenrollen.'

Vervolgens had hij weer naar het plafond gestaard.

Luna ging naast Stilton in de deuropening van de bungalow zitten en keek naar zijn uitdrukkingsloze gezicht. Ze hield van deze man en hij hield van haar. Op dat vlak was alles glashelder tussen hen. Het was alleen moeilijk om die liefde te laten werken. Dat was niet zo gemakkelijk als een van de geliefden het leven en het heden omarmde, zoals Luna deed sinds ze hiernaartoe waren gekomen, en de ander de schaduw en de stilte opzocht.

Ze besloot toch een poging te wagen. 'Mette gaat binnenkort met pensioen,' begon ze.

'Ik weet het.'

'Ze maakt alleen het onderzoek naar die autobom nog af.'

Stilton knikte en begon een voetzool te masseren, waarschijnlijk bij wijze van concessie aan Aditi's ambities.

'Mis je het niet?' vroeg Luna.

'Wat?'

Luna wist dat ze zich opdrong, maar ze had niet veel keus. 'Om er weer bij te zijn en bij te dragen aan het rechtzetten van alle ellende,' zei ze.

Stilton keek in Luna's ogen en bleef dat een hele tijd doen. Zijn blik was niet eenvoudig te doorgronden. Toen hij weer naar het zand bij zijn voeten keek zuchtte hij diep en zei: 'Je hebt heel mooie schouders.'

Luna keek naar de man die zijn voeten in het zand bestudeerde en stond op het punt om hem een harde klap in zijn gezicht te geven, maar ze beheerste zich. Ze wist dat hij vluchtte, de hele tijd, en dat de opmerking over haar schouders daar een gevolg van was. Ze had het kunnen beschouwen als een manier om haar te kleineren, om haar poging tot een oprechte dialoog tot verwaarloosbare lucht te reduceren. Maar zo was het niet, dat wist ze, toen de eerste reflexmatige reactie was verdwenen.

'En jij hebt heel saaie tenen,' antwoordde ze.

'Wat is daar mis mee?'

'Ze zien er net zo uit als jij.'

Luna glimlachte, stond op en liep naar de bloementuin die een stukje verder weg lag. Stilton volgde haar met zijn ogen. Hoe lang houdt ze dit vol? dacht hij.

Op dat moment had hij er nog geen idee van dat de bomexplosie in Stockholm, waarover ze het net had gehad, hun hele leven zou veranderen.

Lukas Bengtsson had een probleem. Een ernstig probleem, dat bleek een paar weken later uit het onderzoek door de gerechtspsychiater vanwege het grote psychiatrische onderzoek dat onderdeel zou zijn van een eventuele rechtszaak tegen hem. Hij was een paar keer opnieuw in hechtenis genomen zonder zich te verzetten of zijn advocaat te laten protesteren. Een advocaat die een eventuele rechtszaak tegen Lukas als een publicitair godsgeschenk en een aanzienlijke financiële injectie beschouwde. Zonder daarvoor afstand te moeten doen van zijn beroepsmoraal. Dat deden advocaten nooit, misschien omdat die bij veel van hen in principe ontbrak.

Nadat 'de ergste winter sinds mensenheugenis' was overgegaan in 'het warmste voorjaar sinds het begin van de metingen' was er meer bewijs tegen Lukas Bengtsson verzameld. Het belangrijkste was de handschoen die bij het autowrak was gevonden. Die was van Lukas. Zijn DNA kwam overeen met dat wat in de handschoen was gevonden. Hij was die bewuste nacht blijkbaar bij de auto geweest.

Nu zaten Mette en officier van justitie Hemmingson in Mettes kantoor om het onderzoeksmateriaal door te nemen. Hemmingson bladerde in de papieren die voor haar lagen.

'Ons uitgangspunt is dus dat Lukas Bengtsson elke betrokkenheid ontkent,' zei ze.

'Ja, maar hij kan aan de plek verbonden worden via de bus, de muts, de getuigenverklaring van de bewaker, de bewakingscamera, het mobiele gesprek en de handschoen,' zei Mette.

'En hij is volgens het onderzoek psychisch ernstig labiel,' voegde Hemmingson eraan toe.

'Hij heeft in een mail die aan hem gekoppeld kan worden en die ze heeft ontvangen in de nacht voordat de autobom is ontploft gedreigd om Malin Brovall uit te roeien.'

'Hij had het manifest van de Unabomber in huis,' voegde Hemmingson eraan toe. 'Hoe heeft hij de bom geconstrueerd?'

'Waarschijnlijk met behulp van instructies op internet. Volgens Magnus Larsson zijn daar veel websites over.'

'Heeft hij dat soort sites bezocht?'

'Nee,' antwoordde Mette. 'Maar dat kan hij in elke bibliotheek gedaan hebben.'

'Maar we hebben geen sporen van het fabriceren van de bom gevonden?'

'Nee.'

Hemmingson knikte en keek naar Mette. 'Het is niet helemaal waterdicht.'

'Dat klopt.'

'Er is niet veel technisch bewijs,' ging Hemmingson verder.

'De dreigmail en de handschoen.'

'En sterke aanwijzingen, een sterk motief en toegankelijkheid.'

Mette knikte. 'Misschien bekent hij tijdens de rechtszaak,' zei ze. 'Als hij onder druk gezet wordt.'

'Ja. Dat is eerder gebeurd.'

De vrouwen keken elkaar aan. Ze waren het met elkaar eens, ook al had een van hen het knagende gevoel dat niet alles was zoals het moest zijn. Dat was Mette.

'Ik span morgen een proces tegen hem aan,' zei Hemmingson, waarna ze opstond.

*

Olivia kreeg 's ochtends een telefoontje van Mette om haar te vertellen over het proces tegen Lukas. Olivia zei er niet veel over, ze had er geen enkele invloed op. Als hij schuldig was, dan moest hij berecht worden. Was hij dat niet, dan was het des te beter. Dan kon de getalenteerde schilder en schrijver zijn carrière vervolgen. Haar relatie met hem beschouwde ze als beëindigd. Die was kort en intens geweest en had sporen achtergelaten die nog aanwezig waren, maar het was voorbij.

Ze stapte de lift op het politiebureau in, drukte op de knop en wachtte tot de deuren dichtgingen. Dat zou ook gebeurd zijn als iemand zijn voet er niet tussen had gezet, zodat ze weer opengleden.

'Hallo, Olivia, mag ik met je mee?' Magnus Larsson glimlachte vriendelijk. Hij stapte in en vroeg naar welke verdieping ze ging. Dat was een verdieping boven de zijne. Hij draaide zich naar haar om zonder te vermoeden dat Olivia haar uiterste best moest doen om alles wat in haar omhoogkwam te onderdrukken.

'Er komt dus een proces?' zei hij.

'Ja.'

Het was een ruime lift die plaats bood aan acht personen, maar voor Olivia voelde het als een vossenhol. Ze deed een paar stappen naar achteren en Magnus deed hetzelfde. Groter was de lift niet.

'Het spijt me van de vorige keer,' zei hij. 'Ik praatte alleen over mezelf en Johannes en al mijn ellende en jij kreeg er nauwelijks een woord tussen. Hoe staat het leven? Ben je getrouwd? Heb je een vriend?'

'Nee.'

'Die zou een mooie vrouw zoals jij toch moeten hebben,' zei Magnus met een glimlach.

Olivia voelde haar maag omdraaien. De man die een paar decimeter bij haar vandaan stond had Lisa verkracht en nu insinueerde hij van alles tegen haar. Ze zou zich tot het uiterste moeten beheersen voordat ze haar verdieping had bereikt.

'Heb je zin om na het werk een keer een glas wijn met me te gaan drinken?'

Olivia keek hem aan met een blik die hij beslist niet had verwacht.

Magnus deed een stap naar achteren. 'Oeps,' zei hij. 'De man van de oude stempel heeft een flater geslagen.'

'Je hebt geen idee hoe groot die flater wel niet is,' antwoordde Olivia op een neutrale toon waarmee ze zichzelf verbaasde. Magnus zag er verward uit toen de lift op zijn verdieping stopte.

Olivia knikte naar de deuren, die opengleden. 'Je moet er hier uit.'

Magnus draaide zich om, liep de lift uit, draaide zich terug en keek naar Olivia. Zijn gezichtsuitdrukking was volkomen veranderd, er was geen glimp op te zien van datgene wat er een paar seconden geleden nog was geweest. Hij stond doodstil naar haar te kijken tot de deuren dichtgingen. Terwijl de lift verder naar boven gleed liet Olivia zich tegen de liftwand vallen. De blik waarmee Magnus naar haar had gekeken en die Lisa waarschijnlijk ook een paar keer had gezien droop van verachting.

Uiteindelijk was het tijd voor het grote afscheidsfeest van Mette. Dat vond niet plaats in de kantine van het politiebureau omdat Mårten dat niet wilde. Het zou gebeuren in hun woning, had hij besloten, in het grote huis in Kummelnäs. Mette had vergeefs geprobeerd te protesteren, dus nu was de villa propvol mensen die voor haar hiernaartoe waren gekomen.

Mårten had dagenlang gewerkt als een paard om alles voor het feest te regelen. Voor alle anderen die daar waren ging het erom dat Mette zou vertrekken, voor hem was het andersom. Ze zou thuiskomen.

Daar juichte hij om.

Een beetje discreet, in zichzelf, binnensmonds. Hij wist tenslotte dat Mette het verschrikkelijk vond om te stoppen. Ze was echter verstandig genoeg om te beseffen dat haar tijd gekomen was.

'Proost allemaal!' Mårten hief zijn glas en zowel bekende als minder bekende collega's van Mette deden mee met de toost. Toen Mårten zijn glas liet zakken werd er aangebeld. Zijn gehoor was getraind om dat signaal op te vangen, weinig anderen in de grote kamer hoorden het geluid. *Ik dacht dat iedereen er was, behalve Olivia. Misschien is zij het?*

Dat was zo.

Olivia liep de hal in en kreeg een stevige omhelzing van Mårten. 'Ik heb helaas geen tijd gehad om een cadeautje te kopen,' zei ze.

'Dan ben jij het cadeautje toch!' Dat was Mårten ten voeten uit.

Hij liep voor Olivia uit en baande een weg voor haar naar Mette.

'Olivia is er,' zei hij op een toon alsof hij een vondst uit een diamantmijn afleverde.

Mette omhelsde Olivia en fluisterde: 'Hij is een beetje opgewonden. Hij denkt dat hij me thuis gaat krijgen.'

'Is dat dan niet zo?'

'Wat wil je drinken?' vroeg Mette in plaats van antwoord te geven. 'We hebben bijna alles.'

'Ik zal ter wille van Mårten een glas champagne nemen.' Olivia en Mette glimlachten naar elkaar en voelden beiden de band die ze hadden en die heel ver terugging. Vervolgens moest ze met de andere gasten praten, een kunst waarin maar één persoon slechter was dan Olivia.

Dat was Tom Stilton, maar hij ontsnapte er deze keer aan.

Hij zit op het een of andere strand en breekt kokosnoten, dacht Olivia een beetje afgunstig. Ze had graag naast hem willen zitten, maar helaas was ze hier. Ze glimlachte en probeerde al te vertrouwelijke gesprekken met mannen die ze van het politiebureau kende te ontwijken.

'Olivia, kom eens hier!' Mårten gebaarde naar haar. Hij stond met Mette en een paar anderen in een hoek van de kamer. Olivia liep naar de groep toe. 'We hebben het over het proces tegen Lukas Bengtsson,' zei hij. 'Wat denk jij daarvan?'

'Wat bedoel je?'

'Hoe denk jij dat het proces zal verlopen?'

Olivia was niet van plan daar antwoord op te geven, dus gaf ze de vraag door aan Mette, die naast haar stond. 'Wat denk jij?'

'In juridisch opzicht is het ingewikkeld,' zei Mette. 'Het is hoofdzakelijk een proces dat gebaseerd is op aanwijzingen en kan dus op elke manier eindigen. Er zijn zwakke plekken in de bewijsketen, maar tegelijkertijd zijn er belastende omstandigheden die op Bengtssons schuld wijzen.'

'Maar wat denk je zelf?' vroeg Olivia.

'Ik heb onderzoek naar hem gedaan als verdachte. Wat ik denk is niet belangrijk.'

'Voor mij wel.'

'Waarom dat?' zei Mette. 'We zijn politieagenten, we doen ons werk, wij zijn niet degenen die beslissen of hij schuldig is.'

'Dat is geen antwoord. Denk jij dat hij schuldig is?'

Mette voelde haar irritatie toenemen, ze wilde niet onder druk gezet worden om een antwoord te geven dat ze als privé beschouwde. Ze wilde niet dat Olivia op de hoogte was van haar twijfel ten aanzien van Lukas' schuld. Ze voelde dat Olivia zich aan een strohalm wilde vastklampen en was niet van plan daaraan bij te dragen.

'Ik denk dat hij schuldig is,' zei ze. 'Meer champagne?'

Olivia keek naar Mette toen ze wegliep om alle halflege glazen die ze kon vinden bij te vullen. Leugenaar, dacht ze, jij twijfelt ook.

Zo goed kende ze Mette wel.

Een paar uur later vertrokken de vrolijke en tevreden gasten uit de villa. Op Mettes nadrukkelijke verzoek bleven de mensen die het dichtst bij haar stonden achter. Dat waren Abbas, Olivia en Lisa. Bosse moest voldoende slaap krijgen, hij moest de volgende ochtend om zes uur opstaan omdat hij een hockeywedstrijd had, dus had hij een excuus.

'We gaan in de keuken zitten,' zei Mette.

Ze gingen allemaal rond de gepatineerde houten tafel zitten, staken de kaarsen in de mooie kandelaars aan, schonken nog wat wijn in en stuurden Mårten naar het aanrecht om iets te eten te maken.

'Je hebt een prachtige toespraak gehouden,' zei Olivia.

Mette had na een paar maanden prutsen uiteindelijk een toespraak in elkaar geflanst, een spiritueel en emotioneel verhaal waarin een aantal grappige momenten was verwerkt. Zelfs het boeren in het bijzijn van de politiechefs had ze erin gezet en daar was om gelachen.

'Bedankt,' zei Mette terwijl ze naar de kleine groep rond de tafel keek. 'Ik ga jullie verschrikkelijk missen.'

Nu wordt ze sentimenteel, dacht Mårten, maar dat gebeurt nu eenmaal op een avond zoals deze.

'Het is alleen jammer dat Magnus er vanavond niet bij kon zijn,' ging Mette verder. 'Ik had hem graag willen bedanken, hij is een rots in de branding geweest tijdens de autobomzaak, vinden jullie niet?'

Mette glimlachte en keek de tafel rond. Haar blik bleef op Lisa rusten.

'Ik mis hem niet,' zei Lisa.

'Waarom niet?'

'Hij heeft me verkracht,' antwoordde Lisa kalm terwijl ze in Mettes ogen bleef kijken. Iedereen voelde zich ongemakkelijk in de stilte die ontstond. Het drong zelfs tot Mårten door. Hij draaide zich om bij het aanrecht en zei: 'Wat zei je?'

'Magnus Larsson heeft me verkracht toen ik op de politieacademie zat. Olivia is de enige die het weet.'

Abbas' malende kaken onthulden wat er binnen in hem omging, Mettes trillende handen vertelden hetzelfde. Olivia, die het wist, keek de hele tijd naar Lisa. Ze snapte niet dat Lisa het had gezegd, hier, op dit moment, recht in Mettes gezicht. Ze vond het ongelofelijk sterk van haar, maar ook ongelofelijk lastig.

'Ik ga naar het toilet,' zei Lisa.

Ze stond op en liep de keuken uit. Waarschijnlijk deed ze dat expres, het was een manier om Olivia de rest te laten regelen. Ze kon het niet opbrengen om alle details over de relatie met Magnus op te rakelen, maar ze wist dat Olivia dat wel kon.

Dat deed ze inderdaad.

Ze vertelde alles wat Lisa haar had toevertrouwd toen ze in haar keuken had gezeten, over Magnus' sms en zijn versierpoging van haar in de lift.

Ze zwegen allemaal geschokt tot Abbas de stilte verbrak. 'Is ze in haar eigen hal verkracht?' vroeg hij.

'Ja.'

Mette had gezwegen tijdens Olivia's verhaal. Ze had de eerste schok verdrongen en had de autopiloot aangezet. Ze mocht niet op de verkeerde manier reageren. De situatie was zoals die was en daar moest nu op de juiste manier op gereageerd worden. Ze wachtte tot Lisa terugkwam, stond op, liep naar haar toe en sloeg haar armen om haar heen.

'Je hebt twee keuzes, Lisa,' zei ze vervolgens zachtjes. 'Ik sta volledig achter je, wat je ook kiest. De eerste is om dit openbaar te maken en precies te vertellen wat er is gebeurd. De tweede is dat je het mij intern laat regelen. De keuze is aan jou. De eerste keuze is belastender voor jou, maar ik zou er heel veel respect voor hebben en zou je natuurlijk steunen. Kies je ervoor om het mij te laten regelen, dan wordt het op een bepaald niveau misschien minder erg voor Magnus, maar de interne effecten zullen vernietigend zijn.'

Lisa knikte en bleef in haar omarming staan.

Een tijd later vertrokken Olivia en Lisa samen naar huis, Abbas bleef om Mårten te helpen met opruimen en Mette was naar haar pottenbakatelier verdwenen.

'Ik ben verschrikkelijk onder de indruk, Lisa,' zei Olivia terwijl ze een arm om haar heen sloeg.

'Ik voelde dat het moest,' zei Lisa. 'Ik was het niet van plan.'

'Het was de perfecte gelegenheid.'

'Denk je?'

'Ja. Mette kreeg de kans niet om erover na te denken, ze kon zich nergens achter verschuilen en dat brengt altijd het beste in haar naar boven.'

Lisa knikte, zo kende ze Mette ook. Als er een hachelijke situatie ontstond zonder waarschuwing vooraf was ze een rots in de branding.

*

De grote klomp klei draaide snel en Mettes vingers groeven doelloos in de modderige massa. Er zou vanavond niets ontstaan, maar ze moest haar woede kwijt zien te raken.

Wat ze tegen Lisa had gezegd was waar. Het was niet bij wijze van troost bedoeld geweest, niet alleen, het was precies zoals de situatie eruitzag. Toch was het delicaat en gecompliceerd, ze moest ervoor zorgen dat ze Lisa niet aan de verkeerde dingen blootstelde. Magnus had een uitermate sterke verankering in de politieorganisatie en de beschuldiging dat hij een politieleerling had verkracht zou vernietigende consequenties hebben. Daar had ze niets op tegen, het ging haar er alleen om Lisa te beschermen. Het zou op een bepaalde manier gemakkelijker zijn als Lisa niet naar de media ging om over de verkrachting te praten, dat kon een terugslag op de eigen gelederen hebben. Mette wist alles over misplaatste collegiale steun binnen het mannelijk deel van het korps. Als ze het zelf zou regelen, zou zij een deel van de verantwoordelijkheid voor Magnus' vernedering op zich kunnen nemen. Daar had ze niets op tegen en op dit moment wilde ze dat het liefst. Het was echter Lisa's keuze.

Ze boog zich naar voren, zag Magnus' lachende gezicht in de klomp klei en voelde een enorme teleurstelling. Magnus? Een man die ze al die jaren had gewaardeerd en gerespecteerd en met wie ze zelfs privé was omgegaan. Verkrachting en seksuele intimidatie?

Hoe heb ik zo ongelofelijk blind kunnen zijn? dacht ze.

Het was prachtig weer, een van die dagen waarop de zon in topvorm was en de warmte bij de gevels en onder de bomen in het park bleef hangen. Een dag om buiten te zijn en te genieten.

Maar wat hielp dat?

Olivia liep langzaam door het Skinnarvikspark en voelde niets van alles waarvan de anderen genoten. Ze had haar gebreide grijze muts zo diep mogelijk naar beneden getrokken en hield haar handen in haar zakken. Elk moment, nu of over een halfuur of een uur, kon het vonnis in de rechtszaak tegen Lukas worden uitgesproken. Ze had ervoor gekozen om niet in de rechtszaal aanwezig te zijn, ze wilde Lukas' reactie niet zien als de beslissing bekendgemaakt werd. Mette had dat gerespecteerd, ook al had het haar een beetje verbaasd.

Opnieuw.

Ze besefte dat wat Olivia was overkomen professionele onderzoekers niet mocht gebeuren: ze was persoonlijk betrokken geraakt bij het onderzoek. Dat stoorde Mette. Olivia was tenslotte haar beschermeling. Tegelijkertijd was het niet zo ongewoon als soms werd beweerd. Een intense betrokkenheid was vaak een voorwaarde om in moeilijke gevallen iets te bereiken en dat liet bij de onderzoekers niet zelden sporen op het persoonlijke vlak na.

Het was een onderdeel van het beroep en je moest leren daarmee om te gaan.

Op dit moment ging Olivia er op haar manier mee om, door volkomen doelloos rond te lopen zonder haar omgeving in zich op te nemen. Ze was zo in gedachten verzonken dat haar mobiel meerdere keren overging voordat het geluid tot haar doordrong.

Ze nam op. 'Hallo.'

Het was Mette.

'Lukas is ondanks zijn ontkenning schuldig verklaard. Eén jurylid had een afwijkende mening.'

Olivia nam de woorden in zich op. Ze had geprobeerd zich voor te bereiden op de mogelijkheid dat Lukas veroordeeld zou worden.

'Wat krijgt hij voor straf?' vroeg ze.

'Tbs met dwangverpleging.'

'Waarom dat?'

'Vanwege het forensisch psychiatrisch onderzoek.'

'Wat stond daarin?'

'Waarom wil je dat weten?'

Dat wist Mette natuurlijk, maar ze wilde dat Olivia Lukas Bengtsson nu losliet. Het zou nergens toe leiden als ze zich in zijn psychische toestand verdiepte.

'Ik wil weten wat er met hem aan de hand is,' zei Olivia.

'Hij is psychisch ziek.'

'Maar op welke manier?'

'Olivia, laat het los. Hij is veroordeeld.'

Olivia verbrak de verbinding en stopte de mobiel in haar zak. Tbs met dwangverpleging? Voor het eerst keek ze uit over de Riddarfjärden en zag hoe de zonnestralen op het wateroppervlak dansten. Wat mooi, dacht ze, waarna ze begon te huilen.

De vrouw in de rolstoel was van Mae Phim naar Bangkok gereisd, had een kamer in hotel Oriental genomen en had twee dagen lang in het elegante zwembadgedeelte doorgebracht, omringd door attente obers met vochtige linnen doekjes en heerlijke hapjes. Ze gunde zichzelf die luxe.

Op dit moment zat ze een stukje bij het zwembad vandaan en observeerde een spichtige man van middelbare leeftijd die in het water dook. Haar belangstelling was niet gewekt door het bleke lichaam van de man, maar door zijn gezicht. Ze had het een paar minuten geleden gezien en de schok daarover was nog niet verdwenen. Haar handen trilden nog steeds en het bloed sijpelde tussen haar vingers door omdat ze haar nagels zo stevig in haar handpalmen had gedrukt. Ze probeerde haar maaginhoud, die naar boven kwam, weer door te slikken en haalde een paar keer diep adem.

Het was net na twee uur.

Ze rolde de schaduw in en wachtte tot de man naar de oppervlakte zou komen. Dat duurde een tijdje. Hij zwom bijna helemaal tot de andere kant van het zwembad voordat zijn hoofd boven water kwam en zijn lichaam vaart minderde. Met een eenvoudige armbeweging hees hij zichzelf op de betegelde kant en bekeek zijn omgeving. Zijn blik viel op twee jonge vrouwen die een eindje verderop op een grote divan lagen. De vrouwen keken niet in de richting van de man. Hij streek met zijn hand door zijn natte haar, draaide zijn hoofd om en wierp een blik op de vrouw die in de schaduw in haar rolstoel zat. Ze glimlachte vaag. Ze wist wat de man zag, een gehandicapte stakker met een mismaakt gezicht, zoals de meesten haar zagen. Dat was ze gewend.

Ze wist ook wat de man niet zag.

Een kwartier later reed ze naar de enorme foyer van het hotel. Ze wist waar ze moest beginnen. Ze stopte voor de glazen deuren, haalde haar mobiel tevoorschijn en belde een nummer in Stockholm.

Lukas Bengtsson probeerde het te begrijpen. Hij was veroordeeld tot tbs met dwangverpleging, maar wist niet wat dat inhield. Hij zat op een bed met een muur tegenover zich en een muur achter zich. Daartussen bevonden zich een granieten vloer en aan de linkerkant een wastafel. Hier zat hij zichzelf inmiddels een paar weken vragen te stellen. Wat hield de behandeling in? Wat was er mis met hem? Hij nam aan dat het om het vaalgele paard ging, waar hij zo dichtbij was als hij het monster schilderde.

Zeker was hij daar echter niet van.

Hij was een paar keer naar een man in een witte jas gebracht die met hem had gepraat en vragen had gesteld, een man met vriendelijke ogen en een zachte stem. De laatste keer had de man een schrijfblok en een paar pennen voor hem neergelegd en had gezegd dat hij moest tekenen.

'Wat moet ik tekenen?'

'Waar je aan denkt.'

Daarna ging de man naar buiten en dacht Lukas aan wat hij moest tekenen.

Hoe teken ik dat?

Een andere keer had de man naar zijn schilderijen gevraagd en wat hij daarmee probeerde uit te drukken.

'Niets. Ik probeer de pijn uit me te schilderen.'

'Wat is dat voor pijn? Hoe zou je die beschrijven?'

'Ik weet het niet, als een ronde liniaal misschien.'

Lukas leunde tegen de muur. Hij probeerde de gebeurtenissen te ordenen. Tijdens de rechtszaak had hij een keer geprobeerd om de symboliek van de rib uit te leggen. Dat hij de zelfmoord van zijn moeder schilderde. Niemand had gereageerd. Misschien gebruikte hij de verkeerde woorden? Olivia had het begrepen toen ze bij hem thuis was. Ze had haar mond geopend toen hij de gevilde god beschreef en daarna had ze hem weer gesloten.

Ze was politieagent.

Waarom had ze dat niet gezegd?

Hij probeerde het te plaatsen. Waarom had ze niet gezegd dat ze politieagent was? Of was dat niet belangrijk? Misschien kon het haar helemaal niets schelen?

Hij leunde tegen de wastafel en legde zijn voorhoofd op de aardewerken rand. Zijn bruine krullende haar hing in de bak.

Waarom ben ik hier?

Toen hij zijn hoofd hief kwamen er twee vrouwen de kamer in. Een van hen had een schaar in haar hand.

'Waarom zijn jullie hier?' vroeg hij.

'Je wilde je haar laten knippen.'

'Heb ik dat gezegd?'

De vrouwen keken elkaar aan.

De zon brandde op de plekken die niet in de schaduw lagen, daarom zaten Stilton en Luna onder een paar grote palmbomen om yoga te doen. Luna was bezig met een van Aditi's ingewikkelder yogaoefeningen terwijl Stilton het bij de eenvoudige oefeningen hield, die waartoe zijn lichaam in staat was na een leven dat bepaald niet voorspoedig was geweest. Hij hield zijn handen omhoog, bewoog ze over zijn stevig gekruiste benen en vermoedde dat de menisci zachte krakende geluiden tegen elkaar maakten.

Op dat moment verscheen Aditi in een dunne groene jurk, zoals altijd met roze wangen en een gezicht waarin alle rimpels een herinnering aan de woorden van de Maya waren: *Je gezicht straalt door de liefde van het licht.*

Ze ging voor Stilton zitten. 'Mooi,' zei ze.

'Wat bedoel je?'

'Je wordt voortdurend zachter.'

'Zeg jij dat?'

Aditi reageerde niet op Stiltons milde sarcasme. Ze was gewend aan de behoefte van haar halfbroer om zichzelf af te schermen, dus negeerde ze het. 'Veronica Wadner heeft een tijdje geleden gebeld, ze wil je ontmoeten.'

'Mij? Waarom?'

'Dat zei ze niet, ze wil iets vertellen waarvan ze denkt dat het je zal interesseren. Het klonk bijzonder dringend.'

'O.' Stilton liet zijn handen bijna tot op het zand zakken en keek naar Luna. 'Weet jij waar dit over gaat?'

'Ik heb geen idee.'

Stilton strekte zijn benen terwijl hij voelde dat de twee vrouwen naar hem keken. Mollen zijn halfblind en leven bijna hun hele leven onder de grond, dacht hij. Niemand vraagt hun om onbekende vrouwen te ontmoeten. Waarom moet ik dat dan wel doen?

'Ik heb daar niet veel zin in.'

'Ik denk dat het goed voor haar zou zijn,' zei Aditi.

'Waarom?'

'Deels omdat ze heel eenzaam is, ik denk niet dat ze hier veel contacten heeft, en deels omdat ze het niet zou vragen als het niet belangrijk voor haar was.'

Stilton had Veronica Wadner een paar keer in de retraite gezien, maar ze hadden nooit met elkaar gepraat. Hij wist niets over haar, behalve dat ze Zweeds was, en had geen idee wat haar was overkomen.

'Wat weet je over haar?' vroeg hij.

'Niet zoveel, we hebben een paar keer samen gemediteerd. Ze praat nooit over zichzelf, maar ik voel een bijna angstaanjagend klankbord van verdriet binnen in haar.'

Aditi zweeg en probeerde Stiltons blik te vangen. 'Wil je dit voor me doen?' vroeg ze.

Stilton keek naar Luna en zag dat ze het blijkbaar eens was met Aditi. Uiteindelijk zei hij: 'Waar woont ze?'

'Aan het eind van de baai.'

*

Ze zat bij het raam, keek uit over de zee en dacht na over het feit dat haar situatie zou veranderen. Dat was al een keer gebeurd, toen het onbegrijpelijke uiteindelijk was veranderd in apathie en in wat de buitenwereld verdriet noemde, het gevoel dat haar longen dichtkneep en via haar ademhaling als dunne zwarte stof naar buiten kwam.

Nu zou alles opnieuw veranderen.

Het verdriet was er nog, dat was haar resonantie, maar dat was niet meer het enige. Ze was in contact gekomen met iets heel anders binnen in zichzelf, iets wat steeds frequenter en met regelmatige tussenpozen verscheen. Ze deed haar ogen dicht en probeerde te begrijpen wat ze door het verdriet heen voelde, waar het om ging. Toen ze haar ogen opende zag ze het gezicht van de man bij het zwembad voor zich.

Het was identiek aan dat van de man op de foto die op een nacht een paar maanden geleden uit een groene plastic map was gevallen, begeleid door een met de hand beschreven vel papier dat haar had onthutst.

Ze draaide de rolstoel een stukje en volgde de laatste streep zonlicht aan de horizon. Zo meteen zou het gaan schemeren en vlak daarna zou het donker zijn. Ze hield om meerdere redenen van de duisternis, niet alleen omdat die verborg, maar ook omdat die haar onrust gladstreek. In de duisternis was het natuurlijker om tegen zichzelf te fluisteren.

Ze was zich er volledig van bewust dat haar leven opnieuw zou veranderen. Dat had ze niet verwacht, ze was in een kist van verdriet gaan liggen en zou daarin in de zee tot zinken gebracht worden. Dat had ze tenminste gedacht.

Nu zou dat niet gebeuren.

Ze voelde dat haar handen, die op de armleuningen van de rolstoel lagen, begonnen te trillen. Ze had gin nodig.

Het strand van Mae Phim was lang en populair, in de weekenden werd het overspoeld door de plaatselijke bevolking en Thaise gezinnen die hiernaartoe waren gereisd. Eenvoudige eetkraampjes verschenen langs de kant van de weg en verspreidden kruidige geuren tussen de pijnbomen, doordeweeks maakten de buitenlanders die zich hier hadden gevestigd wandelingen over het strand met hun weldoorvoede honden.

Vandaag was het woensdag, het schemerde en het strand was nagenoeg verlaten. Veronica Wadners woning moest helemaal achteraan liggen, naast een stukje jungle. Stilton had geen haast om er te komen. Hij voelde zich ongemakkelijk over het bezoek, maar had er voor Aditi mee ingestemd. Toen hij op het strand kwam had hij zijn schoenen uitgetrokken en was op blote voeten over het zand gelopen. Na een tijdlang te hebben gelaveerd tussen kapotte plastic flessen, aangespoelde kwallen en af en toe een weggegooide injectienaald had hij ze weer aangetrokken. Hij liep langzaam naar het achterste deel van het strand, de kant van de weg was gemarkeerd met kapotte groen-witte vlaggen op kleine houten stokken, bij het water lag mooi zwart drijfhout.

Dat viel Stilton niet op, hij was in gedachten verdiept, de enige keer dat hij bleef staan was toen een lange geel-zwarte slang zich vlak voor hem uit het zand verhief. Hij nam aan dat het een krait was, een slang die zo giftig was dat je na een beet binnen vijf minuten een serum nodig had om te blijven leven. Hij bleef dus staan. Misschien kon hij een stuk naar boven lopen om de slang te passeren. Hoewel die beweging een verkeerde reactie bij de slang zou kunnen uitlokken en dat wilde hij voorkomen. Hij keek om zich heen en zag een kokosnoot en een kapotte afstandsbediening liggen, twee moeilijk te verenigen voorwerpen. Stilton glimlachte even en toen hij opkeek was de slang weg.

Hij was in elk geval uit zijn gezichtsveld verdwenen.

Hij liep verder, aandachtiger dan eerst en een beetje gehaaster. Hoewel het avond was, lag de temperatuur nog steeds boven de dertig graden en hij voelde zijn shirt aan zijn bezwete lichaam kleven. Hij had op zoek naar het kleine meisje met het groene elastiek in het haar een paar keer om zich heen gekeken, maar zag haar niet.

Uiteindelijk naderde hij iets wat een huis moest zijn. Een heel vreemd huis, een bouwval die deels op palen was gebouwd en bijna helemaal omringd was door begroeiing. Op de bovenverdieping zag hij een zeshoekige glazen veranda die uitkeek over de zee, voor de ramen wervelden grote zwermen libellen. Stilton probeerde een deur aan de voorkant te vinden, zonder daarin te slagen. Hij drong door de begroeiing en klom een stuk tot hij op het niveau van de bovenverdieping was. Daar was een versleten, grijsgroene deur. Omdat hij geen bel vond trok hij aan de vlecht. Er gebeurde niets. Hij klopte aan en wachtte. Geen reactie. Als het huis dichter bij de retraite had gelegen had hij zich omgedraaid en was teruggegaan. Dat was echter niet zo, dus pakte hij de kruk vast en duwde de deur open. Het was binnen donker. Hij liep de hal in en zei: 'Hallo.'

In eerste instantie was het stil, maar daarna hoorde hij een zwakke hese stem. 'Bedankt dat je gekomen bent.'

De stem kwam uit de duisternis, uit een kamer aan de andere kant van de hal. Stilton deed een paar stappen in de richting van de stem en kwam in een kamer die grensde aan de zeshoekige glazen veranda. De geur van munt kwam hem in de deuropening tegemoet. Hij keek naar binnen. Een lage wandlamp verspreidde licht over een oude glanzende plankenvloer. Toen zijn ogen zich hadden aangepast, zag hij het silhouet van een vrouwenhoofd dat naar het raam was gekeerd.

'Veronica?' zei hij.

Hij kon haar gezicht nog steeds niet zien.

'Ga zitten,' antwoordde ze.

Veronica gebaarde naar een slanke leren stoel die een stukje van de muur af stond. Stilton liep ernaartoe en ging voorzichtig zitten, niet zeker of die zijn gewicht kon dragen. Veronica draaide de rolstoel naar hem toe. Ze droeg een mooie ragfijne blouse, het linkerbeen was in een lichtgroene sari gewikkeld.

'Ik neem aan dat je weet wie ik ben,' zei ze.

'Ik heb je bij Aditi gezien.'

'Ik ben moeilijk over het hoofd te zien.'

Haar glimlachje ontging hem in de duisternis.

Stilton keek in de kamer rond, het verdwijnende schemerlicht en de lage wandlamp hielpen om een deel van het interieur te onderscheiden. Dat was kleurig. Hij zag een vaste, goedgevulde houten boekenkast tegen één muur, met helemaal bovenop een flessenschip, aan een andere muur hingen een paar brokaten kleden met intense kleuren, maar geen schilderijen, een oude houten ventilator aan het plafond verplaatste de lucht met een zwak piepend geluid, her en der stonden voorwerpen op de vloer die Stilton niet kon identificeren in het schaarse licht. Het enige wat hij kon onderscheiden was een ronde bijzettafel op een armlengte afstand van de vrouw in de rolstoel. Hij zag ook dat ze een glas in één hand hield.

'Je wilt met me praten?' vroeg hij.

'Ja.'

'Waarom?'

'Omdat je politieagent bent geweest.'

Stilton verwerkte de informatie een paar seconden. Dat had Aditi natuurlijk verteld en daar was hij niet enthousiast over.

'Dat klopt,' zei hij. 'Maar dat is lang geleden. Waar wil je over praten?'

'Dat vertel ik je zo meteen.'

Veronica nam een slok uit haar glas en keek naar Stilton terwijl ze met haar vrije hand over de armleuning streek. Stilton wist niet goed waartoe dit zou leiden, maar met het oog op de slang op het strand en de smerige injectienaalden was hij bereid om nog een tijdje te blijven. Hij ontmoette Veronica's blik in de duisternis en zei wat het meest voor de hand lag.

'Wat is je overkomen?'

'De kwaadaardigheid.'

Het antwoord kwam bijna voordat de vraag was gesteld en werd niet vervolgd. Stilton besefte dat het een gesloten deur was. Tot nu toe. Hij keek naar Veronica, het rechterbeen dat bij het dijbeen was afgezet, haar mismaakte gezicht, de ogen die turende gaten in de strakke blanke huid waren, de neus die alleen een stukje kraakbeen boven de mond zonder lippen was, het golvende donkere haar dat over delen van het gezicht viel. Een pruik, nam hij aan. Veronica zag dat hij haar gezicht bestudeerde en glimlachte.

'Trek je niets van mijn gezicht aan,' zei ze. 'Beschouw het als een grotesk masker dat ik 's nachts afzet. Drink je gin?'

'Soms.'

Veronica stak haar hand uit naar de bijzettafel naast haar en mengde met precieze bewegingen een gin-tonic. Stilton observeerde haar handen, die mooi waren. Hij vond mooie handen sensueel, dat had hij altijd gevonden, hij zag ook dat ze mooie donkerrode nagels had.

'Je hebt mooie handen,' zei hij.

Veronica stak het glas naar Stilton uit. 'Dat is een bijzonder zwakke troost.'

Stilton stond op en pakte het glas aan. 'Proost,' zei Veronica.

Stilton hief het glas, nam een slok en ging weer zitten. Het drankje was goed gemengd. Veronica draaide de rolstoel en reed naar het raam. Ze bleef met haar rug naar Stilton staan en zweeg een tijdlang.

'Ben je bang voor de duisternis?' vroeg ze uiteindelijk.

'Soms. Maar niet bang in het donker, als dat is wat je bedoelt.'

'Dat bedoel ik niet.'

Veronica keek uit het raam. De schemering was overgegaan in een gitzwarte nacht, het hemelgewelf was bezaaid met sterren.

'Canopus,' zei ze.

'Canopus?'

'Die is aan de hemel te zien, in het sterrenbeeld Kiel. Na Sirius is het de helderste ster. Wist je dat?'

Stilton had geen bijzonder talent voor astronomie, hij herkende de Grote Beer en de Gordel van Orion, de rest waren sterren. Zijn opa, die zeehondenjager was geweest, had hem soms meegenomen naar de rotsen op Rödlöga als de hemel helder was en had de verschillende formaties aangewezen. Voor zijn opa was het kennis die met overleven te maken had, een hulpmiddel op zee. Hij had gehoopt dat Stilton voor het zeeleven zou kiezen, zoals hij zelf had gedaan. Dat was niet gebeurd. Maar tijdens de nacht waarop zijn opa in zijn huisje op Rödlöga op zijn sterfbed lag had hij Stiltons hand in zijn veel grotere hand gepakt en had gefluisterd: 'Het komt hoe dan ook goed.'

Op dit moment, op de plek waar Stilton zich in het leven bevond, was hij er niet helemaal van overtuigd dat het goed was gekomen. Maar daar kon hij de oude zeehondenjager de schuld niet van geven.

'Nee, dat wist ik niet,' antwoordde hij. 'Ik ben niet zo thuis in de sterren.'

'Wat is je sterrenbeeld?'

'Weegschaal. En het jouwe?'

‘Mijn sterrenbeeld staat op mijn rug.’

‘Een tatoeage?’

‘Nee, een verzameling levervlekken die samen het patroon van een schorpioen vormen.’

Stilton was enigszins overrompeld door de onmiddellijke intimiteit. Hij was in principe een vreemdeling, een vluchtig contact uit de retraite die een stuk verderop lag. Toch voelde de situatie natuurlijk. Hij nam nog een slok en keek uit het raam. ‘Hoe lang woon je hier al?’

‘Dat weet ik niet, mijn begrip van tijd is veranderd, ik herinner me dat het regende toen ik hier arriveerde, daarna werd het warm en kwamen de toeristen. De tijd is niet zo belangrijk, die komt en gaat.’

Veronica draaide zich weer om, het licht van de opkomende maan glansde op haar gespannen huid. Haar mond bewoog, maar Stilton hoorde geen woorden. ‘Ik hoor niet wat je zegt,’ zei hij.

‘Sorry. Ik ben het gewend om te fluisteren, voornamelijk tegen mezelf. Hoe ben je hier terechtgekomen?’

‘Waar? In Thailand?’

‘Ja. Ik neem aan dat je een verleden hebt?’

‘Dat hebben we allemaal.’

‘Nee. De meesten hebben geen verleden. Hun dag ziet eruit als de dag van gisteren, hun verleden herhaalt zich, wat gebeurt is al gebeurd en zal opnieuw gebeuren. Jij bent anders dan zij. Hoe ziet je verleden eruit?’

Stilton was gebiologeerd. Waarom wist hij niet, hij voelde alleen dat hij zich ergens bevond waar hij nog nooit was geweest. Om meerdere redenen. Niet alleen door de bijzondere sfeer, de suggestieve omgeving of de excentrieke vrouw tegenover hem. Hij bevond zich op een plek in zichzelf waar hij nog nooit was geweest, een plek waarvan hij niet had geweten dat die bestond. De sleutel daarvan is een moord, dacht hij gedurende een fractie van een seconde voordat hij begon te praten. ‘Mijn verleden is één lang gevecht om te overleven. Ik vluchtte voor een mishandeling naar een boorplatform, werd politieagent, raakte dieper bij het geweld betrokken dan ik aankon, belandde in de goot, kroop er weer uit... en nu weet ik niet goed waar ik ben.’

‘Je bent hier.’

‘En waar is dat?’

‘In het nu.’

Veronica reed naar de bijzettafel, mengde twee nieuwe gin-tonics met dezelfde precieze handgebaren en stak er een naar Stilton uit. Hij pakte het glas aan met een eigenaardig gevoel van rust en wist niet of dat werd veroorzaakt door de alcohol of door de vrouw tegenover hem, maar hij voelde dat hij graag wilde blijven zitten.

Bovendien had Veronica gezegd dat ze iets wilde vertellen. Dat had hem nieuwsgierig gemaakt.

'Om je te verzoenen met je eigen onvolmaaktheid,' zei Veronica zachtjes terwijl ze in haar glas keek. 'Jaren geleden ben ik op een bepaald moment tot dat inzicht gekomen. Het leven gaat erom je te verzoenen met je eigen onvolmaaktheid. Destijds was het een existentiële gedachte in een ander leven. Nu kijk ik in de spiegel naar mezelf en besef dat het een heel andere betekenis heeft gekregen. Ik moet me verzoenen met een heel andere onvolmaaktheid.'

'Je handicap?'

'Mijn metamorfose van mens naar wezen.'

Veronica glimlachte, niet naar Stilton maar naar haar glas. Stilton wist niet wat hij moest antwoorden, hij was niet gewend aan existentiele beschouwingen maar vermoedde waarover ze het had.

Veronica keek naar Stilton. 'Kun je koken?'

'Een beetje. Heb je honger?'

'Ja. Er staat soep in de koelkast die je kunt opwarmen. *Tom kha kai.* Die is behoorlijk pittig. Er staat ook een fles wijn in.'

Stilton liep naar de keuken, haalde de soep en de fles wijn uit de koelkast en zette die op het aanrecht. Hij pakte een grote gele vrucht van een schaal op het moment dat Veronica de keuken in reed.

'Een doerian,' zei hij.

'Inderdaad. Een heel bijzondere vrucht. Eet je hem samen met alcohol, dan kun je eraan overlijden. We nemen hem dus niet als nagerecht. Kun jij die kaarsen aansteken?' Veronica wees naar twee hoge houten zuilen waarop een paar dikke kaarsen stonden. Stilton pakte een doosje lucifers van het aanrecht en stak ze aan.

'Heb je er iets op tegen als we de plafondlamp uitdoen?' vroeg Veronica.

'Nee.'

Stilton deed het licht uit en ging tegenover Veronica aan de keukentafel zitten. Het flakkerende schijnsel van de kaarsen bereikte haar gezicht nauwelijks. Hij besefte haar bedoeling en zij begreep dat hij het wist.

‘Mensen voelen zich niet op hun gemak als ze in mijn buurt zijn,’ zei ze. ‘Daarom is het moeilijk om te communiceren, de mismaaktheid staat ertussen. Ik heb nagedacht over plastische chirurgie, alles kan tegenwoordig geopereerd worden, maar ik heb besloten het niet te doen.’

‘Waarom niet?’

‘Om in het verleden te kunnen blijven. Dat wil ik niet in de steek laten.’

‘En hoe ziet je verleden eruit?’

Stilton voelde dat hij dichterbij kon komen, hij had tenslotte ook over zichzelf verteld. Veronica nam een lepel van de soep en veegde haar mond af. Hij zag dat ze nadacht, of verbeeldde zich dat ze dat deed.

‘Het verleden beslaat een lange tijd,’ zei ze. ‘Afhankelijk van waar je begint.’

‘Begin waar je wilt.’

‘Er is een voor en een na.’

‘De kwaadaardigheid?’

‘Ja. Het voor is afwisselend opwindend en alledaags, zoals het leven vaak is. Het na is mijn leven hier.’

‘Wie was je tijdens het voor?’

‘Een ander.’

Dat begreep Stilton ook, maar wie? En wat was de kwaadaardigheid waarover ze het had? Dat wat haar getroffen had?

‘Mijn verleden is als dat van jou,’ zei Veronica. ‘Op veel manieren. Het is af te lezen aan gebeurtenissen en gevoelens, alles wat we als leven registreren. Het onderscheidt zich niet van andere levens. Het verschil ontstaat als de basis van je bestaan verandert, wat bij een aantal mensen gebeurt. Als de normaliteit ophoudt te bestaan.’ Veronica zweeg even. ‘Als jij wordt zoals ik,’ voegde ze eraan toe.

Stilton besefte dat Veronica niet van plan was haar verhaal te vertellen. Niet op de manier waarop hij dat wilde, op een manier waardoor hij zou begrijpen wie ze was, waarom ze was zoals ze was, wat haar was overkomen.

Dus at hij zijn soep en dronk zijn wijn en was bijna vergeten waarom hij hiernaartoe was gekomen. Dat was beslist niet als gesprekspartner tijdens het drinken van een paar gin-tonics en een fles wijn. *Omdat je politieagent bent geweest.* Het leek een antwoord uit een andere tijd, maar het was wat hij wist, dus ging hij erop door. ‘Je weet dus dat ik politieagent ben geweest?’

'Ja.'

'En?'

'Ik wil dat je me helpt om iemand te vinden.'

Veronica reed van de keuken naar de zitkamer en Stilton liep achter haar aan. Ze stopte bij de boekenkast en haalde er een groene plastic map uit. Uit de map haalde ze een foto van een man en ze liet die aan Stilton zien.

'Deze man. Ik wil weten wie hij is en waar hij zich mee bezighoudt.'

Stilton bekeek de foto. 'Heeft hij met je verleden te maken?'

'In het beste geval... of liever gezegd het slechtste.'

'En waar moet ik hem zoeken?'

'Ik heb hem een tijdje geleden bij het zwembad van het Oriental gezien, hij logeerde in het hotel. Ik denk dat hij een Zweed is.'

'Heeft hij je gezien?'

'Hij heeft een mismaakte vrouw in een rolstoel gezien, maar had geen idee wie ik ben. Dat geeft ons een zekere voorsprong.'

Stilton keek weer naar de foto.

'Waar heb je deze vandaan?'

'Uit de nalatenschap van een dode man.'

Stilton draaide de foto om en bekeek het woord dat op de achterkant stond: *Contamana*.

'Wat betekent dat?'

'Dat weet ik niet.'

'Waarom wil je deze man te pakken krijgen?' vroeg Stilton.

'Om de kwaadaardigheid te begrijpen.'

'En wat is zijn rol daarin?'

'Dat vertel ik als jij erachter bent wie hij is.'

Stilton stopte de foto in de binnenzak van zijn jas. 'Ik wil er tot morgen over nadenken,' zei hij.

'Doe dat. Je mag de hoogte van je vergoeding zelf bepalen, geld is geen probleem.'

Ze praatten nog een tijdje en openden een nieuwe fles wijn, waarna Veronica zei: 'Mag ik voorstellen dat je hier blijft slapen?'

Stilton vond het een aantrekkelijk voorstel, een wandeling in de duisternis naar de retraite trok hem veel minder aan. 'Graag.'

'Er staat een bed met schoon beddengoed in de kamer achter de keuken. Heb je problemen met kakkerlakken?'

'Nee.'

'Als je me hoort schreeuwen kun je gewoon blijven liggen, niemand probeert me te verkrachten. Het is iets anders waarover ik geen controle heb.'

Veronica draaide de rolstoel en reed naar de deur aan het eind van de kamer. Vlak voordat ze daar was bleef ze staan en draaide zich om. 'Zou je je kunnen voorstellen om seks met een mismaakte vrouw te hebben?' vroeg ze.

Stilton keek in haar ogen. 'Dat is nooit aan de orde geweest,' antwoordde hij.

Veronica's mond vertrok in een scheve glimlach, waarschijnlijk zag ze een glimp van verwarring in Stiltons ogen.

Of misschien ook niet.

'Ik vraag het niet voor mezelf,' zei ze. 'Ik ben nieuwsgierig naar wat mannen beheerst. Mooie handen of een mooi gezicht? De binnenkant of de buitenkant? Daar denk ik al een tijdje over na. Als je invalide wordt, zoals mij is overkomen, wil dat niet zeggen dat de behoefte aan seks afneemt. Slaap lekker.'

Ze duwde de deur met haar voet open en reed de kamer uit. Stilton bleef zitten tot de deur dichtsloeg. Vervolgens stond hij op en liep naar de kamer achter de keuken. Die was krap, langs een muur stond een heel smal bed, dat was alles. Hij trok zijn broek uit, kroop onder de dunne deken, sloeg een kakkerlak op de muur dood, liet zich op het kussen zakken, deed zijn ogen dicht en dacht na over het gesprek van vanavond. *Om je te verzoenen met je eigen onvolmaaktheid.*

Drie seconden later sliep hij.

Drie uur later werd hij in het holst van de nacht wakker. Dat was de schuld van de laatste fles wijn. Het duurde een paar seconden voordat hij wist waar hij was. En waarom.

Hij was bij Veronica Wadner, die zijn hulp wilde om een onbekende man te vinden. Tegen betaling. Zonder daar een reden voor te geven. Moest hij dat accepteren? Op het moment dat hij daarover met zichzelf wilde overleggen hoorde hij een langgerekte schreeuw. Het kwam uit een ander deel van het huis en hij ging ervan uit dat het Veronica was. Ze had hem tenslotte gewaarschuwd. Zijn instinct vertelde hem om uit bed te stormen en te controleren of alles in orde was, maar hij bleef liggen. Ze had zelf gezegd dat ze schreeuwde om redenen waarover ze geen controle had. Fantoompijnen? Hij begon te transpireren, zowel door de warmte in het kamertje als door de kater. Het was tijd om te vertrekken, ongeacht het tijdstip. Hij wilde hier niet meer zijn als Veronica wakker werd. Voorzichtig kwam hij uit bed en trok zijn broek aan. Hij sloop zo stil mogelijk naar de hal en door de voordeur naar buiten, trok hem dicht en liep de trap af.

Het was nog steeds aardedonker buiten, maar de maan zou hem over het strand loodsen. Hij zag dat het licht werd aan de horizon en wist dat hij in de retraite zou zijn voordat de zon op was. Hij pakte een lange rechte tak en begon langs het strand te lopen. Af en toe veegde hij de stok voor zich heen en weer om ongewenste verrassingen weg te jagen. De gedachte aan een ochtendduik kwam op en verdween net zo snel weer. Stilton hield niet van donker water, hoewel hij met de zee rond zijn wieg was opgegroeid. Hij hield ervan om te varen, bij voorkeur snel, maar daar bleef het bij. Plotseling bleef hij staan en voelde in zijn binnenzak. Had hij de foto bij zich? Dat had hij. Hij pakte hem om nog een keer naar de man te kijken, maar zag alleen zijn contouren in de duisternis.

Daar was nog voldoende tijd voor.

Toen hij een halfuur later in de retraite aan zijn kant van het bed ging liggen, gebeurde datgene wat hij het liefst wilde voorkomen. Luna werd wakker.

'Hebben jullie de hele tijd gepraat?'

'Nee, ik ben daar blijven slapen. Of liever gezegd, ik heb een paar uur geslapen en werd een halfuur geleden wakker.'

'Je ruikt naar drank.'

'Gin. Wil je nog meer weten?'

Luna glimlachte even en gaf een kus op zijn schouder.

Mette had Lisa niet onder druk willen zetten over haar plannen met Magnus Larsson. Ze moest de tijd nemen die daarvoor nodig was. Maar wat ze ook kiest, Magnus zal worden geconfronteerd met wat hij heeft gedaan, ongeacht op welke manier dat gebeurt, dacht ze.

Toch wilde ze dat een stap voor zijn. Dat had waarschijnlijk te maken met een innerlijke minachting die ze niet volledig onder controle had.

Daarom vroeg ze de gewaardeerde explosievendeskundige om naar haar kantoor te komen en plaats te nemen bij haar bureau. Hij ging met een glimlach op zijn gezicht zitten.

'We hebben hem waar hij thuishoort,' zei Magnus.

'Lukas Bengtsson?'

'Ja. Hoewel we in het begin het verkeerde spoor volgden. Maar zo gaat dat soms. Hoe komt het dat je hier bent? Je bent toch met pensioen?'

'Ik moet het een en ander opruimen.'

'Oké, heb je hulp nodig?' Magnus lachte om zijn eigen grapje, maar dat deed Mette niet, waardoor Magnus besefte dat het serieus was.

'Is er iets gebeurd?' vroeg hij.

'Ja, ik heb met Lisa Hedqvist over jullie relatie gepraat.'

'Onze relatie?' Magnus zag er precies zo uit als Mette had verwacht, een combinatie van verwarring en verdediging. 'Welke relatie?'

'Een relatie die zowel seksueel misbruik als verkrachting omvatte. Ze heeft daar uitvoerig over verteld en ik geloof haar voor honderd procent. Omdat zowel het misbruik als de verkrachting verjaard is, overweegt Lisa op dit moment twee alternatieven. De eerste is om in het openbaar te vertellen wat er gebeurd is. Als ze dat doet, sta ik aan haar kant om te tonen dat ik haar volkomen geloof. Kiest ze ervoor om de kwestie niet openbaar te maken, dan blijft het binnen een beperkte cirkel. In dat geval zal ik maatregelen nemen die invloed op je dienstverband binnen de organisatie hebben. De beslissing ligt op dit moment bij Lisa. Ik wil je in elk geval vertellen hoe buitengewoon teleurgesteld ik ben door je gedrag en hoe ik daarvan walg. Het is afschuwelijk.'

Mette zweeg, keek in Magnus' ogen en zag dat hij doodsbang was.

'Mag ik nu iets zeggen?' vroeg hij uiteindelijk.

'Nee. Niet tegen mij en niet tegen Lisa. Als ik erachter kom dat je na dit gesprek contact met haar opgenomen hebt, zal ik persoonlijk openbaar maken wat je gedaan hebt en ik ben veel onverbiddelijker dan Lisa. Je kunt gaan.'

De vrouw in de rolstoel trok veel aandacht, voornamelijk van de buitenlanders, de dorpsbewoners waren inmiddels aan haar gewend. Veronica reed naar een van de viskramen langs de hoofdstraat in Mae Phim, vlak naast het strand, en wees aan wat ze wilde hebben. Vandaag werd het een horsmakreel en een grote zak garnalen. Ze gaf de voorkeur aan lichte maaltijden. Ze hing de zak met vis aan een armleuning en reed een stukje verder. Zoals gewoonlijk lag een flink aantal kramen vol met toeristenartikelen, voornamelijk strandspullen. Dat was niets voor haar. Ze stopte echter bij een kraam met mooie sieraden en kettingen. Ze hield ervan om de kleurige stenen, de sierlijke gedraaide armbanden en de oorbellen met hun fonkelende inhoud te bekijken. Oorbellen kon ze nog steeds dragen, maar ze zou de eerste keer dat ze was thuisgekomen met een paar mooie pareloorbellen met een blauwe omlijsting nooit vergeten. Ze deed ze al in de hal in, reed naar de spiegel naast de deur en keek erin.

Waarschijnlijk was ze zo geschokt door het contrast, de prachtige sieraden aan haar mooie oren en daartussen haar gezicht. Het was alsof de oorbellen de mismaaktheid accentueerden, de ragfijne oorbellen leken volkomen misplaatst. Ze trok ze uit haar oren en gilde.

Ze kocht vandaag geen oorbellen en ook geen ander sieraad. Ze reed weg, maar bedacht zich plotseling en ging terug. Niet naar de sieradenkraam, maar naar de kraam ernaast. Daar hing een aantal plastic zakken met gevouwen papieren vliegers. Ze vroeg de vrouw in de kraam om een van de vliegers voor haar te pakken, een rood-blauwe met dunne stokken van gladde, stevige bamboe. Ze pakte haar tas en haalde het bedrag dat de vlieger kostte eruit. Voorzichtig legde ze hem op haar schoot en reed weg. De vrouw in de kraam keek haar na. Een papieren vlieger? Maar misschien was het een cadeau?

Dat was het niet.

Het was een heel specifieke herinnering.

*

Stilton zat met ontbloot bovenlichaam in de schaduw van een grote palm. Hij was weer in slaap gevallen, had lang geslapen en was alleen in bed wakker geworden. Luna zwom in de zee, dat was haar favoriete bezigheid.

Ze deden niet alles samen.

Hij had zijn mobiel in zijn hand en googelde 'Veronica Wadner', maar vond niets. Wie was ze in vredesnaam? Toen hij opkeek zag hij dat Aditi naar hem toe kwam. Ze droeg een luchtige gele sarong en had een beker in haar hand, waarschijnlijk gevuld met een van de theesoorten die Stilton weigerde te drinken.

'Hallo! Hoe is het gisteren gegaan?' vroeg ze.

'Het is laat geworden.'

'Dat zie ik.' Waarschijnlijk waren Stiltons vermoeide ogen en algemene uitgeputte aanblik reden voor die opmerking.

'Het is een heel bijzondere vrouw,' zei hij.

'Dat klopt.'

Aditi ging met gekruiste benen zitten in een houding die Stilton zelfs niet voor elkaar zou krijgen als hij bewusteloos was.

'Het is de eerste keer dat ik iemand ontmoet heb die heeft losgelaten,' zei Aditi.

'Wat bedoel je?'

'Er komen veel soorten mensen hiernaartoe, dat weet je, mensen met allerlei behoeften. Vaak gaat het erom innerlijk evenwicht te vinden, of om vat te krijgen op iets wat wegglipt. Veel van die mensen hebben nare gebeurtenissen meegemaakt, in een ver verleden of pasgeleden, maar ze hebben allemaal een reddingslijn binnen in zich waaraan ze zich vastklampen. Ze willen hulp hebben om weer naar boven te kunnen klimmen. Dat heeft Veronica niet. Zij heeft losgelaten, helemaal. Ze heeft geen reddingslijn meer.'

Stilton knikte, hij begreep niet precies wat Aditi bedoelde, maar de strekking was hem duidelijk. Veronica was niet als de anderen die naar de retraite kwamen. Hij keek weg van Aditi en zag dat Luna met een handdoek rond haar hoofd half rennend naderde. Dat doet ze de laatste tijd vaak, dacht hij, ik dacht dat de retraite juist bedoeld was om niet te stressen.

Luna trok de handdoek van haar hoofd en ging naast Aditi zitten.

'Wil je thee?' vroeg Aditi.

'Graag.'

'Jij ook?'

Aditi keek naar Stilton en hij vroeg zich af waarom ze hem deze vraag bleef stellen. Dat had ze gedaan vanaf de dag dat hij hier was gearriveerd en ze had altijd hetzelfde antwoord gekregen.

'Nee. Ik hou niet van thee.'

'Je houdt niet van dingen die niet vertrouwd zijn,' zei Aditi met een glimlach.

Stilton keek naar Luna en zag een soortgelijke glimlach op haar gezicht. 'Is dat mijn probleem?' vroeg hij.

'Een ervan. Wat wilde Veronica?'

Stilton trok zijn jack, dat een stukje verder weg lag, naar zich toe en haalde de foto tevoorschijn. 'Ze wil weten wie deze man is.'

Luna en Aditi keken naar de man op de foto.

'Waarom dat?' vroeg Aditi.

'Dat heeft ze niet gezegd. Ze beweerde dat het om kwaadaardigheid gaat. Ik denk dat het over haar gaat, datgene wat haar is overkomen, dat hij op de een of andere manier betrokken is bij haar tragedie.'

'En hoe ga je hem vinden?' vroeg Luna.

'Ze heeft hem onlangs in hotel Oriental in Bangkok gezien, waar hij logeerde, maar meer weet ze niet.'

'En hoe ben je van plan dat te gaan doen?' vroeg Aditi.

'Ik weet het niet.'

'Ben je nieuwsgierig?'

'Ja. Niet naar de man, maar naar haar. Waar wil ze antwoord op hebben? Als het gaat om wat haar getroffen heeft, dan heb ik daar volledig begrip voor.'

'Krijg je ervoor betaald?' vroeg Luna.

'Tweehonderdduizend.'

'Hemel, dat is veel.'

'Ja. Op voorwaarde dat ik erachter kom wie hij is.'

Stilton keek weer naar de foto. Luna observeerde hem, ze wist dat hij een beslissing had genomen, maar dat hij een bevestiging wilde.

'Ik vind dat je haar moet helpen,' zei ze. 'Ten eerste verdien je er veel geld mee en ten tweede geeft het je iets anders om aan te denken.'

'Dan?'

'Jezelf.'

Luna kende Tom inmiddels, ze zag en wist waar hij zich bevond. Hij was normaal gesproken een man van weinig woorden, maar nu piekerde hij en kwam er geen woord meer uit. Een opdracht als privédetective zal hem goeddoen, dacht ze.

Dat dacht hij ook, hoewel op een minder analytische manier. Hij was voornamelijk nieuwsgierig.

'Ik ga met haar praten,' zei hij en hij stond op.

*

Eigenlijk was hij alleen van plan geweest om met Veronica te praten om meer informatie te krijgen, maar terwijl hij over het strand liep nam de beslissing steeds vastere vormen aan. Waarom niet? Zoeken naar een onbekende persoon lag tenslotte in het verlengde van zijn verleden. Hij had gedurende zijn carrière een paar keer als detective gewerkt, vaak met een goed resultaat. Hij hield er bovendien van om geheimen bloot te leggen.

Behalve die van hemzelf.

Terwijl hij Veronica's woning naderde zag hij twee opvallende dingen. De eigenares van de woning zat in haar rolstoel op het strand, een stukje bij het water vandaan, en hoog in de lucht zweefde een rood-blauwe vlieger boven de veranda van het huis. Hij zwaaide even naar Veronica, zonder een reactie te krijgen. Toen hij dichterbij kwam zag hij dat ze over haar ogen veegde voordat ze zich naar hem omdraaide.

'Ben je klaar met denken?' vroeg ze.

'Ja. Ik doe het.'

'Bedankt.'

Veronica staarde naar de zee en Stilton keek naar de vlieger die boven het huis zweefde.

'Heb je een vlieger opgelaten?'

'Nee, een herinnering.'

Veronica bleef naar de zee kijken. Stilton ging naast haar in het zand zitten, hij wist dat er meer zou volgen.

'Toen ik een klein meisje was woonden mijn moeder en ik aan de Engelse zuidkust, bij een strand dat Willow Beach heette,' zei Veronica. 'Ik was vaak in mijn eentje bij het water aan het spelen. Op een dag kocht mijn moeder een vlieger voor me op de markt in Eastbourne, een rood-blauwe papieren vlieger. We zetten hem samen in elkaar en vervolgens ging ze naar huis terug. Ik begon met de vlieger te rennen en kreeg hem in de lucht. Ik was helemaal alleen op het lange strand en dolgelukkig over de zwevende vlieger hoog boven mijn hoofd. Plotseling zag ik een langwerpig, donker voorwerp in het water drijven. Ik bleef staan en liet de vlieger in de lucht wervelen. Vervolgens liep ik naar het water en toen ik daar was spoelde een grote golf het donkere voorwerp het strand op. Het was een dode hond, een grote donkere labrador. Ik rende naar huis om het mijn moeder te vertellen en zij belde de politie. Ze wilde geen dode hond op het strand waar we zwommen. Ze haalden de hond op en het bleek dat hij een ID-plaatje in zijn oor had. Toen ze naar de woning van de eigenaar gingen, bleek hij verdwenen te zijn. Hij woonde in een groot landhuis en in een van de kamers lag een vrouw in staat van ontbinding op een biljarttafel.'

Veronica zweeg en keek naar Stilton.

'Wie was die vrouw?' vroeg hij.

'Ze kwamen erachter dat ze een Zweedse was. Het is nooit duidelijk geworden wat ze in het landhuis deed en wie haar had vermoord. Ze was gewurgd.'

'En de verdwenen hondeneigenaar?'

'Hij is voor zover ik weet nog steeds verdwenen.'

Veronica draaide de stoel en begon naar de oprit van het huis te rijden. Dat was niet gemakkelijk in het zand, dus hielp Stilton door haar te duwen.

'Waarom wil je je dat herinneren?' vroeg hij. 'Ik neem aan dat je de vlieger hebt gekocht om...'

'Die doet me aan mijn moeder denken.'

'Leeft ze nog?'

'Nee. Wanneer ga je beginnen?'

'Met zoeken?'

'Ja,' antwoordde Veronica.

'In principe nu. Ik denk erover om in het Oriental te beginnen, waar je hem gezien hebt.'

'Dat klinkt verstandig.'

Stilton duwde Veronica het huis in en naar de zitkamer. Ze schonk meteen wat gin in een laag glas. Stilton bedankte.

'Hoe is het in de retraite?' vroeg ze.

'Rustig.'

'Heeft Aditi iets over me verteld?'

'Niet veel. Ze beweert dat je alles losgelaten hebt. Wat bedoelt ze daarmee?'

Veronica nam nog een slok uit haar glas en keek naar Stilton. 'Aditi bevindt zich op een heel gerieflijke plek, begrensd door hoop en geloof, ze weet niets over de buitenwereld. Ze gelooft dat goedheid de sleutel tot gemoedsrust is of andersom. Ze weet niets over mensen die elke vorm van menselijkheid achter zich gelaten hebben.'

Dat heb je mis, dacht Stilton. Aditi heeft meer ervaring met onmenselijkheid dan jij denkt. 'Ze doet wat ze kan,' antwoordde hij.

'Natuurlijk. En dat ga jij ook doen.'

Stilton wist niet goed wat ze bedoelde. Zijn zoektocht naar de onbekende man of iets heel anders? Hij voelde dat het tijd was om in actie te komen. Hij wilde niet nog een nacht blijven slapen, hoe nieuwsgierig hij ook naar Veronica was. Hij wist tenslotte niets over haar. Nu een beetje meer misschien, dankzij haar jeugdherinnering, maar die kon ze ook verzonnen hebben. Alles wat ze zei kon pure fantasie zijn. Misschien was de man op de foto de verdwenen hondeneigenaar en was ze met hulp van hem op zoek naar een beetje spanning in haar leven?

Hoe dan ook, hij had een beslissing genomen. Als het niets opleverde, dan was Luna in elk geval tevreden dat hij aan iets anders dan aan zichzelf dacht en daar bovendien een flinke grijpstuiver mee verdiende.

'Ik ga nu,' zei hij.

'Succes.'

Stilton was op weg naar de hal toen hij haar stem achter zich hoorde. 'Er is een verklaring voor alles.'

Lukas Bengtsson was in Karsudden buiten Katrineholm geplaatst, met honderdveertien plaatsen het grootste forensisch psychiatrisch centrum van het land. De instelling was extra beveiligd. Afhankelijk van de manier waarop je ernaar keek waren het vier anonieme gebouwen van gele baksteen met drie verdiepingen in jarenzestigstijl die op een stuk bouwland waren gesmeten, niet anders dan een buitenwijk uit de tijd van het Miljoenenprogramma. Keek je er met andere ogen naar, dan was het een verzameling functionele gebouwen in een mooie omgeving in de buurt van een meer.

Olivia zag de plek waar Lukas verbleef.

Ze droeg eenvoudige kleding: een spijkerbroek, een grijs jack en witte Converse-schoenen. Het weer was aangenaam, de grote grasvelden rond het ziekenhuis waren tot leven gekomen na de nachtvorst en andere ellende, in het schaduwrijke park flaneerden geïnterneerden en verpleegkundig personeel in een gezapig tempo.

Olivia liep meteen naar de grote ingang.

Ze had zelf om de ontmoeting gevraagd. Ze wilde Lukas zien, wilde weten hoe het met hem was, hoe hij zich voelde. Wat ze zag toen hij naar de stoel aan de andere kant van de groene tafel was gebracht was het restant van een mens. Een wezen dat alles wat de mens als zodanig definieert was kwijtgeraakt. De blik in de ogen, die ooit een dodendans had bevat die in staat was geweest om een cameralens te verzengen, was verdwenen en vervangen door een troebele leegte. Zijn gezicht zag eruit alsof het van zijn schedel was losgekomen, in de mondhoeken zaten witte restanten, het lichaam dat tegenover haar zat was opgezwollen en schommelde langzaam heen en weer.

Het mooie krullende haar was gemillimeterd.

Toen ze haar hand uitstak om hem te begroeten zag ze zijn afgebeten nagels, er waren alleen kleine flinters over.

'Hallo,' zei ze.

Lukas bewoog niet, op het schommelen na, zijn hoofd hing vlak boven de tafel.

'Ik was benieuwd hoe het met je is.'

Het was een paar seconden stil voordat Lukas zijn hoofd langzaam hief en met zijn troebele blik naar haar gezicht keek. 'Ik heb een blauwe scherf in mijn kamer,' zei hij, waarna zijn hoofd weer zakte.

Olivia liep langzaam naar Katrineholm. De ontmoeting met Lukas was aangrijpend geweest. Het was verschrikkelijk moeilijk om iemand te zien die zo onder invloed van medicijnen was dat hij onherkenbaar was. Bijna angstaanjagend, dacht ze. Is dit wat er gebeurt? Psychiatrische patiënten die zo gedrogeerd worden dat ze geen enkele vorm van menselijke waardigheid meer hebben? Ze was niet naïef, ze was op de hoogte, de geschiedenis bevatte een hele serie met identieke gevallen. Het werd alleen zo ontzettend tastbaar als het om iemand ging die ze kende, met wie ze was omgegaan, had gepraat, wiens geur ze kende, door wie ze gefascineerd was geweest.

Iemand met vuur.

Nu was hij alleen een gedoofd restant met afgebeten nagels.

Ze voelde zich nog net zo gedeprimeerd toen ze het treinstation bereikte. Als ik dit accepteer, dan laat ik een mens in de duisternis verdwijnen, dacht ze. Maar ik kan ook proberen er iets aan te doen.

Ze had geen idee aan welke psychische ziekte Lukas leed, maar het leek niet logisch dat daar zo'n behandeling voor nodig was.

Toen ze terug was in Stockholm ging ze meteen naar het politiebureau. Het was laat in de avond, maar ze had de ontmoeting met Lukas nog steeds in haar hoofd, ze zag zijn troebele blik nog steeds voor zich.

Olivia begon te zoeken. Ze vond het forensisch psychiatrisch onderzoek niet, dat was waarschijnlijk op een andere plek opgeborgen en misschien waren bepaalde delen zelfs vertrouwelijk, maar ze ging ervan uit dat ze alles zou kunnen inzien wat het onderzoeksteam formeel naar buiten had gebracht. Normaal gesproken bestond zo'n team uit een forensisch-sociale onderzoeker, een psycholoog, verplegend personeel en een forensisch psychiater die de eindverantwoordelijkheid had. Ze concentreerde zich op de psycholoog of de forensisch psychiater terwijl ze voelde dat ze verschrikkelijke honger had.

Zou ze een pizza halen?

Later.

Uiteindelijk vond ze het proces-verbaal van de zitting en las dat door. Uit een bijgevoegde appendix bleek welke deskundigen betrokken waren geweest bij de zaak. Dat waren er veel, met inbegrip van Magnus Larsson, maar ook degenen naar wie ze op zoek was, de forensisch psychiater en de psycholoog. Ze zocht hun adressen op en maakte een keus. De forensisch psychiater woonde in Linköping, de psycholoog in Stockholm. Met hem zou ze morgen contact opnemen.

Nu ging ze een pizza halen.

Plotseling bedacht ze hoe verschrikkelijk pathetisch het was om in haar eentje in een verlaten kantoor te zitten en een halfzachte deegschijf te eten.

Wat zou Lisa doen?

Slapen natuurlijk.

Stilton betrad de indrukwekkende foyer van hotel Oriental in Bangkok. De exclusieve sfeer bevond zich extreem ver van zijn eigen wereld en hij voelde onmiddellijk een aantal blikken naar zich toe gaan, naar de haveloze man bij de glazen deuren.

Dat was ook logisch.

Hij liep naar de vergulde receptiebalie en wenkte een korte man met een donkere huid in een elegante rode livrei. 'Waarmee kan ik u van dienst zijn, meneer?' Beleefdheid was vanzelfsprekend, de man aan de andere kant van de balie zag er misschien niet zo uit, maar hij kon net zo goed miljarden op zijn bankrekening hebben.

Stilton haalde Veronica's foto tevoorschijn en hield die de man voor. 'Ken je deze man?' vroeg hij.

De man in livrei keek heel even naar de foto, schudde zijn hoofd en glimlachte. 'Helaas niet.'

Discretie is een erezaak.

'Hij hangt hier vaak rond,' zei Stilton.

De uitdrukking 'rondhangen' behoorde waarschijnlijk niet tot het gebruikelijke vocabulaire in het Oriental, maar de man in livrei glimlachte weer beleefd. 'Zoals ik al zei, ik ken hem niet.'

'Wat jammer. Ik ben hem een Bentley verschuldigd, we hebben afgelopen weekend gegokt en ik weet zeker dat hij hem graag in ontvangst wil nemen.' Stilton glimlachte terug.

De ogen van de man in livrei onthulden dat hij een seconde lang weifelde. Een Bentley? 'Waar kan ik u bereiken als hij eventueel opduikt?' vroeg hij.

Stilton trok een in leer gebonden schrijfblok dat op de balie lag naar zich toe en schreef zijn mobiele nummer op.

Hij had twee keuzes.

Hij kon voor de ingang van het Oriental op de uitkijk gaan staan in de hoop dat de man vroeg of laat zou opduiken, of hij kon in een andere richting zoeken.

Het werd Suzy's bar, die een paar meter van Silom Road in een nauwe steeg lag, een piepklein café met als eigenares een vrouw die van zijn leeftijd was. Suzy. Stilton was daar de eerste keer toevallig terechtgekomen. Hij was in Bangkok geweest om Luna op te halen en had een paar uur de tijd gehad voordat het vliegtuig landde. Hij had honger gehad en voelde zich bovendien aangetrokken tot het café omdat het op een andere plek lag dan de andere cafés, een beetje afzijdig, met een paar eenvoudige plastic tafels op het trottoir en een eigenares die niet glimlachte.

Suzy glimlachte bijna nooit.

De eerste keer had hij haar gevraagd om bij hem te komen zitten nadat hij *tom yam kung* had gegeten, een soep die absoluut fantastisch smaakte. Ze was gaan zitten, niet onwillig, maar voornamelijk om beleefd te zijn. Hij had zijn waardering over de soep uitgesproken en had gezegd dat hij zich een beetje verloren voelde. Dat was een begin dat had geleid tot een dialoog van een paar minuten over vergankelijkheid en andere dingen waarover twee vreemdelingen in een drukke steeg kunnen praten, tot Suzy een nieuwe gast kreeg.

Sindsdien was hij altijd naar Suzy's bar gegaan wanneer hij in Bangkok moest zijn.

Dat was niet alleen voor het voedsel.

'Herken je deze man?' Stilton hield Suzy de foto van de man voor. Ze keek ernaar, iets langer dan de man in livrei, maar haar antwoord was hetzelfde.

'Nee.'

Stilton stopte de foto weer in zijn zak. Hij wist dat de kans niet groot was, de man op de foto zwom tenslotte in het zwembad van het Oriental, hij zou beslist niet op een wankele plastic stoel bij Suzy terechtkomen.

'Je zou het Douglas kunnen vragen,' zei Suzy.

'Wie is Douglas?'

'Een farang. Hij woont hier al jaren, is overal naartoe gereisd, en is iemand die veel mensen ontmoet.'

'Hoe heet hij verder?'

'Dat weet ik niet.'

'Waar kan ik hem te pakken krijgen?'

'In het een of andere hoerencafé bij de markt. Hij draagt altijd een korte broek en heeft rood haar.'

'Eet hij hier weleens?'
'Alleen als hij een kater heeft.'

Suzy's beschrijving was zo precies als een detective zich kon wensen. Douglas was een roodharige Europeaan die zich ophield in hoerencafés. *Can't miss him.* Toch moest Stilton een aantal cafés met knipperend neonlicht, bonkende muziek, kronkelende uitgebuite Thaise vrouwen en hijgerige dikke buitenlanders afzoeken voordat hij Douglas zag.

De man met de korte broek en het rode haar.

Hij zat aan één kant van een lange marmeren bar met een drankje in een hoog, smal glas voor zich. Achter hem vond een daad van seksuele vernedering plaats waarvoor hij duidelijk geen enkele belangstelling had: een heel jonge vrouw had een bamboestok door haar slipje gestoken en gleed langs de stok heen en weer.

Stilton had er minstens zo weinig belangstelling voor.

Hij liep meteen naar de man aan de bar.

Er zijn verschillende manieren om informatie van een onbekend persoon in een café te krijgen. Eén daarvan is contact leggen door middel van alcohol en praten tot je bij het bewuste onderwerp bent beland. Een andere is dat overslaan en erop vertrouwen dat je indruk maakt.

'Douglas?'

De man draaide zich om en keek naar Stilton. 'En jij bent?' vroeg hij in het Engels.

'Tom Stilton. Uit Zweden. Herken je deze man?' Stilton hield hem de foto voor en zag hoe het neonlicht van de planken met flessen de foto rood kleurde.

'Ben je een smeris?'

'Nee. Ik ben gevraagd om uit te zoeken wie deze man is.'

'En waarom vraag je dat aan mij?'

'Omdat een van mijn contacten zei dat jij een man bent die veel weet en veel mensen kent.'

Douglas nam een slok uit zijn glas via een doorzichtig rietje, een beweging die eruitzag alsof hij dat veel vaker had gedaan. 'Wie heeft dat gezegd?'

'Iemand die blijkbaar vertrouwen in je heeft. Herken je deze man?'

'Nee.'

Hetzelfde antwoord. Douglas kon natuurlijk liegen, hij had tenslotte geen idee van Stiltons motief, maar zijn waterige ogen en geaderde gezichtshuid verrieden dat hij een man was die er niets op tegen had om zich belangrijk te voelen. Een man met een zeker tekort aan succes.

Douglas keek weer naar de foto, draaide hem om en las wat er op de achterkant stond. 'Contamana?' vroeg hij.

'Ja. Is dat iets wat je herkent?'

'Kan ik hier geld mee verdienen?'

'Nee, een of twee drankjes, meer niet.'

Douglas wenkte de barman en bestelde drie drankjes met een naam die Stilton niet herkende. Daarna keek hij naar Stilton. 'Wil jij iets?'

'Geef antwoord. Herken je het woord dat op de achterkant staat?'

Douglas krabde aan zijn naakte dijbeen, alsof dat nodig was om na te denken. 'Ik denk dat het de naam van een oude rivierboot is,' zei hij. 'Als ik het me goed herinner ligt die in een rivier, de Kok, een zijrivier van de Mekong. Een paar vrienden van me hebben er een keer op gevaren, maar dat is lang geleden.'

Dat was alles wat Stilton uit Douglas kreeg.

Om niet onbeleefd te zijn bleef hij tijdens het eerste van de drie drankjes zitten, maar toen Douglas vroeg of hij belangstelling had voor een kort seksueel intermezzo in een van de afgescheiden ruimten achter de bar vertrok hij.

Hij was een beetje opgewonden, niet door Douglas, maar door wat hij had gezegd. Het was toch een eerste voorzichtige stap.

Contamana.

Een rivierboot? Bevond de onbekende man zich op een rivierboot? In de Kok? Zijn enthousiasme omdat hij beet had gehad verminderde enigszins toen hij zich realiseerde dat hij zich in Bangkok bevond. Dat was heel veel kilometers van de Kok verwijderd. Hij googelde de naam van de boot zonder dat het iets opleverde. Dat had hij verwacht, zelfs Google had zijn beperkingen.

Maar toch, hij had een naam en van daaruit kon hij verder werken. Hij had een zekere kennis over de diverse registers, voornamelijk Zweedse, en ging ervan uit dat er in dit land een register met rivierboten zou bestaan. Als Douglas tenminste gelijk had.

Het eerste wat hij deed was naar de Zweedse ambassade bellen om hulp te vragen bij het vinden van een rivierboot die in de rivier de Kok lag. Hij beweerde dat een familielid van hem een vakantiebaan op de boot had en dat hij dringend in contact met hem moest komen. Het ambassadepersoneel was heel vriendelijk, maar ze hadden geen idee over welke boot hij het had. Waarschijnlijk waren ze gewoon dankbaar dat hij niet de zoveelste Zweed was die zijn paspoort in een dronken bui was kwijtgeraakt en op kosten van de staat naar huis gestuurd wilde worden.

'Is het een passagiersboot?'

'Dat weet ik niet,' antwoordde Stilton.

'Dan wordt het lastig.'

'Laten we aannemen dat het dat inderdaad is.'

Vervolgens gaven ze hem de tip dat hij naar de boot kon informeren bij een overheidsinstantie die verantwoordelijk was voor het landelijk openbaar vervoer over water.

'Als de boot tenminste niet uit het register geschrapt is.'

Hij gokte erop dat dat niet zo was.

Het was zowel het een als het ander.

Uit het register van de overheidsinstantie bleek dat de rivierboot niet langer in gebruik was, maar in bezit was geweest van een bedrijf dat in het stadje Wanssingi was gevestigd. Toen Stilton vroeg waar die plaats lag kreeg hij een kort antwoord. 'Bij Chiang Rai in de buurt, in de bergen in het noorden.'

Chiang Rai? Moest hij helemaal daarnaartoe? Op de bonnefooi? *Om de kwaadaardigheid te begrijpen.* Wat had Veronica daarmee bedoeld? Had ze het over de man op de foto gehad? Omdat ze bereid was om veel geld te betalen om te achterhalen wie hij was, een bedrag dat Stilton had verbaasd toen ze het noemde, was de man absoluut betrokken bij de tragedie die haar was overkomen. Dat had Stilton in elk geval begrepen. Maar op welke manier?

En waarom zou hij zich op een rivierboot in de opiumbergen bevinden?

Hij had een glas bier nodig.

Dat dronk hij bij Suzy, waarna hij er nog een nam.

Om in Wanssingi te komen moest hij eerst een lange busreis naar Chiang Rai maken, vervolgens verder reizen met een streekbus en het laatste stuk in het beste geval met een tuktuk afleggen. Hoe aantrekkelijk was dat? Na het derde biertje werd het steeds aantrekkelijker. Bij wijze van vlucht. Er ontstond een avontuur in Stiltons hoofd. Een lange, eenzame reis naar niemandsland waarmee hij tweehonderdduizend kronen zou verdienen. Het probleem was Luna, en misschien Aditi. Zouden ze hem steunen? En moest hij het vertellen, of zou hij gewoon zeggen dat hij een tijdje wegging? Luna was het tenslotte gewend dat hij af en toe verdween. Weliswaar alleen naar Rödlöga, maar toch. Hij besloot om niet te vertellen waar hij naartoe ging. Voorlopig in elk geval. Als hij daar eenmaal was konden ze er niet veel meer aan doen.

Een aangeschoten redenatie, dat besefte hij, maar soms maakte je nu eenmaal keuzes in het leven als je niet volkomen nuchter was.

'Nog een.' Stilton hief zijn glas naar Suzy, die in de deuropening naar de keuken stond. Ze reageerde niet en keek alleen naar hem. Hij zette het glas weer neer. Oké, hij was het met haar eens. Drie was genoeg.

Nu ging hij een buskaartje kopen en hij zou tijdens de rit naar Chiang Rai slapen tot hij nuchter was. Daarna volgde Wanssingi.

Het was erop of eronder.

Olivia had zich vrij ingetogen gekleed en had haar haar opgestoken, misschien voornamelijk om zichzelf een mentale oppepper te geven. Ze had een afspraak gemaakt met Gustav Frövik, de psycholoog die betrokken was geweest bij het forensisch psychiatrisch onderzoek van Lukas Bengtsson. Aan de telefoon had ze gezegd dat ze een politieagent was en betrokken was geweest bij het onderzoek naar het opblazen van het gezin Brovall. Ze wilde hem spreken om wat aanvullende informatie te krijgen.

Dat was niet helemaal waar.

In de privékliniek van Frövik werd ze opgewacht door een oudere dame die glimlachend een deur voor haar openhield. De lange man in het lichtgrijze kostuum die achter een groot bureau zat stond op toen ze binnenkwam.

'Olivia Rönning?'

'Ja.'

'Welkom.' Frövik maakte een gebaar naar de stoel aan de andere kant van de tafel. 'Ga zitten.'

Olivia ging op de aangewezen stoel zitten. Ze voelde zich plotseling onzeker en had heel even spijt dat ze bij Frövik was langsgegaan. De zaak was tenslotte gesloten. Maar ze zat hier nu eenmaal, tegenover de kalme oudere man met de vriendelijke blik in zijn ogen.

'Zoals ik aan de telefoon al vertelde kan ik niet op details ingaan,' zei Frövik.

'Dat begrijp ik. Ik vraag me alleen af waaraan Lukas lijdt. Ik heb hem voor het proces een paar keer ontmoet en toen leek hij volkomen normaal. Wat is zijn diagnose eigenlijk?'

'Hij lijdt aan een dissociatieve identiteitsstoornis.'

'Wat houdt dat in?'

'Vroeger werd dat een meervoudige persoonlijkheidsstoornis genoemd, dat is een ziekte die ervoor zorgt dat delen van de persoonlijkheid van elkaar gescheiden raken.'

'Een soort schizofrenie?'

'Nee, maar die vergissing wordt vaker gemaakt. In zo'n toestand lijkt het alsof iemand anders de controle over je lichaam overneemt, dat je wordt losgekoppeld van je lichaam of je omgeving.'

'Je bent je dus niet bewust van wat je doet?'

'Zo kun je het omschrijven.'

'Dus als Lukas ontkent dat hij dit gedaan heeft, kan hij de waarheid spreken? Is hij zich niet bewust van wat hij gedaan heeft? Is er een ander binnen in hem die het gedaan heeft? Kan het zo gebeurd zijn?'

'Ja. Zo tragisch kan het zijn. Als hij niet gewoon liegt.'

'Denkt u dat hij dat doet?'

'Nee.'

'Hoe krijg je deze ziekte?'

'Ongeveer negentig procent van degenen die hierdoor worden getroffen heeft traumatische gebeurtenissen meegemaakt, zoals mishandeling of seksueel misbruik tijdens de jeugd. De dissociatie is de manier van het lichaam om zichzelf te beschermen tegen die gebeurtenissen teneinde de angst ervoor te verminderen.'

'Kun je daarvan genezen?'

'Er zijn behandelingen die helpen, vaak is dat psychotherapie gericht op traumabehandeling.'

'Krijgt Lukas zo'n behandeling?'

'Dat weet ik niet. Dat is een beslissing van de instelling waar hij verblijft.'

Olivia knikte en keek naar het bureau.

Frövik observeerde haar even. 'Het lijkt erop dat je hier bijzonder betrokken bij bent.'

'Ik geef om Lukas, of wie hij ook is, hij is zo verbluffend. Ik heb gedichten gelezen die hij geschreven heeft. Dat zijn heel poëtische teksten. Ik heb moeite om de twee met elkaar te verenigen.'

'De twee?'

'De persoon die in staat is om zo'n gruwelijke misdaad te plegen en degene die hij was toen ik hem ontmoette. Dat gaat als het ware niet samen.'

'Dat heeft natuurlijk met zijn ziekte te maken. Het is vaak een grote tragedie om door een dissociatieve identiteitsstoornis getroffen te worden. Het is tenslotte een ziekte met terugvallen. Je kunt lange tijd helemaal geen symptomen hebben.'

'Hij maakt bijzonder indrukwekkende schilderijen,' zei Olivia.

'Dat kan ik me goed voorstellen. Veel grote kunstenaars hebben soortgelijke psychische problemen gehad, zoals Hill en Josephson bijvoorbeeld, of Erland Cullberg. Als je een terugval hebt, kun je op een manier die anders onmogelijk is in contact komen met je onderbewuste fantasiewereld. Maar de zaak is toch gesloten? En voor zover ik weet komt er geen hoger beroep.'

'Waarschijnlijk niet.'

'Dus je bezoek aan mij gaat eigenlijk over jezelf? Je gedachten over Lukas?'

Olivia voelde zich op een bepaald niveau verschrikkelijk voor schut staan, maar op een ander niveau schaamde ze zich niet voor haar behoefte om meer te weten.

'Eigenlijk wel,' antwoordde ze. 'Ook politieagenten moeten hun ervaringen verwerken.'

'Dat begrijp ik, en je bent van harte welkom als je denkt dat ik je kan helpen. Helaas is er niet zoveel wat ik kan doen om Lukas Bengtsson te helpen.'

Ik ook niet, dacht Olivia toen ze weer op straat stond. Lukas leed aan een ernstige psychische ziekte waarover hij geen controle had, dat moest ze gewoon accepteren. Hij had een gespleten persoonlijkheid. *Te midden van de zinloosheid passeert een speer van tijd.* Ze dacht aan de zin uit *Koudvuur* en zag Lukas' ogen voor zich, de ogen van de foto op het boekomslag. Hoe was hij zo geworden? Wat had hij meegemaakt?

Daar had ze nog steeds geen antwoord op gekregen.

En ook niet op datgene wat ze het liefst van alles wilde weten.

Was hij echt schuldig?

*

Lisa had een beslissing genomen met betrekking tot Magnus Larsson. Ze kon ervoor kiezen hem publiekelijk aan de kaak te stellen, zodat het haar woord tegen het zijne zou zijn. Mette had beloofd om achter haar te staan als ze die keus maakte. Maar Magnus had een vrouw en kinderen, zij zouden erdoor getroffen worden als bekend werd dat hij een verkrachter was en dat wilde ze voorkomen. Voor haar was het belangrijk dat Magnus zijn straf kreeg. Hij was de dader. Ze had met Mette afgesproken op een terras bij het Sankt Eriksplan, omdat ze het gesprek niet op het politiebureau wilde houden.

Het was net na tweeën toen ze gingen zitten en bestelden, Lisa een glas vruchtensap en Mette een kop koffie met een stuk marsepeintaart. Ze was de laatste tijd begonnen zichzelf af en toe iets te gunnen, misschien bij wijze van zwijgend protest tegen haar nieuwe leven.

Lisa zette haar glas neer. 'Ik wil niet publiekelijk vertellen wat Magnus gedaan heeft.'

'Goed. Dan regel ik het.'

Het was duidelijk.

Lisa had een aantal argumenten voorbereid om haar standpunt uit te leggen, maar dat was niet nodig. Mette glimlachte naar haar en nam nog een hap taart.

'Hier ga ik zo van genieten,' zei ze.

'Maar het raakt intern toch bekend?'

'Misschien, misschien niet. Ik weet niet precies hoe ik te werk zal gaan, maar jij krijgt er geen problemen door. Dat is mijn eerste prioriteit. Ik heb al met Magnus gepraat om hem voor te bereiden, op dit moment is hij waarschijnlijk bang dat je het andere alternatief zult kiezen.'

'Wat heb je hem verteld?' vroeg Lisa enigszins bezorgd.

'Wat jij verteld hebt.'

'Ontkende hij?'

'Hij zei niets, maar leek doodsbang.'

Mette legde een hand op Lisa's arm om haar te tonen dat het goed zou komen, dat het binnenkort achter de rug zou zijn en dat Lisa het juiste had gedaan.

Daarna vertelde ze over de tuinreis naar Engeland die ze binnenkort zou maken.

'Heb je belangstelling voor het kweken van planten?' vroeg Lisa.

'Helemaal niet.'

Een uur later had Mette een bespreking met de hoofdcommissaris in zijn kantoor in de NOA. Ze hadden jarenlang in veel verschillende posities samengewerkt en het wederzijdse respect was onwankelbaar. Het kostte Mette niet veel tijd om haar verhaal te doen en het kostte de hoofdcommissaris niet veel meer tijd om een beslissing te nemen. Hij walgde bijna net zoals Mette van wat hij te horen had gekregen en besefte bovendien hoe belangrijk het was dat het verhaal niet uitlekte. Een nieuw seksschandaal was absoluut niet in het belang van de politiemacht, vooral niet in deze tijd.

'Ik regel het persoonlijk met Magnus Larsson,' zei hij.

'Mooi.'

Mette vond het niet belangrijk wat de hoofdcommissaris precies zou regelen, waarschijnlijk zou Magnus uit de organisatie verdwijnen of overgeplaatst worden naar een onbekende plek.

Toen ze het politiebureau uit liep had ze het gevoel dat ze kilo's lichter was geworden. Nu moest Tom alleen nog op de been gebracht worden en werd ze vlak voor de tuinreis hopelijk getroffen door een ernstige griep.

Wanssingi bestond uit een paar brede modderige straten en een aantal nog modderigerer straatjes en stegen. De huizen waren gebouwd van bamboe of houten planken; er stonden bijna geen stenen huizen. In de grote straat waar Stilton uitstapte krioelde het van de dorpsbewoners; sommigen reden op pruttelende roestige brommers, anderen trokken karren vol fruit, een enkeling zat aan de kant van de weg voor zich uit te staren. Hij zag bijna geen westerlingen. Hij betaalde de chauffeur van de tuktuk, die vroeg of hij moest wachten om Stilton later naar het busstation terug te brengen. Dat hoefde niet en de chauffeur reed teleurgesteld weg. Hij overreed bijna een doodsbange kip die over de straat vloog.

Stilton keek om zich heen, hij moest iets drinken. Water. De hitte en de dorst kwelden hem al een paar uur. Hij trok zijn jack uit en laveerde over het smalle trottoir. Een eind verderop zag hij iets wat op een café met een terras leek. Hij liep ernaartoe en ging op een plastic stoel bij een rond tafeltje zitten. Aan het tafeltje naast hem zat een oude vrouw te haken. Ze had een bord voor zich staan dat half leeggegeten was.

Stilton wachtte een paar minuten voordat hij de vrouw aansprak. 'Sorry, is er bediening op het terras of moet ik naar binnen om te bestellen?'

De vrouw schudde haar hoofd. Een nogal moeilijk te interpreteren antwoord. Ze sprak geen Engels, wat waarschijnlijk de reden was, of ze wilde geen antwoord geven. Stilton kwam overeind op het moment dat er een man van middelbare leeftijd naar buiten kwam. Hij liep naar Stilton toe en vroeg in gebroken Engels: 'Wat mag het zijn?'

'Een fles koud water en de menukaart, als ik hier tenminste iets te eten kan krijgen.'

De man draaide zich om en haalde een menukaart uit een kist aan de muur. Stilton pakte hem aan en de man verdween weer naar binnen, hopelijk om water te halen. Stilton bekeek de menukaart. Die was natuurlijk in het Thais, maar hij had inmiddels een beetje ervaring met

Suzy's menukaart en kon er redelijk wegwijs uit worden. Hij besloot een Thaise omelet met deels onbekende ingrediënten te bestellen.

Toen de man met een fles water en een glas naar buiten kwam bestelde Stilton zijn omelet.

'Een goede keus,' zei de man, waarna hij weer naar binnen ging.

Stilton schonk een glas water in en dronk het in één keer leeg. Het was heerlijk koud. Hij leunde naar achteren, net niet ver genoeg om met de wankele stoel te vallen, en keek naar de hakende vrouw. Ze zag er kalm uit. Wat is haar verhaal? dacht Stilton, zoals hij vaak deed als hij vreemde mensen observeerde. Heeft zij ook een foto van een onbekende man in haar jurk? Haakt ze een trui voor een kleinkind? Waarschijnlijk was ze in deze streek geboren en was ze nooit ver weg geweest, dacht hij bevooroordeeld, tot ze naar hem keek en zei: 'Bangkok is niets voor mij.'

Ze zei het in goed Engels, maar dat was niet de reden waardoor Stilton schrok. Was ze helderziend? Of was het gewoon een opmerking omdat hij eruitzag alsof hij net uit Bangkok was gearriveerd?

'Heb je daar gewoond?' vroeg Stilton.

'Jarenlang. Ik verkocht er sieraden aan toeristen. Destijds was ik jong en nieuwsgierig, maar nu weet ik dat Bangkok niets voor me is.'

'Dus je bent hiernaartoe teruggegaan?'

'Ja.'

'Heb je het hier naar je zin?'

'Je hebt het naar je zin op de plek waar je thuishoort.'

Het was een antwoord dat Stilton aan het denken zette. Waar hoorde hij thuis? Waar had hij het naar zijn zin? Op dit moment vond hij het prima om samen met deze verstandige vrouw en een fles koud water in de zon te zitten, maar voelde hij zich hier thuis?

Nee.

De man kwam naar buiten met de beloofde omelet en zette die voor Stilton neer. Het eten zag er bijzonder aantrekkelijk uit.

'Bedankt,' zei hij.

'Heb je last van haar?' De man knikte naar de oude vrouw.

'Nee. Hoezo?'

'Dan is het goed.' De man verdween weer naar binnen.

Stilton keek naar de oude vrouw. 'Waarom zei hij dat?'

'Hij denkt dat hij een vijfsterrenrestaurant heeft, maar dat is niet zo. Hij is een dromer en een zwartkijker.'

'Hoe weet je dat?'

'Hij is mijn zoon.'

Stilton verwerkte de informatie terwijl hij van de aantrekkelijke omelet begon te eten. Die was net zo lekker als hij eruitzag. Hij spoelde de hap weg met een grote slok water en keek naar de vrouw, die nog steeds haakte. 'Hoe voorzie je in dit gebied in je levensonderhoud?' vroeg hij een beetje op goed geluk.

'Opium en dieren.' Ze zei het zonder van haar haakwerk op te kijken, op dezelfde toon als ze commentaar op haar zoon had gegeven.

'Dieren?'

'Met uitsterven bedreigde dieren. Schubdieren. Daar wordt hier veel jacht op gemaakt. Je kunt er veel geld voor krijgen in Chiang Rai, waarna ze in de restaurants in Shanghai terechtkomen. Maar opium levert meer op.'

Dat wist Stilton, maar hij ging erop door. 'Wordt hier veel opium verbouwd?'

'In de bergen gebeurt dat overal.'

'Dat is niet goed,' liet Stilton zich ontvallen.

'Dat kun jij gemakkelijk zeggen.' De vrouw stopte plotseling met haken en keek naar Stilton. Haar donkere irissen boorden zich in zijn ogen. 'Wat weet je over de omstandigheden in dit gebied?' vroeg ze.

'Niet veel.'

'Inderdaad.'

'Maar met het oog op de consequenties kan het toch nooit goed zijn om opium te verbouwen?' ging Stilton verder, hoewel hij voelde dat hij in de verdediging was gedrongen.

De vrouw bleef hem aankijken. 'De mensen hier hebben twee keuzes,' zei ze. 'De eerste is om spullen te verbouwen waarvoor ze niets betaald krijgen, wat betekent dat zij en hun kinderen hongerlijden. Ze worden gedwongen hun zoons aan smokkelaars te verkopen en hun dochters belanden in de prostitutie in Bangkok. De tweede is opium verbouwen. Dat levert geld op, ze kunnen overleven en hun kinderen hebben te eten. De consequenties? Die zijn niet belangrijk. Hoe was de omelet?'

Stilton wilde antwoorden, maar de vrouw concentreerde zich weer op haar haakwerk en hij besefte dat ze geen belangstelling voor zijn antwoord had.

Toch zei hij: 'Die was heerlijk.'

'Mooi. Dat zal ik mijn zoon vertellen, hij is met heel weinig tevreden. Wat doe je hier?'

De vraag kwam op het moment dat Stilton zijn bord wegschoof. Hij dacht na voordat hij antwoord gaf. 'Ik ben op zoek naar een rivierboot. De Contamana. Heb je daar weleens over gehoord?'

'Nee.'

'Weet je iemand die daar wel over gehoord kan hebben?'

De vrouw liet haar haakwerk zakken en keek naar Stilton met een bijzonder afwachtende blik in haar ogen. 'Mensen die in dit dorp vragen stellen, vooral mensen uit Bangkok, krijgen zelden antwoord. In elk geval niet de antwoorden waarnaar ze op zoek zijn. Als je iets wilt weten, moet je iets te bieden hebben.'

'Wat bedoel je? Geld?'

'Nee.' De vrouw stond plotseling op, stopte haar haakwerk in een kleine mand en liep weg.

Ze draaide zich niet om.

Stilton vertrok uit het restaurant nadat hij de zoon een flinke fooi had gegeven – hij was tenslotte een zwartkijker – en begon door de drukke straat te lopen. De hakende vrouw had hem een paar dingen duidelijk gemaakt. Je kreeg hier niet zomaar antwoord, maar moest daar iets tegenoverstellen. Wat volkomen logisch was, zo werkte het ook in de milieus waarmee Stilton veel ervaring had. Niet in het minst in het contact met Minken, de heetgebakerde verklikker die altijd alles in de gaten hield en voor het kleinste stukje informatie, ook al was dat te verwaarlozen, een heel hoge prijs bedong. Het probleem was de valuta waarin hij moest betalen. Het kostte Stilton niet veel tijd om te beseffen dat die valuta opium was.

Net als in Stockholm. Hoewel het daar vaak andere drugs waren die de tongen losmaakten.

Vervolgens deed hij wat hij als relevant beschouwde. Hij begon te slenteren. Eerst door de grote straat, daarna door de kleinere straten. Het duurde niet lang voordat hij was opgevallen. Een blanke vreemdeling zonder koffer die rondslenterde was een potentiële prooi. De jongeman die dat besefte stond een eindje verderop op een straathoek. Hij droeg een versleten groen T-shirt en een witte gevlekte spijkerbroek. De vreemdeling kwam hopelijk naar hem toe, anders moest hij zelf het initiatief nemen.

Dat hoefde hij niet te doen.

Stilton had de blik van de jongeman gezien. Die signaleerde datgene waarnaar Stilton op zoek was.

Een deal.

Hij slenterde naar de straathoek en ze keken elkaar aan. De jongeman draaide zich om en liep de steeg achter hem in. Stilton volgde hem. Een paar magere honden glipten langs een gevel, een waslijn met kinderkleding hing dwars over de steeg, uit een raam stroomde klaaglijke muziek. De jongeman bleef bij een gesloten deur staan en draaide zich om. Stilton bevond zich vlak achter hem. De jongeman hield hem een oud tabaksblik voor en haalde het deksel eraf. Het blik zat vol zwarte kleverige ruwe opium.

'De eerste oogst van het jaar,' zei hij met een zachte stem. 'Topkwaliteit, voel eens hoe plakkerig het is.'

'Wat kost het?'

'Voor jou maar vijfhonderd baht, vriend.'

'Dat is een flink bedrag,' zei Stilton.

Ze keken elkaar in de ogen.

'Driehonderdvijftig baht,' zei de jongeman.

'Tweehonderd.'

De jongeman vertrok zijn gezicht en haalde zijn schouders op, alsof hij een pijnlijk verlies leed door die prijs. In werkelijkheid zou hij het zonder meer voor honderdvijftig baht verkocht hebben, maar tweehonderd was beter.

'Oké,' zei hij.

Stilton keek om zich heen voordat hij het geld tevoorschijn haalde en het blik kocht. De jongeman verdween razendsnel door de deur achter hem. Stilton stopte het blik in zijn jaszak en liep naar de grote straat terug. Hij was een drugskoper.

Het werd beter en beter.

Nu hoefde hij alleen nog een opiumkit te vinden.

Hij kon op internet kijken of er idioten waren die in een opiumkit in Wanssingi waren geweest, maar vermoedde dat die kans heel klein was. Om begrijpelijke redenen had hij ook geen zin om ernaar te vragen, maar hij ging ervan uit dat het niet moeilijk zou zijn om er een te vinden. Dit was de juiste buurt ervoor. Hij begon dus weer rond te slenteren, door nog nauwere straten vol lage bamboehuizen zonder ramen. Na een tijdje zag hij een woning van houten planken met een verdieping die in een iets betere staat verkeerde dan de andere huizen. Hij bleef op een afstandje staan en leunde tegen een lantaarnpaal. Het was nog licht en de hitte was draaglijk omdat het inmiddels bewolkt was.

Stilton observeerde het houten gebouw. Hij zag mannen naar binnen gaan en mannen naar buiten komen. Waren dat opiumverslaafden? Hij besloot om er op goed geluk naartoe te gaan. Als hij het mis had, moest hij verder zoeken.

Toen hij de smalle deur opende rook hij meteen dat hij gelijk had. De zware geur die hem tegemoet sloeg was niet mis te verstaan. Hij had weliswaar geen ervaring met opiumrook, maar alleen al het feit dat de geur het eerste was wat hem tegemoetkwam maakte duidelijk dat dit inderdaad een opiumkit was. Hij kwam bij een donkere smalle trap, liep naar boven en bleef staan voor een deur die breder was dan de voordeur. De deur gaf toegang tot een grote donkere kamer. Aan de muren brandden kleine lampen en op de smerige vloer stonden brandende kaarsen. Toen zijn ogen gewend waren zag hij mannen zitten en liggen, bij de muren en op het midden van de vloer. Sommigen lagen op dunne matrassen, anderen rechtstreeks in het stof. Hij liep een paar stappen naar binnen en merkte dat niemand reageerde. Op wie zou hij zich concentreren? Hij koos een man in een donker jack die met een glas water tegen de muur naast het raam zat. Stilton liep naar de man toe en ging naast hem zitten. De man draaide zijn hoofd, keek naar Stilton en knikte even.

'Hallo, ik heet Tom.' Hij zei het zachtjes, alsof de kamer dat voorschreef. Waarschijnlijk maakte het helemaal niets uit, niemand keek naar hem, niemand leek zich bewust van zijn aanwezigheid, waarschijnlijk bevonden ze zich allemaal op een andere plek, in een diepe roes.

'Ik heb je hier niet eerder gezien,' zei de man in gebrekkig Engels.

'Dit is de eerste keer.'

'Wil je roken?'

Stilton registreerde dat een jonge magere man de kamer in kwam en bij de tegenoverliggende muur ging zitten, vlak naast de deur.

'Nee, ik heb alleen wat informatie nodig,' zei hij.

'Waarom ben je dan hiernaartoe gekomen?'

'Om op verse opium te trakteren.'

Stilton opende het tabaksblik. De man wierp een blik op de inhoud, stak twee vingers uit en voelde aan de zwarte kleverige massa. De test bleek positief uit te pakken.

'Je mag het hebben,' zei Stilton terwijl hij hem het blik voorhield.

De man pakte het blik aan, haalde een sigaar uit zijn jack, smeerde de kleverige substantie rond de sigaar, stak hem op en nam een trekje. De opiumdampen vermengden zich met de tabak en Stilton kreeg een verstikkende zoete geur in zijn neus, ongeveer zoals de geur die bij de deur naar buiten was gestroomd. Hij probeerde niet in te ademen, hij had er geen behoefte aan om onder invloed te raken.

'Informatie, zei je?'

'Ja,' antwoordde Stilton. 'Ik ben op zoek naar een boot, de Contamana, ken je die?'

'Ja.'

'Waar kan ik die vinden?'

'Die ligt een stuk verderop in de Lat, een zijrivier van de Kok,' zei de man.

'Is dat ver?'

'Niet met een boot. Heb je een boot?'

'Nee, maar ik kan er een huren.'

De man nam weer een trekje en Stilton zag dat zijn ogen troebel werden. Hij moest zich haasten voordat de man helemaal was verdwenen.

'Wie is de eigenaar van de Contamana?' vroeg hij.

'Decha.'

'Een Thai?'

'Nee, hij is een Europeaan, maar zo noemt hij zich.'

Stilton haalde Veronica's foto tevoorschijn, die hij in een plastic zakje had gestopt.

'Is dit Decha?'

De man wierp een blik op de magere jongeman bij de deur voordat hij antwoord gaf. 'Geen idee, ik weet niet hoe hij eruitziet. Ben je van plan om naar de Contamana te gaan?'

'Ja.'

De man schudde zijn hoofd en nam opnieuw een trekje van de sigaar.

'Wat is er?' vroeg Stilton.

'Dat is geen gezonde omgeving voor vreemdelingen.'

'Vanwege de opiumhandel?'

'Dat ook.'

De man werd steeds afweziger, dus stond Stilton op.

'Denk eraan wat ik over die omgeving heb gezegd,' zei de man, waarna hij zijn ogen glimlachend sloot. '*No country for old men*.'

Stilton draaide zich om en zag dat de jongeman bij de deur verdwenen was.

Stilton verliet de woning. Hij had flink wat dampen ingeademd en liep niet helemaal stabiel meer. Hij bleef midden in de steeg staan en ademde diep in. Het regende inmiddels hard, een zware tropische regenbui.

De man met de sigaar was niet bepaald positief geweest over een bezoek aan de boot. Werd die voor de opiumsmokkel gebruikt? Was de man op de foto daarbij betrokken? Was hij de man die Decha werd genoemd?

Nieuwe vragen.

Maar hij had toch een naam in ruil voor een blik kleverige ruwe opium gekregen. Nu had hij zowel dat als de verklaring voor wat er op de achterkant van de foto stond. Contamana. Zou hij Veronica bellen om dat te vertellen? Stilton zette koers naar de grote straat die naar de haven leidde en haalde zijn mobiel tevoorschijn. Hij zag dat hij een paar gemiste oproepen van Luna had en besefte dat het tijd was om contact met haar op te nemen.

Hij belde en Luna nam meteen op. 'Hallo! Waar ben je? Ik heb geprobeerd...'

'Ik ben in de bergen, een stukje boven Chiang Rai.' Hij klemde zijn kaken op elkaar terwijl hij haar reactie afwachtte.

'Chiang Rai?'

'Ja. Ik heb de man op de foto misschien gevonden, hij kan zich bevinden op een rivierboot die hier in de buurt ligt.'

'Oké?' Het was even stil en in die stilte zag Stilton twee donkere auto's die de steeg in reden en de toegang naar de grote straat blokkeerden.

'Hoe lang ben je van plan daar te blijven?'

'Dat weet ik niet.'

Met het oog op de vier mannen die uit de auto's voor hem stapten, van wie er twee zwarte korte machinegeweren in hun handen hielden, was dat een aannemelijk antwoord. Vooral toen hij zag dat de magere jongeman uit de opiumkit achter de mannen kwam staan.

'Ik bel je,' zei hij.

'Maar kun je niet...'

Stilton verbrak de verbinding en keek naar de mannen voor zich. Het waren Thai, maar van een andere soort dan de dromerige zwartkijker. Dit waren geen mannen die omeletten serveerden. Stilton draaide zich om en schatte de situatie in. Hij kon in de andere richting rennen, wat in het ergste geval na een paar meter zou eindigen met een doorzeefde rug, dus liep hij in plaats daarvan naar de mannen toe.

'Stap in,' zei een van de gewapende mannen kalm terwijl hij een gebaar naar een van de auto's maakte.

Stilton ging in de auto zitten en vervloekte het feit dat hij geen pistool bij zich had. Dan had hij een vuurgevecht in de steeg kunnen veroorzaken en was hij met het wapen in zijn hand gestorven. Misschien was hij onder invloed van de opiumdampen zelfs begonnen met schieten.

'Wat willen jullie?' vroeg hij aan de man die achter het stuur ging zitten.

Hij verwachtte geen antwoord en kreeg dat ook niet.

De auto's reden naar de rand van Wanssingi. Tijdens de korte rit door de natgeregende sloppenwijk stelde Stilton zich diverse scenario's voor. Drugspolitie? Dat was het meest waarschijnlijk. De magere man in de opiumkit had hem aangegeven. De Thaise politie had veel belangstelling voor westerlingen die opium rookten. Het was altijd bijzonder om een farang te arresteren.

Hoe moest hij zich hieruit redden?

Een ander, en voor Stilton aanzienlijk onaangenamer scenario, was dat het om iets heel anders ging. Dat de mannen in de auto's geen politieagenten maar het tegenovergestelde waren.

Criminelen.

Opiumsmokkelaars die nieuwsgierig waren geworden door zijn vragen over de rivierboot en de man die zich daarop bevond.

De auto's sloegen af en reden via een hoog openstaand hek en een kleine laan naar een groot stenen huis. Stilton zag dat er geen bewakingscamera's bij het hek hingen.

Het huis was indrukwekkend, met pilaren bij de ingang en vergulde tijgers bij de trap. Drugspolitie? Onwaarschijnlijk, dacht Stilton. Hij besefte dat het om het tweede scenario ging.

De auto's remden voor de trap en een van de mannen opende het portier voor Stilton. Hij stapte uit. De man die het portier had geopend liep de trap op en Stilton besefte door de gebaren van de andere man dat hij hem moest volgen. De grote dubbele houten deuren werden van binnenuit geopend voordat ze ervoor stonden en de man die voor hem liep bleef staan.

'Ga naar binnen,' zei hij.

Stilton haalde zijn schouders op om aan te geven dat hij volkomen kalm was, wat zo ver verwijderd was van de werkelijkheid als maar mogelijk was. Hij liep naar binnen en werd opgewacht door een nieuwe Thai, die minder gespierd was dan de mannen die buiten stonden, maar een volkomen uitdrukkingsloos gezicht had.

'Deze kant op,' zei hij.

De man begon te lopen en Stilton volgde hem. Hij bekeek de inrichting in de enorme hal, een ratjetoe van grote houten beelden, jachtwapens en opgezette dierenkoppen aan de muren. Zoals elk willekeurig Engels landhuis, dacht hij.

De uitdrukkingsloze man passeerde een paar gigantische kamers die op dezelfde manier waren ingericht voordat hij bleef staan en naar een openstaande deur wees. 'Ga hier naar binnen.'

Stilton aarzelde even, hoewel hij niet wist waarom dat was. Hij had tenslotte niet veel keus.

Na een paar seconden liep hij naar binnen en bleef uitermate verrast staan. De zaal die hij had betreden leek in niets op de andere kamers die ze waren gepasseerd. Die waren ingericht geweest, volgepropt, voorzien van pilaren en vergulde tijgers. Deze kamer had geen ramen en was leeg, afgezien van een gigantisch aquarium op een podium in het midden. Stilton keek naar het aquarium. Op de bodem lag het skelet van een groot beest. Hij kon niet bepalen wat het was, misschien een tijger. Er zwommen geen vissen in het water. Hij keek in de kamer rond, aan het plafond hing een krachtige schijnwerper die op het aquarium was gericht, de rest van de verlichting was afkomstig van spotjes die in de houten vloer waren ingebouwd en hun lichtbundels recht op het hoge plafond richtten. Stilton deed een paar stappen in de richting van het aquarium toen zijn aandacht werd getrokken door een geluid. Het kwam uit een donkere hoek van de zaal.

Wat hij zag zou hij beslist nooit vergeten.

In de hoek stond een wanstaltige zwarte viervoeter, de ketting waarmee hij aan de muur was geketend was zo dik als Stiltons onderarm. Hij staarde naar het beest. Hij wist niet wat het voor wezen was, het zag eruit alsof de genen van alle vechthonden ter wereld verenigd waren in het dikke lijf, afgerond met een vleug van een aan hondsdolheid lijdende hyena. Het beest kwijlde onafgebroken en produceerde een laag grommend geluid.

'Hij heet Khun Sa.'

Stilton draaide zich om.

'Net als mijn vader.'

De man die het zei was via de deur achter Stilton binnengekomen. Hij droeg duidelijk een maatkostuum; het was net zo elegant en strak rond het lichaam gesneden als Abbas' kostuums. Het colbert was donker met een zweem goud erin, de broek was zwart, het matgroene overhemd stond open bij de hals. Op de kin van de man zat een donker puntbaardje.

'En wie was Khun Sa?' vroeg Stilton.

Hij had geen behoefte aan een familiekroniek, maar probeerde tijd te winnen. De kamer waarin hij zich bevond wilde hij zo snel mogelijk verlaten.

'Een opiumbaron.'

De man had een heel zachte, bijna vrouwelijke stem die een sterk contrast vormde met de omgeving waarin ze zich bevonden. Maar ongeacht de stem bevestigde het antwoord van de man wat Stilton had gevreesd.

Hij bevond zich op de verkeerde plek.

'Hou je van rijstbrandewijn?' vroeg de man.

'Dat is nooit verkeerd.'

De man glimlachte en liep naar het enorme aquarium toe. Hij pakte een lange metalen stang, haalde een klein glas van de rand, bevestigde dat aan de metalen stang en doopte die in het aquarium met het dierenskelet. Hij vulde het glas voorzichtig met de vloeistof in het aquarium en haalde het weer naar boven.

'We proberen onze vingers er niet in te steken,' zei hij met een glimlach terwijl hij Stilton het glas voorhield. 'Alsjeblieft.'

Ik heb twee keuzes, dacht Stilton. Ik pak het glas aan, negeer het skelet en drink het leeg of ik sla het af.

'Dank je, ik zie er toch maar van af,' zei hij.

'Wat jammer.'

Stilton registreerde de beweging niet, maar voelde plots dat de rijstbrandewijn zijn gezicht en ogen raakte. Het brandde flink terwijl het beest in de hoek even aan de ketting trok. Stilton had de neiging om de man een kopstoot te geven, maar wist zich te beheersen. Dat zou zijn overlevingskansen niet bepaald vergroten.

De man liet de stang met het glas zakken. 'Onbeleefd,' zei hij op dezelfde zachte toon.

Stilton veegde zijn gezicht met zijn mouw af en besefte in welke situatie hij zich bevond. Dit was nog maar het begin. Hij besloot recht op zijn doel af te gaan. 'Wat willen jullie? Mijn naam is Tom Stilton. Ik ben hier als toerist en zoek een boot waarop een familielid van me werkt.'

'Een opiumfamilielid?'

'Nee. Hoezo?'

'Mijn naam is Jhang Sa.'

Jhang liep weer naar het aquarium, pakte een ander glas en vulde dat eveneens met de vloeistof. Hij haalde het glas van de stang en liep ermee naar Stilton.

'Mijn vader heeft dit imperium opgebouwd,' zei hij. 'Een succesvolle opiumhandel die de Gouden Driehoek domineerde. Weet je wat dat is?'

'Ja.'

'Ik beheer zijn nalatenschap.'

Jhang nam een slokje rijstbrandewijn. 'Een van de sleutels van mijn vaders succes, en dat van mij, is langetermijnplanning. Om de anderen voortdurend een stap voor te zijn. Om alles wat de activiteiten kan verstoren te elimineren. Dat betekende het uitroeien van potentiële dreigingen, zoals boeren die op het idee kwamen om de politie te informeren, of delen van de keten die zich buiten ons om wilden verrijken. Dat moest hij allemaal in de gaten houden, wat behoorlijk inspannend was.'

Jhang dronk het glaasje leeg.

'Maar het allerbelangrijkste was het in de gaten houden van tipgevers. Personen die in de organisatie infiltreerden, kennis opdeden over transportketens en overslagplaatsen en die informatie vervolgens naar de internationale drugspolitie doorspeelden. Dat kon ons flink ondermijnen. Dat wist mijn vader en dat weet ik.'

Jhang trok aan het sikje op zijn kin en glimlachte.

Waarom vertelt hij me dit? dacht Stilton. Op hetzelfde moment wist hij het antwoord. Omdat ik hier niet vertrek, in elk geval niet levend. Hij wil gewoon zijn macht tonen.

Jhang ging met zijn glas naar het aquarium terug. Stilton had het beeld duidelijk voor zich. Hij was een potentiële tipgever. Zijn vragen over de rivierboot en Decha waren bij de verkeerde persoon terechtgekomen.

Jhang.

Had hij belangen in de Contamana?

'Ik ben geen tipgever,' zei Stilton.

'Wat ben je dan?'

'Dat wat ik verteld heb.'

'Hoe weet ik of dat waar is? Een toerist die opium koopt om vragen aan een verslaafde te stellen over dingen waar hij op een andere manier blijkbaar niet achter kan komen. Vriend van me...'

Jhang spreidde zijn armen en glimlachte.

'Je drinkt niet eens rijstbrandewijn.'

'Niet die van jou.'

Stilton wist dat het een onnodige opmerking was, maar ze ontglipte hem en Jhangs glimlach verdween.

'Waar kom je vandaan?' vroeg Jhang.

'Zweden.'

Die informatie trok Jhangs belangstelling, dat was te zien aan de nieuwsgierige blik waarmee hij naar Stilton keek.

'Een goed land,' zei hij zachtjes.

Stilton wist niet wat hij bedoelde. Goed op welke manier?

'Mijn zus is in Stockholm geweest,' ging Jhang verder. 'Ze vond het een mooie stad.'

'Dat is het ook.'

'De avond voordat ze naar huis zou gaan is ze verkracht in een parkeergarage. Ben jij verkracht?'

'Nee,' antwoordde Stilton.

'Heel onaangenaam, hier wordt het vaak bij wijze van bestraffing gebruikt. Of als een manier om verkeerde personen te laten verdwijnen.'

Jhang glimlachte weer en begon naar de deur te lopen, die nog steeds openstond. Toen hij daar was draaide hij zich naar Stilton om. 'Khun Sa heeft een uitermate sterke ketting,' zei hij. 'Het heeft dagen gekost om die te smeden. Bij de bevestiging aan de muur zit een doosje. Als ik op mijn afstandsbediening druk komt de ketting los.'

Jhang verdween naar buiten en de deur ging onmiddellijk achter hem dicht. Stilton keek naar het aquarium, maar vooral naar het beest in de hoek. Het stond doodstil en concentreerde zich op maar één ding. Op hem.

De diode op het doosje lichtte rood op. Wat zou er gebeuren als het plotseling groen werd? Stilton rende naar de deur. Die was natuurlijk op slot. Hij draaide zich om en probeerde kalm te blijven. Hij was opgesloten met een kwijlend beest en een aquarium met in skelet gemarineerde brandewijn. Als hij hier levend vandaan kwam, zou hij een flink aantal nullen achter het bedrag op Veronica's factuur zetten. Hij zag dat de diode nog steeds rood oplichtte en zocht in zijn jaszak naar zijn mobiel, maar wat kon hij daarmee doen? Luna bellen? Hij staarde weer naar de rode diode. Verkrachting? Wat had die gladjanus daarmee gesuggereerd? Hij voelde het zweet langs zijn hals lopen en trok zijn jack uit. Geen ramen, geen andere deuren.

Plotseling ging al het licht in de kamer uit.

Het enige wat in de duisternis zichtbaar was, waren twee gele stippen bij de muur, de ogen van het beest, en vlak daarachter de rode diode. Stilton liep op de tast naar de deur, zo ver mogelijk bij de gele ogen vandaan. Hij legde zijn oor tegen het hout en probeerde te luisteren. Het was stil. Wat gebeurde er? Was Jhang verkrachters aan het ronselen? Hij voelde in zijn zakken en pakte zijn Zwitserse zakmes. Het was waardeloos als wapen tegen Khun Sa, hij zou het beest nauwelijks een kras bezorgen voordat hij in een hondenkluif was veranderd, maar misschien kon hij het deurslot ermee opendraaien? Met het oog op zijn alternatieven, die te verwaarlozen waren, was het een poging waard. Hij tastte over het hout tot hij het grote metalen handvat had gevonden. Iets daaronder voelde hij het sleutelgat. Hij vouwde een van de messen open, duwde dat in het slot en begon het lukraak rond te draaien. Dat ging niet geruisloos, maar daar kon hij niets aan doen. Het zweet brandde bijna net zo erg in zijn ogen als de brandewijn. Hij knipperde, klemde zijn kaken op elkaar en draaide het mes steeds wanhopiger rond.

Ineens hoorde hij een klik. Een zachte klik, maar toch.

Stilton ging rechtop staan en haalde adem. Dat had hij de afgelopen minuten achterwege gelaten, maar nu haalde hij een paar keer diep adem terwijl hij in de zaal rondkeek.

Op dat moment veranderde de diode van rood in groen.

Stilton hoorde het krachtige ratelen van de ketting die loskwam en op de vloer viel, en besefte dat het beest op hem afkwam. Hij trok de deur open en stormde naar buiten. Het felle licht in de kamer verblindde hem, hij rende zonder iets te zien verder en botste keihard tegen een houten wand. Toen hij zich omdraaide zag hij het beest met de ketting achter zich aan slepend de zaal uit rennen. Het duurde maar een seconde voordat het beest hem bij de muur had gelokaliseerd en naar hem toe stormde. Stilton gooide zich opzij en viel op de vloer. Het beest wilde zich net op hem storten toen het geluid van een fluitje door de lucht sneed. Het beest bleef abrupt staan, alsof het een schok van duizend volt door zijn lichaam had gekregen, het kwijl liep van zijn kaak, het lijf wiegde, de gele ogen die naar Stilton staarden brandden.

'Ik hou er niet van als de vloerkleden vies worden.' De stem kwam van een deur aan de andere kant van de kamer. Jhang kwam samen met een paar mannen die geen maatkostuums droegen en niet overdreven veel hersencellen leken te hebben naar hem toe.

'Ze zijn handgeknoopt in Isfahan in Perzië, ver voordat jouw familie bestond,' zei Jhang terwijl hij met het fluitje in zijn hand jongleerde.

Stilton probeerde overeind te komen. Het beest staarde nog steeds naar hem en het risico bestond dat het niet veel respect voor vloerkleden uit Isfahan had. Hij kwam overeind op het moment dat een van Jhangs handlangers bij hem was en het feest beëindigde door een enorme klap met een knuppel tegen Stiltons slaap te geven.

Op dat moment eindigde Stiltons herinnering aan de ontmoeting met Jhang Sa.

De volgende herinnering, die veel korter was, was dat hij met zijn handen op zijn rug gebonden over een houten steiger werd gesleurd. Het was licht buiten, zijn hoofd was wattig, hij zag niet wie hem trok. Het laatste wat hij hoorde voordat hij in het water werd gegooid was het gekwaak van kikkers, een heleboel kikkers.

Vervolgens dreef hij weg.

*

Veronica had een warme deken over haar benen gelegd. Ze zat bij een van de ramen en keek naar de grijsblauwe zee. Soms werd ze daar kalm van, andere keren niet. Soms zag ze inktvissen uit het water kruipen en over het strand naar het huis kronkelen. Als ze te dichtbij kwamen draaide ze zich om en deed de lamp uit. In de duisternis was ze dichter bij de vrouw die ze was geweest en werd ze kalm.

Ze keek weer naar de zee.

Ze was erop ingesteld om haar leven hier te beëindigen, in dit huis. Ze kon op de dood wachten of hem op weg helpen, dat was een vormkwestie. Ze wilde hier sterven, niet in een sjofele kamer in een ziekenhuis aan de rand van Bangkok. Ze keek naar haar handen, zag de avondzon over de aderen glijden en hoorde Stiltons woorden: *Je hebt mooie handen.*

Dat had mijn dochter ook, dacht ze.

Ze pakte haar mobiel en overwoog of ze Stilton zou bellen om te vragen hoe het ging. Ze wilde hem niet opjagen, maar haar nieuwsgierigheid kreeg de overhand. Ze belde hem, maar hoorde niets. Zijn mobiel leek uit te staan, ze kon niet eens een bericht achterlaten. Moest ze zich zorgen maken? Moest ze aan Aditi vragen of zij wist waar hij was? Of zou dat alleen onnodige nieuwsgierigheid voor zijn opdracht wekken? Ze ging ervan uit dat Stilton aan Aditi had verteld wat hij wist, maar dat was maar heel weinig, dus maakte Veronica zich daar geen zorgen over.

Ze dacht het liefst niet aan de risico's voor Stilton. Als de onbekende man degene was die ze vreesde, kon er van alles gebeuren.

Zowel met de man als met Stilton.

Ze had geen idee van het bestaan van Jhang Sa.

*

Aom woonde haar hele leven al aan de oever van de Lat, de langzaam stromende zijrivier die ze in haar hart had gesloten. Ze had haar kindervoeten erin gedoopt en doopte haar rimpelige voeten nog steeds in dezelfde rivier. Jaren geleden was hier een dorp geweest, vol vrouwen en mannen, maar de oogsten die steeds magerder werden en de vermindering van de visstand hadden steeds meer gezinnen gedwongen om naar Wanssingi of nog verder weg te trekken. Ze was alleen achtergebleven, samen met haar dochter Sudarat. Ze woonden op een open plek in de jungle, in dezelfde kleine bamboehut als haar ouders hadden gedaan. De hut was eenvoudig te onderhouden, was bestand tegen de zwaarste moessonregens en wat kapotging was eenvoudig te repareren.

Sudarat had haar tienerjaren bijna achter de rug en Aom wist dat het een kwestie van tijd was voordat ze zou vertrekken. Sudarats vader was lang geleden verdwenen, hij kreeg de smaak van de papavers te pakken en werd een dromer. Het laatste jaar lag hij als een huid gevuld met botten in de hut en eiste dat Aom zijn pijp zou vullen. Ze schopte hem eruit, hoewel hij haar man was, een man van wie ze ooit had gehouden en die ze had gerespecteerd. Toen hij aan boord van een rivierboot wankelde en weggleed rouwde ze om hem, toen de rivierboot was vertrokken was ze daar klaar mee.

Ze had Sudarat tenslotte nog, maar als zij vertrok bleef Aom alleen achter.

Dat waren gedachten die ze niet wilde hebben. Ze wilde er liever voor zorgen dat de tijd die Sudarat nog bij haar was prettig zou zijn. Ze zouden rijst op hun bord hebben en in schone bedden slapen en ze zou over het verleden vertellen tot Sudarat in slaap was gevallen.

'Mama! Kijk eens!' Sudarat stond bij de rivier en wees ergens naar.

Aom droogde haar handen af en tuurde in de zon, die haar verblindde.

'Kom eens hier!'

Aom liep naar de rivierbedding. 'Wat is er?' vroeg ze.

'Kijk daar!'

'Dat is gewoon een oude stok. Ga mee, ik heb warme rijst voor je.'

'Het is geen stok. Kijk maar!'

Aom liep naar de oever en tuurde naar het water. Haar zicht was niet best meer, maar ze zag wat Sudarat bedoelde.

Dreef daar een mens?

'Wat moeten we doen?' vroeg Sudarat.

'Wat we moeten doen? Het lichaam hiernaartoe halen natuurlijk!'

'Maar stel dat het een lijk is? Het moet wel een lijk zijn.'

Aom had veel meegemaakt in haar lange leven, lijken waren op zich niet angstaanjagend, die had ze al veel vaker gezien. Ze woonde tenslotte in opiumland. Ze liep naar de hut om een hark te halen en liep een stuk de rivier in. Het lichaam dreef langzaam verder, er was weinig stroming. Aom kon het vrij gemakkelijk bereiken met de hark. Voorzichtig trok ze het lichaam naar de oever. Sudarat staarde naar het lichaam, dat gekleed was in een donkere broek en een grijs jack, en blote voeten had.

'Het is een man,' zei ze.

'Ja.'

'Een farang. Zijn handen zijn op zijn rug vastgebonden.'

Aom haalde een mes uit haar lendendoek, sneed het touw door waarmee de handen waren vastgebonden en besloot een poging te doen.

Die poging redde het leven van Tom Stilton.

Toen ze een paar keer met haar knieën op zijn borstkas had geduwd hoestte hij en er liep een straaltje water uit zijn mondhoeken.

'Hij leeft!' riep Sudarat. 'Je hebt hem naar het leven teruggebracht!'

Haar bewondering voor haar gerimpelde oude moeder werd nog groter. Die was al groot geweest, want Sudarat wist wat Aom voor haar had gedaan, hoewel ze dat maar zelden onder woorden bracht.

'Wat doen we nu?' vroeg ze.

Voor Aom was het niet zo ingewikkeld. Ze moesten de man naar de hut slepen, ervoor zorgen dat hij helemaal tot bewustzijn kwam en hem wat rijst geven. Misschien was hij gewond, ze had een flinke wond op zijn slaap gezien. Die moest ze verbinden. Misschien was hij een gangster, maar dat was niet belangrijk. Op dit moment ging het erom een beetje leven in de ogen van de man te krijgen.

Daarna moesten ze afwachten.

Stilton knapte snel op en at rijst. Hij merkte dat hij op een vrij hard bed lag. Het duurde een hele tijd voordat hij zijn situatie helder voor ogen had. Hij zag een oude vrouw met een zachte blik in haar ogen naast hem zitten en een jonge vrouw met lang zwart haar en een open gezicht achter haar staan. Toen hij om zich heen keek zag hij bamboewanden en kleine aardewerken kommen die aan spijkers hingen; op een plank stond een aardewerken Boeddhabeeld dat werd geflankeerd door twee brandende kaarsen.

Hij besefte al snel dat hij niet bij Jhang Sa was.

Langzaam kwamen de herinneringen terug. Het eerste wat hij zich herinnerde was het geluid van kwakende kikkers, het volgende was de herinnering aan een kwijlend beest en een poging om zich te verdedigen tegen een klap met een knuppel, vervolgens had hij in een rivier gelegen en had hij gevochten om met beenslagen die steeds zwakker werden boven water te blijven.

Hij liet zich op het stevige kussen terugvallen en deed zijn ogen dicht.

Hij leefde.

Achter zijn gesloten oogleden hoorde hij stemmen in het Thais fluisteren.

'Wat doen we met hem?' fluisterde Sudarat tegen haar moeder. Een vreemde mishandelde man met zijn handen op zijn rug gebonden was langsgedreven. Nu lag hij in hun hut en was bij bewustzijn gekomen.

‘Dat moet hij bepalen.’ Aom stond op en keek naar haar dochter. ‘Jij zult vannacht op de vloer moeten slapen.’

’s Nachts, toen de twee Thaise vrouwen een stukje bij elkaar vandaan lagen te slapen, de een in haar houten bed en de ander op de vloer, werd de derde persoon in de hut wakker.

Zijn geheugen was aanzienlijk helderder geworden.

Hij kon zich alles herinneren, met uitzondering van een gat. Hij herinnerde zich niet wat er was gebeurd vanaf het moment dat hij was neergeslagen tot hij met vastgebonden handen over een houten steiger was gesleept. Dat moest uren later gebeurd zijn.

Wat was er tijdens dat gat gebeurd? Hij hoorde Jhangs zachte stem: *Ben jij verkracht?* Was hij dat? Dan zou hij daar toch iets van moeten merken? Hij voelde niets op de plek waar hij dat zou moeten voelen en verdrong de gedachte.

Daarentegen had hij veel beurse plekken op zijn lichaam, waarschijnlijk was hij flink mishandeld. Telkens als hij zich probeerde om te draaien deed het verschrikkelijk veel pijn. Hij besefte dat hij de hut niet meteen zou kunnen verlaten.

Dus bleef hij.

De derde dag voelde hij zich een stuk beter en hij kwam zelf uit bed. Gisteren had Sudarat hem nog overeind moeten helpen, waarna ze hem had ondersteund naar het wc-huisje dat achter de bamboehut lag. Een escorte waarover hij zich nogal ongemakkelijk had gevoeld. Nu liep hij naar de lage deur en keek naar buiten. De zon brandde, vlakbij stroomde de rivier langzaam, een paar witte vogeltjes met gele snavels liftten mee op een grote tak die naar de bocht dreef, het was stil. Hij liep de hut uit en keek om zich heen. Aom zat op haar hurken in de kruidentuin en wiedde onkruid. Ze had een stukje land met Thaise basilicum, gemberwortel en koriander, dat ze voornamelijk gebruikte om de rijst te kruiden. Hij ging op een houten bankje zitten dat vlak bij de hut onder een palmboom stond. Toen hij zijn armen strekte zag hij de sporen van het touw waarmee zijn handen vastgebonden waren geweest.

Ik leef, dacht hij opnieuw. Als deze twee vrouwen me niet uit de rivier hadden gehaald, was ik nu dood geweest.

Hij keek naar de kruidentuin en voelde dat hij een brok in zijn keel kreeg. Hij observeerde de gebogen vrouw. Aom moest hem eerder gevoeld dan gehoord hebben, want ze draaide haar hoofd om en keek in zijn richting.

'Waar is Sudarat?' vroeg hij.

Aom verstond geen Engels, maar ze hoorde de naam van haar dochter en begreep de vraag. Ze maakte een wuivend gebaar naar de jungle. Stilton keek die kant op en zag alleen een paar kleine apen die tussen de takken schommelden. Hij voelde aan het verband rond zijn hoofd en constateerde dat de wond pijn deed. De pijn in de rest van zijn lichaam begon te verdwijnen. Hij had niets gebroken, wat een pluspunt was. De afgelopen nacht had hij erover nagedacht waarom ze hem levend in de rivier hadden gegooid. Ze hadden zijn keel tenslotte kunnen doorsnijden of het beest verse farang kunnen voeren. Waarschijnlijk waren ze ervan uitgegaan dat hij zou verdrinken. Tenslotte waren zijn handen op zijn rug gebonden en was hij bewusteloos geweest, maar toch. Het was een beetje slordig van Jhang, dacht hij. Of misschien kon het de opiumbaron helemaal niet schelen of hij het overleefde. Hij was niet bepaald een belangrijke pion in het spel.

Hij stopte zijn hand in zijn broekzak en voelde dat het zakmes er nog in zat. Had hij dat niet laten vallen toen het beest door de zaal naar hem toe rende? Dat was ook een beetje vreemd.

Zijn mobiel en horloge waren echter weg. De mobiel was geen probleem, hij kon een nieuwe kopen zodra de gelegenheid zich voordeed. Dat gold niet voor het horloge. Dat was een cadeau van zijn opa geweest, een van de weinige herinneringen die hij aan de oude zeehondenjager had. Stiltons opa had het horloge zolang hij zich kon herinneren gedragen en hij zou de dag dat zijn opa het van zijn pols had gehaald en 'Hij is voor jou' tegen hem had gezegd nooit vergeten. Hij was weliswaar volwassen geweest toen hij het kreeg, maar had het aangepakt als een kind dat een onvoorstelbaar duur cadeau krijgt. 'Bedankt,' had hij gestameld. Toen hij het horloge 's avonds bestudeerde had hij de kleine inscriptie op de achterkant gezien: HET KOMT HOE DAN OOK GOED. Het waren zijn opa's laatste woorden op zijn sterfbed geweest.

Alles houdt verband met elkaar, dacht hij terwijl hij naar Aom keek. Ze deed hem denken aan zijn oma, een oude vrouw die worstelde met haar levenslot, ver van de moderne gemakken en zinloze jachtigheid van tegenwoordig. Waarom leeft iedereen niet zo? dacht hij. Een afgelegen plek op aarde waar niets behalve het allernoodzakelijkste belangrijk is, zoals op Rödlöga. Tegelijkertijd herinnerde hij zich de helse strenge winters, als de stormen die over het eiland trokken alles meenamen wat niet was vastgesjord, de dunne soep die wekenlang het enige was wat ze te eten hadden, de allesverterende stilte tussen de volwassenen die alle woorden die tot hun beschikking stonden hadden verbruikt.

Het was eigenlijk geen aantrekkelijk idee.

'Goedemorgen!' riep Sudarat uit de jungle. Ze kwam gekleed in een lange blauwe jurk met haar armen vol brandhout tussen de hoge bomen aanlopen. 'Heb je goed geslapen?'

Sudarat sprak redelijk Engels, ze was opgegroeid in een modernere en mondialere wereld, een wereld waarvan Aom geen deel uitmaakte en ook nooit zou uitmaken. Sudarat schudde haar lange zwarte haar naar achteren, liet het brandhout op de grond vallen en ging met gekruiste benen tegenover Stilton zitten.

'Ik heb goed geslapen,' zei hij. 'De pijn is bijna weg.'

'Dat komt door mama's drankje, dat is magisch.'

Het magische drankje was een brouwsel dat Aom de afgelopen dagen een paar keer aan Stilton had opgedrongen. Het smaakte zoals het eruitzag, een troebele grijsgroene vloeistof met klontjes.

Het deed echter wat het moest doen.

De pijn werd minder. Waarschijnlijk bevatte het drankje zware ingrediënten die alleen op recept verkrijgbaar waren. Opium misschien, had Stilton de afgelopen keer gedacht terwijl hij zichzelf dwong opnieuw een slok te nemen.

'Ja,' antwoordde hij. 'Dat drankje is inderdaad magisch. Weet jij wat erin zit?'

'Nee, maar mama heeft beloofd dat ik het recept krijg als ik hier vertrek.'

'En wanneer ga je dat doen?'

Sudarat keek naar Aom, die nog in de kruidentuin zat. De dunne blouse van de kromme vrouw was doordrenkt met zweet.

'Als het geen pijn meer doet,' zei ze zachtjes.

Stilton begreep haar.

'En jij?' vroeg Sudarat. 'Je hebt alleen verteld dat je Tom heet en een Zweed bent. Wat doe je hier? Waarom dreef je in de rivier?'

Stilton was niet van plan dat te vertellen, maar hij vroeg Sudarat om zijn jack uit de hut te halen. Toen ze terug was haalde hij Veronica's foto tevoorschijn en prees zich gelukkig dat hij hem in Bangkok had laten plastificeren.

'Ik ben op zoek naar deze man,' zei hij.

'Ben je een politieagent?'

'Nee, maar dat ben ik wel geweest.'

Stilton zag aan Sudarat dat haar belangstelling voor het gesprek flink was toegenomen. Hij zag aan haar gezichtsuitdrukking ook dat ze haar fantasie de vrije loop liet. Ze keek met onmiskenbare interesse naar de onbekende man op de foto, alsof ze betrokken werd bij een drama.

Wat op een bepaalde manier ook zo was.

'Ik herken hem niet,' zei ze na een hele tijd.

'Heb je hem weleens in Wanssingi gezien?'

'Nee. Woont hij daar?'

'Dat weet ik niet, maar ik denk eigenlijk dat hij op een rivierboot die Contamana heet woont.'

Sudarat reageerde onmiddellijk op de naam. Het eerste wat ze deed was naar Aom kijken, vervolgens keek ze in Stiltons ogen.

'Waarom denk je dat?' vroeg ze.

'Dat hoorde ik in Wanssingi. Hij noemt zichzelf Decha.'

Sudarat stak een vinger in het zand voor haar voeten en bewoog die alsof ze nadacht of in de war was. Ze merkte het niet eens toen Aom naast haar ging zitten.

'Waar praten jullie over?' vroeg ze in het Thais.

Sudarat hield haar vinger stil. 'Tom vertelt waarom hij hier is.'

'Hij zoekt iemand,' zei Aom. Ze zei het alsof het de meest vanzelfsprekende zaak ter wereld was en op dezelfde toon waarop ze Stilton uitlegde waarom hij het smerige brouwsel moest drinken, ook al wist ze dat hij geen woord verstond van wat ze zei.

Dat deed hij nu ook niet.

'Wat zegt ze?' vroeg hij aan Sudarat.

'Ze zegt dat je iemand zoekt.'

'Hoe weet ze dat?'

'Hoe weet je dat?' vroeg Sudarat aan Aom.

'Door het magische drankje.'

Dat wilde Sudarat niet vertalen voor Stilton, ze wist niet goed wat haar moeder bedoelde. Had hij geijld waar zij bij was? 'Mijn moeder is goed in het interpreteren van mensen,' zei ze in plaats daarvan.

Stilton voelde dat dit niet het moment was om zich te verdiepen in de spirituele talenten van Aom, dus liet hij de foto van Decha ook aan haar zien. Sudarat legde het uit en Aom schudde haar hoofd. Ze kende de man niet.

'Hij zegt dat hij misschien op de Contamana woont,' zei Sudarat.

Aom zweeg. Ze keek naar beneden en begon net als Sudarat een vinger in het zand te bewegen. Stilton vroeg zich af waarom de naam Contamana dat veroorzaakte. Na een paar seconden keek Aom naar Stilton. Hij zag dezelfde ogen als hij de afgelopen dagen had gezien, ogen die ondanks haar ongerustheid kalmte hadden uitgestraald. Nu was de blik erin heel anders.

'De Contamana is niet goed,' zei ze.

Stilton keek naar Sudarat voor een vertaling.

'Ze zegt dat de Contamana niet goed is.'

'Wat bedoelt ze daarmee?'

'Dat weet ik niet, ik weet alleen dat ze altijd tegen me gezegd heeft dat ik nooit stroomopwaarts langs de rivier mag lopen omdat ik dan op de Contamana terecht kan komen.'

Stilton knikte, hij ging ervan uit dat hij niet meer informatie over Decha zou krijgen.

'Waar vind ik de Contamana?' vroeg hij.

Sudarat stelde de vraag aan Aom en kreeg een antwoord dat ze vertaalde. 'Stroomopwaarts langs de rivier, langs zeven bochten en twee verlaten dorpen,' zei ze. 'Je kunt er alleen met een boot komen.'

Die had Stilton niet, maar hij had gezien dat er twee primitieve houten kano's bij het water lagen.

'Mag ik een kano van jullie lenen? Ik breng hem terug.'

Moeder en dochter begonnen een zacht gesprek met zowel gebaren als blikken naar Stilton.

'Ik kan ervoor betalen,' zei hij om het gesprek te bespoedigen. 'Ik wil graag vertrekken.'

Aom stond op, keek naar haar dochter en gebaarde naar de hut. Sudarat stond op en liep ernaartoe. Aom pakte Stiltons arm vast – hij had zijn jack onder zijn andere arm – en nam hem langzaam mee naar de rivier. Ze bleef bij een van de houten kano's staan, bukte zich om er wat water uit te scheppen, ging rechtop staan en keek naar Stilton met een blik die duizend jaar wijsheid leek te bevatten.

'Moge je blik bij je zijn,' zei ze in het Thais, waardoor Stilton er geen woord van verstond. Hij begreep echter dat hij de kano mocht meenemen. Hij pakte zijn jack en haalde een plastic zakje met bankbiljetten uit het zakje onder zijn oksel dat er speciaal voor dat doel in genaaid was. Hij haalde er een lukraak gekozen bedrag uit. Misschien zou het Aom in verlegenheid brengen, misschien ook niet.

Aom pakte de bankbiljetten zwijgend aan, zocht in haar rok en haalde er een blikje uit, dat ze Stilton voorhield. 'Bzz,' zei ze en ze sloeg bij wijze van verklaring zachtjes op haar onderarm.

Stilton pakte het blikje aan. Hij was niet bijzonder gevoelig voor muggen, dazen, steekvliegen en alle andere insecten die in Zweden bloed zogen, maar hij wist dat hier veel muggen waren die je het best kon vermijden als je geen zware koorts of nog ergere dingen wilde krijgen. Hij stopte het blikje in zijn jack, legde zijn handpalmen tegen elkaar en maakte een lichte buiging. Toen hij weer rechtop stond liep Aom naar hem toe en gaf hem een warme omhelzing. Hij was een beetje verrast, in Thailand is het niet gebruikelijk om iemand op die manier te omhelzen. Hij keek over haar schouder en zag dat Sudarat in de deuropening van de hut stond te zwaaien. Hij zwaaide terug en Aom liet hem los. Ze draaide zich om en liep naar de hut. Stilton keek haar even na, stapte met zijn blote voeten in de kano en pakte de peddel.

*

De rivier de Lat stroomde in een gezapig tempo vanaf de bergen door de jungle naar de Kok. Hij was met de jaren smaller geworden, ook al verbreedde hij door de moessonregens. Vroeger was hij echter elk jaar buiten zijn oevers getreden, terwijl de kalme bruine rivier nu net breed genoeg was om bootverkeer en lokale visserij mogelijk te maken.

Het was niet moeilijk om de rivier te bevaren, ook al was Stilton stroomopwaarts onderweg. Hoewel de kano gammel was, schoot hij bij elke krachtige slag met de peddel meters vooruit. Het duurde niet lang meer voordat het zou gaan schemeren, hij was uren geleden bij Aom en Sudarat vertrokken en was inmiddels vier bochten gepasseerd. Volgens Aom zouden het er zeven zijn. De zon scheen nog steeds en hoewel hij probeerde in de buurt van de oevers te blijven om een beetje schaduw van overhangende takken te krijgen transpireerde hij. Stilton vermoedde dat de luchtvochtigheid heel hoog was, zo voelde het in elk geval. Hij gleed door het water terwijl hij bedacht wat hij zou doen als hij bij de rivierboot arriveerde.

De Contamana is niet goed, had Aom gezegd.

Hij moest nog ontdekken wat ze daarmee bedoelde.

Volgens Stilton was er niet veel aan deze reis wat goed was. Misschien het magische drankje, maar verder? Hij gleed onder de takken door terwijl hij nadacht over de belevenis bij Jhang, wat waarschijnlijk de reden was dat hij de krokodillen pas ontdekte toen hij veel te dicht bij ze was.

Siamese krokodillen.

Dat wist hij door Aditi. Zij wist heel veel over dieren die met uitsterven werden bedreigd, zoals de Siamese krokodil. Volgens haar waren er niet zoveel over in Thailand. Ze had de schoonheid van de reptielen beschreven, hun mooie grijsgroene bepantsering, die geel was bij de jongere exemplaren, hun enorme lenigheid en krachtige kaken. Met een duidelijk zwak voor het natuurfenomeen had ze verteld over hun intelligentie en verschillende manieren om te communiceren. Terloops had ze de achtenzestig scherpe tanden in de kaken genoemd, als een fascinerend prehistorisch attribuut.

Stilton had er op dat moment al een iets andere mening over gehad, en nu helemaal, maar hij kon zich alle details van haar verhaal herinneren.

Vooral de prehistorische functie van de kaken.

Hij besefte ook dat ze eigenlijk niet zo ver in het noorden voor hoorden te komen. Misschien waren ze uit de een of andere dierentuin in de omgeving ontsnapt of had Jhang Sa ze hier losgelaten om nieuwsgierigen op een afstand te houden?

Hij zag dat het twee jonge krokodillen waren: ze waren eerder geel dan grijsgroen. Ze lagen doodstil op de rivieroever en keken naar hem met hun kleine ogen. Stilton kreeg het gevoel dat ze hem in de gaten hielden. Hij stak zijn peddel in het water om een bocht te maken; de kano volgde de verandering van koers en gleed naar het midden van de rivier. Stilton zag dat de krokodillen hun kop draaiden en zijn manoeuvre volgden. Misschien hebben ze net gegeten, dacht hij hoopvol. Hij maakte een krachtige peddelslag in het water terwijl hij naar de krokodillen bleef kijken, wat hij niet had moeten doen. De dikke tak die naar hem toe dreef ramde de voorkant van de kano, waardoor die omsloeg. Stilton viel in het lauwe water. Toen hij proestend boven water kwam zag hij dat de krokodillen verdwenen waren en hij concludeerde dat ze de rivier in gegaan waren. Hij begon als een gek naar de oever te zwemmen, wat nog een flink eind was, terwijl hij het gevoel had dat er elk moment achtenzestig tanden, en misschien zelfs het dubbele, in zijn been konden bijten. Zijn lichaam was niet in topvorm en hij begon kramp te krijgen. Plotseling voelde hij een beweging bij zijn scheenbeen. Jezus! Hij trok zijn been naar zijn buik en voelde tegelijkertijd de bodem met zijn andere been. Hij ging staan en probeerde naar de oever te rennen. Was dat een krokodil die naar hem hapte of had hij de bodem geraakt? Het kon hem niet schelen wat het was. Hij stormde het water uit en viel. De volgende seconde was hij alweer overeind gesprongen. Krokodillen kwamen aan land. Hij strompelde naar de dichte begroeiing, liet zich in een struik vallen en staarde naar de oever. Zo ver kwamen de met uitsterven bedreigde dieren waar Aditi zoveel medelijden mee had waarschijnlijk niet.

Stilton bleef een hele tijd in de struik liggen om bij te komen en na te denken over zijn situatie. De kano was verdwenen en als de beschrijving van Aom klopte moest hij nog drie bochten passeren. Stilton had geen idee hoe groot de afstand hemelsbreed, of eigenlijk junglebreed, was. Hij ging op zijn rug liggen, ontspande en sloot zijn ogen. Na vijf seconden besefte hij waarom Aom hem het blikje had gegeven. Zijn gezicht was bedekt met muggen. Voordat hij ze van zijn wangen had kunnen vegen werd hij een aantal keer gestoken en hij bedacht wat Aom had gezegd: *Bzz*. Hij ging razendsnel zitten, pakte het blikje, haalde er een flinke dot uit en smeerde dat op zijn gezicht en armen. Het rook smerig. Waarschijnlijk was de zalf familie van het magische drankje.

De zalf hielp, tijdelijk in elk geval. Hij hoorde de insecten zoemen, maar ze kwamen niet meer op hem zitten om bloed uit hem te zuigen en hem met een virus te besmetten.

Gelukkig maar.

Hij begon te lopen terwijl de zon onderging. Het positieve aan de situatie was dat hij maar in één richting kon lopen, langs de rivieroever. Vroeg of laat zou hij de boot bereiken.

In theorie was het eenvoudig om langs een rivier te lopen, alleen zand en water, in werkelijkheid was het een bijzonder inspannende hindernisbaan. Om de vijf meter lag er een omgevallen boom waar hij overheen moest klimmen, uit het water staken rotsblokken waar hij omheen moest lopen, scherpe schelpen sneden zijn voetzolen kapot en lianen bleven rond zijn lichaam vastzitten. Hij kwam maar heel langzaam vooruit. Die slakkengang werd deels veroorzaakt door zijn ontmoeting met de krokodillen. Hij keek voortdurend achter zich, voor zich en naar het water. Dat zich allerlei andere gevaarlijke wezens tussen de begroeiing konden verstoppen verdrong hij. Hij had niet veel keus. Het was verder naar Aom dan naar de rivierboot, dus moest hij verdergaan.

Toen hij voorbij de vijfde bocht was begon het flink donker te worden. Hij rekende uit dat de volgende bocht achter de landtong lag die de rivier in stak en besloot om de landtong recht over te steken in plaats van de rivieroever te volgen.

Plotseling hoorde hij het geluid van een motor en hij verstopte zich achter een omgevallen boom. Na een paar minuten zag hij een open plastic boot in het midden van de rivier die in de richting van Wanssingi voer. Op de achtersteven zat een donkere man met een naakt bovenlichaam en een gebreide muts op zijn hoofd. Stilton maakte een snelle inschatting. Zou hij het risico nemen om zich kenbaar te maken en te vragen of de man hem tegen betaling naar de Contamana wilde brengen?

Stilton besloot de gok te wagen.

Hij kwam overeind, liep naar het water en zwaaide. 'Hallo!'

De man bij de achtersteven keek naar Stilton, lachte even en bleef doorvaren. Stilton riep nog een keer naar de verdwijnende boot voordat hij weer bij de boomstam ging zitten. Waarom had die vent gelachen? Was hij wel goed bij zijn hoofd? Of bevond hij zich in een aangename opiumroes en dacht hij dat hij een luxejacht bestuurde?

Stilton begon zich door de dichte jungle op de landtong te wringen. De maan was opgekomen zodat hij in elk geval een paar meter voor zich kon zien. Hij voelde zijn maag verkrampen door de honger, hij had sinds de rijst vanochtend bij Aom niets meer gegeten. Plotseling leek de kleine bamboehut met de boeddhistische vrouwen en het magische drankje een paradijs. Waarom was hij daar niet gebleven? Hij worstelde zich tussen de lianen en donkere struiken door en voelde dat zijn voeten nat werden. De junglebodem stond onder water. Hij probeerde van de ene tak op de andere te stappen, maar gleed af en toe in het water. Dit houd je niet lang vol, Tom, dacht hij. Wat ga je doen als dat gebeurt? Op de natte grond slapen? Als een vlezig menu voor wezens die hier het hele jaar leven? De gedachte daaraan zorgde ervoor dat hij iets sneller ging lopen en het water rond zijn voeten negeerde, hij moest verder.

Plotseling zag hij een open plek in de jungle in het maanlicht. Hij liep ernaartoe en zag een paar bamboehutten tussen de bomen staan. Hij bleef staan en luisterde. Junglegeluiden vulden zijn oren, maar dat waren geluiden waaraan hij inmiddels gewend was. Stilton luisterde naar andere geluiden, maar hoorde niets. Hij naderde de donkere bamboehutten voorzichtig. Werden ze bewoond? Het was laat in de avond, misschien lagen er mensen in te slapen? Hij sloop zo zachtjes mogelijk naar een van de hutten en zag hoe vergaan die was. Hier woonde duidelijk al heel lang niemand meer. Hij herinnerde zich dat Aom had verteld dat er stroomopwaarts twee verlaten dorpen waren, misschien was dit er een van? Voorzichtig duwde hij de scheef hangende deur open en keek naar binnen. Het maanlicht scheen door de kieren in het bamboe, de hut was leeg, op wat rommel op de vloer na. Stilton ging naar binnen, duwde de deur zo goed mogelijk dicht en liet zich op de vloer vallen om op adem te komen. Toen hij naar zijn voeten keek zag hij iets wat daar niet thuishoorde: kleine zwarte bloedzuigers. Moeraswater, dacht hij, en hij begon de kleine monsters een voor een weg te trekken. Dat was niet eenvoudig en hij moest zijn mes tevoorschijn halen om ze weg te snijden. Het deed pijn, maar het lukte. Toen hij de bloedzuigers naar buiten had gegooid en de deur had dichtgeduwd wilde hij nog maar één ding.

Slapen.

Hij schoof de rommel opzij en ging in foetushouding liggen.

Van wat er buiten de hut plaatsvond, alle onbekende geluiden van dieren en de wind die door de kieren tussen het bamboe floot, merkte hij niets, net zomin als van de bulten op zijn gezicht, die verschrikkelijk jeukten.

Hij sliep zo diep dat het leek alsof hij bewusteloos was, wat waarschijnlijk kwam door de klap tegen zijn slaap.

Hij was volkomen uitgeput.

*

Veronica zat 's ochtends op het strand en keek uit over de zee, een van haar dagelijkse routines. In het begin, toen ze hier net was, had ze zich vermaakt met het tellen van de golven. Er werd tenslotte gezegd dat de zevende golf de grootste was. Dat was niet zo, had ze al snel geconstateerd. Het was waarschijnlijk een oude mythe. Ze keek naar de mobiel in haar hand, haar mooie hand. Ze had de nagels zorgvuldig gelakt, dat deed ze om de dag. Dat was ook een routine, die aanzienlijk langer terugging dan haar leven hier. Het was een routine die haar met het verleden verbond. Ze had haar uiterlijk altijd verzorgd. Deels omdat ze van haar uiterlijk genoot en zich er niet voor schaamde. Destijds. En deels omdat haar uiterlijk belangrijk was geweest. Een haveloos imago was niet bevorderlijk geweest.

Nu maakte het niets meer uit.

Ze was echter nooit vergeten wat een oude vrouw tegen haar had gezegd, een vrouw die bedelde om in haar levensonderhoud te voorzien. 'Als ik geen aandacht aan mijn hygiëne besteed heb ik niets meer over.'

Dus verzorgde ze datgene wat ze overhad.

Elke ochtend.

Ze haalde haar mobiel tevoorschijn en toetste een nummer in. Ze had Stilton een paar keer geprobeerd te bellen, maar had hem niet te pakken gekregen. Er was inmiddels vrij veel tijd verstreken, dus had ze een beslissing genomen. Ze belde Aditi. 'Hallo, met Veronica Wadner. Stoor ik?'

'Natuurlijk niet. Hallo! Hoe is het met je?'

Regelmatig terugkerende pijn, wilde ze zeggen, maar ze vermande zich. Het voelde misplaatst. 'Goed. Ik wil alleen weten of Stilton iets van zich heeft laten horen.'

'Hij heeft Luna een keer gebeld, uit Chiang Rai, maar de verbinding werd verbroken. Heb jij contact met hem gehad?'

Chiang Rai, dacht Veronica. Wat doet hij daar? 'Nee, ik heb geprobeerd hem te bereiken, maar het lijkt alsof zijn mobiel uit staat.'

'Weet jij waarom hij in Chiang Rai is?' vroeg Aditi.

'Nee, maar het heeft waarschijnlijk met de foto te maken. Heeft hij daarover verteld?'

'Ja.'

'Wil je me bellen als je iets van hem hoort?'

'Dat zal ik doen.'

Aditi liet de mobiel zakken. Luna zat naast haar en had het gesprek gehoord. 'Heeft zij ook niets van hem gehoord?'

'Nee.'

Luna haalde haar mobiel tevoorschijn. Ze was het type niet om mensen achterna te zitten of zich onnodig zorgen te maken, ze wist veel over Toms verleden en wist dat hij zich in de meeste situaties waarin hij belandde kon redden.

Maar toch.

Ze toetste Toms nummer in en wachtte. Na een paar seconden keek ze naar Aditi. 'Het lijkt alsof hij overgaat.'

Dat was zo. Een paar keer. Tot ze een stem hoorde. 'Vergeet dit nummer,' hoorde ze in gebroken Engels, waarna de verbinding werd verbroken.

Aditi zag aan Luna's reactie dat Tom niet degene was die had opgenomen. 'Wie was het?'

'Ik weet het niet, een man die "Vergeet dit nummer" zei.'

Dat kon volgens Luna maar één ding betekenen. Tom had geen toegang tot zijn mobiel. Hij bevond zich in de buurt van de man die wilde dat ze het nummer zou vergeten, of hij was op een heel andere plek.

Geen van de alternatieven was bijzonder geruststellend.

'Moeten we hem als vermist opgeven?' vroeg Aditi.

Luna liet haar mobiel zakken. Moesten ze hem als vermist opgeven? Wat zou er dan gebeuren? Ze hadden geen idee waarmee hij bezig was. Moesten ze de politie in Chiang Rai inschakelen? Was hij daar inderdaad? 'Laten we nog even wachten,' zei ze. 'Misschien laat hij morgen iets van zich horen.'

Aditi knikte, Luna had tenslotte het eerste recht als het om bezorgdheid om Tom ging.

Maar toen Luna even later de bungalow in liep voelde ze zich aanzienlijk ongeruster dan ze had laten merken. Ze moest met iemand over Tom praten en besloot Olivia te bellen.

Hun korte gesprek eindigde met ongeveer dezelfde conclusie van Olivia: 'Laten we hopen dat hij morgen contact opneemt.'

*

Stilton zou de volgende dag geen contact opnemen. Hij was net met een opgezwollen tong en een ondraaglijke dorst uit de bamboehut gekropen. Het voordeel daarvan was dat het de honger in de schaduw stelde. Hij kon niet vaststellen hoe lang hij had geslapen omdat hij zijn horloge kwijt was, maar hij zag aan de stand van de zon dat het vrij lang was.

Het slapen had hem goedgedaan, ook al voelde hij zijn heupspieren vanwege de houten vloer. Hij rekte zich zelfs uit toen hij buiten stond, alsof hij de wereld op een marmeren terras in de Provence begroette.

Hij was gefascineerd door wat een paar uur slaap kon veranderen.

Inktzwarte angst en hopeloosheid voor het in slaap vallen, de volgende ochtend zo fris als een hoentje. Ingewikkelder dan dat was het niet.

Stilton controleerde zijn voeten en zag dat er geen zuigende mormels meer op zaten, hoewel hij ze in het donker had verwijderd. Nu waren er drie kwesties die hij moest regelen: de dorst, de kramp in zijn maag en de rivierboot. Hij negeerde zijn jeukende gezicht.

De dorst was het nadrukkelijkst aanwezig, het stillen van zijn honger was iets minder dringend. Hij liep om de hut heen en zag een stukje verderop een lemen kuil die halfvol troebel water stond. Als hij geluk had was het regenwater. Hij herinnerde zich vaag dat het vannacht een tijdlang had geregend en dat hij druppels op zijn gezicht had gevoeld. Hij stak zijn handen in het water, vormde ze tot een kom, bracht een beetje water naar zijn gezicht en rook eraan. Het rook niet muf. Voorzichtig proefde hij met zijn lippen, het kon water zijn dat al heel lang in de kuil stond, waardoor er veel bacteriën met vreemde namen in waren gegroeid, maar hij besloot het risico te nemen. De dikke tong nam het bevel over. Hij nam een kleine slok en daarna nog een. Het smaakte prima. Hij schepte nog wat water in zijn handen, slikte dat door en stopte daarna zijn halve gezicht in de kuil.

Heerlijk.

Vervolgens liep hij de jungle in op zoek naar iets eetbaars, het maakte niet uit wat, als het maar niet giftig was. Hij probeerde een paar groene bladeren, testte met zijn tong of ze bitter smaakten, wat niet het geval was, en at ze op. Hij liep verder en zag een boom met takken waaraan stekelige vruchten hingen die hij meteen herkende. Doerian. Hij plukte er een paar, haalde de stekelige schil er voorzichtig vanaf en beet in het sappige vruchtvlees. De sterke smaak deed hem aan amandel denken, maar hij vond het lekker en het leste de dorst. Hij at er ter plekke een paar op omdat hij niet wist wanneer hij weer iets eetbaars zou vinden.

Gesterkt door de slaap, de doerian en een beetje levensmoed liep hij verder over de landtong tot hij de rivier weer bereikte. Hij wilde dolgraag een duik nemen omdat hij zich verschrikkelijk vies voelde, maar hij was bang dat er bepantserde wezens op de loer lagen die zijn behoefte aan hygiëne als een buitenkansje voor een heerlijk ontbijt beschouwden, dus zag hij ervan af. Hij bukte zich en spoelde zijn gezicht en bovenlichaam met water af, de rest moest wachten.

Het water verkwikte hem nog meer.

De uren daarna liep hij in een redelijk tempo en met hernieuwde energie langs de rivier. Toen hij de laatste bocht was gepasseerd kwam de zon op en hij keek op zoek naar het einddoel van zijn reis om zich heen. De Contamana.

Hij zag de rivierboot echter niet.

Was hij verkeerd gelopen? Misschien bevond hij zich op een heel andere plek? Het was tenslotte een boot, dus kon hij op dit moment net zo goed halverwege Myanmar zijn.

Dat soort gedachten is zelden constructief, vooral niet in Stiltons situatie en na alles wat hij had doorstaan, dus vermande hij zich en bleef in zijn missie geloven.

De boot moest hier ergens liggen.

Het was al laat in de avond en de maan stond aan de hemel toen Stilton plotseling licht tussen de bomen zag. Een zaklamp? Hij stond op de rivieroever, maar zag nergens een boot. Waar was het schijnsel vandaan gekomen? Hij liep een paar meter bij de oever vandaan en zag iets wat hij niet had verwacht.

Stilton had een steiger verwacht, een ankerplaats, een boot aan een kade.

De boot lag hoog op de rivieroever en leek op een enorme gestrande walvis. Het maanlicht reflecteerde in de ronde patrijspoorten.

Hij liep een stukje naar de boot toe.

De bovenbouw leek wit, op de stevige houten boorden zat afbladderende rode verf en sommige planken waren weggerot. Hij liep naar de achtersteven en keek omhoog. Vlak onder de reling stond een naam.

CONTAMANA.

Het was de boot waarnaar hij op zoek was.

Stilton was verbijsterd. Was dit de rivierboot? Hij liep naar de lange ladder die aan de reling hing, keek omhoog en zag bewegingen op de boot. Het leek alsof een aantal kleine mensen zich in het maanlicht verplaatste. Toen hij bij de reling was hoorde hij een harde kreet. Het was geen menselijke kreet, eerder het geluid van een dier. Hij bleef even staan en voelde met zijn hand in zijn broekzak. Het zakmes zat er nog in. Waarschijnlijk was het alleen een veiligheidsreflex, als het een pistool was geweest zou de beweging rationeler zijn. Hij hield zijn hand in zijn zak en begon de ladder op te lopen.

Toen hij de reling had bereikt zag hij een kleine donkere jongen die met een kat in zijn armen op het dek zat. Hij liep naar hem toe. 'Hallo. Spreek je Engels?' vroeg hij.

De jongen knikte.

'Is Decha aanwezig?'

'Nee.'

'Waar is hij?'

'Weg.'

'Weet je wanneer hij terugkomt?' vroeg Stilton.

'Misschien morgen, misschien een andere dag.'

'Kan ik hier op hem wachten? Is er een hut vrij?'

'Kun je betalen?'

'Ja.'

De jongen tilde de kat op en liep weg. Een eindje verderop stonden nog een paar kleine jongens. Ze begonnen zachtjes in het Thais met elkaar te praten. Sommige jongens keken naar Stilton. Na een paar minuten kwam de jongen met de kat terug en wees langs Stilton naar het achterdek. 'Helemaal achteraan is een lege hut,' zei hij. 'Daar kun je wachten.'

'Mooi. Dank je wel.'

Stilton keek naar de mond van de jongen, er liep rood vocht uit zijn mondhoek.

'Je mond bloedt,' zei hij.

'Nee, dat is betelnoot. Wil je proeven?'

'Nee, dank je.' Stilton begon naar de hut te lopen.

'Hoe heet je?' vroeg de jongen.

Stilton draaide zich om. 'Tom. En jij?'

'Little Pluto.'

'En de kat?'

'Bagha.'

'Bagha.'

'Dat betekent tijger,' zei Little Pluto.

Stilton liep de achterste hut in. Die was helemaal leeg, behalve een dunne, donkere matras op de vloer. Een smerige patrijspoort liet wat licht binnen. Het rook ergens naar, maar Stilton kon de geur niet thuisbrengen.

Hij hoopte vurig dat Decha snel zou opduiken, het liefst morgen. Het idee om tijd in deze cel door te brengen was niet bepaald aantrekkelijk.

Als hij echter bedacht wat hij had doorstaan om hier te komen was hij bereid om een tijdje te blijven. De hut was een duidelijke verbetering vergeleken met de bamboevloer waarop hij vannacht had gelegen.

Bovendien waren hier geen bloedzuigers.

Hij had nachtmerries, voorbijflitsende onsamenhangende beelden van een vrouw in een rolstoel die lachend in een groot aquarium zat, een Boeddhabeeld dat van een plank viel en veranderde in een krokodil die in het Duits fluisterde, kleine, donkere jongens die in het water sprongen en met vreemde stekelige vruchten jongleerden.

Het was geen prettige nacht.

Hij werd een paar keer wakker, bedekt met koud zweet en jeukende bulten op zijn gezicht, zonder te beseffen waar hij was. Als hij dat weer wist, probeerde hij opnieuw in slaap te vallen. Eén keer hoorde hij stemmen achter zijn deur, fluisterende stemmen in een taal die hij niet herkende. Hij wilde net opstaan om de deur te openen, toen de stemmen verdwenen.

Toen hij opnieuw wakker werd rook hij een geur waarmee hij inmiddels vertrouwd was. Zoetzuur en fris.

Hij probeerde weer in slaap te vallen.

Mårten ving Mette op toen ze uit de toeristenbus klom. De zon scheen en het was heerlijk voorjaarsweer, bijna zomer zelfs, in elk geval volgens Zweedse maatstaven. Alle verhalen dat het in Engeland altijd regende waren tot nu toe niet waar gebleken. Mårten straalde om het hardst met de zon. Hij was lyrisch over alle tuinen die ze tot nu toe hadden gezien. Sissinghurst, Pashley Manor en Monks House, de tuin van Virginia en Leonard Woolf, waar Mårten dolenthousiast was over de plantenkas die aan de woning was gebouwd. Dat wilde hij ook! Hij zag voor zich dat hij zaailingen zou kweken, dat ze een grote wijnrank die bezweek onder de trossen in de kas zouden hebben en dat ze daar 's avonds met een glas wijn zouden zitten. Mette stelde zich voor hoeveel werk een plantenkas met zich zou meebrengen, hoeveel tijd het zou kosten om de planten water te geven en dat het jaren zou duren voordat een wijnrank zo groot was dat hij onder de druiventrossen bezweek. Tegen die tijd waren ze waarschijnlijk al dood. Dat zei ze echter niet, omdat ze begreep dat haar kijk op de kwestie verband hield met de zwaarmoedigheid waarvan ze last had nadat ze met pensioen was gegaan.

Nu waren ze bij Charleston gearriveerd, het huis van Vanessa Bell, de zus van Virginia Woolf. Een belangrijke plek voor de Bloomsburygroep indertijd. Het was absoluut mooi, dat moest zelfs de gepensioneerde, enigszins gedeprimeerde recherchecommissaris toegeven. Kleine en grote vijvers, beelden en mozaïeken in een zee van voorjaarsbloemen. Zo meteen zouden ze een rondleiding met gids door de woning krijgen en Mårten was door het dolle heen. Voordat ze waren vertrokken had hij alles bestudeerd wat hij over de Bloomsburygroep had kunnen vinden en hij wist precies wie een relatie met wie had gehad, wat een enorme prestatie was. Niet omdat het Mårten was, maar omdat er een kaart en een kompas nodig waren om te navigeren door de jungle van relaties die de groepsleden met elkaar hadden gehad.

Mårten gaf zijn vrouw een arm, hij wilde nog even met haar door de tuin slenteren voordat het tijd was om naar binnen te gaan. Op dat moment kwam er een oude vrouw met grijs haar naar hen toe. Ze hoorde bij dezelfde groep toeristen en glimlachte vriendelijk naar Mette zoals alleen oude dames dat kunnen.

'Ik hoorde van Viola dat je een recherchecommissaris bent,' zei ze. 'Dat is zo spannend.'

Mårten zakte een beetje in elkaar. Hij was hier niet om over het vroegere werk van zijn vrouw te praten, maar juist om daar een keer aan te ontsnappen. Dat begreep Mette, maar ze glimlachte net zo beminnelijk terug om niet onbeleefd te zijn. 'Niet meer. Ik ben inmiddels gepensioneerd en ontzettend geïnteresseerd in tuinen,' antwoordde ze, waarna ze de vrouw tactvol duidelijk probeerde te maken dat ze graag verder wilden lopen om de plantenperken te bewonderen. 'Die zwarte tulpen zijn prachtig,' zei ze. 'Die zouden we thuis ook moeten hebben, lieverd.'

De oude vrouw snapte de hint helaas niet, waarschijnlijk had ze helemaal niet gehoord wat Mette had gezegd. Ze pakte Mettes arm vast, keek even om zich heen en deed een stap naar haar toe alsof ze haar een geheim wilde toevertrouwen. 'Ik moet je iets vertellen wat ik gehoord heb van een Engelse vriendin die in deze omgeving woont,' zei ze. 'Een absoluut fantastisch verhaal over een huiveringwekkende moord die zo uit *Midsomer Murders* had kunnen komen. Er was iets met een hond in het begin, ik geloof dat het een labrador was, die aanspoelde op het strand. Hij was dood, heb ik dat al gezegd? Hij had in elk geval zo'n ID-plaatje waarmee dieren worden gemerkt en daardoor konden ze de eigenaar opsporen. Toen ze naar zijn huis gingen, van de eigenaar van de labrador dus, zijn huis, om hem te vertellen dat zijn hond dood was, bleek hij niet thuis te zijn. In plaats daarvan vonden ze een vrouw op een biljarttafel die blijkbaar al heel lang dood was omdat ze helemaal... Hoe heet dat ook alweer, zoals in Egypte.'

'Gemummificeerd,' vulde Mårten behulpzaam aan.

'Gemummificeerd, precies, dank je wel. Ze lag op een biljarttafel, geloof ik, of heb ik dat al verteld? Maar de man was foetsie en is dat nog steeds. Is dat niet verschrikkelijk spannend? Het is hier in de buurt gebeurd. Wat denk je? Jij bent tenslotte een deskundige. Denk jij dat hij haar en de hond vermoord heeft of denk je dat hij ook dood is?'

Mette wist niet wat ze moest zeggen. Iets over de kunst om een goed verhaal te verkrachten misschien? In werkelijkheid wist ze alles over de raadselachtige zaak waarover de vrouw raaskalde. Ze had er jaren geleden over gelezen, maar had geen zin haar dat te vertellen. Wat moest ze antwoorden? Op dat moment werd ze gered doordat haar mobiel overging.

Soms zijn mobieltjes een zegen, dacht ze terwijl ze zich verontschuldigde tegenover de oude vrouw, waardoor ze Mårten dwong om in haar plaats antwoord te geven. 'Dat is moeilijk te zeggen,' antwoordde hij. 'Misschien was de hond van de vrouw en was de man daar jaloers om?'

Hij draaide zich om en zag Mette in de mooie tuin verdwijnen, achter een venusbeeld dat was omringd door een golvend geknipte buxushaag. Hij glimlachte naar de vriendelijke moordfanaticus en verontschuldigde zich ermee dat hij iets te drinken ging halen. Toen hij terugkwam zag hij dat Mette met haar mobiel tegen haar oor over de grindpaden ijsbeerde. Ze ijsbeert, dacht hij bezorgd. Hij kende de lichaamstaal van zijn vrouw door en door, als ze op deze manier ijsbeerde was het serieus. Hij zuchtte en besloot naar haar toe te lopen om het gesprek misschien te versnellen. Hij had niet zo'n belangstelling voor dode op het strand aangespoelde labradors.

Op het moment dat hij bij Mette was liet ze haar mobiel zakken en verbrak de verbinding.

'Wat is er aan de hand?' vroeg hij.

'Olivia.'

'O ja? Problemen?'

'Ja.' Mette keek naar de bloeiende tuin, in de plantenperken verdrongen de tulpen en vergeet-mij-nietjes elkaar. 'Tom is verdwenen.'

'Waar? In Thailand?'

'In het noorden.'

'Wat doet hij daar?' vroeg Mårten.

'Hij zoekt iemand.'

'En is zelf verdwenen?'

'Ja, ze krijgen geen contact met hem,' zei Mette.

'Dat is ons ook jarenlang niet gelukt.'

'Omdat hij op straat leefde en geen contact wilde. Dat is verdomme nogal een verschil.'

Mette die vloekte? Dat had Mårten niet vaak gehoord, en als dat wel gebeurde was het meestal om een dolgedraaide kurk gegaan.

Nu ging het om Tom.

'Wat kan ik doen?' vroeg hij.

'Niets.' Mette had al een paar alternatieven in haar hoofd.

Abbas naar Thailand sturen? Contact opnemen met een paar goede politieagenten in Bangkok met wie ze contact had? Beide alternatieven leken op dit moment overdreven. Ze wist precies hoe Tom functioneerde. Dat hij niets van zich liet horen en niet te bereiken was betekende niet dat hij acuut hulp nodig had. Niet van Abbas en niet van de Thaise politie. Het kon heel goed betekenen dat hij om de een of andere reden niet bereikbaar wilde zijn.

Ze had een onwankelbaar vertrouwen in Toms overlevingspotentieel, ze wist hoe hij in elkaar stak. Dat hij een paar keer uit de bocht was gevlogen was verwerpelijk maar vergeven. Dat hij in de goot was beland was alleen menselijk. Dat ze niet wist wat hij op de Filipijnen had gedaan was waarschijnlijk goed. 'We wachten af,' zei ze tegen Mårten. 'Wat denk jij van die dode hond?'

Stilton hoorde de motor lang voordat hij de boot zag. Hij stond op het voordek en keek naar de smalle rivier, het was net na zes uur en het begon donker te worden. Hij was hier inmiddels drie dagen en begon het zat te worden, maar nu leefde hij op. Hij vermoedde wie er onderweg was en was nieuwsgierig. Als het de verkeerde man was, dan waren de lange reis en alle ellende die hij had doorstaan vergeefs geweest.

Het was de juiste man.

De man die uit de open groene motorboot aan land stapte was de man op Veronica's foto. Dat zag hij van een afstand al. De reis was de moeite waard geweest.

De man droeg een wit maatkostuum, de hoed op zijn hoofd was een klassieke geelwitte borsalino, in één hand had hij een gehavende Louis Vuitton-koffer, een ouder model, en met de andere hand leunde hij op een slanke zwarte stok. Hij zette zijn hoed af, wreef met een doek over zijn gezicht en zwaaide naar de vrouw die wegvoer met de motorboot. Een van de kleine jongens haastte zich naar de man toe, tilde de koffer op zijn hoofd en begon hem naar de rivierboot te dragen. De man keek uit over de rivier en ademde in, alsof hij iets kon ontdekken in de geuren van de jungle.

Stilton had geen idee wat dat was.

Na een paar minuten begon de man leunend op zijn zwarte stok achter de jongen met de koffer aan te lopen. Hij legde een paar meter af, keek naar de rivierboot en stopte. Waarschijnlijk kwam dat doordat hij Stilton op het voordek zag staan. De man keek een paar seconden naar Stilton voordat hij met gebogen hoofd verder liep naar de ladder. Het ging niet bepaald snel. Hij heeft een probleem met zijn benen of hij moet nadenken, dacht Stilton.

Toen de man op het dek kwam bleef hij staan en leunde tegen de reling. Stilton stond op een paar meter afstand van hem. De man observeerde de haveloze blanke man op blote voeten, die niet geschoren was, een vies verband rond zijn hoofd had en een gezicht dat onder de muggenbulten zat. Toen de man de bezoeker uitgebreid had bekeken hief hij zijn stok een stukje. 'En wie ben jij?' vroeg hij in het Engels aan Stilton.

Stilton liep met een uitgestoken hand naar de man toe. 'Tom.'

'Je bent ver van huis.' De man liep naar de deur van een hut, opende hem en verdween naar binnen. Stilton zag dat hij de deur open liet staan. Zou hij weer naar buiten komen? Dat deed hij niet, dus liep Stilton naar de deur en keek naar binnen. Het was een grote hut, waarschijnlijk de kapiteinshut, en leek bijna een kleine salon. Aan de ene kant stonden vaste kasten van donker jacarandahout die vol boeken stonden, aan de andere kant stond een vast, breed bed met een donkergroene sprei, in het midden van de hut stonden twee doorgezakte leren fauteuils met een slanke houten tafel onder een rechthoekige patrijspoort. Op de vloer lag een versleten maar mooi donkerrood vloerkleed. Aan de hut waarin Stilton had geslapen ontbrak alles wat deze hut bezat.

Maar hij was tenslotte alleen een bezoeker.

De man had de stok tegen een van de fauteuils gezet, had een aardewerken kan van het tafeltje gepakt en schonk voorzichtig een donkere vloeistof in een klein glas. Stilton keek naar zijn witte, tengere handen. Toen het glas vol was zei de man zonder zich naar de deur om te draaien: 'Isla del Tesoro... Castro's persoonlijke rum. Daar is tegenwoordig een heel beperkte oplage van. Wil jij wat hebben?'

'Nee, dank je, op dit moment niet.'

De man draaide zich om met het glas in zijn hand, keek naar Stilton en ging in een van de fauteuils zitten. Hij legde de andere hand op de zilveren knop van de stok. Stilton bleef in de deuropening staan.

'De jongens zeggen dat je Decha heet,' zei Stilton. 'Is dat je echte naam?'

'Nee, maar voor hier is het goed genoeg. Ben je een Engelsman?'

'Nee, een Zweed.'

Decha keek verbaasd en ging vervolgens over op het Zweeds. 'Een landgenoot?'

'Ben jij ook Zweeds?' Stilton deed zo verbaasd mogelijk.

'Ja.'

Decha nam een slok rum, liet de drank een tijdje in zijn mond rollen en slikte het door. 'Wat brengt je naar deze godvergeten streek, Tom?'

'Schubdieren.'

'Aha... zo iemand ben je dus.'

'Ja.'

'Weet je dat schubdieren met uitsterven bedreigd worden?' vroeg Decha.

'Daarom is het zo rendabel. In de betere restaurants van Shanghai betalen ze veel geld voor schubdierenvlees.'

'Ik dacht dat de schubben het meest gewild waren.'

'Dacht je dat?'

'Ja. Voor medicinaal gebruik.'

De mannen keken elkaar aan.

Stilton liep de kamer in en knikte naar de kan rum. 'Isla del Tesoro?'

Decha gebaarde uitnodigend naar de kan. Stilton liep ernaartoe en schonk een glas in. Of het nu gin of rum was, het leidde altijd tot iets. Hij ging op de tweede fauteuil zitten en hief zijn glas naar Decha.

'Hoe ben je hier gekomen?' vroeg Decha.

'Met een boot.'

'Vanuit Wanssingi?'

'Ja.'

'Op blote voeten?'

Stilton haalde zijn schouders op. Decha keek naar Stiltons gezicht vol muggenbulten en de voeten die onder de wondjes zaten, stond op, liep naar een kastje, haalde er een paar leren sandalen uit en gaf ze aan Stilton.

'Dank je,' zei Stilton.

Hij trok de sandalen aan, de maat was goed.

'Wanssingi dus?'

'Ja,' antwoordde Stilton.

'Een gevaarlijk gat. Veel opium.'

'Dat klopt. Jhang Sa.'

Stilton zag dat Decha's oogleden heel even trilden.

'Heb je hem ontmoet?' vroeg Decha.

'Heel kort. Kennen jullie elkaar?'

Decha keek nadenkend naar Stilton. 'Waarom heb je dat verband rond je hoofd?'

'Ik ben gestruikeld en op een steen gevallen.'

'Je weet hoop ik dat wondinfecties hier ernstig zijn. Door de warmte ontwikkelen onaangename parasieten zich heel snel. Wil je antibiotica?'

'Ik red me wel.'

Decha knikte en nam nog een slok rum. 'Jhang Sa?' vroeg hij.

'Ja.'

'De opiumbaron.'

'Dat heb ik begrepen,' zei Stilton.

'Maar daar ben jij niet bij betrokken?'

'Nee.'

Stilton voelde dat Decha op zoek was naar antwoorden, wat volkomen begrijpelijk was. Een volslagen vreemde blanke man, die bovendien een Zweed was, stond plotseling op het voordek en zat even later met een glas rum in de kapiteinshut. Hij kon iedereen zijn. Wat hij ook was. Hij voelde dat Decha het gesprek wilde bepalen tot hij zich veilig voelde.

'Hoe ben je hier terechtgekomen?' vroeg Decha.

Stilton had vermoed dat die vraag gesteld zou worden en had bedacht wat hij moest antwoorden. 'Ik heb een moord gepleegd en ben hiernaartoe gevlucht. Toen die verjaard was, was ik hier geworteld en ben ik gebleven.'

De moord was waar, de verjaringstermijn een leugen, maar dat kon Decha niet weten.

'Waarom ben je gebleven?'

'Ik vond de afwezigheid prettig.'

'Van wat?'

'Van alles.'

Decha glimlachte en keek naar de haveloze man in de fauteuil. Loog hij? Waarschijnlijk niet. Waarom zou hij dat doen? Wie bekent dat hij een moord heeft gepleegd als dat niet zo is?

'Je hebt heel wat bulten in je gezicht,' zei hij.

'Ja. Muskieten.'

'Hoe lang geleden heb je die opgelopen?'

'Een paar dagen, hoezo?'

'Knokkelkoorts heeft een incubatietijd van vier tot vijf dagen. Het is een gevaarlijke ziekte.'

'Ik weet het.' Stilton wilde zich er niet in verdiepen. Hij had daar zelf ook al aan gedacht, maar verdrong het en veranderde van onderwerp. 'Ik heb begrepen dat dit jouw boot is.'

'Ja. Het is een oude rivierboot met achtentwintig hutten, een keuken en een eetzaal. Hij is hier blijven liggen toen de rivier smaller werd. Ik heb hem vrij goedkoop op de kop kunnen tikken.'

'"Contamana" klinkt niet bepaald Thais.'

'Nee, ik heb hem een andere naam gegeven toen ik hem kocht,' legde Decha uit. 'Ken je Werner Herzog?'

'De regisseur?'

'Hij heeft een fantastische film gemaakt over een man met een grote droom, *Fitzcarraldo*. Hij wilde een opera in de Amazone bouwen en moest een rivierboot over een berg trekken om die droom te verwezenlijken.'

'En die heette Contamana?' vroeg Stilton.

'In de film heette de boot Molly Aida, maar in werkelijkheid heette hij Contamana.'

'Dit is jouw grote droom dus?'

Decha lachte even. 'In zekere zin. Het is niet bepaald een luxeboot, maar beantwoordt aan het doel.'

'En dat is?' Stilton vond dat het zijn beurt was.

'Wat denk je zelf?' vroeg Decha met een lachje.

'Geen idee. Je ligt hier een beetje afgelegen.'

'Dat klopt.' Decha deed zijn ogen dicht.

Stilton wachtte een paar seconden. 'Woon je hier al lang?' vroeg hij vervolgens.

'Ja.' Decha opende zijn ogen weer en pakte een boekje van het tafeltje. Het was duidelijk dat hij niet van plan was zijn woonsituatie uit de doeken te doen. 'Lees je graag?' vroeg hij.

'Niet echt, ik ben nogal primitief,' antwoordde Stilton.

'Maar moedig. Niet veel westerlingen wagen zich in deze streken.'

'Moedig ben ik inderdaad, op mijn manier. Of ik heb niet zoveel te verliezen, dat is een andere definitie van moed.'

Decha glimlachte even, legde het boekje terug en keek naar Stilton. Er viel een stilte. Uiteindelijk begon Stilton zich een beetje ongemakkelijk te voelen.

'Is het goed als ik een paar dagen een hut bij je huur?' vroeg hij.

'Voor de schubdierenjacht?'

'Ja.'

Decha glimlachte weer en Stilton werd onzeker. Was hij van plan de overheidsinstanties in te lichten? De straf voor de jacht op schubdieren was beslist hoog. Waarom had hij dat bedacht?

'Natuurlijk mag je een hut huren,' zei Decha. 'Het gebeurt niet zo vaak dat je een landgenoot tegenkomt in deze streek. En voor wat betreft je schubdieren, daar heb ik geen mening over. De jongens jagen ook op ze, misschien kunnen ze je een beetje helpen. Wil je nog een glas?'

'Graag.'

Terwijl Decha Stiltons glas vulde vroeg de schubdierenjager zich af waarom Veronica Wadner juist deze man te pakken wilde krijgen.

Op welke manier kon hij met haar tragedie te maken hebben?

*

Veronica zat op de bank en keek naar een enorme donkere kever die over de houten vloer kroop, een scarabee. Ze wist wat die voorspelde. In sommige religies was hij een symbool voor leven en wedergeboorte, de onsterfelijkheid van de ziel. Voor haar was het idee over de onsterfelijkheid van de ziel een weerzinwekkend zelfbedrog, ze gaf er de voorkeur aan om de kleine klikkende geluiden die de scarabee maakte als een tikkende klok op weg naar de dood te interpreteren. Alles is geteld, dacht ze en ze keek naar haar glas gin.

Dat was leeg.

Haar houding tegenover alcohol was veranderd sinds ze hier was gearriveerd. Vroeger dronk ze heel matig, voornamelijk wijn bij het eten, nu dronk ze aanzienlijk meer en om andere redenen. Als ze aangeschoten was durfde ze het verleden te benaderen, wat in tijd gerekend niet zo lang geleden was. De tijd voor de kwaadaardigheid. Die tijd had een heel ander leven in een heel andere wereld bevat, een wereld met veel mensen en veel gezichten. Gezichten die waren gepasseerd zonder te blijven hangen en gezichten die haar hadden gehaat. De laatste waren in de meerderheid. Dat was een deel van wat ze nu losliet.

En gezichten die van haar hielden.

Die haar naam fluisterden.

Gezichten die niet langer bestonden.

Ze keek naar het lege glas terwijl de tranen over haar geruïneerde huid stroomden. Daar kon geen handicap iets aan veranderen.

*

Stilton had geen idee hoe laat het was, hij had acutere dingen om zich mee bezig te houden. Het enige wat hij zag toen hij midden in de nacht de ladder af rende was een grote gele maan. Hij stormde de struiken in en slaagde erin zijn broek net op tijd naar beneden te trekken voordat er een stortvloed uit hem kwam. Diarree. Hij zakte in elkaar toen hij klaar was, pakte een handvol bladeren en veegde zichzelf zo goed mogelijk schoon. Terwijl hij de ladder op liep stroomde het zweet van zijn lichaam en toen hij zich met trillende benen op de matras liet vallen besefte hij dat hij heel hoge koorts had. Verdomme!

Die nacht zou hij niet snel vergeten. Behalve de duizeligheid, de diarree en de koude rillingen werd hij het meest door dorst gekweld. Hij had verschrikkelijke dorst. Hij was veel te zwak om overeind te komen en tegelijkertijd stond het hem tegen om hulp te roepen.

Op een bepaald moment probeerde hij op de wand te bonken, maar hij kreeg zijn hand niet omhoog. Die viel als een afgebroken tak op de vloer.

Little Pluto opende de deur van Stiltons hut en rende onmiddellijk weg om Decha te halen. Toen hij binnenkwam en het wrak op de vloer zag liggen, was de situatie hem meteen duidelijk. Knokkelkoorts. Hij wist dat er maar één remedie in deze situatie was. Vocht. Heel veel vocht. Hij zei tegen de jongens op de boot dat ze zo veel mogelijk vocht bij Stilton naar binnen moesten zien te krijgen. In het beste geval zou de koorts snel minder worden, in het ergste geval kon zich een virale hemorragische koorts ontwikkelen, wat de schubdierenjager waarschijnlijk niet zou overleven.

De jongens bleven om de beurt bij Stilton zitten om zijn hoofd rechtop te houden en water in zijn mond te gieten.

Uur na uur.

*

Na ruim een etmaal verminderde de koorts en keerde Stilton naar de werkelijkheid terug. Hij lag op de matras en besefte wat hij had meegemaakt en had overwonnen. Dankzij Decha en de jongens en al het water. Toen hij naar het dek strompelde, de zon en de rivier zag en de vogels hoorde krijsen, voelde hij dezelfde nederigheid voor het noodlot als hij bij Aom en Sudarat had gevoeld. Het kan voortdurend afgelopen zijn, dacht hij, of het komt goed.

Stilton leunde tegen de reling en dacht aan de avond bij Decha. Hij besefte inmiddels dat hij ruim een etmaal kwijt was. Hij had bij Decha gezeten tot de aardewerken kan leeg was. Hun gesprek was over niets en tegelijkertijd over alles gegaan. Decha was een beschaafde man die graag culturele verwijzingen liet vallen die volkomen aan Stilton voorbijgingen. Het enige wat Stilton had overgehouden aan het gesprek was een gevoel dat Decha een façade ophield, dat hij liet zien wat hij wilde delen en achterhield wat hij niet wilde delen.

Dat vond Stilton geen probleem.

Hij had ook dingen die hij niet wilde delen.

Hij draaide zich om en keek naar Decha's hut. Wie was hij in vredesnaam? En wie was Veronica Wadner? Hadden ze een relatie gehad? Ze had echter beweerd dat ze niet wist wie de man op de foto was. Of wilde ze alleen dat Stilton hem zou vinden en haar zou vertellen waarmee hij zich bezighield? Maar waarom dan?

Hij keek uit over de compacte groene jungle, tussen de bomen zweefden lage nevelslierten, een lange bruine hagedis schoot over een boomstam naar boven. Schubdierenterrein, dacht hij en hij begon het verband van zijn hoofd te wikkelen. Hij had een stevige pleister van Decha gekregen toen hij uit zijn hut was vertrokken en die plakte hij op de wond op zijn slaap die hij aan de klap met de knuppel had overgehouden. Hij schoof een paar wilde katten weg die over het dek slopen. Plotseling hoorde hij harde muziek uit Decha's hut komen. Stilton liet de reling los en begon op enigszins trillende benen naar de hut te lopen; de gevolgen van de koorts waren nog niet verdwenen. Hij bleef voor de hut staan, luisterde een paar seconden en overwoog of hij naar de rivier zou wankelen om een duik te nemen of op Decha's deur zou kloppen.

Hij klopte, maar er werd niet opengedaan.

Voorzichtig duwde hij de deur open en keek naar binnen. Decha zat in een van de fauteuils met een bezweet bovenlichaam en een badhanddoek rond zijn middel. Hij had een glas in zijn hand en zijn ogen waren dicht. Hij genoot duidelijk van de muziek. Stilton klopte hard op de deurpost. Decha opende zijn ogen, het duurde een paar seconden voordat hij Stilton had geplaatst, waarna hij naar de oude cassetterecorder op de vloer knikte.

'Judas Priest,' zei hij. 'De heavymetalgoden, ik ben gek op hun muziek. Kom binnen.' Decha bukte zich en zette de cassetterecorder uit.

'Voel je je beter?' vroeg hij toen de muziek zweeg.

'Ja.'

'Mooi. Dat is het vocht. Veel vocht toedienen als het een milde aanval is, heb ik geleerd. Je hebt geluk gehad.'

'Ja. Dank je wel.'

Decha maakte een afwerend gebaar met zijn hand, alsof het vanzelfsprekend was om water in mensen met knokkelkoorts te gieten, wat het natuurlijk ook was.

'Je moet me verontschuldigen dat ik me nog niet aangekleed heb,' zei Decha. 'Het is vannacht laat geworden.'

'O ja?' Waarmee dan? dacht Stilton, maar hij wilde niets forceren.

'Ik moest met een van de jongens naar de dokter in Wanssingi, hij was lelijk gebeten door een kat. Ze kunnen allerlei ziekten in het speeksel met zich meedragen, dus had de jongen een tetanusinjectie nodig.' Decha bukte zich en haalde een groot pistool onder de fauteuil vandaan. 'Af en toe moet ik ze afschieten, hoewel ik het niet prettig vind om dieren te doden. Maar inmiddels zijn er weer te veel katten op de boot. Vind jij het gemakkelijk om dieren te doden?'

'Wat moet, dat moet.'

'Precies. Wat moet, dat moet. Dat geldt voor veel dingen. Of niet soms?' Decha bekeek Stilton met een onderzoekende blik in zijn ogen terwijl hij dat zei.

Stilton wist niet waar hij naartoe wilde. Wat moet, dat moet? Wat bedoelde hij? Katten doden? Stilton besloot van onderwerp te veranderen. 'Woon je hier het hele jaar?' vroeg hij.

'Nee, ik kom hiernaartoe als het me thuis te bekrompen wordt.'

'Wat bedoel je daarmee?'

'Zweden is op veel manieren een geweldig land, maar op bepaalde niveaus is het extreem onderontwikkeld. Er heerst een enorme vervlakking en niemand mag zijn hoofd boven het maaiveld uitsteken. Je hebt je hokje en dat is de plek waar je moet blijven. Er is geen ruimte voor iets wat afwijkt. Het is goed om groots te denken, het is Zweeds om eender te denken. Dat wordt snel bloedeloos. Kleine mensen in kleine milieus zijn zelden geïnteresseerd in wat zich aan de andere kant van het hek afspeelt. Denk je ook niet?'

Stilton had geen idee wat Decha bedoelde. 'Ik heb niets tegen Zweden,' zei hij.

'Zei de man na de moord. Ik neem aan dat je in Zweden was toen je die moord pleegde?'

'Nee, dat was in het buitenland.'

'Was het moeilijk om te moorden?'

Stilton vond de wending die het gesprek nam niet prettig en stelde de vraag waarmee hij eigenlijk had willen wachten. 'Weet jij wie Veronica Wadner is?'

Decha stond op, liet de handdoek op de vloer vallen en pakte een donkere kamerjas van het bed.

'Nee,' antwoordde hij. 'Wie is dat? Moet ik haar kennen?'

'Ze is een Zweedse en zit in een rolstoel. Ze woont in dit land.'

'Er wonen hier veel Zweden, veel van hen willen onder de radar blijven. Zoals jij. Is ze betrokken bij je nering?'

'Nee.'

Decha lachte plotseling naar Stilton en streek met een hand door zijn haar. 'Heb je al een ochtendduik genomen?' vroeg hij.

'Nee.'

'Heb je daar voldoende energie voor?'

'Absoluut.'

Decha maakte een gebaar naar de deur en Stilton liep voor hem uit. Hij had de Veronica-kaart uitgespeeld en wist vrij zeker dat Decha niet wist wie ze was. Als hij tenminste niet heel goed toneelspeelde.

Het maakte de hele situatie nog ondoorzichtiger.

'Ik kom zo meteen,' zei hij.

Decha knikte en liep de ladder af. Stilton begon naar zijn hut te lopen terwijl hij Decha nakeek. Toen hij zag dat Decha bijna bij het water was ging hij naar zijn hut terug. Hij duwde de deur voorzichtig open en liep naar binnen.

Hij wilde uitzoeken wat Decha's echte naam was.

Stilton trok een paar laden open van een bureau dat tegen de muur stond. Hij werkte snel, maar vond niets in de laden. Aan één kant van het bed stond een smalle houten kleerkast. Hij opende hem en begon in de binnenzakken van de witte colberts die er hingen te voelen.

'Wat doe je?' De stem kwam vanaf de deuropening en was van Little Pluto.

Stilton duwde de deur van de kleerkast dicht en draaide zich naar de jongen om. 'Ik wil weten wat de echte naam van Decha is.'

'Waarom dat?'

'Om te begrijpen wie hij is.'

'Waarom vraag je dat niet aan hem?'

Een goede vraag.

Stilton had op het punt gestaan om dat te doen, maar had gevoeld dat hij daarmee de grens waarop hij voortdurend balanceerde overschreed. Decha had hem zijn echte naam niet verteld, dus wilde hij die geheimhouden. Als Stilton te nieuwsgierig was, liep hij het risico dat Decha in de gaten kreeg dat hij niet degene was voor wie hij zich uitgaf en dat wilde hij niet.

'Dat zal ik doen,' zei Stilton terwijl hij naar de deur liep. 'Ga je vandaag mee op schubdieren jagen?'

'Graag.'

Little Pluto liep voor hem uit naar buiten en Stilton wist dat hij hoog spel speelde. Hij had geen idee van de relatie van de jongen met Decha. Misschien zou hij over Stiltons bezoek aan de hut vertellen, misschien niet.

Deed hij dat, dan werd de situatie bijzonder ingewikkeld.

Olivia was al een tijdlang niet bij Abbas thuis geweest, maar alles was nog hetzelfde. Hij was geen man die veranderde om het veranderen en had de inrichting met zorg gekozen: exclusief, met veel wit en grijs, een glazen tafel, geen voorwerp te veel, een art-decokleed op de vloer.

Beheerst, zouden sommigen het vinden, op de grens van angstig.

Prachtig, zouden anderen denken.

Olivia had geen van beide meningen. Ze zou haar eigen appartement nooit zo inrichten, maar ze voelde zich altijd prettig als ze hier was.

Waarschijnlijk had Abbas daar een groot aandeel in.

Er was een tijd geweest, in het begin van hun vriendschap, dat ze zich aangetrokken tot hem had gevoeld. Hij was knap, uitermate goedgekleed in verhouding tot de mannen die zich in die tijd in de buurt van Olivia bevonden, zwijgzaam, met ogen waarin bijna alles te lezen was. Bovendien was hij mysterieus, door zijn criminele verleden en zijn multiculturele achtergrond.

De eerste keer dat ze bij hem thuis was geweest had hij zijn geheime signatuur gedemonstreerd. Ze had op een van zijn stoelen gezeten en had eraan getwijfeld dat hij altijd een wapen bij zich droeg, wat Tom had beweerd. De volgende seconde was er een kort zwart mes een paar centimeter naast haar hoofd in de rugleuning geslagen. Ze had de beweging niet eens gezien.

Daarna had hij haar ijsthee aangeboden.

Dat deed hij nu ook.

'Dank je,' zei Olivia terwijl ze de beker aanpakte.

Abbas ging naast haar op de bank zitten, legde een ronde onderzetter op de glazen tafel en zette zijn beker erop. 'Heb je het moeilijk?'

'Wat bedoel je?'

'Met Lukas Bengtsson?'

Daar was Olivia niet op voorbereid. Ze had over heel andere dingen willen praten: hoe het met Abbas was, wat er in zijn leven gebeurde, of hij zich ook in het niets bevond.

Zo zou het blijkbaar niet gaan.

'Waarom vraag je dat?' vroeg ze.

'Je maakt je zorgen over hem.'

Dat deed ze inderdaad, maar ze snapte niet waarom Abbas daarover begon. 'Hoe weet je dat?' vroeg ze.

'Ik heb met Mette gepraat.'

Aha, Mette dus. Ze wist hoe nauw het contact tussen Abbas en Mette was, maar het irriteerde haar dat ze over haar relatie met Lukas hadden gepraat. Dat ging niemand iets aan, behalve haar.

Het was echter niet anders.

'Hij lijdt aan een dissociatieve identiteitsstoornis,' zei ze. 'Weet je wat dat is?'

'Ja. Daar leed mijn moeder ook aan.'

'Je moeder?'

'Dat is mijn interpretatie in elk geval. Ze bestond uit twee personen zonder dat ze zich daar zelf van bewust was. Eén die van kinderen hield en slabbetjes naaide van stukken stof en een andere die mannen op de kade oppikte.'

'Waarom denk je dat?'

'Omdat ik dat wil. Dat maakt de herinnering aan haar eenvoudiger.'

Abbas pakte zijn beker ijsthee en nam een slok. Olivia wist niet veel over zijn achtergrond, alleen dat die chaotisch was geweest en er allerlei onaangename dingen waren gebeurd. Misschien is het niet zo vreemd dat hij een verdedigbare verklaring creëert, dacht ze. Zijn moeder leed volgens hem aan hetzelfde waaraan Lukas leed. Ze bestond uit twee personen, wat misschien waar was.

Olivia wist het niet, dus keerde ze naar zijn eerste vraag terug. 'Inderdaad, ik heb het moeilijk met Lukas. Ik heb hem in beide toestanden ontmoet en dat is bijzonder pijnlijk. Ik ben een tijdje geleden bij hem op bezoek geweest in Karsudden. Hij was net een plant.'

'Hoe was hij voor die tijd?'

Hoe was hij voor die tijd? Olivia probeerde de plant in Karsudden te vergeten en aan de kunstenaar aan de Ringvägen te denken, maar dat was niet gemakkelijk. 'Ik heb hem maar twee keer gezien voordat hij gearresteerd werd, bij hem thuis en tijdens zijn vernissage. Toen was hij vrolijk, intens, praatte veel, vertelde wonderlijke verhalen. Ik vond hem spannend, anders.'

'Was je onder de indruk van hem?'

Was ze dat?

'Op een bepaalde manier, neem ik aan, gedurende een paar dagen, daarna verscheen hij op de opname van een bewakingscamera en toen werd alles ineens heel moeilijk.'

'Omdat hij anders was dan je had gedacht?'

'Ja.'

'Of wilde geloven?' ging Abbas verder.

'Dat eerder, misschien. Ik wist dat hij erbij betrokken kon zijn, ik had hem zelf gevonden in het verslag van een rechtszaak waarin hij Malin Brovall bedreigd had, maar toch. Ik kon de beelden niet tot een geheel vormen.'

'Omdat je eerst een heel andere indruk van hem had gekregen.'

'Ik denk het.'

Waarschijnlijk was het zoals Abbas zei. Lukas was in haar kwetsbare leven gekomen in een situatie waarin hij een aantal behoeften had opgevuld waarvan ze niet eens wist dat ze die had. Door zijn gedichten, schilderijen en aanwezigheid was ze in contact gekomen met gebeurtenissen uit haar verleden die ze had verdrongen.

Abbas sloeg een arm om Olivia heen en ze leunde met haar hoofd tegen zijn schouder. Zo bleven ze een hele tijd zwijgend zitten. Ze dronken hun ijsthee en dachten ieder in hun eigen richting na.

Uiteindelijk belandden ze beiden bij het begin.

'Heb je nog iets van Tom gehoord?' vroeg Olivia.

'Nee, ik zat net aan hem te denken. Hij sms't me af en toe, maar de laatste keer is alweer een tijd geleden.'

'Hij is verdwenen.'

Abbas haalde zijn arm van Olivia's schouders en ging rechtop zitten. 'Wat bedoel je? Uit de retraite?'

'Van de kaart. Hij wilde blijkbaar een vrouw helpen om een onbekende man te vinden. Op een ochtend is hij uit de retraite vertrokken en een paar dagen later belde hij uit Chiang Rai in Noord-Thailand. Plotseling werd de verbinding verbroken en sindsdien hebben ze geen contact meer met hem kunnen krijgen.'

'Luna en Aditi?'

'Niemand. Mette heeft het ook geprobeerd, en ik.'

'Chiang Rai?' vroeg Abbas.

'Ja. Weet je waar dat is?'

'Ik ken de streek helaas. Dat is opiumgebied. Mensen in Marseille hadden daar personen gestationeerd. Wat doet hij daar verdomme?'

Abbas gebruikte nooit dat soort krachttermen, dus dat maakte Olivia veel duidelijk.

'Waarschijnlijk is hij op zoek naar die man,' zei ze.

Abbas kwam overeind en pakte zijn mobiel. Hij stootte tegen de glazen tafel, waardoor hij thee naast de onderzetter morste. 'Hoe heet de vrouw die hij wilde helpen?'

'Dat weet ik niet.'

'Weet Mette het wel?'

'Ik denk het niet.'

Abbas toetste een nummer in en veegde de thee met zijn mouw op. Na een paar keer overgaan nam Luna op.

'Hallo, met Abbas. Olivia heeft over Tom verteld. Hebben jullie al iets van hem gehoord?'

'Nee,' antwoordde Luna.

'Hoe heet de vrouw die hij zou helpen?'

'Veronica Wadner.'

'Heb je een telefoonnummer van haar?'

'Nee. Maar Aditi heeft dat wel, ik kan je zo meteen een sms sturen.'

'Bedankt.' Abbas verbrak de verbinding en ging weer zitten.

Olivia merkte dat hij iets sneller ademhaalde dan daarnet. Ze legde een hand op zijn arm. 'Tom redt het altijd,' zei ze. Ze was zich er volledig van bewust dat het een volkomen zinloze poging was om iemand te kalmeren die Tom veel beter kende dan zij, dus probeerde ze het op een andere manier. 'Wat denk je van een partijtje backgammon? Ben je er klaar voor om ingemaakt te worden?'

Stilton zat op een bank op de gammele steiger en droogde zich af met een grote badhanddoek die Decha had meegenomen naar de rivier. Decha lag op een platte boot te zonnen. Stilton keek naar hem. 'Heb je een mobiel die ik kan lenen?'

'Er is hier helaas geen dekking.'

Stilton wist niet of Decha loog. Misschien wilde hij niet dat Stilton contact met de buitenwereld zou opnemen. Hij zag vanuit zijn ooghoeken dat Decha hem observeerde. Stilton ging ervan uit dat Decha verschillende scenario's over hem paraat had, hij was geen man die een verhaal zomaar geloofde. Dat besefte hij inmiddels. Het was belangrijk om de hele tijd op zijn woorden te passen. Hij wist nog steeds niet wat Decha's echte naam was en wat zijn band met Veronica Wadner was. Misschien wist Decha dat zelf ook niet.

Wat hij daarentegen wel wist, was dat Decha zijn leven misschien had gered door hem tijdens de koortsaanval zoveel water te laten drinken.

'Denk je veel over het leven na?' vroeg Decha plotseling.

'Het leven?'

'Het bestaan. Wat het betekent om te leven.'

'Nee. Doe jij dat wel?'

'Elke dag. Ik probeer te begrijpen wat het inhoudt om een mens te zijn, wat ons beweegt.' Decha ging rechtop zitten en keek uit over de rivier. 'Iemand heeft geschreven dat het leven een ongeneeslijke ziekte is die tot de dood leidt,' zei hij. 'Daar zit veel waarheid in.'

'Ben je ongeneeslijk ziek?'

'Dat hangt ervan af hoe je ziekte definieert. Ziek zijn hoeft niets met een fysieke of mentale aandoening te maken te hebben. Het kan ook gaan over de manier waarop de wereld je definieert. Jij bent een moordenaar, beschouw jij jezelf als gezond?'

'Redelijk.'

Decha lachte en leunde een stukje over de reling. De boot stond op het punt om te slaan. 'Maar als we weten dat we onherroepelijk op onze dood afstevenen, dan moeten we toch proberen om het er zo veel mogelijk van te nemen tijdens de reis daarnaartoe, of niet soms?'

'Absoluut.'

'De dag plukken, zoals ze zeggen. Een Engelse beul, Pierrepont was zijn naam, sprak zich in 1936 uit over de werkdruk die af en toe te groot was. "Het plezier in het werk verdwijnt," zei hij. Absurd, maar ik begrijp hem. Het leven is te kort om te verspillen aan routine en vreugdeloosheid. Waar geniet jij van?'

Stilton was een beetje perplex. Waar genoot hij van? Plotseling besefte hij dat hij al heel lang niet meer van iets had genoten. De momenten met Luna natuurlijk, maar verder? Wat waren er voor factoren in zijn leven waarvan hij kon genieten? Hij had geen kinderen, geen werk, geen huis. Een paar vrienden, bedacht hij, de etentjes bij Mette en Mårten. Was dat alles? Backgammon met Abbas. Dat was nauwelijks maximaal genieten te noemen. Misschien genoot hij als hij op Rödlöga was, van de eenzaamheid op de rotsen, de band met het verleden, zijn opa en oma.

Maar Rödlöga was hier heel ver vandaan.

Hij keek naar Decha.

'Daar moest je lang over nadenken,' zei Decha met een glimlach.

'Helaas wel.' Stilton keek naar de rivierboot en dacht aan zijn vraag van hun eerste ontmoeting. 'Je hebt nooit antwoord gegeven op mijn vraag wat het doel van de boot is,' zei hij. 'Is dat een geheim?'

'Helemaal niet. Het is een toevluchtsoord voor Rohingya-kinderen. De Rohingya staan bloot aan een onmenselijke etnische zuivering in Myanmar, een "zuiveringsactie", zoals het leger het noemt. Misschien heb je daarover gehoord?'

'Ja.'

'Daarnaast worden er kinderen van hun ouders ontvoerd om opium in de bergen te stelen. Ze zijn tenslotte klein en kunnen onder het prikkeldraad rond de papavervelden door kruipen.'

Misschien is dat precies waarvoor jij ze misbruikt, dacht Stilton. Dat zei hij echter niet. 'Hoe komen ze op deze boot terecht?' vroeg hij in plaats daarvan.

'De jongens die het lukt om aan de smokkelaars te ontsnappen belanden als bedelende kinderen in de omringende steden. Ze zijn vaak ondervoed en bang, velen hebben ziekten, ze zijn ook in Thailand paria's. Ze worden bespot en worden erger dan honden behandeld.' Decha keek in het water en schudde zijn hoofd. 'Het is weerzinwekkend.'

'Ja.' Stilton had er niets tegen in te brengen, hij wist hoe verontwaardigd Aditi over de behandeling van de Rohingya was. Decha's beschrijving van de situatie was waarschijnlijk helemaal correct.

Decha keek naar de steiger. 'Ik doe het beetje dat ik kan in de tijd die ik nog heb,' zei hij. 'Ik heb meer geld dan ik nodig heb en probeer dat op een zinvolle manier te besteden. Ik probeer draaglijke omstandigheden voor de jongens te creëren, ze een beetje veiligheid te geven. Eén keer per week komt hier een leerkracht uit Wassingi naartoe die ze Engelse les geeft en zelf probeer ik ze iets over literatuur en muziek te leren.'

'Dat klinkt bijzonder edelmoedig.'

Decha glimlachte even. 'Ik ben geen heilige. Ik probeer alleen een redelijk goed mens te zijn.'

In tegenstelling tot een moordenaar die op met uitsterven bedreigde dieren jaagt, dacht Stilton, maar hij wist niet of dat de achterliggende bedoeling was. Decha klonk oprecht terwijl hij praatte.

Stilton draaide zich om toen hij iemand hard hoorde fluiten. Little Pluto stond bij de reling en zwaaide naar hem. Het was tijd voor de schubdierenjacht.

Little Pluto had de schubdierenkooi van de jongens, die ook dienstdeed als val, meegenomen. Hij liep voor Stilton uit en hakte met zijn kapmes een pad door het regenwoud. Stilton liep achter hem met de kooi in zijn hand. De jungle was een kakofonie van geluid, een combinatie van gillende apen en wilde vogels waarvan hij met geen mogelijkheid de namen wist, krakende takken en ruisend water vanuit verschillende richtingen. Het enige wat hij kon doen was de kleine jongen voor hem volgen. Little Pluto wist precies waar hij de kooi moest neerzetten, hij wist waar het wildpad van de schubdieren naar de smalle stroompjes die door de jungle liepen zich bevond. Hij had hier veel schubdieren gevangen. De meeste waren meegenomen door de mannen die naar Decha's boot kwamen, maar soms lukte het de jongens om een schubdier naar een omgeving waar ze hem konden verkopen te smokkelen. Het was feest als ze wat geld bij de kramen in de haven van Wanssingi konden uitgeven.

Stilton had moeite om de lenige jongen bij te houden tussen de bomen en struiken, maar hij was ook nog niet helemaal hersteld. Hij bleef staan om op adem te komen.

Little Pluto draaide zich om. 'Loop ik te snel?'

'Nee, ik heb een beetje last van de warmte.'

Ze bevonden zich in een tropisch klimaat, de warmte en de luchtvochtigheid waren extreem hoog, het was zoals de opiumman in Wanssingi had gezegd: *No country for old men.*

Little Pluto liep naar Stilton toe en keek naar hem. 'Heb je water bij je?'

'Nee.'

Little Pluto schudde zijn hoofd en begon weer te lopen.

Stilton liep vlak achter hem en keek naar de blote voeten van de jongen. 'Ben je niet bang voor slangen?' vroeg hij.

'Nee.'

'Maar er zijn hier toch slangen?'

'Ja. Giftige slangen, maar die bijten me niet.'

'Waarom niet?'

'Ik heb een beschermend schild van mijn moeder gekregen. Toen we uit elkaar gingen streek ze met twee vingers over mijn voorhoofd en zei woorden die ik niet begreep. Vervolgens zei ze dat de slangen in de jungle nu wisten wie ik was en dat ze me niet zouden bijten.'

Stilton, die niets van bijgeloof moest hebben, keek naar de kleine jongen met de blote voeten die een pad door de struiken hakte. Hij deed hem denken aan een andere getiranniseerde jongen die hij niet lang geleden had ontmoet, een jongen die in Nigeria tot vreselijke dingen was gedwongen. Twee kleine jongens die door de volwassenen aan weerzinwekkendheden werden blootgesteld en volwassen waren geworden voordat ze opgegroeid waren.

Hij schaamde zich.

'Hier!' Little Pluto wees naar een kleine open plek bij een smalle waterloop. 'Zet hem schuin naar het water met de opening naar boven. Ik stop het aas erin.'

Stilton zette de kooi op de plek die de jongen had aangewezen en Little Pluto legde het aas erin.

'Nu gaan we naar boven zodat we het horen als het luik dichtslaat.'

Ze liepen een stukje de jungle in. Stilton ging op een steen zitten en veegde het zweet van zijn gezicht.

Little Pluto leunde tegen een palm. 'Nu hoeven we alleen te wachten,' zei hij.

'Waar heb je zo goed Engels geleerd?'

'Van Decha en van de lerares die af en toe komt.'

'Ik heb gehoord dat Decha niet het hele jaar op de boot woont.'

'Nee, soms gaat hij weg, dan moeten we voor onszelf zorgen, en daarna komt hij terug.'

'Hoe lang blijft hij weg?'

'Soms lang.'

'Waar gaat hij dan naartoe?'

'Dat weet ik niet.'

Stilton wist dat hij de jongen onder druk zette, maar hij had niet veel andere informatiebronnen. Decha vertrouwde hij niet. De man had verborgen agenda's waarover hij Stilton niets wilde vertellen. Dat had hij inmiddels begrepen. Dus vroeg hij verder. 'Er wordt veel opium in deze bergen geteeld,' zei hij.

'Ja.'

'Houdt Decha zich daar ook mee bezig?'

'Met roken?' vroeg Little Pluto.

'Nee.' Stilton hoopte dat Little Pluto zou begrijpen wat hij wilde weten en dat was ook zo. Misschien wel. Hij draaide zich in elk geval van hem af en begon met zijn kapmes een tak te schillen.

'Ik weet niet waar Decha zich mee bezighoudt, dat zul je hem zelf moeten vragen,' zei hij.

Stilton besefte dat Little Pluto niet van plan was te vertellen wat hij over Decha wist. Uit loyaliteit misschien, of om andere redenen.

Hij had zijn veiligheid tenslotte aan Decha te danken.

Decha keek al geruime tijd met zijn verrekijker naar de jungle. Het was een krachtige, moderne verrekijker, maar toch had hij niet gevonden wat hij zocht: de man en de jongen die hadden beweerd dat ze op schubdierenjacht zouden gaan. Hij wilde het bijna opgeven toen hij heel ver weg iemand zag. Een jongen stond tussen het groen tegen een palm geleund. Little Pluto. Waarschijnlijk was Tom in de buurt. Mooi, dan wist hij waar hij was. Hij liet de verrekijker zakken, ging op de houten bank naast de reling zitten en streek met een hand over zijn borst. Het was heet en benauwd, zoals altijd, maar dat was niet wat hem zorgen baarde. Dat was de gast uit Zweden. Wie was die Tom eigenlijk? En Veronica Wadner? Waarom had hij naar een volslagen onbekende vrouw gevraagd? Wat had dat met de schubdierenjacht te maken? Hij haalde zijn mobiel tevoorschijn en googelde 'Veronica Wadner'. Er was niets over haar op internet te vinden. Een rolstoel? Plotseling schoot er een herinnering door zijn hoofd, een kort beeld van een vreemde vrouw in een rolstoel die bij het zwembad van het Oriental in de schaduw zat en naar hem glimlachte. Was dat Veronica Wadner? Had zij Tom hiernaartoe gestuurd? Hij hief de verrekijker weer en richtte hem op de jungle.

Little Pluto was verdwenen.

Plotseling klonk er een knal tussen de bomen.

'Nu!' Little Pluto haastte zich naar de plek waar ze de kooi hadden geplaatst en Stilton rende achter hem aan. Toen ze daar aankwamen zag hij het schubdier in de kooi. Het wierp zijn gepantserde lijf tegen de bamboetralies. Little Pluto stond ernaast en keek triomfantelijk naar Stilton. 'We hebben er een gevangen!'

'Ja.' Stilton keek eerst naar de kooi en vervolgens naar Little Pluto. Hij moest een beslissing nemen.

Dat was niet moeilijk.

Hij liep naar de kooi, deed het luik open en zag het schubdier naar buiten sluipen en tussen de struiken verdwijnen.

'Wat doe je?' Little Pluto was verbijsterd.

Stilton pakte zijn arm vast en trok hem naar de grond. Ze zaten vlak naast elkaar in de buurt van de waterbron.

Little Pluto keek naar Stilton. 'Waarom heb je hem losgelaten?' vroeg hij.

'Omdat schubdieren met uitsterven bedreigd worden.'

'Wat betekent dat?'

'Dat betekent dat er overal op ze gejaagd wordt en dat ze gedood en verkocht worden vanwege hun vlees en hun pantser. Binnenkort zijn er geen schubdieren meer op aarde. Daarom.'

Little Pluto keek naar de grond. Het duurde even voordat hij weer begon te praten. 'Dat geldt ook voor de Rohingya. Wij sterven ook uit.'

Stilton had het antwoord niet verwacht. Hij keek naar Little Pluto. 'Ik weet het,' zei hij.

'Je weet niets.'

Dat was min of meer waar. Stilton wist niet veel over de Rohingya, behalve wat hem in de nieuwsstroom was opgevallen en wat Aditi had verteld als ze verontwaardigd was. 'Wil je erover vertellen?' vroeg hij.

Het was niet duidelijk waarom Little Pluto dat deed, misschien omdat hij de behoefte voelde om het te doen, omdat hij een soort saamhorigheid voelde of omdat Stilton het schubdier had vrijgelaten.

Wat hij vertelde zou Stilton heel lang bijblijven.

'De soldaten kwamen op een ochtend naar het dorp,' begon hij zijn verhaal. 'Alle volwassenen waren op de rijstvelden. Ze zochten tussen de huizen naar kinderen, alle kinderen die ze vonden schoten ze dood, behalve mijn kleine zusje, Somaya, dat pasgeboren was. Ze namen haar mee naar buiten en hielden haar bij haar benen vast en gooiden haar op een grote stapel brandende kleren. Ze schreeuwt 's nachts nog steeds in mijn oren.'

Stilton voelde dat hij zijn adem inhield, dat hij nauwelijks adem durfde te halen. De stilte in de kakofonie van junglegeluiden creëerde een ruimte tussen de jongen en hem. In die ruimte bleef Little Pluto vertellen, korte herinneringen over gruwelijkheden, zonder verband, het was één golf van angst die uit de mond van de kleine jongen stroomde, over verkrachtingen op de rijstvelden en wilde schietpartijen in het dorp.

Plotseling zweeg hij en keek op.

Een stukje verderop hing een aap hoog in een palm aan een arm, hij schommelde heen en weer en keek naar de man en de jongen alsof hij vond dat ze een interessant gesprek voerden.

Dat vond Stilton niet, hij vond het huiveringwekkend.

'Zullen we teruggaan?' vroeg Little Pluto. Hij stond op, trok zijn shirt uit en begon te lopen. Stilton zag lange littekens op zijn rug.

Wanneer had hij die opgelopen?

In het verleden of de afgelopen tijd?

*

Het was geen toeval dat Veronica juist met Tom Stilton contact had opgenomen, maar dat wist hij niet. Bovendien was het contact niet alleen ontstaan doordat Aditi had verteld dat hij politieagent was.

Dat had ze al geweten.

De reden was dat Stilton perfect voor haar doel was. De vraag was wanneer ze dat doel zou onthullen. Als ze dat tenminste zou doen.

Ze reed voorzichtig over de oprit naar het strand. Het was een bewolkte dag, wat ze prettig vond. Ze rolde de stoel een stukje het zand op en bleef staan. Voor haar rolstoel lagen een paar dode trillende kwallen. De slotenmaker had verteld dat het mogelijk was om ze te bereiden, om er een soort soep van te maken die nergens naar smaakte voordat je hem kruidde. Hij had dat een keer gedaan toen hij op bezoek was. Ze had een lepel naar binnen gewerkt en dat was genoeg geweest. De slotenmaker vond dat ze kieskeurig was, maar met het oog op haar toestand was ze van mening dat kieskeurigheid een recht was dat hij niet in twijfel mocht trekken.

Ze keek uit over de blauwgroene zee, het symbool van reizen naar bekende en onbekende landen. Een keer, toen alles anders was geweest, niet in het minst zijzelf, was ze over een zee gevaren die uitgestrekter was dan deze. Samen met haar ouders had ze havens en steden bezocht en waren ze naar musea en drukke markten gegaan. Haar vader was diplomaat geweest, haar moeder ging met hem mee. Ze leerde veel over het noodlot van mensen, waar op school niets over werd verteld. Haar vader kon naar een beeld wijzen en vertellen dat de beeldhouwer van een vrouw had gehouden die van een ander had gehouden en in zijn wanhoop zijn rechterhand in een emmer met zuur had gestopt. Vervolgens had hij het beeld met zijn linkerhand gemaakt en had het 'liefde' genoemd. Het was niet belangrijk of het een leugen of de waarheid was. Voor haar was het op dat moment geestverruimend geweest.

Ze keek naar de horizon en zag de silhouetten van boten.

Ik moet leren om op een nieuwe manier te reizen, dacht ze.

Op dat moment ging haar mobiel. Het was de vierde keer in korte tijd en het was een onbekend nummer. Ze besloot om op te nemen, misschien was het Stilton die goed nieuws had.

'Hallo, Veronica, het spijt me dat ik stoor,' zei een man. 'Mijn naam is Abbas el Fassi en ik ben een goede vriend van Tom Stilton. Hij is verdwenen en ik wil weten waar hij is. Heb jij daar een idee over?'

Recht op zijn doel af.

Veronica reageerde zonder iets te vertellen. Ze besefte hoe de man aan haar telefoonnummer was gekomen en begreep zijn vraag volledig. Zij vroeg zich ook af waar Stilton was. Ze antwoordde dus volledig naar waarheid: 'Nee, op dit moment niet.'

'Het laatst is hij blijkbaar in Chiang Rai geweest. Wat ging hij daar doen?'

'Hou je van pruimen?'

Het bleef een paar seconden stil voordat Abbas antwoord gaf: 'Waarom vraag je dat?'

‘Om tijd te winnen. Ik weet niet wie jij bent en jij weet niet wie ik ben.’

‘Veronica Wadner.’

‘En wie is dat?’

Abbas begon er genoeg van te krijgen. ‘Luister, ik weet dat Tom je helpt om een onbekende man te zoeken. Waar gaat het om?’

‘Een onbekende man.’

‘Die zich in opiumland bevindt?’

‘Blijkbaar,’ zei Veronica. ‘Mag ik vragen of je in Thailand bent?’

‘Dat ben ik niet, maar ik denk erover om naar Thailand te komen om hem te zoeken.’

Daar had Veronica geen mening over. Als deze man naar Stilton wilde zoeken, dan was dat zijn eigen zaak.

‘Als Tom contact opneemt, wil je hem dan vragen om meteen naar dit nummer te bellen?’ vroeg Abbas. ‘Alvast bedankt.’

De verbinding werd verbroken en Veronica keek weer uit over de zee.

Er waren blijkbaar meer mensen die zich zorgen maakten over Stiltons verdwijning.

Olivia droeg de radiator onder haar arm. Ze had er veel plezier van gehad toen de winter op zijn koudst was geweest en nu wilde ze hem eindelijk terugbrengen. Ze keek naar de Långholmsbrug, die schuin voor haar lag, en hoopte dat Minken of zijn nieuwe liefde op de aak zou zijn. Als er niemand was, zou ze de radiator op het voordek achterlaten.

Ze had een goed gevoel overgehouden aan haar gesprek met Abbas, ook al had ze hem laten schrikken door de informatie over Tom. Maar hoe meer mensen erbij betrokken waren, des te groter was de kans dat iemand contact met hem kreeg.

Vanochtend had ze erover nagedacht om een weekend naar Kopenhagen te gaan, ze had het echt even nodig om te worden omringd door Lennies positieve houding tegenover alles wat het leven de moeite waard maakte. Goudsmid? Waarom niet. Misschien moest ze dat gaan doen? Haar moeder had zich beziggehouden met textielkunst, goudsmid was ook een artistiek beroep. Ze had echter voornamelijk behoefte aan Lennies karakter. Lennie was heel anders dan Lisa. Lennie en Olivia waren al heel lang bevriend en Lennie was grenzeloos in alles. Maar grenzeloze personen worden zelden politieagent, dacht Olivia en ze besefte ineens hoe saai dat klonk. Hoe was ze zelf? Niet heel grenzeloos, dat wist ze, maar tegelijkertijd was ze bereid om ver te gaan als de situatie dat vereiste. Maar dat was iets anders en had eerder met moed dan met onbesuisdheid te maken. Ze vroeg zich af of Lisa en Lennie met elkaar overweg zouden kunnen. Waarschijnlijk zouden ze elkaar helemaal vinden in witte wijn, grappige verhalen over mansplaining en ontboezemingen over de ongelofelijke voordelen van het leven als single. *Misschien moet ik vragen of Lisa met me meegaat naar Kopenhagen?*

Nu ze bijna bij de boot was, zag ze dat het paarse licht nog steeds uit alle patrijspoorten van de aak stroomde. Ze liep de ladder op en zag Minken op het voordek staan.

'Hallo, Olivia,' zei hij.

Gewoon zomaar. Minken had haar echte naam gebruikt en dat had hij nog nooit gedaan. Binnenkort wordt hij nog lid van de milieupartij, dacht Olivia.

'Ga maar naar binnen, maar doe alsjeblieft voorzichtig, overal kronkelen uitlopers.'

Olivia liep zo voorzichtig mogelijk tussen het groen door dat overal in de salon stond en hield Minken de radiator voor. 'Bedankt voor het lenen.'

'Graag gedaan. Verwarmde hij goed?'

'Het heeft geholpen.'

'Zie je wel! Een helpende hand is beter dan tien vogels in de lucht,' zei Minken.

'Waar is Bettan?'

'Die doet een powernap.'

Plotseling pakte Minken Olivia's arm vast en duwde haar op de enige vaste bank waar nog geen plantjes op stonden. Hij ging vlak naast haar zitten en fluisterde: 'Ze wil geen enkel risico lopen.'

'Wat bedoel je?'

'Ik heb het over Minken junior.' Minken maakte zich lang en zag eruit alsof hij de naam van een Nobelprijswinnaar vier jaar te vroeg bekendmaakte. Tegenwoordig was dat op zich niet onwaarschijnlijk, maar daar had Minken geen idee van. Hij staarde naar Olivia alsof hij een explosie van gevoelens verwachtte.

'Is ze zwanger?' vroeg Olivia.

'Is ze zwanger? Wat is dat verdomme voor reactie? Ze is zo zwanger dat het tot in Noord-Korea te horen zou zijn als ze vandaag zou bevallen. Is ze zwanger...'

Minken slikte de naar zijn mening extreem koele reactie van Olivia en schoof een paar melkpakken met zaailingen met zijn voeten weg. Omdat hij niet wist dat Olivia zwanger was geweest en een miskraam had gehad, ging hij ervan uit dat ze met stomheid geslagen was door het verpletterende nieuws.

'Hallo!' De couveuse van Minken junior kwam binnen met rode wangen en een grote groene badjas rond haar lichaam gewikkeld.

'Hallo,' zei Olivia. 'Ik heb gehoord dat je zwanger bent.'

'Heeft Leif dat gezegd?' Bettan lachte en trok voorzichtig een krukje tussen de plantjes vandaan.

'Inderdaad,' zei Olivia.

'Hij zegt zoveel, een paar dagen geleden beweerde hij dat hij rond de aarde was gezeild met een Arabische monnik in een rattenval, een rubberboot dus die was gebouwd als een...'

'Bettan!' zei Minken. 'Je hoeft niet te doen alsof er niets aan de hand is. Juffertje Zuurpruim is een van de beste vriendinnen van Tom, we hebben geen geheimen voor elkaar. Vertel het maar.'

Bettan trok de badjas wat strakker om zich heen en keek met een blik van verstandhouding naar Olivia. 'Ik heb tegen hem gezegd dat ik een maand over tijd ben. Dat is eerder gebeurd, maar je weet hoe Leif is. Hij is in de wolken voordat hij opgestegen is.'

Dat wist Olivia en hoewel ze benieuwd was naar het resultaat van de biologische vereniging van deze twee wezens besefte ze hoe de situatie ervoor stond.

Dat deed Minken ook, die voelde dat hij terrein verloor. 'Wat denk je van Urban Turban?' vroeg hij aan Olivia.

'Ik heb nooit naar ze geluisterd, ze zijn van voor mijn tijd, maar hun muziek is een beetje warrig, nietwaar?'

Minken zag er plotseling verslagen uit. 'Bestaat er een band die zo heet?' vroeg hij.

'Ja. Wist je dat niet?'

Dat was overduidelijk omdat hij zich meteen naar Bettan draaide en zei: 'Dan moeten we de naam veranderen.'

'De naam van wat?' vroeg Olivia.

'We zijn van plan een podcast te beginnen die zo zou heten,' antwoordde Bettan. 'Urban Turban.'

Minken nam het woord: 'Bettan praat over zaailingen en ik vertel verhalen uit alle hoeken van de wereld, ik ben tenslotte overal geweest. Wat een klap! Maar we trekken ons niets aan van die warrige band en gaan toch verder met Urban Turban. Bovendien willen we een restaurant op de kade beginnen, Bistro La Kali, hangmatten en een jeu-de-boulesbaan en dat soort dingen! Snap je?'

Olivia keek naar Bettan, die toegeeflijk glimlachte. Minken pakte een paar plastic flessen met sportdrank en gaf er een aan Olivia. 'Heb je nog iets van de man in ballingschap gehoord?' vroeg hij.

'Hij is verdwenen.'

'Schei uit. Wat bedoel je daarmee?'

'Ergens in de Gouden Driehoek, niemand kan contact met hem krijgen. Hebben jullie iets gehoord?'

'Nee. Wat doet hij daar verdomme?' zei Minken.

'Hij zoekt iemand.'

'In dat ellendige gebied!' Minken stond op en gooide zowel een melkpak als statiegeldflessen om. Hij was duidelijk ongerust. Bettan en Olivia keken elkaar aan, geen van beiden was vertrouwd met een dergelijke reactie van Minken.

'Wat is er?' vroeg Bettan.

'Wat er is? Mijn kameraad is verdomme verdwenen! Weet je niet wat we allemaal samen meegemaakt hebben?'

'Nee.'

Dat gold ook voor Olivia. Ze wist niet alles over het verleden van Tom en Minken, behalve dat die helemaal terugging tot de tijd waarin Tom recherchecommissaris was geweest en Minken een van zijn beste verklikkers was. Nu had de verklikker een groentetuin op een aak die van Toms vriendin was en was hij zichtbaar aangedaan.

'Stel dat ze hem te pakken krijgen!' zei Minken.

'Wie?' vroeg Olivia.

'Dat verdomde drugsuitschot dat daar zit! Hij kan verdomme wel dood zijn, of gemarteld, of verminkt!'

Minken stampte door een slabed en verdween naar het dek. Olivia en Bettan keken elkaar weer aan.

'Die arme ziel,' zei Bettan. 'Ik snap hoe hij zich voelt. Hij heeft veel over Tom verteld, zoals dat hij Toms rechterhand bij de politie was en dat ze alle onderzoeken samen deden. Natuurlijk maakt hij zich zorgen.'

Olivia knikte en stond op.

Minken stond op het voordek bij de reling en keek uit over het water. Olivia ging naast hem staan. Ze zag vanuit haar ooghoeken dat er tranen over Minkens wangen stroomden. Ze wist niet wat ze moest zeggen, dus keek ze ook over het water uit.

'Hij zag dat ik uit het goede hout gesneden was.' Minkens stem was ijl en gebroken. Olivia kon hem nauwelijks verstaan.

'Ik was zo aan lagerwal geraakt als je kunt komen, ik voerde de kakkerlakken broodkruimels om ze bij mijn gezicht vandaan te houden, liep rond in wijken waar de smerissen niet durfden te komen... Ik loog tegen iedereen, liet iedereen in de steek, bedonderde al mijn kameraden tot niemand nog iets met me te maken wilde hebben... Op een nacht besloot ik dat het genoeg was, ik nam een overdosis en liet me van de stenen trap in de Kungsgatan vallen... Toen ik wakker werd lag ik in het ziekenhuis en zat Tom naast mijn bed, in burgerkleding... Ik dacht dat hij een predikant was...'

Minken zweeg en streek over zijn gezicht.

'Wat deed hij daar?' vroeg Olivia in de stilte.

'Hij ging recht op zijn doel af, je weet hoe hij is. Hij zei: "Ik heb een verklikker nodig." Hij wist blijkbaar in welke kringen ik me bewoog en had informatie nodig. Maar dat was het niet, het was de manier waarop hij naar me keek, in mijn ogen, alsof ik een mens was, iemand die gelijkwaardig aan hem was, geen lanterfanter uit een buitenwijk. Snap je?'

Minken keek naar Olivia en ze knikte.

'Het was alsof hij zei: "Jij bent jij en ik ben ik en we kunnen elkaar helpen,"' ging Minken verder.

Slim van hem, dacht Olivia, maar dat zei ze niet.

'Vanaf het begin voelde ik enorm veel respect voor hem. Ik stopte met een heleboel rotzooi en probeerde weer iets op te bouwen.'

'Evenwichtskunstenaar,' zei Olivia. 'Weet je nog dat je dat tegen me zei toen we elkaar ontmoetten?'

'Nee. Dat zeg ik tegen iedereen.'

'Ook tegen Bettan?'

Minken keek met een smekende blik in zijn ogen naar Olivia. 'Laat haar alsjeblieft geloven in Leif, degene die ik nu ben.'

'Natuurlijk.'

Stilton lag te woelen op de matras op de vloer en dat had meerdere redenen. Een daarvan was dat hij voortdurend moest denken aan het verhaal dat Little Pluto hem in de jungle had verteld. Een andere reden was de drukkende warmte, hij had frisse lucht nodig. Hij liep op blote voeten de hut uit en leunde tegen de reling. Het was buiten niet veel koeler, maar er stond toch een zuchtje wind. Hij keek naar de donkere rivier en de vuurvliegjes die hij overal zag, een paar apen gilden in de jungle en plotseling vroeg hij zich af wat hij hier in vredesnaam deed, midden in een donker gat in Zuidoost-Azië. Waar was hij mee bezig? Hij had op een heerlijke zachte matras tegen Luna aan kunnen liggen, met het fragiele geluid van een windgong binnen gehoorsafstand. In plaats daarvan was hij hier, op een gestrande rivierboot vol wilde katten en een eigenaardige Zweed met een pistool onder zijn stoel. Was dit zijn streven geweest? Natuurlijk, hij had een aantal schepen achter zich verbrand, had iedereen van zich afgestoten, was dieper weggezakt dan de meeste anderen, maar was weer overeind gekrabbeld. Om vervolgens hier te belanden? Wat had hem hiernaartoe gedreven? Een foto van een onbekende man en medelijden met een gehandicapte vrouw. Hoe verdomd stom kon je zijn? Of was er iets diep binnen in hem wat dit had geregeld?

Hij keek weer naar de donkere rivier.

Jhang Sa.

Hij kon niet stoppen met aan Jhang Sa te denken. De man die had geprobeerd hem te vermoorden, maar in plaats daarvan leven in hem had geschud. Hij zag Decha's nauwelijks merkbare reactie voor zich toen hij Jhangs naam noemde. Was Decha betrokken bij de activiteiten van Jhang? Was de boot een van Jhangs overslagplaatsen? Hij wist dat er benedendeks een heel grote laadruimte was.

Het is het waard om daar een kijkje te nemen, dacht Stilton.

Het was een bewolkte nacht, de maan scheen niet, de duisternis op de boot was compact. Stilton had niets om zichzelf bij te lichten, hij moest op zijn herinneringen vertrouwen. Hij wist dat er op het voordek een groot luik was dat naar de laadruimte moest leiden. Hij hoopte alleen dat een van de wilde katten niet op het idee zou komen hem aan te vallen.

Daar zouden de anderen wakker van worden.

Hij tastte langs de reling en merkte dat zijn ogen inmiddels enigszins aan het donker waren gewend. Hij ging op zijn hurken zitten en gleed met zijn handen over het dek. De planken waren ruw en na een paar meter voelde hij een ijzeren rand, dat moest het luik zijn. Hij pakte de rand met beide handen beet en probeerde het luik op te tillen. Het risico bestond dat het flink zou knarsen en dat zou niet goed zijn.

Hij kreeg het zware luik met moeite omhoog en toen het rechtop stond liep hij eromheen en liet het voorzichtig op het dek zakken. Hij zag niet veel, maar voldoende om het grote donkere vierkant van de laadruimte te onderscheiden. Hij ging ervan uit dat vlak onder de rand een trap begon en voelde met zijn voet. Zijn voetzool stootte tegen iets van metaal, waarschijnlijk een traptrede. Hij zette zijn andere voet op de trede eronder en verdween langzaam in het donkere vierkant.

Op het dek was het donker geweest, maar hier was het pikzwart. Als er patrijspoorten zijn, dan zijn die afgedekt, dacht hij. Om tegen inkijk te beschermen? Hij stond op een houten vloer en kon bijna rechtop staan. Hij wist dat zijn ogen ook hier aan de duisternis zouden wennen, in elk geval enigszins. De kieren tussen de planken van de wanden lieten de iets lichtere duisternis buiten de boot naar binnen. Hij voelde met zijn handen langs de wand en liep een stukje weg. Hij had moeite om te bepalen hoe groot de laadruimte was. Hij zou iets kunnen roepen om dat met behulp van de echo te bepalen, maar dat durfde hij niet. Hij probeerde zijn blik scherp te stellen, probeerde kisten, dozen of voorwerpen te onderscheiden die iets over de inhoud van de laadruimte konden vertellen.

Hij zag niets.

Op dat moment hoorde hij verschillende geluiden. Een van die geluiden kon hij identificeren, de lichte, krabbelende geluiden waren waarschijnlijk afkomstig van een rat die over het dek rende. Het andere geluid was heel anders. Dat was eerder een ijl gejammer dat van boven kwam. Hij ging rechtop staan en stootte zijn hoofd. Toen hij weer hurkte nam het geluid in intensiteit toe. Katten?

Hij besefte dat hij hierbeneden niet meer zou ontdekken en liep weer naar de trap. Met een paar voorzichtige stappen was hij op het voordek, sloot het zware luik en luisterde. Het geluid was nu duidelijker.

Het leek uit Decha's hut te komen. Zou hij ziek zijn?

Hij tastte langs de reling naar Decha's deur. Het geluid kwam absoluut uit de hut. Hij luisterde opnieuw en probeerde naar binnen te kijken. Aan deze kant waren geen kieren, maar aan de andere kant wel, dat had hij gezien toen hij in Decha's hut had gezeten. Hij liep naar de andere kant van het dek en sloop naar de wand van Decha's hut. Een stuk naar beneden vond hij een brede kier tussen de planken. Hij bukte zich en keek naar binnen. Het eerste wat hij zag was Little Pluto's gezicht, dat verwrongen was alsof hij pijn had. Zijn ogen waren dicht en hij kermde.

Stilton probeerde vanuit een andere hoek door de kier te kijken. Hij pulkte wat mos weg en zag het witte lichaam achter de magere jongen.

Decha.

Het was Stilton kristalhelder waar Decha mee bezig was. Hij was een pedofiel. Op het moment dat hij wilde gaan staan keek Little Pluto hem door de kier aan.

Stilton kookte van woede en stormde over het dek naar de deur van Decha's hut. Op het voordek zag hij Little Pluto naakt staan. Hij wist blijkbaar wat Stilton had gezien en ging voor hem staan zodat Stilton niet naar Decha toe kon gaan.

'Ga niet naar hem toe,' fluisterde hij.

'Waarom niet? Ik heb gezien wat hij met je deed.'

'Ga mee.' Little Pluto trok hard aan Stiltons shirt. Stilton verloor zijn evenwicht en deed een stap naar achteren.

'Ga alsjeblieft mee,' zei Little Pluto.

Stilton hyperventileerde terwijl hij naar de naakte jongen keek, die met een angstige blik in zijn ogen naar hem staarde. Vervolgens keek hij naar Decha's hut. De deur was dicht. Little Pluto pakte zijn shirt weer vast. 'We gaan naar de rivier,' zei hij.

Stilton wist niet wat hij moest doen. Zijn reptielenbrein schreeuwde om geweld, om die smerige klootzak in elkaar te rammen, maar de ogen van de jongen smeekten hem het niet te doen. Dus liep hij achter Little Pluto aan naar de ladder.

Little Pluto ging een stukje bij de steiger vandaan in de duisternis zitten. Stilton bukte zich om zijn gezicht te spoelen, zijn handen trilden nog steeds terwijl hij water in zijn gezicht gooide. Tijdens zijn jaren als recherchecommissaris was hij ook pedofielen tegengekomen, waarna hij altijd dezelfde weerzinwekkende nasmaak in zijn mond had. Hij had echter nooit een pedofiel op heterdaad betrapt, met een jongen met wie hij een band had. Het bezorgde hem een afschuwelijk gevoel. Stilton schudde het water uit zijn haar en liep naar Little Pluto toe. De jongen zat roerloos op de steiger. Hij had een handdoek gevonden en had die rond zijn heupen geslagen. Stilton kon zijn gezicht niet zien in de duisternis, maar dat hoefde niet, hij hoorde dat Little Pluto zachtjes snikte. Stilton ging naast hem zitten en legde zijn hand op Little Pluto's opgetrokken knieën.

'Doet hij dit al lang?' vroeg hij.

Little Pluto knikte.

'Waarom mocht ik niet naar binnen gaan om hem in elkaar te slaan?'

Het duurde even voordat Little Pluto met een heel zachte stem antwoord gaf. 'Hij zegt dat hij van me houdt... en ik heb niet veel mensen die van me houden.'

Stilton klemde zijn kiezen op elkaar, hij moest zich beheersen omdat hij met een kind praatte. 'Je bent een kind, Little Pluto, en hij is een volwassen man. Wat hij met je doet is zowel weerzinwekkend als strafbaar.'

'Hij zegt dat liefde tussen jongens en mannen altijd heeft bestaan en dat het niet verkeerd is.'

'Geloof je dat?'

Little Pluto droogde zijn tranen, hij huilde niet meer. 'Hij zegt dat het een geheim tussen hem en mij is.'

'Omdat het verboden is. Hij is een ziek mens en maakt misbruik van je. Ben je bang voor Decha?'

'Ik ben bang voor zijn pistool.' Little Pluto stond op en keek naar Stilton. 'Jij vertrekt hier, maar ik blijf. Hier is niemand die jacht op me maakt. Ik woon hier. Vertel Decha niet dat je ons in de hut gezien hebt.'

Little Pluto liet de handdoek vallen en liep in het donker naar de boot.

Stilton bleef zitten.

Het was bijna negen uur 's avonds en het begon te schemeren in Kummelnäs. Mette liep van de bushalte naar huis met een paar zware boodschappentassen in haar handen. Mårten had zich na de lunch misselijk gevoeld en daarom was zij boodschappen gaan doen. Terwijl ze afsloeg naar hun rustige villastraat dacht ze na over hun situatie. Mårten was ouder dan zij en zou er nauwelijks gezonder of sterker op worden. Ze zou steeds meer taken op zich moeten nemen die haar huisman tot nu toe voor haar had gedaan.

Dat was geen prettige gedachte.

Toen ze vlak bij haar huis was zag ze een donkere auto met gedoofde koplampen bij het hek staan. Ze kende de auto niet, het was geen auto die in de wijk hoorde. Instinctief ging ze langzamer lopen en haar politiehersenen kwamen op gang. Waarom staat die auto bij ons hek? Toen ze dichterbij kwam zag ze dat er iemand achter het stuur zat. Wie is dat? Logische en minder logische gedachten schoten door haar hoofd. De terroristen? Maar die zitten achter slot en grendel. Ze liep snel naar het hek terwijl het autoportier openging en er iemand uitstapte. Ze vervloekte het dat ze zo slecht in het donker kon zien, kneep haar ogen tot spleetjes en voelde zich heel even opgelucht toen ze het gezicht van de man herkende.

'Magnus?' De opluchting veranderde al snel in waakzaamheid en ze deed een paar stappen in de richting van de donkere gestalte. 'Wat doe je hier?'

Nu zag ze zijn gezicht duidelijk en ze probeerde haar geschoktheid te verbergen. Zijn haar, dat anders keurig in model zat, stond nu alle kanten op, hij had een stoppelbaard en zijn gezicht was getekend. Magnus Larsson was de afgelopen weken flink verouderd. Ze kon het niet laten om medeleven vermengd met een steek van een slecht geweten te voelen, maar dat verdween toen ze in zijn gitzwarte ogen keek. Ze deinsde achteruit.

‘Waar lijkt het op?’ vroeg Magnus. Zijn gezicht was verwrongen tot een zonderlinge grimas. ‘Ik wil je mijn persoonlijke verval laten zien, zodat je daarvan kunt genieten.’

Magnus deed een stap naar haar toe, draaide zich om zijn as en spreidde zijn armen.

‘Ik ben mijn baan kwijtgeraakt, Ellinor heeft me op straat gezet en mijn zoon wil niets meer van me weten. Je hebt een gezin verwoest, een gezin dat je bovendien goed kent, met wie je bent omgegaan en dat al zo hard getroffen was. Zo ziet een deel van de consequenties eruit. Ik hoop dat je tevreden bent over het resultaat.’

Zijn gezicht was nu vlak bij dat van Mette en ze rook dat zijn adem naar natte wol stonk. Ze probeerde er kalm uit te zien en zette haar boodschappentassen neer. ‘Waarom zou ik daar tevreden over zijn?’ vroeg ze.

‘Omdat het precies is wat je wilde veroorzaken.’

‘Ben je zelf niet degene die dit veroorzaakt heeft?’

‘Nee. Ik heb niets gedaan wat miljoenen mannen niet voor me gedaan hebben.’

‘Verkrachten?’ Mette dacht niet na voordat het woord haar ontglipte.

Magnus’ ogen schoten vuur en Mette deinsde naar achteren, maar de klap die ze verwachtte bleef uit.

‘Ik heb niemand verkracht. Ik heb me laten verleiden door een uitdagende vrouw.’ Magnus spuugde de woorden uit.

Mette vond het een beetje komisch, het klonk alsof het afkomstig was uit een negentiende-eeuwse roman. ‘Is dat hoe je het ziet?’ vroeg ze.

‘Dat is hoe het was. Maar jij hebt mijn versie nooit willen horen, of wel soms? Weet je, ik had de illusie dat je een goede rechercheur was en bovendien een van de weinige verstandige vrouwen die ik ken. Ik had het blijkbaar mis. Een goede rechercheur luistert naar alle feiten en laat zich niet beïnvloeden door sentimentele verhalen van hysterische vrouwen.’

‘Noem je Lisa hysterisch?’

‘Ze is niet de eerste vrouw die wraak probeert te nemen vanwege een onbeantwoorde liefde, maar jij gelooft haar onvoorwaardelijk.’

‘Je was niet bepaald enthousiast om het te ontkennen toen je de kans had.’

‘Omdat ik geschokt was, verdomme! Ik werd beschuldigd van iets wat ik niet gedaan had! En jij bent een van de beste verhoorders binnen de politie geweest? Dat maakt me banger dan wat dan ook, het bewijst waar we naartoe gaan in dit verdomde land. Als je ook maar een beetje professioneel was geweest, dan had je mijn versie gevraagd. Maar vandaag de dag worden alle mannen zonder enige vorm van proces naar het schavot gestuurd. Zelfs het politiebestuur is zo bang dat ze in hun broek schijten zodra iemand #MeToo fluistert. Zie ik eruit als een man die geweld moet gebruiken om een vrouw te veroveren?'

Magnus sloeg met zijn vuisten op zijn borstkas om zijn potentie te benadrukken.

'En waarom duurde het tien jaar voordat je protegee met haar beschuldigingen kwam?' ging hij verder. 'Waarom heeft ze niet meteen aangifte gedaan? Ze is tenslotte een politieagent! Bovendien is ze opgeleid om zichzelf te kunnen verdedigen. Waarom heeft ze dat dan niet gedaan? Was het in werkelijkheid niet zo dat ze met een beetje geweld genomen wilde worden? Sommige vrouwen houden daarvan. Maar zij is automatisch een heilige, terwijl ik hoorns op mijn voorhoofd krijg.'

Magnus maakte een gebaar naar zijn hoofd en deed een stap naar achteren, waarna hij verderging met zijn tirade.

'Jullie vrouwen zijn bezig een gevaarlijke maatschappij te creëren. Jullie krijgen op dit moment zoveel wind in de rug dat jullie doordraven. Elk miniem onrecht wordt erbij gehaald en onschuldige mannen worden op het feministische altaar geofferd. En dat is blijkbaar zo'n lekker gevoel dat jullie het vermogen om te denken kwijtraken, als jullie dat ooit gehad hebben!'

Hij was weer vlakbij. Mette voelde zijn spuug op haar gezicht terechtkomen. Ze zag vanuit haar ooghoeken dat Mårten in de keuken rondliep. Zo meteen zou hij zich afvragen of haar bus vertraging had. 'Ben je klaar?' vroeg ze.

Magnus had zijn rug naar haar toe gekeerd, maar draaide zich weer om.

'Misschien wil je mijn versie horen,' zei Mette. 'Ik leef enorm mee met Ellinor en je zoon, ik had ze een beter lot dan dit toegewenst. Maar jij en niemand anders hebt deze schade veroorzaakt. Jij en ik weten dat Lisa niet de enige is. Je hebt altijd de reputatie gehad dat je een charmeur was. Ridderlijk aan de buitenkant, maar vanbinnen voel je blijkbaar een enorme verachting voor vrouwen. Ik koos ervoor om je dat te vergeven omdat je een uitstekende politieagent was en deed je voortdurende insinuaties af als cultuur. Een politiecultuur waarmee ik mijn hele beroepsleven te maken gehad heb, in zo'n mate dat ik besef dat ik er zowel blind als doof voor ben geworden en er op die manier medeplichtig aan ben. Feit is dat #MeToo mijn ogen geopend heeft. Ik heb de machtsstructuren altijd gezien, maar was van mening dat het nu eenmaal zo was en dat je ermee moest leren omgaan als je verder wilt komen. Mijn enige wapen was om beter te zijn dan mijn mannelijke collega's. Het is nooit om gelijke omstandigheden gegaan, en het is de hoogste tijd dat dat verandert. En ja, dat kost onschuldige slachtoffers en het is altijd afschuwelijk als dat gebeurt. Maar jij hoort daar niet bij.'

'En dat weet jij?'

'Ja, dat weet ik. Dat heb ik op je gezicht gezien toen ik je confronteerde. Je was bang dat er meer verhalen naar buiten zouden komen en daarom koos je ervoor de beslissing van het politiebestuur niet aan te vechten. Als je dat nu wilt doen, ga dan vooral je gang. Persoonlijk ben ik van mening dat je blij moet zijn dat het niet groter is geworden dan het nu is.'

Magnus keek naar Mette en liet zijn stem dalen. 'Je bent een weerzinwekkend, gevoelloos kutwijf, Mette Olsäter.'

'Helemaal niet, dit doet me meer dan je denkt, maar ik ben tot in het diepst van mijn hart rechercheur. Ik geloof in gerechtigheid en ben van mening dat je gestraft moet worden als je schuldig bent. Iedereen moet de consequenties van zijn daden aanvaarden.'

'Je was een politieagent en je hebt geen hart, verdomme.' Magnus schopte tegen een van de boodschappentassen, zodat de appels over de stoep rolden.

Mette keek naar hem. 'Ik denk niet dat we verder komen,' zei ze. 'Of wel soms?' Ze bukte zich om de appels op te rapen. Toen ze overeind kwam zag ze dat Mårten in de deuropening stond.

'Mette?' riep hij. 'Is alles in orde?'

Magnus draaide zich om en liep naar zijn auto terwijl Mette kalmerend naar Mårten zwaaide. 'Ja, hoor. Ik kom eraan.'

Toen Magnus wegscheurde moest Mette opzijspringen om niet ondersteboven gereden te worden.

'Mette! Wat gebeurt er?' Mårten liep op zijn sokken naar het hek toe.

Even later zat Mette aan de keukentafel. 'Voel je je goed genoeg om een glas wijn voor me in te schenken?'

Ze keek toe terwijl Mårten een halfvolle fles rode wijn pakte, een glas inschonk en dat voor haar neerzette. Ze had hem net een korte samenvatting van het gesprek met Magnus gegeven.

Mårten schoof een stoel naar achteren en ging naast haar zitten. 'Je hebt gedaan wat je moest doen,' zei hij kalm.

'Ik weet het. Dat is niet wat me dwarszit.'

'Wat dan wel?'

'Dat ik het niet heb gezien of er een vermoeden van heb gehad.'

'Je hebt je ogen niet bewust gesloten.'

'Misschien niet,' zei Mette. 'Maar ik had me meer moeten laten gelden.'

'Dan had je niet bereikt wat je nu bereikt hebt.'

Mette nam een slok wijn, waarmee ze Mårtens laconieke waarheid probeerde weg te spoelen.

Stilton liep in zijn boxershort naar het water. Hij had de hele nacht wakker gelegen. De aanblik in Decha's hut had zich keer op keer in zijn hersenen afgespeeld, de naakte lichamen, de magere jongen met het verwrongen gezicht, de man met de glanzende ogen die droop van het zweet, het gekreun uit zijn hijgende mond. Het was erger dan een nachtmerrie. Hij moest het van zich afspoelen en liet zich in het water zakken.

Hij moest nadenken.

Decha was een pedofiel.

Was dat de kwaadaardigheid waarover Veronica het had gehad? Had hij zich aan haar kind vergrepen? Had ze trouwens kinderen? En wat had dat met haar verminkingen te maken? Hij wist niet wat hij ervan moest denken.

Wat moest hij nu doen?

Little Pluto had hem gevraagd om uit de buurt van Decha te blijven. Hij begreep waarom dat was. Little Pluto was niet alleen bang voor Decha, maar had ook een band met hem.

Dat had Stilton niet.

Hij kon Decha neerslaan, ontwapenen, vastbinden en meenemen in een van de boten die aan de steiger lagen. Maar waarnaartoe? Naar Wanssingi? Met alle drugsdealers daar die dachten dat hij was verdronken? Waarschijnlijk kende Decha hen allemaal. De politie? Was er wel politie in Wanssingi? En als die er was, waarom zouden ze zich dan iets aantrekken van een Zweedse pedofiel die zich aan een paria vergreep?

Hij dook opnieuw onder water.

Decha stond op het dek en liet een van de jongens een emmer koud water over zijn naakte lichaam gieten. Hij voelde zich fantastisch. Het zou een mooie dag worden. Hij keek opzij en zag Stilton in de rivier. Decha sloeg een handdoek rond zijn heupen en liep naar Stiltons hut.

Voordat hij de deur opende keek hij nogmaals naar de rivier en zag dat Stilton langs de oever zwom. Hij liep de hut in en keek naar de matras op de vloer. Hij constateerde vrij snel dat de gast niet veel meer dan zijn kleren bij zich had. Hij tilde het jack op, rook er even aan en liet het weer op de matras vallen.

Op dat moment zag hij het.

Uit de binnenzak van het jack was een briefje gegleden, of een kaart. Hij bukte zich en pakte de kaart op. Het was een foto van hemzelf. Hij draaide hem om. Op de achterkant stond: *Contamana*. Toen hij zich bukte en de foto in het jack terugstopte was de situatie hem volledig duidelijk: Tom had een heel andere agenda dan hij had verteld.

Hij was niet op jacht naar schubdieren.

Nadat Decha de deur had dichtgetrokken en zag dat Tom uit het water was gekomen spookte er één vraag door zijn hoofd.

Wat had hij aan boord gezien?

Dat verontrustte hem.

Toen Stilton de ladder op liep zag hij Decha in een fauteuil op het voordek zitten. Stilton wilde het liefst niet met hem praten, omdat hij niet wist hoe hij zou reageren. Hij liep naar zijn hut toen hij zijn stem hoorde: 'Tom!'

Stilton draaide zich om. Decha gebaarde dat hij naar hem toe moest komen. Stilton droogde zijn haar met een handdoek en aarzelde een paar seconden. Het zou vreemd zijn om niet naar hem toe te gaan, dus deed hij wat Decha wilde.

'Was het water lekker?' vroeg Decha.

'Ja.'

'Ga zitten.' Decha gebaarde naar de houten bank, maar Stilton bleef staan.

'Ik wil me eerst aankleden,' zei hij.

'Jij en ik hebben de afgelopen dagen over veel belangrijke dingen gepraat, zoals moord en schubdieren en dat een man moet doen wat hij moet doen, nietwaar?'

'Dat klopt.'

'Interessante gesprekken.'

'Inderdaad.'

'Hoe lang ben je van plan te blijven?' vroeg Decha.

'Ik vertrek morgen.'

‘Hoe ga je dat doen?’

‘Ik wilde een van de jongens vragen om me naar Wanssingi te varen, als je dat geen probleem vindt.’

‘Natuurlijk niet,’ antwoordde Decha. ‘Heb je schubdieren gevonden?’

‘Nee.’

‘Je reis is dus vergeefs geweest?’

‘Ik heb jou ontmoet.’

Stilton glimlachte niet. De mannen keken elkaar aan.

‘Dat is waar,’ zei Decha. ‘Wat vind je van me?’

De ondertoon in het gesprek stond Stilton niet aan, hij vroeg zich af waar Decha naartoe wilde. ‘Je hebt verdomd lekkere rum,’ zei hij.

Decha lachte zonder enige warmte, streek met een hand door zijn dunne haar en keek naar Stilton. ‘Heb je een achtergrond als politieagent?’ vroeg hij.

‘Waarom vraag je dat?’

‘Misschien ben je geen moordenaar, maar het tegenovergestelde? Misschien heb je een geheim?’

‘Dat hebben we allemaal,’ antwoordde Stilton.

‘Absoluut. Een mens zonder geheimen is als een aquarium zonder vissen. Wat is jouw geheim?’

Stilton dacht aan wat hij op de Filipijnen had gedaan, een geheim dat hij zijn hele leven zou bewaren. ‘Wil je geheimen uitwisselen?’ vroeg hij.

‘Waarom niet?’

Daar had Stilton absoluut geen behoefte aan, hoewel hij er veel voor overhad om achter Decha’s geheimen te komen. Wat was zijn echte naam? Op welke manier had hij met Veronica Wadner te maken? Wat was zijn achtergrond? En vooral: hoe kon hij zich vergrijpen aan de kinderen die hij van de opiumsmokkelaars had gered? Misschien van Jhang Sa?

‘Mijn geheim is eenvoudig,’ zei Stilton. ‘Ik slaap ’s nachts goed. Jij ook?’

Stilton keek strak in Decha’s ogen terwijl hij het zei. Decha stond op van de stoel en draaide zich naar de jungle. Tom weet het, dacht hij. Dat was niet goed. Het was wel goed dat niemand wist dat hij hier was. Dat nam hij tenminste aan. Het was ook goed dat Tom geen idee had dat Decha de foto had gezien. Dat gaf hem een voorsprong en hij was van plan daar gebruik van te maken.

Stilton verdween meteen na zijn ochtendduik en het gesprek met Decha in de jungle. Hij kon het niet verdragen om op de boot te blijven. Hij had met Little Pluto afgesproken dat die hem morgenochtend als het licht werd naar Wanssingi zou brengen. Hij had kunnen vragen om vandaag al gebracht te worden, maar er was iets wat hem tegenhield.

Dat was Little Pluto.

Hij had de jongen niet willen vragen of Decha de andere jongens ook misbruikte, misschien was dat zo, misschien niet. Misschien was het zoals zo vaak met pedofielen; ze hadden gedurende een bepaalde periode een favoriet die het onderwerp van hun seksuele perversies was.

Hij wist dat Little Pluto al een paar jaar op de boot woonde. Het idee dat de verkrachtingen de hele tijd hadden plaatsgevonden verscheurde Stilton inwendig. Hij voelde dat hij zich heel dicht bij de gevoelens bevond die hem naar Maria Basescu hadden gedreven, door de haat die hij voor haar had gevoeld was hij een grens gepasseerd.

Hij wist dat hij die grens nu weer kon passeren.

Hij kon naar Decha's hut gaan, zijn pistool pakken en hem in zijn voorhoofd schieten. Puur praktisch gezien zou dat geen probleem zijn, Decha was een geraamte vergeleken bij hem.

Puur gevoelsmatig gezien zou het een enorme voldoening geven.

Puur persoonlijk gezien zou het een ramp zijn, afgezien van de juridische consequenties.

Alles wat hij met hulp van Aditi had opgebouwd zou verdwenen zijn. Zijn innerlijke kompas, waaraan Mette de afgelopen jaren een paar keer had getwijfeld. Zijn gevoel voor grenzen, ongeacht hoe erg de haat hem verblindde. Het had hem veel gesprekken en veel lange nachten gekost voordat hij besefte dat hij dat op de Filipijnen nooit had mogen doen, ongeacht hoe gerechtvaardigd het vanuit allerlei perspectieven was geweest, behalve de enige die relevant was.

Je doodt geen andere mensen.

Dat had hij echter wel gedaan en daar moest hij mee leven. Hij had geprobeerd zich te verzoenen met de moord en inmiddels was hij op de goede weg. Zou hij nu opnieuw iemand vermoorden?

Hij ging tegen een palm aan zitten, niet ver van de plek waar de schubdierenkooi was dichtgeslagen, en was volkomen zeker over het antwoord.

Hij zou niemand meer vermoorden.

Hij zou ervoor zorgen dat Decha de straf kreeg die hij verdiende, ook al zou die straf in zijn ogen nooit hoog genoeg zijn.

Castreren?

Hij keek naar de waterloop waar de kooi had gestaan en hoorde Little Pluto's stem in zijn hoofd: *Jij vertrekt hier, maar ik blijf. Ik woon hier.*

Kon hij Little Pluto meenemen? Waarom eigenlijk niet?

Stilton liep naar de waterloop en nam een beslissing. Hij zou Little Pluto morgen meenemen. Als ze in Wanssingi arriveerden, zou hij een taxi in plaats van een tuktuk nemen en met de jongen naast zich naar het busstation in Chiang Rai rijden. Ongeacht wat Little Pluto zei.

Liever dat dan opnieuw iemand vermoorden.

Op dat moment hoorde hij een schot. Stilton vloog overeind en wrong zich zo snel als hij kon door de dichte vegetatie. Toen hij de rand van de jungle had bereikt, zag hij Little Pluto. De jongen had een dode kat in zijn armen en de tranen stroomden over zijn gezicht toen hij naar Stilton keek.

'Bagha,' zei hij, waarna hij de jungle in liep.

Stilton keek hem na en liep vervolgens naar de rivierboot. Decha leunde met zijn pistool in zijn hand tegen de reling. De mannen keken elkaar aan.

'Een man moet doen wat hij moet doen,' zei Decha, waarna hij in zijn hut verdween.

Stilton was uiteindelijk in slaap gevallen in de klamme hut. Hij sliep onrustig en draaide zich telkens op zijn andere zij. Plotseling drong er een geluid door zijn halve droomtoestand heen, een zacht kraken. Stilton opende zijn ogen en keek naar de deur. Die stond op een kier en hij zag de schaduw van een man verdwijnen. Hij ging abrupt zitten en hoorde een zwak schuivend geluid op de vloer. Er was een dier in de kamer. Een seconde later, toen het maanlicht door de kieren in het plafond drong, zag hij iets opgerold op de vloer liggen. Een slang. Hij vermoedde dat het een krait was, net zo een als hij op het strand in Mae Phim had gezien, maar deze was dikker en hield zijn kop op de matras gericht. Stilton bleef doodstil zitten. Hij leed niet aan een slangenfobie, op Rödlöga waren overal adders geweest, maar hij had respect voor ze. Het maanlicht verschoof een paar centimeter tussen de plafondkieren en gleed over de slang. Die lag doodstil en in elkaar gerold, lang en mooi, met glanzende zwarte en gele strepen over het hele lijf. De tong speelde tussen de kaken. Stilton wist dat de kleinste beweging een aanval kon uitlokken. Hij probeerde adem te halen zonder zijn borstkas te bewegen en voelde het zweet over zijn gezicht stromen. Het was een kwestie van tijd voordat de slang in de aanval zou gaan. Ineens begon hij in zijn richting te kronkelen.

'Psst,' hoorde Stilton. Little Pluto stond in de deuropening.

Hij had een muis in één hand en een kapmes in de andere. Voorzichtig bukte hij zich en liet de muis los. Die rende over de vloer naar de hoek, maar na een meter greep de slang hem al. Little Pluto liep de kamer in, de slang draaide zijn kop met de muis tussen zijn kaken naar hem toe en op datzelfde moment floot het kapmes door de duisternis en hakte de kop van de slang. Het stervende lijf kronkelde over de vloer.

Little Pluto keek naar Stilton. 'Je moet hier onmiddellijk weg,' zei hij.

Stilton ging snel staan, trok zijn jack naar zich toe en haastte zich de hut uit. Toen hij zich omdraaide zag hij dat Little Pluto de kop en het lijf van de slang uit de patrijspoort gooide. Stilton haastte zich de ladder af en merkte niet dat Little Pluto vlak achter hem liep.

'Daar!' Little Pluto wees naar een open platte boot met een buitenboordmotor die een stuk verderop lag. Op het moment dat Stilton naar de boot rende werd het eerste schot afgevuurd. Stilton draaide zich om en zag mondingsvuur na een nieuw schot op het dek. Little Pluto en Stilton sprongen op hetzelfde moment in de boot. De kleine jongen zette de motor aan met een snelle ruk aan het touw en voer op volle snelheid de rivier op. Het volgende schot sloeg vlak achter hen in het water. Decha schoot op het motorgeluid. Stilton hurkte toen het vierde schot kwam. De kogel raakte zijn schouder, waardoor hij brulde van de pijn.

De boot schoot in de duisternis over de rivier en was vrij snel buiten schootsafstand. Little Pluto zat op zijn knieën bij de motor en voer door de inktzwarte duisternis alsof hij laserogen had. Stilton hield zijn gewonde schouder vast en staarde voor zich uit. Hij zag niets. De maan was verdwenen en Stilton snapte niet hoe het de kleine jongen achter in de boot lukte om te varen.

Little Pluto kende de rivier echter als zijn eigen broekzak.

Ze bleven met dezelfde snelheid varen. Af en toe zag Stilton licht in de jungle, hij nam aan dat het van hutten of fakkels afkomstig was. Het geluid van de voortsnellende boot was beslist een eind in de jungle te horen en wekte waarschijnlijk de nieuwsgierigheid, hoewel het midden in de nacht was.

Na een tijdje merkte Stilton dat ze afsloegen naar een heel smalle rivier. De bomen stonden zo dichtbij dat de takken in zijn gezicht sloegen. Hij nam aan dat Little Pluto wist waar hij naartoe ging.

'Hier.' Little Pluto minderde plotseling vaart. De boot gleed naar de oever en stopte in het zand. Little Pluto keek naar Stilton. 'Loop hier naar boven tot je een smal pad vindt. Dat volg je tot je een weg bereikt. Als je links afslaat kom je na een tijdje bij een bushalte. Als het licht wordt komt de bus naar Chiang Rai daarlangs.'

Stilton stond op en liep naar Little Pluto toe. Hij keek naar de kleine jongen, naar zijn grote ogen in de duisternis.

'Ik wil dat je met me meegaat,' zei hij.

'Ik moet terug.'

'Waarom dat?'

'Er is iets wat ik moet doen.'

Stilton deed een stap naar Little Pluto toe en kreeg plotseling een hevige stoot in zijn borstkas, waardoor hij over de rand van de boot viel. Little Pluto voer de boot achteruit voordat Stilton overeind was gekrabbeld. Toen hij stond was de boot op hoge snelheid op weg naar de riviergeul.

'Ik ben in Mae Phim!' riep hij Little Pluto na.

Nadat de boot in de duisternis was verdwenen voelde hij zijn maag samentrekken tot een harde, verstikkende knoop.

Ineens voelde hij het warme bloed over zijn arm stromen.

Olivia had Lukas' boek in haar hand terwijl ze naar Ronny's antiquariaat liep. Het was bijna sluitingstijd, dus ging ze ervan uit dat Ronny nog aanwezig was. Toen ze bij de winkel arriveerde zag ze dat er kaarsen brandden. Ze duwde de deur open en liep naar binnen. Midden in de ruimte stonden twee grote kandelaars met een heleboel brandende kaarsen. Dat was de enige verlichting. Zachte muziek, een symfonie van Arvo Pärt, stroomde uit het keukentje.

Benseman zat in een van de fauteuils. De leeslamp naast de stoel was uit.

Hij gebaarde naar Olivia dat ze stil moest zijn. Olivia ging naast hem zitten.

Op dat moment zag ze Ronny.

Hij stond boven op een ladder om bij de plank vlak onder het plafond te kunnen. Het hele antiquariaat stond vol met boekenkasten en de hoogste planken waren alleen bereikbaar met behulp van een trap. Ronny ging met zijn vinger over de boekruggen op de plank, aarzelde bij een boek, trok het eruit en liep de trap af. Met een abrupte beweging gooide hij het boek in een doos die op de grond stond. Er stond een doos naast die boordevol boeken zat. Ronny schoof de trap een stukje opzij en klom weer naar boven. Olivia keek naar de brandende kaarsen.

'Wat is er aan de hand?' fluisterde ze.

'Een dodenwake,' fluisterde Benseman terug.

Ronny keek naar de nieuwe plank, schudde zijn hoofd en haalde er opnieuw een boek uit. Hij klom naar beneden en gooide het boek eveneens in de doos. Olivia zag dat er iets vreemds aan hem was, iets ongewoons, zijn schouders hingen, zijn bewegingen waren treurig. Ze kon zijn gezicht niet goed zien in het kaarslicht, maar ving een glimp van weemoed op.

'Wat voor boeken gooit hij weg?' fluisterde ze.

'Boeken die zijn kasten vervuilen, hij verwijdert alle schrijvers die hun morele plek verspeeld hebben.'

Olivia wist niet precies wat Benseman daarmee bedoelde, maar ze zag aan Ronny en zijn verdrietige houding dat het een pijnlijke kwestie was.

'De leden van de Zweedse Academie gaan het graf in,' fluisterde Benseman. 'De brokstukken die over zijn.'

Olivia begreep nu iets beter wat er aan de hand was. Ze had de afgelopen tijd een aantal verontwaardigde artikelen over de Academie gelezen. De reden voor die verontwaardiging was een persoon die jarenlang seksueel misbruik van vrouwen had gemaakt. Ze wist niet precies wat zijn connectie met de Zweedse Academie was, maar te oordelen naar Ronny's reactie was er geen twijfel aan die connectie. Ronny wist waarmee hij bezig was. Hij had zijn hele leven aan boeken gewijd en had respect voor iedereen die de moeite nam om een boek te schrijven. Nu waren er echter toch schrijvers die in de dozen belandden.

Ze keek naar de toegewijde man die zijn geliefde boeken bekeek. Langzaam haalde hij een dun boekje tussen de andere vandaan en bekeek het omslag.

'*Den sista grisen*,' zei hij zachtjes tegen zichzelf.

'Wie heeft dat geschreven?' fluisterde Olivia.

'Een kleine man met een grote mond en glanzende schoenen,' fluisterde Benseman terug.

Olivia keek naar Ronny, die op de trap stond en zich naar voren boog. 'Heel beklemmend,' zei hij zachtjes, waarna hij het boek in de doos liet vallen.

Die was inmiddels bijna vol.

'Wat gaat hij met de dozen doen?' fluisterde Olivia.

'Ik denk dat hij ermee naar de vuilstort in Vantör gaat.'

Uiteindelijk ging Ronny op de trap zitten en keek naar zijn levenswerk, zijn antiquariaat, dat hij van zijn moeder had geërfd en op een fantastische manier had voortgezet. De duizenden boeken die nog in de mooie kasten stonden waren eindelijk bevrijd van hun bezoedelende gezelschap. Weliswaar gaapten er kleine gaten op de meeste boekenplanken, maar hij wist dat hij vannacht voor het eerst in lange tijd goed zou slapen.

Zijn geweten was weer zuiver.

'Ben je klaar?' vroeg Olivia na een tijdje.

Ronny knikte. 'Ik hoop het,' zei hij. 'Ik hoop het echt.'

Olivia hield hem het boek voor dat ze bij zich had, *Koudvuur.* Dat zou in elk geval niet in de doos belanden. 'Ik wil dit boek kopen,' zei ze.

'Vond je het mooi?'

'Ja, het was fascinerend.'

'Je mag het hebben,' zei Ronny.

'Ik wil ervoor betalen. Hoeveel kost het?'

'Het is van Lukas Bengtsson, nietwaar?'

'Ja.'

'De man die voor die autobom veroordeeld is?'

'Ja.'

'Dat wordt dan een flink bedrag.'

'Waarom?'

'Omdat hij een veroordeelde crimineel is.'

Olivia keek naar Ronny. Zei hij nou dat Lukas' misdaad de waarde van zijn boek had verhoogd? Het volgende moment zag ze dat Benseman heel veel moeite had om niet in lachen uit te barsten.

'Ik maak maar een grapje,' zei Ronny. 'Ik wil je geld niet. Hou het boek, misschien kun je hem het laten signeren.'

Dat had hij al gedaan.

Een tijdje later liep ze het antiquariaat uit en ging naar huis. Het was een flink eind van de Katarina Bangata naar de Högalidskerk, maar ze had beweging nodig. Dat had ze de afgelopen tijd veel te weinig gekregen. Ze liep door het Rosenlundspark en raakte bijna bedwelmd door de geur van alle kersenbomen die in bloei stonden. Ze liep ernaartoe om aan de wit-roze bloemen te voelen, omdat ze er bijna kunstmatig uitzagen. Ze haalde haar mobiel tevoorschijn en maakte er een foto van, die ze naar Luna wilde sturen. In de retraite hadden ze waarschijnlijk geen kersenbloemen.

Even later kwam ze bij haar portiek en ging naar binnen. Een man lag met een camera in zijn hand, geen mobiel, op de vloer en maakte foto's. Olivia bleef staan. 'Wat ben je aan het doen?'

'Ik leg krassen vast.'

'O ja? En wie ben je?'

'Mijn naam is Belvin.' De man stond op en knikte naar Olivia. Hij was een jaar of vijfenveertig, droeg een blauwe overall, krabde tussen zijn dunne loshangende haar, ging veel te dicht bij haar staan en staarde in haar ogen.

'Ik ben de nieuwe huismeester en er moet hier een heleboel gedaan worden. Kijk hier eens naar!' Belvin wees naar een aantal gekleurde briefjes in verschillende kleuren aan de muur die over van alles informeerden, iemand ging zijn appartement opknappen en waarschuwde voor geluidsoverlast, een tweede gaf een feest, een derde had een babysitter in de aanbieding.

'Dit kan zo niet,' zei hij.

'Wat bedoel je?'

'Briefjes die zomaar ergens hangen en vlekken veroorzaken. Ik ga een publicatiebord ophangen en dan moeten de bewoners dat gebruiken. Heb je kinderen?'

Die had Olivia niet en ze vond de vraag ook niet prettig. 'Nee, waarom?'

'Kijk eens!' Belvin wees naar de kinderwagens die langs de muur stonden. 'Het is levensgevaarlijk om ze daar neer te zetten. Als er brand uitbreekt moet het portiek helemaal leeg zijn.'

'Maar waar moeten ze die dan neerzetten?'

'Ze moeten ze meenemen naar hun flats. Waar woon je?'

'Helemaal bovenin, in D.'

Belvin knikte weer en haalde een kaartje tevoorschijn. 'Hier staat mijn nummer op. Ik ben dag en nacht te bereiken, ook overdag.'

Olivia pakte het kaartje aan en liep haastig naar haar verdieping.

We hebben dus een nieuwe beheerder, dacht ze.

Wat een neuroot.

In zijn droom hoorde Stilton de sirenes van de blusboot, hij droeg bijna geen kleding, zijn moeder had zijn hand vast en ze stonden blootsvoets op een rotsplateau terwijl het huis tot de grond toe afbrandde. De schoorsteenpijp stond als een zwarte treurige pilaar midden in de vlammen, de sirenes kwamen dichterbij en hij probeerde naar de boot te rennen, alsof die het huis van zijn jeugd zou kunnen redden.

Op dat moment kwam hij bij zijn positieven.

Het waren geen sirenes, maar een kleurige bus die een paar meter bij hem vandaan stond en langdurig toeterde. Hij was bij de bushalte in slaap gevallen en nu moest hij blijkbaar opschieten.

Stilton ging staan, strompelde naar de open busdeur en klom naar binnen.

'Ik ben in slaap gevallen,' zei hij tegen de Thaise chauffeur. Hij kreeg een brede glimlach terug. 'Ik moet naar Chiang Rai.'

Stilton begon naar geld voor het kaartje te zoeken, maar de chauffeur wilde dat niet aannemen. Hij draaide zich om en zag dat de bus bijna leeg was. Een jong stel zat verstrengeld in het midden op een bank en een oude man met een strooien hoed sliep met zijn hoofd op zijn borstkas. Stilton ging helemaal achterin zitten. Geen optimale keus, met het oog op de kwaliteit van de wegen en het feit dat je achterin altijd het hardst op en neer wipte.

Hij kon de energie echter niet opbrengen om ergens anders te gaan zitten.

Het was een lange rit door prachtige gebieden en kleine dorpen waar mensen karren trokken en zware dieren voor zich uit duwden. Op de top van een berg zag hij een enorme gouden glanzende boeddha die uitkeek over het landschap. Hij dacht erover na wat Boeddha over de gewelddadigheden van zijn volk tegen de Rohingya gezegd zou hebben. Dat waren weliswaar geen boeddhisten, maar mensen met het recht op hetzelfde leven als alle anderen in dit land. Waarschijnlijk zou hij zijn ogen dichtgedaan hebben. Dat was Stiltons algemene opvatting over religieuze symbolen en goden. Ze deden graag hun ogen dicht om niet te zien wat er allemaal gebeurde.

Ineens zag hij Little Pluto voor zich.

Dat deed pijn.

Wat moest hij doen? Wat kon hij doen? Een paar seconden overwoog hij om Abbas hiernaartoe te halen en hem met zijn zwarte messen naar de rivierboot te sturen om Decha in reepjes te snijden en een wokgerecht van hem te maken. Niet zo slim, maar het bezorgde hem een heerlijk gevoel. De politie? Dat was natuurlijk het verstandigst.

Vervolgens dacht hij aan Veronica Wadner.

Wat voor opdracht had ze hem gegeven? Hoeveel wist ze wat ze hem niet had verteld? Waarom wilde ze informatie over een pedofiel hebben? Een volslagen onbekende man volgens haar. Loog ze?

Daarna dacht hij aan Luna, die zich beslist zorgen zou maken.

Zodra hij aan een mobiel kon komen zou hij haar bellen.

Chiang Rai is een oude stad in Noord-Thailand, een combinatie van sloppenwijken en moderne gebouwen. In de brede straten staan lange rijen kramen waar alles wordt verkocht wat de toeristen zou kunnen verleiden, van imitatiemerkhorloges tot echte slangenhuid. De handel gaat dag en nacht door en maakt het centrum levendig, met behulp van diverse illegale ruimten voor seksuele handelingen en papavernachten.

Toen Stilton vlak bij de grote groentemarkt uit de bus stapte had hij maar één doel: een politiebureau zoeken. Het was bijna negen uur ’s avonds en hij wist dat het moeilijk kon worden om een dienstdoende agent te vinden met een rang die hoog genoeg was voor wat hij wilde vertellen. Na een paar keer vragen en wijzen kwam hij bij een houten deur met een groot politiewapen erop. Hij opende hem en betrad een grote ruimte met tl-buizen aan het plafond. De kale muren waren grijsgeel en de enige persoon in de ruimte zat met haar rug naar de deur achter een balie.

‘Goedenavond,’ zei Stilton.

De vrouw draaide zich niet om, ze had het te druk met kijken naar een Thaise quiz op de kleine televisie die voor haar stond. Stilton liep naar de balie en klopte met zijn knokkels op het bruine blad. De vrouw draaide zich om. Ze droeg geen make-up en was waarschijnlijk jonger dan ze leek. Ze keek naar Stilton met een blik die duidelijk maakte dat hij een storende factor was.

'Ja?' zei ze.

'Ik wil met de politie praten,' zei hij.

'Een politieagent bedoel je.'

'Is er een politieagent aanwezig?'

'Waar gaat het om?' vroeg de vrouw.

'Ik wil aangifte van een misdaad doen.'

'Ben je beroofd?'

'Nee.'

'Je ziet eruit alsof je beroofd bent.' De vrouw keek naar Stilton. Hij had zijn jack aangetrokken om de verbonden schotwond te verbergen, maar de grote pleister op zijn voorhoofd zat er nog.

'Ik heb haast,' zei hij.

'Je moet met inspecteur Lek praten.'

'En waar kan ik die vinden?'

De vrouw draaide zich om en keek weer naar de televisie alsof ze wilde bepalen of ze haar aandacht even aan iets anders kon wijden dan aan de quiz, wat blijkbaar tot de mogelijkheden behoorde. Ze stond op, kwam achter de balie vandaan en liep zonder een woord te zeggen naar een gang.

Stilton volgde haar.

De vrouw bleef helemaal achterin staan voor een deur met een kleine flikkerende lamp erboven. Ze maakte een gebaar om Stilton duidelijk te maken dat hij niet dichterbij mocht komen. Hij gehoorzaamde. De vrouw klopte zachtjes op de deur. Binnen klonk een kort geluid. De vrouw opende de deur op een kier en zei een paar woorden in het Thais. Ze kreeg antwoord en haalde haar schouders op alsof ze wilde zeggen dat ze geen idee had wie de man was die aangifte wilde doen. Na nog een paar woorden uit de kamer duwde ze de deur open en gebaarde dat Stilton naar binnen kon gaan.

Dat deed hij.

In de kamer zat een man van middelbare leeftijd met een grijze mouwloze trui en een krant in zijn hand. Op de tafel voor hem stond een halfvol glas met een voor Stilton onbekende inhoud. Waarschijnlijk is het geen rum of gin, dacht Stilton.

'Ik wil een pedofiel aangeven die zich in de buurt van Wanssingi ophoudt,' zei hij.

'Ga zitten.' Inspecteur Lek vouwde de krant op en joeg een vlieg van de tafel terwijl Stilton op de bezoekersstoel plaatsnam. Die stond tegen een gele muur met een groot portret van Bhumibol, de geliefde koning die een paar jaar geleden was gestorven.

'Een pedofiel?' vroeg Lek.

'Ja.'

'Hoe heet hij?'

'Dat weet ik niet precies, hij is een Zweed maar noemt zichzelf Decha. Hij woont op een rivierboot die Contamana heet.'

'Hoe weet je dat hij een pedofiel is?'

'Ik heb gezien dat hij zich aan een jongetje vergreep.'

'Een Thais jongetje?'

Stilton wilde nee zeggen, maar bedacht dat de Rohingya paria's in dit land waren. Ook al praatte hij met een agent, hij wist niet hoe zijn reactie zou zijn of dat het zijn betrokkenheid zou beïnvloeden. Dus zei hij: 'Ik geloof het wel.'

Lek knikte en schreef een paar woorden op een notitieblok. 'Ben jij ook een Zweed?'

'Ja.'

'En je naam is?'

'Tom Stilton.'

'Verblijf je hier?'

'Nee, in Mae Phim.'

'Wat doe je daar?'

Plotseling ging het om Stilton. Dat had hij niet verwacht. 'Ik verblijf in de retraite van mijn halfzus.'

'Wat deed je in de opiumbergen?' vroeg Lek.

'Ik was op zoek naar Decha.'

'Wist je dat hij een pedofiel is?'

'Nee. Dat ontdekte ik toen ik hem gevonden had.'

'Waarom zocht je hem?'

'Je stelt veel vragen,' zei Stilton.

'Ja. Is dat een probleem?'

'Nee.'

Lek observeerde Stilton, een Zweed die aangifte tegen een andere Zweed wilde doen.

'Hij is gewapend, hij heeft een pistool,' ging Stilton verder.

Lek maakte opnieuw een aantekening, legde een blote onderarm op de tafel en stond twee vliegen toe erop te gaan zitten. Hij observeerde een derde vlieg die boven zijn arm zoemde en toen die eveneens was gaan zitten maakte hij een bliksemsnelle beweging met zijn andere hand en hield ze in zijn vuist.

'Pedofilie is een ernstige misdaad,' zei hij. 'Ongeacht de nationaliteit van de dader.'

'Dat vind ik ook.'

Lek opende zijn vuist en toonde de vliegen. Twee waren dood en de derde vloog slingerend naar het glas.

'Helaas hebben we een toevloed van pedofielen uit de westerse wereld, onder meer uit jouw geboorteland. Dat neemt veel tijd in beslag. Heb je bewijzen dat deze Decha een pedofiel is, behalve wat je gezien hebt?'

'Nee.'

'Dus als hij ontkent is het jouw woord tegen het zijne?'

Stilton keek naar Lek. Hij besefte dat hij waarschijnlijk gewoon zijn werk deed, misschien zou Stilton dat in zijn situatie ook zo gedaan hebben. Stilton wist wat ervoor nodig was om een pedofiel in de gevangenis te krijgen. Onderzoek, foto's, computers in beslag nemen, contactnetwerken uitpluizen. Een bewering van een ooggetuige was niet voldoende. Maar hij had aangifte gedaan van wat hij had gezien, dus het formele deel was afgehandeld. Als dat niet voldoende was om Decha achter de tralies te krijgen waren er andere manieren. Minder officieel, gevaarlijker.

Stilton ging staan. 'Ik ben jarenlang recherchecommissaris in Zweden geweest en ken de problemen om pedofielen veroordeeld te krijgen,' zei hij. 'Maar ik moest aangifte doen. Bedankt voor het gesprek.'

Stilton begon naar de deur te lopen.

'Mister Stilton,' zei Lek terwijl hij naar hem keek. 'Bedankt voor de informatie. We zullen dit natrekken. Het is niet veel om mee te werken, maar als je gelijk hebt zullen we ons best doen met de middelen die tot onze beschikking staan. Pedofielen zijn een plaag voor ons land. Meer kan ik niet beloven.'

Daar moest Stilton zich mee tevredenstellen.

*

Een van de dingen die Stilton aan Suzy waardeerde was dat ze geen vragen stelde als je zelf niets vertelde. Ze zag waarschijnlijk meteen dat hij een schotwond in zijn schouder had, ook al was de kogel alleen door het vlees gegaan, maar ze maakte hem schoon en verbond hem zonder een woord te zeggen. Toen ze klaar was zei ze: 'Je hebt de man op de foto dus gevonden.'

'Ja.'

'Wat wil je eten?'

'Een kruidige soep.'

Ze knikte en ging naar de piepkleine keuken. Stilton leunde naar achteren, hij was een halfuur geleden uit de bus van Chiang Rai naar Bangkok gestapt en was meteen hiernaartoe gegaan. Hij keek naar het gekrioel in de nauwe straat, een olifantenjong liep aan een touw met een jong meisje mee, achter haar liep een man met een lange opgerolde matras over zijn schouder, een paar meter verderop zag hij een enorme tros zwarte knetterende leidingen, aan de overkant glipten dikke ratten onder groentekisten die tegen de muur stonden. De ratjetoe van geuren en geluiden bezorgde hem een behaaglijk gevoel van rust. Hij vond het heerlijk als hij naar de realiteit kon kijken zonder dat hij daaraan mee hoefde te doen.

'Alsjeblieft.' Suzy zette een kom dampende soep voor Stilton neer, wreef een lepel schoon met een wit stoffen servet en ging naast hem zitten. 'Het is heet,' waarschuwde ze.

Stilton knikte, hij had niet anders verwacht. Het was niet belangrijk of ze de kruiden of de temperatuur bedoelde. Hij schepte een lepel soep op en blies erop.

'Mijn man is overleden,' zei Suzy op het moment dat hij een hap wilde nemen.

'Wat erg,' zei hij.

'Ja en nee. Hij was ziek en voornamelijk een last. Zonder hem is het leeg maar gemakkelijker.'

'Misschien vind je een nieuwe man?'

'Misschien wel. Als dat nodig is.'

Stilton at zijn soep en Suzy zat naast hem. Ze zeiden geen van beiden veel, dat was niet nodig, ze wisten wat ze aan elkaar hadden en dat was voldoende. Stilton veegde zijn mond af aan het servet en keek naar Suzy. 'Heb je een mobiel die ik kan lenen? Ik moet iemand bellen.'

Suzy liep de keuken in en kwam terug met een mobiel in een gebloemd etui, niet het laatste model, maar hij deed wat hij moest doen.

'Dank je wel.'

Stilton belde Luna, maar ze nam niet op. Toen hij de verbinding verbrak stond Suzy op en streek even over zijn wang. 'Het komt allemaal goed,' zei ze, waarna ze in de keuken verdween.

Stilton legde wat geld op de gebarsten plastic tafel, kwam overeind en vertrok.

Olivia zat aan de keukentafel met een salade voor zich toen Mette om halfzeven belde.

'Lukas Bengtsson is gevlucht.'

Olivia zweeg.

'Hallo? Olivia?'

'Wanneer is dat gebeurd?'

'Vannacht. Ze hebben het vanochtend ontdekt,' zei Mette.

'Hoe heeft hij kunnen vluchten?'

'Daar heb ik geen details over.'

'Wat gaat er nu gebeuren?'

'Hij wordt gezocht. Ik betwijfel of hij erin slaagt lang weg te blijven, maar misschien neemt hij contact met jou op.'

'Waarom zou hij dat doen?'

'Dat weet je waarschijnlijk zelf het best. Nu ga ik weer met pensioen. Dag.'

Mette verbrak de verbinding. Olivia bleef met haar mobiel in haar hand zitten. *Dat weet je waarschijnlijk zelf het best.* Wat haalde Mette zich in het hoofd? Waarom zou Lukas contact met haar opnemen? Als er iemand was aan wie hij een hekel had, dan was zij dat. De vrouw zonder mond.

Ze schoof de salade weg en dronk een glas water. De gedachten tolden door haar hoofd.

Was Lukas gevlucht?

Ergens verbaasde het haar niet, iedereen zou tenslotte de neiging krijgen om te vluchten door de omstandigheden die in een psychiatrische instelling heersten. Maar als ze bedacht in wat voor toestand ze hem had aangetroffen leek dat volkomen onwaarschijnlijk. Hij was onaanspreekbaar geweest en had onder de medicijnen gezeten.

Ze at verder en waste af met haar hoofd vol gedachten. Waar zou hij naartoe zijn? Het klopte natuurlijk wat Mette had gezegd, hij zou niet lang op de vlucht kunnen blijven. Hij had geen crimineel contactennetwerk dat voor hem kon zorgen en hem kon doorsluizen naar Nederland of zelfs maar naar Dalarna. Dwaalde hij door de stad?

Ze liep de slaapkamer in en ging op haar bed zitten.

Stel dat hij om de een of andere reden inderdaad contact met haar zou opnemen. Dan zou ze gedwongen zijn om de politie in te schakelen zodat hij werd opgepakt.

Opnieuw.

Olivia, dacht ze plotseling, verman je. Het gaat om een veroordeelde aanslagpleger. Hoeveel talent hij ook heeft. Je bent een politieagent. Je hebt een verantwoordelijkheid voor je werk, dat mag je niet vermengen met je privéleven. Lukas is fascinerend, maar dat zijn zoveel zware misdadigers. Denk aan wat je op de politieacademie hebt geleerd: wie te lang in de ogen van het monster staart, wordt zelf een monster.

Lukas was geen monster.

Olivia weigerde dat te geloven.

Ze weigerde zelfs te accepteren dat hij schuldig was aan het misdrijf waarvoor hij was veroordeeld. Hij was veroordeeld op grond van aanwijzingen en de rechtswetenschap was niet altijd waterdicht. Er werden fouten gemaakt, zoals bij Joy Rahman en Kaj Linna was gebeurd.

Misschien was er bij Lukas ook zo'n fout gemaakt?

Ze kleedde zich langzaam uit en vroeg zich af waarom ze Lukas probeerde te verdedigen. Was het alleen haar intuïtie over zijn eventuele onschuld, of was het iets anders? Ze was zich volledig bewust van haar gevoelens voor Lukas, voor de privépersoon, de kunstenaar en dichter. Die gevoelens waren lastig en vertroebelden haar oordeel op andere niveaus.

Waardoor waren haar gevoelens begonnen?

Waarschijnlijk was het de uitdaging, dacht ze. Een persoon die zo ver afstond van alle andere mannen die ze had ontmoet, afwezig en intens op hetzelfde moment, vurig. Psychisch ziek natuurlijk, als hij een aanval had, maar daartussen fascinerend.

Ineens dacht ze aan zijn boek. Ze had zich in eerste instantie aangetrokken tot hem gevoeld door zijn gedichten. Hij had zich al binnen in haar bevonden voordat ze hem had ontmoet. Ze was in zijn leven verschenen door wat hij had geschreven.

Het was allemaal heel vreemd.

En nu was hij op de vlucht.

Zou hij echt naar haar toe komen?

Stilton zat een hele tijd zwijgend aan de eettafel. Luna en Aditi wilden de stilte niet verbreken en gaven hem de tijd om bij te komen. Het enige geluid was het broze tingelende geluid van de windgong bij Aditi's bungalow.

Hij was een uur geleden in een taxi gearriveerd en was meteen naar de afgeschermde douche onder de palmboom gegaan. Hij had lange tijd met gebogen hoofd onder de lauwe dunne straal gestaan en toen hij klaar was had hij zich afgedroogd met een grote badhanddoek en had zijn kleren weer aangetrokken. Hij was naar de gedekte tafel gelopen en was op de blauwe deken gaan zitten. Luna had boodschappen gedaan en Aditi had gekookt, er lagen allerlei lekkere hapjes op de aardewerken schalen die voor hem stonden. Hij had zijn bord volgeschept en had gegeten.

Na een tijdje keek hij naar Luna en zag meteen dat ze naar de wond op zijn slaap keek.

'Ik ben van een rots gegleden,' zei hij.

'Had je die wond niet moeten laten hechten?'

'Waarschijnlijk wel, maar dat ging helaas niet.'

Hij legde zijn bestek neer en begon te vertellen omdat hij wist dat het moest. Over wat er op de rivierboot was gebeurd, over Decha en zijn misbruik van Little Pluto en een paar andere dingen. Hij vond de details niet belangrijk, vooral niet over zijn bezoek aan Jhang Sa, de opiumbaron. Of over de krokodillen, de muggen en de bloedzuigers. Misschien later, tegen Luna, in de juiste situatie, maar nu niet. Hij had zijn jack bewust nog niet uitgetrokken, omdat hij wist dat het vragen zou opleveren.

Toen hij dat deed kwamen de vragen inderdaad.

'Wat is er gebeurd?' Luna stak haar hand uit naar het natte verband rond zijn schouder en Stilton deinsde naar achteren. Het deed nog steeds flink pijn.

'Een schotwond. Ik ben beschoten bij de rivierboot.'

'Door die Decha?'

'Ja. Het is maar een vleeswond.'

'Ben je in het ziekenhuis geweest?'

'Nee. Suzy heeft de wond verzorgd.'

'Suzy?' vroeg Aditi.

Ze had geen idee wie Suzy was, maar dat had Luna wel. 'Dat is Toms vriendin in Bangkok.'

'Je vriendin?'

'Een vrouw die een geweldig restaurant heeft. We mogen elkaar graag. Ze stelt niet veel vragen.'

'En wij doen dat wel?' zei Aditi.

'Dat heb ik niet gezegd.' Hij dacht het echter wel.

'Wat is er eigenlijk gebeurd in Wanssingi? We praatten door de telefoon en plotseling werd de verbinding verbroken. Daarna probeerden we te bellen en nam een vreemde man je mobiel op.'

'Er ontstond een kleine ruzie over een boot die ik wilde huren, maar dat hebben we uitgepraat. Daardoor ben ik mijn mobiel kwijtgeraakt.'

'Je horloge ook?' Luna had gezien dat zijn horloge weg was en had verwacht dat Tom er zelf over zou beginnen. Ze wist hoeveel het horloge voor hem betekende.

'Ja, dat ook,' zei hij terwijl hij naar zijn bord keek.

Voor Luna, die Tom inmiddels goed kende, betekende het heel andere dingen. Een litteken op zijn voorhoofd? Een schotwond in zijn schouder? Een verdwenen mobiel en horloge?

'Wat is er daar gebeurd?' vroeg ze terwijl ze haar hand op Stiltons arm legde.

Hij voelde de warmte van haar hand op zijn huid, een aanraking die in haar eenvoud kanalen opende waar hij niet aan toe was.

'Heel vervelende dingen.'

Stilton keek naar de blauwe deken en voelde dat er gevoelens in hem opwelden die hij op dit moment en op deze plek niet wilde tonen, maar het was niet gemakkelijk om ze tegen te houden.

'De kleine jongen?' vroeg Luna.

Stilton knikte. De kleine jongen. Die hij midden in de nacht op een rivierboot in de steek had gelaten. Hij stond op en liep naar hun bungalow.

Dit moest hij in zijn eentje verwerken.

Toen Luna een tijdje later binnenkwam lag hij onder een deken op de zachte matras. Ze kleedde zich uit en ging naakt naast hem liggen. Terwijl ze langzaam met haar hand van zijn borstkas naar zijn heupen streelde hoorde hij de broze windgong buiten.

Morgen zou hij bij Veronica op bezoek gaan.

*

Veronica was met moeite zo ver mogelijk het strand op gereden, ze wilde buiten zijn. Het motregende; de fijne warme druppels maakten haar gladde gezicht nat. Stilton had niet verteld wat hij te weten was gekomen, hij had alleen gezegd dat hij haar wilde spreken om de kwestie te evalueren. Ze nam aan dat het woord, waardoor ze zich een opdrachtgever voelde, een overblijfsel van zijn jaren bij de politie was. Hoewel het in principe natuurlijk klopte.

Ze keek naar haar handen, die niet helemaal vast waren. Het lichte beven verried hoe ze zich voelde. Zo voelde ze zich al sinds de vorige dag, voordat ze wist dat Stilton terug was. Misschien had haar onderbewustzijn het al geweten? Ze had moeite gehad met slapen, soms was de stilte in huis storend en gaf voeding aan gedachten die ze het liefst niet wilde hebben. Gedachten aan wat er zou gebeuren als Stilton was geslaagd in wat ze hem had gevraagd. Dat zou alles veranderen. Niet het verleden, maar de waarheid daarover.

En daarna?

Als ze bevestigd zou krijgen waarvoor ze bang was geweest sinds ze het met de hand geschreven vel papier in de groene map had gelezen, wat zou er dan gebeuren? Zou het haar verdriet veranderen? Nauwelijks. Haar uiterlijk? Absoluut niet.

Het zou haar echter vervullen met een enorme behoefte aan wraak.

Van dat alles had Stilton geen idee terwijl hij over het strand naar haar toe liep. De vorige keer had ze gezegd dat er voor alles een verklaring was en hij had zich voorgenomen om de gehandicapte vrouw alles te laten vertellen.

Toen hij het huis naderde zag hij dat de vlieger weg was.

'Hallo, Veronica.'

Hij bleef een paar meter bij de rolstoel vandaan staan, niet ver van de zee. Veronica keek naar hem zonder antwoord te geven. Hij begreep dat er van hem werd verwacht dat hij onmiddellijk zijn verhaal zou vertellen, dus deed hij dat: 'De man op de foto is een Zweedse pedofiel die op een rivierboot in de rivier de Kok verblijft. Hij noemt zichzelf Decha, maar dat is zijn echte naam niet. Wat die wel is weet ik niet. Hij kan betrokken zijn bij opiumsmokkel, daar kon ik niet achter komen. Hij beweert dat hij geen idee heeft wie je bent.'

'Heb je over me verteld?'

'Ik heb je naam genoemd en heb gevraagd of hij je kent,' zei Stilton.

'Was dat noodzakelijk?'

'Ik vond van wel. Is dat belangrijk?'

Veronica gaf geen antwoord. Ze begon naar het huis terug te rijden en Stilton liep achter haar aan.

'Een pedofiel,' zei ze zachtjes, voornamelijk tegen zichzelf.

'Ja. Hij vergrijpt zich op de boot aan jongetjes uit Myanmar. Ik ben naar de politie geweest om aangifte tegen hem te doen.'

Ze naderden het huis. Stilton had verteld wat hij wist, in elk geval de verkorte versie, en hij wilde nu een verklaring van Veronica hebben. Die kwam niet. Toen ze bij de oprit waren, pakte hij de rolstoel vast en hield hem tegen.

Veronica draaide zich om en keek naar hem. 'Wat is er?' vroeg ze.

'Veel. We kunnen beginnen met de man op de foto. Je zou me een verklaring geven als ik hem zou vinden.'

'Nee, als je had uitgezocht wie hij is. Decha zegt me niets. Hij is nog steeds een vreemdeling.'

'Maar je weet waarmee hij zich bezighoudt. Hij is een pedofiel.'

'Ja. Dat is mooi. Het is een stukje op weg.'

'Naar?'

'Naar wat ik moet weten. Zijn naam. Wil je de eindafrekening hebben?'

Stilton schrok even. 'Dus wij zijn klaar?'

'Ik krijg het idee dat je niet veel verder gaat komen.'

'Ik heb aangifte tegen hem gedaan. Misschien kan de politie achterhalen wie hij is.'

'Misschien wel,' antwoordde Veronica.

'Je lijkt teleurgesteld.'

'Niet in jou. Je hebt gedaan wat je kon, meer kan ik niet verlangen. Ik neem aan dat het een moeilijke reis was?'

'Ja.'

Veronica reed de oprit op.

Stilton keek haar na. 'Je bent dus niet van plan meer te vertellen?'

Veronica stopte en draaide haar hoofd om. 'Niet op dit moment. Misschien op een dag, als het juiste moment gekomen is. Als je dan nog hier bent.'

Stilton liep langzaam over het strand terug. Hij was woedend en voelde zich misbruikt. Wat was dit verdomme? Wat was het grote geheim? Natuurlijk, ze had hem om hulp gevraagd en had daar goed voor betaald, maar de rest? Wat was ze nu van plan? Hij had haar minieme reactie gezien toen hij vertelde dat de man op de foto een pedofiel was, maar dat had geen gevolgen gehad. Het was alsof ze het voornamelijk had geconstateerd. Wist ze het misschien al? Hij begreep steeds minder van Veronica Wadner.

Veronica Wadner begreep juist heel veel. Ze zat bij het verandaraam en zag Stilton over het strand verdwijnen. Een goede politieagent, herinnerde ze zich. Ze vroeg zich af hoe hij destijds dakloos had kunnen worden. Ze reed naar het dranktafeltje en brak met haar gewoonte. Het was te vroeg voor gin, maar zoals ze zelf altijd zei: de tijd komt en gaat. Op dit moment was die gegaan. Ze schonk een glas in voor zichzelf en dacht na over Stiltons informatie. Hij had de naam van de onbekende man niet achterhaald, maar had verteld dat hij een pedofiel was. Die informatie was veel belangrijker dan Stilton vermoedde.

Die bevestigde waarschijnlijk een tragedie.

Olivia kwam onder de douche vandaan, ze had er lang onder gestaan om wakker te worden onder het warme water. Ze droogde zich af, pakte haar badjas van de keukenstoel en trok hem aan. Thee, was haar eerste gedachte, maar plotseling had ze behoefte aan iets anders. Ze opende de koelkast en keek wat erin stond. Ze zag een fles met rodebietensap waar ze nieuwsgierig naar was, ze had ergens gelezen dat het goed voor de huid was, of was het voor de bloeddruk?

Ze draaide de dop van de fles, nam een slok en ging aan de keukentafel zitten. Vrijwel onmiddellijk constateerde ze dat het sap, waar het ook goed voor was, niet te drinken was. Ze zette de fles weg, pakte haar mobiel en zag dat Lennie via WhatsApp een paar foto's van haar zorgeloze leven in Kopenhagen had gestuurd, foto's van lachende vriendinnen en leuke terrasjes die Olivia helemaal niet wilde zien. Het deed haar denken aan een leven dat het hare niet was. In elk geval op dit moment niet. Ze ging naar haar fotogalerij om een paar foto's te zoeken die ze naar Lennie kon sturen en zag de foto's die het laatst genomen waren.

Het duurde een hele tijd voordat ze besefte wat ze zag.

Het was onbegrijpelijk, maar ze zag naaktfoto's van zichzelf.

Twee die waren genomen terwijl ze onder de douche stond.

Ze liet haar mobiel op de tafel vallen alsof ze er een besmettelijke ziekte van kon krijgen en haar hartslag versnelde. Even later boog ze zich naar voren en keek weer naar de foto's.

Ze waren de vorige dag gemaakt.

Iemand heeft foto's van me gemaakt terwijl ik onder de douche stond, dacht ze, met deze mobiel! Iemand heeft in de hal gestaan om deze foto's te maken!

Ze vloog overeind, voelde haar maag omdraaien, rende naar de wastafel en draaide de kraan open. Ze dronk niets, staarde alleen naar de waterstraal terwijl de vragen door haar hoofd buitelden.

Wie?

Wie was er in vredesnaam in haar appartement geweest? Wie had de sleutel van de deur? Ze dacht na. *Lennie heeft een sleutel, maar zij is in Kopenhagen. En verder?*

Niemand.

Ze rende naar de voordeur. Wat ze daar moest doen wist ze niet, maar ze kon in elk geval naar het slot kijken. Dat was een gewoon cilinderslot. Ze voelde aan de deur en merkte dat hij openging, de vergrendeling was er niet goed in geklikt. Dat was een paar keer eerder gebeurd, maar toch?

Terwijl ze weer naar de keukentafel liep begon de schok omdat er zonder dat ze dat wist foto's van haar waren gemaakt te verminderen. Lukas? Hij was ontsnapt. Mette had gezegd dat hij misschien contact met haar zou opnemen. Maar dit?

Waarom zou hij naar binnen sluipen en foto's van haar in de badkamer maken?

Wist hij trouwens waar ze woonde?

Ze dacht aan de heen en weer wiegende, hulpeloze man in Karsudden met het gemillimeterde haar en het witte spul in zijn mondhoeken. Lukas?

Onmogelijk.

Aan de andere kant was hij in staat geweest om te vluchten. Dat zou de plant met wie ze in het ziekenhuis aan tafel had gezeten niet kunnen. Hadden ze hem misschien andere medicijnen gegeven? Of zou hij ze niet ingenomen hebben? Misschien was hij weer van persoonlijkheid veranderd?

Olivia transpireerde over haar hele lichaam, ondanks de douche van een paar minuten geleden. Ze pakte haar mobiel, belde een collega op het politiebureau en vroeg naar Lukas Bengtsson. Hij was nog steeds voortvluchtig. Ze verbrak de verbinding en belde de beheerder.

'Met Belvin.'

'Hallo, met Olivia Rönning, op de vierde verdieping in D. Ik wil dat het slot van mijn voordeur vervangen wordt.'

'Hoezo?'

'Er is bij me ingebroken en ik wil dat het vervangen wordt. Nu!'

'Ik kom zo snel mogelijk, zodra ik foto's gemaakt heb van de brommer die buiten de daarvoor aangewezen parkeerplaatsen op de binnenplaats staat.'

Een kwartier later arriveerde Belvin met een flinke gereedschapskoffer in zijn hand. Olivia had zich inmiddels aangekleed en was enigszins gekalmeerd.

Ze liet Belvin binnen.

'Er is dus ingebroken?' zei hij.

'Ja.'

'Is er iets gestolen?'

'Nee.'

'Hoe weet je dan dat er ingebroken is?'

'Omdat degene die hier was met mijn eigen mobiel foto's van me gemaakt heeft terwijl ik onder de douche stond,' zei Olivia.

'Je doucht dus met een open deur?'

'Wat heb jij daar verdomme mee te maken?'

Belvin verstijfde en draaide zich naar de deur.

'Is het deze?' vroeg Belvin terwijl hij naar het slot wees.

'Ik heb maar één voordeur.'

Belvin zette de gereedschapskoffer neer en keek naar het slot. 'Dat is een oud slot.'

'Ja? En?'

'Ik heb dit soort sloten niet op voorraad, die moet ik bestellen. Als je een ander slot wilt moet ik een nieuw gat boren en dan beschadig ik je deur.'

'Hoe snel kun je aan een slot komen dat past?'

'Een dag, misschien twee,' zei Belvin.

'Oké, graag. Regel het zo snel mogelijk.'

'Dat zal ik doen.'

Belvin liep naar buiten en bleef staan. Olivia sloeg de deur voor zijn neus dicht. Verdomde neuroot, dacht ze.

Toen ze in de keuken was belde ze Lisa.

Ze moest praten.

*

Olivia en Lisa hadden het de hele dag razend druk gehad met allerlei routineklussen en hadden besloten om na het werk iets te gaan drinken zodat ze over de foto's onder de douche konden praten.

Ze vonden een leuk tafeltje op een terras en bestelden deze keer allebei bier. Olivia wachtte tot de ober hun bestelling had gebracht voordat ze haar mobiel pakte en de naaktfoto's onder de douche opzocht. Toen Lisa ze zag reageerde ze ongeveer op dezelfde manier als Olivia.

'Dat is hartstikke ziek,' zei ze.

'Ja.'

'Heb je aangifte gedaan?'

'Ja. Van inbraak.'

'En je hebt geen idee wie het kan zijn?' vroeg Lisa.

'Nee. De enige die een sleutel heeft, behalve ik, is een vriendin die in Kopenhagen woont. Maar er zit een oeroud cilinderslot in de deur, dus was het waarschijnlijk niet moeilijk om binnen te komen.'

Lisa gaf de mobiel terug en schudde haar hoofd. Ze had zelf ervaring met seksuele intimidatie, een beetje ernstiger dan naaktfoto's, en had geen moeite om te begrijpen hoe erg dit was.

Olivia stopte haar telefoon weg en zei: 'Mette heeft ervoor gezorgd dat Magnus verdwenen is.' Ze hadden het tenslotte toch over het onderwerp.

'Ja,' antwoordde Lisa. 'Hij heeft op staande voet ontslag genomen.'

'Heb je niets meer van hem gehoord?'

'Geen woord. Heerlijk.'

'Heb je het gevoel dat je genoegdoening gekregen hebt?' vroeg Olivia.

'Dat weet ik niet, maar het is een goed gevoel om het af te kunnen sluiten en dat heb ik helemaal aan jou te danken. Als je niet zo direct was geweest, dan had ik het misschien nooit verteld. Dank je wel.'

'Proost.'

Ze lachten allebei en namen een slok bier.

'Wat vind je ervan dat Lukas Bengtsson gevlucht is?' vroeg Lisa.

'Dat voelt vreemd. Ik hoop dat hij geen domme dingen doet.'

'Zoals?'

'Ik weet het niet, hij voelt zich hartstikke rot en slikt medicijnen, dat is geen goede combinatie.'

Olivia keek naar haar glas alsof ze daarin een glimp van Lukas kon ontdekken. Dat was niet zo.

Lukas was ver weg.

*

De kleine jongen zat een paar meter bij de oever vandaan op een rotsblok. Hij keek naar zijn spiegelbeeld in het water. Onder het oppervlak zwom een school kleine baarzen. Hij zag de vissen onder zijn gezicht en klemde een steentje in zijn hand. Hier wilde hij heel lang blijven zitten. Op dat moment hoorde hij de stem die zijn naam riep. 'Lukas.' Hij wilde de stem niet horen, nooit meer. 'Lukas!' Hij gooide de steen in het water, waardoor zijn gezicht in duizend stukjes brak. Hij wist dat het nooit meer heel zou worden. Toen de stem dichterbij kwam begon hij te huilen.

Ik huil nu ook, dacht Lukas terwijl hij over een heel ander water uitkeek. De herinnering aan mezelf had verdwenen moeten zijn, dat is tenslotte de bedoeling van alles. Waarom duikt die nu op?

Hij dacht eigenlijk nooit aan zichzelf als zichzelf. Hij was een wezen dat bestond. Er gebeurden dingen die betrekking op hem hadden. Soms begreep hij waarom dat was, andere keren niet. Hij was alleen bang om dood te gaan als het tijd was om naar bed te gaan. Waarom hij daar juist op dat moment bang voor was wist hij niet. Eigenlijk was hij bang om te slapen, voor datgene wat zou gebeuren als hij sliep en in hem opgeslagen zou worden. Diep vanbinnen, waar hij alleen kon komen als hij hier niet was.

Daar was hij bang voor.

Hij keek over de rand.

Er waren bijna geen auto's beneden, het was tenslotte midden in de nacht. Het risico dat hij op een auto terecht zou komen en iemand zou verwonden was minimaal.

Het risico dat hij het zou overleven was net zo klein.

Hij voelde aan zijn jack en merkte dat hij een penseel in zijn binnenzak had. Hij haalde het tevoorschijn en keek ernaar. Een rib, dacht hij, of een anker.

Het schilderen bood hem meestal houvast.

Vroeger, toen hij niet opgesloten was.

De wind trok aan zijn haar en hij voelde dat hij heen en weer zwaaide. De kou voelde hij niet. Hij keek uit over het donkere Stockholm, het dode uitzicht. Toen hij weer over de rand keek had hij een beslissing genomen.

*

Olivia woelde in haar bed, ze bevond zich in een gigantisch stenen doolhof en rende achter een kind aan dat spottend lachte zodra ze het zag.

'Blijf staan!' riep ze en ze ging abrupt rechtop in bed zitten, doornat van het zweet.

Het maanlicht sijpelde door de jaloezieën naar binnen en het duurde even voordat haar ogen gewend waren. Ze voelde haar hart in haar keel kloppen en hijgde, maar wist haar ademhaling na een paar seconden te kalmeren.

'Hallo.'

Ze schoot zo hard naar achteren door de stem die ze plotseling in de duisternis hoorde, dat ze haar hoofd tegen de muur achter het bed stootte. Bij de deur stond een roerloze, donkere gestalte. Op het moment dat ze wilde gaan schreeuwen verlichtte het maanlicht het gezicht van de man.

Het was Lukas.

Hoe was hij in haar appartement gekomen? Weliswaar was het oude slot nog niet vervangen, maar ze had gecontroleerd of het slot goed dichtzat nadat ze thuis was gekomen. Of was ze dat vergeten?

Olivia trok het dekbed naar haar kin en staarde naar de deur. 'Wat doe je hier, Lukas?' vroeg ze zo kalm mogelijk.

'Ik wil met je praten.'

'Je bent gevlucht.'

'Niet van mezelf.'

Olivia voelde dat haar hartslag iets kalmeerde, ze moest de situatie onder controle zien te krijgen. De man die in de duisternis in haar slaapkamer stond was ziek. Ze moest zo kalm mogelijk blijven.

'Waarover wil je praten?' vroeg ze.

'Je vroeg je af wie de zwarte demon in mijn schilderijen is.'

'Ja.'

'Of het een vrouw is.'

'Ja.'

'Dat is het niet. Het is een man,' zei Lukas.

'Wie dan?'

'Dat weet ik alleen als ik daar ben.'

Lukas liep de slaapkamer in. Olivia zag dat hij in een aanzienlijk betere staat was dan de laatste keer. Hij was slanker en zijn gezicht was strakker. Ze ging tegen het hoofdeind zitten en hield het dekbed nog steeds bij haar kin. Zijn stem was ook heel anders dan die ze in de instelling had gehoord, die had gepraat over een blauwe scherf. Deze stem was kalm, die herkende ze.

Lukas bleef tegenover het bed staan. 'Weet je waaraan ik lijd?' vroeg hij.

'Ja.'

'Ik word iemand anders.'

'Ik weet het.'

'Misschien was ik ook een ander toen dat met die auto gebeurde.'

'Misschien wel.'

'Iedereen dacht dat ik loog,' zei hij. 'Dat deed ik niet. Ik was er niet.'

'Je was er wel,' antwoordde Olivia, 'maar dat wist je niet.'

'Waarschijnlijk. Mag ik gaan zitten?' Lukas wees naar het bed en Olivia knikte. Ze voelde dat ze ontspande. Ze kon met hem praten. Hij was gevlucht en nu was hij hier. Het was nogal irritant dat Mette gelijk had gehad met haar waarschuwing.

Lukas ging zitten, een stukje bij haar opgetrokken voeten vandaan.

'Daarnet was ik van plan om te springen,' zei hij.

'Springen?'

'Maar ik heb me bedacht. Weet je waarom?'

'Nee.'

'Dat zou onrechtvaardig zijn.'

'O ja?'

'Als je een ander binnen in je hebt en je weet dat, maar je weet niet wie het is of hoe die persoon is, dan zou zelfmoord een moord op die ander zijn, of niet soms?'

'Eh... ik denk het.'

'Die ander wil misschien helemaal geen zelfmoord plegen.'

'Nee.'

'Dat is onrechtvaardig. Een zelfmoord die een moord wordt.'

Olivia probeerde Lukas' gedachtegang te volgen, ze was net in een stenen doolhof op jacht naar een verloren kind geweest en nu zat er een man op haar bed die over zelfmoord als moordwapen praatte.

Ze moest proberen de situatie te stabiliseren.

Ze pakte haar mobiel van het nachtkastje en wilde de naaktfoto's van zichzelf onder de douche ophalen, maar bedacht zich. 'Heb jij met deze mobiel foto's van me gemaakt toen ik onder de douche stond?' vroeg ze in plaats daarvan.

'Nee. Waarom zou ik dat doen?'

Lukas zag er heel oprecht uit, na een paar seconden zakten zijn schouders een stukje en Olivia hoorde bijna niet meer wat hij zei. 'Misschien heeft die ander het gedaan,' zei hij. 'In dat geval bied ik je mijn verontschuldigingen aan.'

Olivia schoof naar hem toe en legde haar hand op Lukas' arm.

Hij keek ernaar. 'Ik snap heel goed dat je niet verteld hebt dat je politieagent bent,' zei hij.

'Dat is fijn.'

'Jij bent ook een ander.' Hij glimlachte terwijl hij het zei en Olivia glimlachte terug. Zij was ook een ander. Het verschil was dat zij ervoor kon kiezen om iemand anders te zijn. Dat kon Lukas niet.

'Hoe gaat het met je behandeling?' vroeg ze.

'Ze nemen me mee naar het park en brengen me weer naar binnen, soms komt er iemand die met me probeert te praten, maar ze geven me voornamelijk medicijnen.'

Dat heeft met je behandeling te maken, wilde Olivia zeggen, maar ze besefte dat het een nogal misleidend woord was. 'Dwangbehandeling' was adequater. 'Vind je dat je daar voldoende hulp krijgt?'

'Ik weet eigenlijk niet waarmee ik geholpen moet worden. Ik weet niet of ik het wel wil. Om één Lukas te worden, bedoel ik.'

'Waarom niet?'

'Omdat mijn talent daardoor misschien verdwijnt.'

Olivia dacht na over zijn antwoord. Ze begreep zijn angst om het contact met de bron van zijn creativiteit kwijt te raken, maar tegelijkertijd leed hij en wilde hij niet verdwijnen. Of wel soms?

'Het is goed dat ik de signalen heb leren kennen,' zei hij. 'Het begint bijna altijd met hoofdpijn en daarna verdwijn ik.'

'Maar Lukas, je wilt toch gezond worden?'

Lukas zweeg een hele tijd en pakte uiteindelijk Olivia's hand vast, wat ze toeliet. Hij streelde hem en keek in haar ogen. Ze zag dat ze glansden en besefte dat hij op het punt stond te gaan huilen.

'Ik wil daar niet zijn,' zei hij zachtjes. 'Ik wil hier zijn.'

Olivia wist niet of hij het over Karsudden of over zijn andere toestand had. Wat Karsudden betrof kon het helaas niet anders.

Ze zaten zwijgend een hele tijd dicht tegen elkaar aan, tot Olivia voelde dat ze in actie moest komen. Ze trok haar hand terug, pakte haar mobiel, belde Lisa, verontschuldigde zich voor het tijdstip en vroeg of ze Lisa's auto mocht lenen om Lukas Bengtsson naar Katrineholm terug te brengen.

'Dan kan ik misschien beter meegaan,' zei Lisa.

'Dat is niet nodig.'
'Oké.' Lisa ging ervan uit dat ze later een verklaring zou krijgen.

Lukas sliep al toen ze Hornstull passeerden en werd pas wakker toen Olivia zijn arm vastpakte en zei dat ze er waren. Ze reed naar de ingang van Karsudden. Een halfuur geleden had ze de instelling gebeld om de situatie uit te leggen. Ze wist niet zeker of Lukas het gesprek had gehoord, maar daar leek het niet op. Het duurde even voordat hij besefte waar ze waren. Toen hij drie werknemers naar de auto zag lopen keek hij Olivia aan. 'Er zijn twee manieren om zelfmoord te plegen,' zei hij. 'De ene is om te sterven.'
Hij opende het portier en stapte uit.

Tijdens de autorit naar huis probeerde Olivia grip te krijgen op wat er in haar slaapkamer was gebeurd. Het gesprek met Lukas, een Lukas die aanwezig was geweest.
Die van plan was geweest om te springen, maar zich had bedacht.
Die over zelfmoord als moordwapen had gepraat.
Zijn ziekte verbaasde haar steeds meer.

Luna en Aditi gaven de planten water. Er waren veel planten die hulp nodig hadden tijdens de warmte en het kostte veel tijd, maar gaf hun tegelijkertijd de kans om ongestoord met elkaar te praten. Aditi's meditatiegroep was nog niet begonnen en Stilton zat in de bungalow te tandenknarsen. Dat was in elk geval Luna's interpretatie van zijn toestand. Hij had getandenknarst sinds hij van zijn bezoek aan Veronica was teruggekomen.

'Ik begrijp hem,' zei Luna. 'Hij heeft veel moeten doorstaan en krijgt er bijna niets voor terug.'

'Misschien is daar een reden voor.'

'Wat zou die moeten zijn?'

'Ik weet het niet, maar Veronica heeft duidelijk iets vreselijks meegemaakt en daar heeft het waarschijnlijk mee te maken. Misschien kan ze het niet opbrengen om het te vertellen.'

'Ik vind het gemeen van haar,' zei Luna.

'Tegenover Tom?'

'Ja. Ze heeft hem natuurlijk goed betaald, maar ze had moeten begrijpen hoe frustrerend het voor hem is. Hij wil weten waarom het gaat. Die arme ziel is bijna doodgeschoten.'

Aditi keek naar Luna en glimlachte even.

'Wat is er?' vroeg Luna.

'Je liefde.'

'Mijn liefde?'

'Voor Tom.'

'Wat is daarmee?'

'Ik ben er jaloers op.' Aditi draaide zich om en richtte de waterstraal op een plantenperk dat iets verder weg lag.

'Waarom?'

'Omdat ik nooit op die manier van iemand gehouden heb.'

Luna wist niet veel over Aditi's verleden, daar praatte ze nooit over, ze was op het nu geconcentreerd. Tom had het een en ander over haar jeugd verteld en die had niet veel geluk en blijdschap bevat.

'Ben je nooit getrouwd geweest?' vroeg Luna.

'Nee. Ik heb me hieraan gewijd.' Aditi keek uit over de mooie retraite en Luna zag een zweem van verdriet in haar ogen, een zweem die snel verdween. 'Ik ben hier gelukkig.'

'Dat begrijp ik, het is hier fantastisch. Ik heb me nog nooit zo goed gevoeld als nu. Ik verlang absoluut niet naar huis.'

Aditi glimlachte weer. 'Je mag zo lang blijven als je wilt.'

Luna draaide de kraan dicht en ging op haar hurken zitten. Het gesprek had een teer punt bereikt. Niet alleen verlangde ze helemaal niet naar huis, ze wilde eigenlijk vooral hier blijven.

Ze had zich nog nooit zo kalm en evenwichtig gevoeld, haar wanordelijke verleden was verdwenen en was vervangen door een natuurlijke harmonie. De plek maakte daar deel van uit, de rust die in de retraite heerste, maar het had voornamelijk met Aditi te maken. Er was iets aan haar wat Luna haar hele leven had gemist, een oudere vrouw die de juiste dingen op de juiste manier verwoordde. Haar eigen moeder was ervandoor gegaan toen ze klein was en haar vader, de kapitein, had haar niet volledig kunnen vervangen.

Het probleem was Tom.

'Iemand moet deze plek op een gegeven moment overnemen,' zei Aditi terwijl ze naast Luna ging zitten. 'Maar misschien heeft Tom andere toekomstplannen voor het leven met jou?'

Luna keek naar het zand tussen haar voeten. Een leven met Tom, hier? Ze had er eerder over nagedacht, tijdens nachten waarin ze wakker was geworden door de warmte en de maan door de bamboewanden had gezien. Een zinloze gedachte, in eerste instantie, tot ze die had bewerkt en van alle kanten had bekeken. Wat trok hem in Zweden aan? Niets. Rödlöga? Dat was een vervallen houten krot op een eiland halverwege Åland. Hij had een paar vrienden, maar die had hij hier ook. In elk geval een liefde en een halfzus. Een baan had hij in Zweden niet. Waarom zou hij hier niet willen blijven?

Nu ze zo ver was gekomen met haar gedachten wist ze dat ze een aantal andere argumenten had verdrongen wat Toms band met Zweden betrof, maar aan de andere kant... Alle mensen konden veranderen, vooral als ze ernstige problemen hadden gehad, en ze wist dat Tom die had gehad. Misschien had dat hem op een positieve manier beïnvloed en wilde hij hier wel blijven?

Uiteindelijk gaf ze Aditi antwoord. 'Nee, dat is Toms droom waarschijnlijk niet, maar je weet het nooit met hem.'

'Zelfs jij niet?'

Toen Luna wilde antwoorden dat zij dat misschien het minst van iedereen wist, piepte haar mobiel. Op dit moment waren mobieltjes toegestaan, dus ze las de sms die ze had gekregen.

'Wat is het?' vroeg Aditi.

'Een sms voor Tom.'

Luna stond op en liep naar hun bungalow. Stilton zat tegen de bamboewand van de hut geleund en volgde een cicade die langs zijn scheenbeen omhoogkroop. Het kriebelde, maar hij wilde zien hoe hoog hij durfde te klimmen. Veel verder gingen zijn ambities op dit moment niet.

'Je moet dit nummer bellen,' zei Luna en ze liet hem de sms zien die ze had gekregen.

Stilton keek ernaar. Het nummer zei hem niets, behalve dat het een Thais nummer was. Hij haalde zijn nieuwe mobiel tevoorschijn, die hij in een winkel in Mae Phim had gekocht, en toetste het nummer in.

'Inspecteur Lek.'

Het was de inspecteur uit Chiang Rai. Plotseling verdween zijn vegetatieve toestand. Hij ging rechtop zitten. 'Met Tom Stilton, de Zweed. Hebben jullie Decha opgepakt?'

'Helaas niet. We zijn naar de rivierboot gegaan, maar hij was er niet. Volgens de jongens aan boord is hij meteen nadat jij verdween vertrokken.'

Stilton keerde naar zijn vegetatieve toestand terug en zakte in elkaar. 'Wat hebben jullie daarna gedaan?' vroeg hij.

'We hebben een huiszoeking op de boot gedaan, maar die heeft niet veel opgeleverd. Geen wapens. Geen drugs.'

Hij hoorde de teleurstelling in Leks stem.

'Hebben jullie met de jongens gepraat?' vroeg Stilton.

'Het waren Rohingya, geen Thaise jongens zoals je hebt gezegd.'

'En? Konden jullie niet met ze praten?'

'Jazeker, maar ze hadden niet veel zin om met de politie te praten. Geen van de jongens wilde toegeven dat ze misbruikt waren, maar dat hadden we ook niet verwacht. Mag ik iets vragen? Je zei dat je op zoek was naar die Decha. Waarom was dat?'

'Ik wilde weten wie hij was.'

'Waarom?'

De vragen waren weer bij Stilton beland. 'Tja, daar heb ik geen antwoord op,' zei hij.

Wat inderdaad zo was. Min of meer. Hij had heel even zin om Lek naar Veronica te sturen, maar bedacht zich. Ze zou aan een onbekende Thaise politieagent niet meer vertellen dan ze aan hem had gedaan.

Hij besloot om Lek over zijn bezoek aan Jhang Sa te vertellen. Dat zou hem misschien opvrolijken.

Dat was inderdaad zo.

Toen hij klaar was, zei Lek: 'Het was waarschijnlijk niet de bedoeling dat je het zou overleven.'

'Nee.'

Het bleef even stil.

'Jhang is een gevaarlijke man,' ging Lek verder.

'Ik weet het. Bedankt voor de hulp met Decha.'

'Ik neem contact op als we verder komen.'

'Graag.' Stilton verbrak de verbinding.

Luna keek naar hem. 'Hebben ze hem niet te pakken gekregen?'

'Nee.' Stilton sloeg zo hard met zijn hand tegen de bamboewand dat de hele bungalow schudde en de cicade een nieuw wereldrecord verspringen vestigde. 'Ik krijg die smerige klootzak te pakken!' 'Je hebt toch een foto van hem?' vroeg Luna voorzichtig.

'Ja.'

'Heb je navraag bij de Zweedse politie gedaan? Als hij een pedofiel is, komt hij daar misschien in het een of andere register voor.'

Stilton keek naar Luna.

Gustav Frövik had Olivia tussen twee patiënten ingepast. Ze had uitgelegd dat ze een gesprek met Lukas Bengtsson had gehad en dat het niet lang hoefde te duren.

'Ga zitten.'

Olivia was deze keer niet zenuwachtig. Ze wist dat Frövik goed op de hoogte was van wat ze hem wilde vragen en haar waarschijnlijk antwoord kon geven.

'Je weet natuurlijk dat ik nog steeds niet kan ingaan op details met betrekking tot de behandeling van Lukas Bengtsson,' zei hij.

'Dat weet ik. Ik dacht dat we misschien hypothetisch kunnen praten.'

Frövik glimlachte. 'Over een hypothetische persoon?' vroeg hij.

'Min of meer. Ik vraag me af of een persoon, een hypothetische persoon die in een dissociatieve toestand terechtkomt, in staat is om altijd in en uit die toestand te komen.'

'Dat heb ik je de vorige keer al gedeeltelijk uitgelegd. De ziekte waaraan jouw persoon lijdt kent terugvallen, wat betekent dat de persoon zich tussen zijn persoonlijkheden beweegt.'

'Weet de persoon zelf dat hij dat doet? Dat hij van de een naar de ander gaat?'

'Daar is geen gemakkelijk antwoord op te geven. Veel personen met deze ziekte leren de signalen herkennen. Het kan beginnen met een zware hoofdpijn die waarschuwt voor een verandering van toestand. In die zin kun je zeggen dat ze weten wat er gaat gebeuren.'

'Maar als ze weten over hun ziekte en wat die inhoudt, dat ze veranderen en een ander worden, kunnen ze dan verantwoordelijkheid nemen voor de persoon die ze worden? Voor wat die persoon doet?'

'Wat bedoel je daarmee?'

Olivia wist niet goed hoe ze het moest uitleggen. Het ging erom dat Lukas geen zelfmoord wilde plegen omdat het betekende dat hij de ander die hij was ook zou vermoorden, terwijl die misschien wilde leven.

Ze was zich bewust van het gebrek aan logica in de gedachtegang, maar voor Lukas was het reëel.

'Ik kan het niet goed uitleggen,' zei ze. 'Ik heb Lukas Bengtsson pasgeleden gesproken en hij piekerde over zijn band met degene in wie hij verandert als hij een terugval heeft.'

'Ben je bij hem op bezoek geweest?'

'Nee, hij is 's nachts naar me toe gekomen. Hij was gevlucht, we hebben lang gepraat en daarna heb ik hem naar Karsudden teruggebracht.'

'Jullie hebben dus een goede relatie?'

'Ik weet niet of het een relatie is, maar hij lijkt zich nu een beetje beter te voelen.'

'Fijn.' Frövik glimlachte en Olivia stond op.

Toen ze op straat stond besefte ze dat het een zinloos gesprek was geweest. Ze nam een bus naar het Mariatorget, ging op een bankje zitten en keek naar een stel mensen die jeu de boules speelden. Ze had nog nooit jeu de boules gespeeld, maar het zag er interessant uit. De spelers waren bijzonder serieus; ze gooiden, ketsten, maten de afstand en dronken bier.

Olivia ontspande terwijl ze op de bank zat, aangestoken door de ontspannen sfeer om haar heen. De opmerkingen tussen de spelers waren grappig en vernietigend. Het stond heel ver van haar eigen dagelijkse leven af. Onbewust lachte ze mee om de opmerkingen. Toen een van de spelers zich omdraaide en vroeg of ze mee wilde doen, stond ze op het punt om overeind te komen. Ze werd echter tegengehouden door de trillende mobiel in haar zak. Ze pakte haar mobiel, ze had een bericht van Tom gekregen, een foto van een man. Onder de foto had Tom geschreven: *Een Zweedse pedofiel. Noemt zich Decha. Kun jij controleren of hij in onze registers voorkomt? Ik wil zijn naam weten. Er is haast bij.* Olivia drukte de foto weg. Ze hoefde niet in de registers te kijken, omdat ze wist wie de man op de foto was. Ze had hem daarnet nog gesproken, een bijzonder vriendelijke en bijzonder bruingebrande psycholoog.

Olivia stond razendsnel op.

*

Een van de vele voordelen van gepensioneerd zijn is de kans om meer tijd met elkaar door te brengen, als je tenminste een stel bent. Dat waren Mette en Mårten al eeuwen. Mette begon er langzamerhand aan te wennen om ook overdag met haar man om te gaan, zelfs doordeweeks. Dat verliep niet volkomen wrijvingsloos, maar het ging. Mårten deed zijn uiterste best om hun leven interessant en spannend te maken. Hij wist dat zijn vrouw een heel beroepsleven vol adrenalinestoten achter de rug had en had met enige angst uitgekeken naar het dagelijkse leven in het grote huis in Kummelnäs. De kinderen en kleinkinderen woonden niet meer thuis, maar hij probeerde hen zo vaak mogelijk hiernaartoe te krijgen. Ze vulden het huis met energie. Misschien niet de soort energie die je krijgt als je voor een net doodgeschoten lichaam staat, maar toch.

Vandaag had hij een lang en moeizaam bezoek aan een grote supermarkt gebracht en had zowel de koelkast als de vriezer voor de komende tijd gevuld. Mårten wist dat Mette een hekel had aan boodschappen doen en zorgde ervoor dat ze voldoende levensmiddelen op voorraad hadden voor een aantal lunches en diners. Hij had geprobeerd Mettes belangstelling voor koken te wekken, maar dat was tot nu toe weinig succesvol geweest. Toch kwam ze af en toe bij het fornuis staan, gaf commentaar en stak haar vinger in de pan om te proeven. Op den duur zou ze de smaak van het koken misschien toch te pakken krijgen, dacht hij hoopvol. Vandaag werd het een Indiase stoofschotel, een van zijn specialiteiten. Geen culinaire uitdaging, maar goed gekruid en heerlijk met een glas wijn erbij.

De stoofschotel met de krachtige aroma's stond net op tafel toen de bel ging. Mårten zag dat Mette schrok alsof het een alarm was. Moest ze naar een plaats delict? Even later zakte ze een stukje in elkaar, die tijd was voorbij. Mårten liep haastig naar de hal.

'Hallo, Olivia, kom binnen. We wilden net aan een Indiase lamsstoofschotel beginnen, je moet proeven.'

Olivia liep de keuken in en omhelsde Mette, die duidelijk opgevrolijkt was. Een bezoek van Olivia kon van alles betekenen, in het beste geval een criminele activiteit.

Olivia ging bij de tafel zitten en keek naar Mårten. Waarom ze ervoor koos om eerst naar hem te kijken snapte Mette niet, maar dat zou zo meteen duidelijk worden. Ze nam aan dat het niet om de Indiase stoofschotel ging. Vervolgens keek ze naar Mette.

'Ik neem aan dat je iets op je hart hebt,' zei Mette.

'Ik heb vandaag een sms van Tom gekregen.'

'O ja?'

'Deze.' Olivia hield Mette haar mobiel met Stiltons bericht voor.

'Zit hij achter een pedofiel aan?'

'Ja. Herken je de man op de foto?' vroeg Olivia.

'Nee.'

'Het is Gustav Frövik.'

'De psycholoog?'

'Ja.'

Er viel een lange stilte aan tafel, ze dachten geen van drieën nog aan de stoofschotel.

'Hoe weet Tom dat hij een pedofiel is?' vroeg Mette uiteindelijk.

'Ik heb hem gebeld. Hij heeft gezien dat hij zich aan een jongen in Thailand vergreep. Hij noemt zichzelf daar Decha.'

'Gustav Frövik?' vroeg Mårten.

'Ja.'

Mårten had tot nu toe gezwegen. Daar was een reden voor. Hij was geschokt, waarschijnlijk nog erger dan de andere twee. Toen hij naar Olivia keek was dat met een heel verwarde blik, alsof hij er niets van begreep.

'Frövik heeft in Skå gewerkt,' zei hij uiteindelijk.

'Wanneer?'

'Zo'n twintig jaar geleden,' antwoordde hij terwijl hij tegelijkertijd met tegenzin terugdacht, alsof hij eigenlijk niets wilde weten van zijn conclusie.

'Toen jij daar werkte?' vroeg Olivia.

'Ja. Ik heb hem gevraagd om daar te komen werken. Hij was gespecialiseerd in getraumatiseerde kinderen.'

Het werd weer stil. Mette pakte de fles rode wijn en schonk Mårtens glas vol. Ze had het gevoel dat hij het nodig had.

'En hij is een pedofiel?' vroeg Mårten.

Het kostte moeite om het tot zich door te laten dringen, door lagen van lange, harde jaren toegewijd werken met aan gevaar blootgestelde kinderen. Een pedofiel in Skå?

'Ja,' zei Olivia.

Mette schonk een beetje wijn in haar eigen glas, ze voelde dat ze die binnen handbereik wilde hebben als ze datgene zou zeggen wat ze het liefst voor zich wilde houden, maar moest zeggen. 'In het forensisch psychiatrisch onderzoek stond dat Lukas Bengtsson een paar jaar in Skå heeft gezeten.'

Ze nam snel een slok wijn uit haar glas, nu lag de bal bij Olivia en ze wist exact wat er zou komen. Het duurde echter een paar seconden voordat Olivia zich tot Mårten richtte. 'Was Lukas Bengtsson in Skå toen Frövik daar werkte?'

Mårten werd naar het heden teruggehaald door de vraag en keek naar Olivia. 'Dat weet ik niet, maar ik kan het nakijken.'

Olivia verliet het huis zonder van de stoofschotel gegeten te hebben. Ze had geen trek. In de keuken bleven twee gepensioneerden achter die naar elkaar keken. Mette had haar adrenalinestoot gekregen, om een reden die ze absoluut niet op prijs stelde. Zou Olivia een pedofiele band tussen Lukas Bengtsson en Gustav Frövik opgraven?

Wat zouden de gevolgen daarvan zijn?

Mårten zei tegen Mette dat ze moest gaan eten, hij had een moment voor zichzelf nodig.

Hij ging naar zijn muziekkamer in de kelder, zijn grot. Daar ging hij naartoe als hij alleen wilde zijn. Dat kon nodig zijn door te veel drukte omdat alle kinderen en kleinkinderen op bezoek waren, of gewoon omdat hij er behoefte aan had om even niemand om zich heen te hebben.

Of vanwege heel andere dingen, zoals deze keer.

Hij liep naar de installatie en zette muziek op. De laatste tijd luisterde hij naar een Ierse zangeres die haar carrière volgens Mårten veel te vroeg had beëindigd: Sinéad Lohan. Hij was gek op haar bijzondere stem en dat gevoel deelde hij met Kerouac, de zwarte spin die inmiddels al jaren dood had moeten zijn. Dat had Mårten nagezocht. Maar met oude spinnen gaat het waarschijnlijk net zoals met oude kinderpsychologen, dacht hij, we leven verder tot we doodgaan.

Toen Lohans stem door de kamer klonk kroop Kerouac langzaam uit de scheur waar hij zich altijd verstopte en begon over de witgepleisterde muur te lopen. Mårten volgde hem met zijn ogen tot hij bij zijn favoriete plek in de hoek bleef staan.

Nu was alles zoals het hoorde te zijn.

Nu moest hij aandacht schenken aan datgene waarvoor hij naar beneden was gekomen. Het feit dat een van zijn bekwaamste medewerkers een pedofiel was geweest, en nog steeds was. Een man van wie hij gecharmeerd was geweest en die indruk op hem had gemaakt, niet alleen vanwege zijn enorme theoretische kennis over psychische ziekten, maar ook vanwege zijn unieke vermogen om doorbraken te bewerkstelligen en contact met ernstig getraumatiseerde kinderen te krijgen. In sommige gevallen had Frövik kleine wonderen tot stand gebracht. Gedurende zijn tijd in Skå was hij min of meer als een genie beschouwd. Iedereen was van mening dat hij een bijzonder talent had om de microsignalen op te vangen die ernstig beschadigde kinderen uitzonden.

Een pedofiel?

Mårten was uitermate goed op de hoogte van menselijk gedrag, het gebeurde niet vaak dat hij zijn wenkbrauwen optrok als Mette over de een of andere huiveringwekkende zaak vertelde. Hij wist dat de mens tot aanzienlijk meer in staat was dan denkbaar was. Maar dit?

Waarschijnlijk werd zijn geschoktheid niet alleen veroorzaakt door de kwaadaardigheid van deze kwestie, maar ook doordat hij degene was geweest die ervoor had gezorgd dat Frövik bij Skå was komen werken. Daarnaast was hij buiten het werk vaak met hem omgegaan. Ze hadden samen gedineerd, en hadden over het leven en de kinderen in het tehuis gepraat.

En al die tijd had hij zich aan diezelfde kinderen vergrepen?

Achter Mårtens rug om.

Hij keek naar zijn handen en voelde hoe hard hij de armleuningen omklemde. Hij had niets gezien of vermoed, en dat zat hem verschrikkelijk dwars.

Stilton ging met een goed gevoel weer bij Veronica op bezoek. Olivia had gebeld en had hem de Zweedse naam van Decha gegeven. Die wilde hij Veronica nu vertellen. Deze keer zat ze niet op het strand. Hij liep naar de deur, schoof de haarvlecht weg, klopte aan en ging naar binnen.

'Niet binnenkomen!' hoorde hij Veronica roepen.

Stilton bleef meteen staan. 'Sorry, ik wilde je alleen vertellen dat ik weet wie de pedofiel is.'

Geen reactie. Was er iets gebeurd? Stilton wist niet of hij de verandakamer moest binnenlopen of moest blijven waar hij was. Twee seconden later begreep hij het, toen een Thaise man met een ontbloot bovenlichaam en een overhemd in zijn hand de hal in kwam en naar buiten liep.

'Mag ik nu binnenkomen?' riep hij.

'Nee.'

Stilton bleef staan, hij vond het een beetje belachelijk worden.

'Dat was de slotenmaker,' zei Veronica. Haar stem kwam nog steeds uit de verandakamer, maar was nu minder scherp.

'Hij zag er leuk uit,' zei Stilton. Hij wist niet goed waarom hij dat zei.

'Hoe heet de pedofiel?'

Stilton was niet van plan die informatie te geven aan iemand die hij niet kon zien omdat hij in de hal stond, dus liep hij de kamer in. 'Hij heet Gustav Frövik en is blijkbaar psycholoog.'

Veronica zat op de kleine gebogen bank in de hoek. Ze droeg een badjas en haar pruik zat niet helemaal recht. 'Gustav Frövik?' vroeg ze met een stem waaraan duidelijk te horen was dat ze had gedronken.

'Ja. Ken je die naam?'

Veronica verstrengelde haar handen alsof ze moeite had ze stil te houden. Toen de knokkels wit begonnen te worden keek ze naar Stilton, die nog in de deuropening stond. 'Nee, helaas niet.'

Olivia had zonder veel enthousiasme ontbeten terwijl ze op het telefoontje van Mårten wachtte. Dat kwam om elf uur, op het moment dat ze op het punt stond zelf te bellen. Ze stond bij het raam terwijl ze opnam en Mårten ging recht op zijn doel af: 'Lukas Bengtsson verbleef in Skå toen Gustav Frövik daar werkte. Lukas werd thuis slecht behandeld en had psychische problemen.'

Olivia zweeg, ze dacht zo lang na over de informatie die ze net had gekregen dat ze bijna was vergeten dat ze Mårten aan de telefoon had.

'Olivia?'

'Ja, sorry. Bedankt dat je het uitgezocht hebt.'

'Wat doen we ermee?' vroeg Mårten.

'Met de informatie die we hebben?'

'Ja.'

'Ik weet het niet.'

Ze wisten allebei precies wat ze moesten doen, maar Mårten was degene die het uitsprak. 'Ik vind dat we met Lukas moeten praten,' zei hij.

'Goed. Dan doen we dat.'

Olivia verbrak de verbinding. Ze keek naar het aanrecht en hoorde Gustav Fröviks woorden over personen met een dissociatieve identiteitsstoornis: *Ongeveer negentig procent van degenen die hierdoor worden getroffen heeft traumatische gebeurtenissen meegemaakt, zoals mishandeling of seksueel misbruik tijdens de jeugd.* Was Lukas als kind blootgesteld aan seksueel misbruik? Door Frövik zelf? In Skå?

*

Ze zaten in dezelfde bezoekersruimte als waar Olivia de vorige keer was geweest, met een houten tafel met drie stoelen eromheen en twee smalle ramen in één muur. Het licht van buiten vormde een abstract patroon op de groene vloer.

Olivia probeerde vast te stellen in welke staat Lukas was. Zijn blik was troebeler dan de keer dat ze hem bij de ingang had afgezet, waarschijnlijk kreeg hij weer medicijnen.

Ik hoop dat hij aanwezig is, dacht ze, maar ze wist het niet zeker.

'Dit is Mårten Olsäter,' zei ze. 'Hij is een voormalig kinderpsycholoog en een goede vriend van me.'

Lukas keek naar Mårten zonder iets te zeggen.

'Hallo, Lukas. Jaren geleden verbleef je in Barnbyn Skå,' begon Mårten. 'Ik werkte daar toen. Ik weet niet of je dat nog weet, maar ik kan me jou wel herinneren. Je was buitengewoon goed in tekenen. Iemand anders die daar werkte was Gustav Frövik. Kun je je hem nog herinneren?'

Frövik had in verband met de rechtszaak onderzoek naar Lukas gedaan, maar Mårten wilde verder teruggaan.

Lukas gaf geen antwoord.

'Gustav had destijds een uitstekend contact met alle kinderen die daar waren, hij was bijzonder geliefd, maar je kunt je hem dus niet herinneren?'

In de stilte die volgde keek Olivia naar Mårten alsof ze wilde vragen of Lukas aanwezig was. Mårten knikte en richtte zich weer tot Lukas. 'Ik vraag dat omdat we denken dat Gustav...'

'Ik was nog maar acht.' Lukas keek naar de tafel terwijl hij het zei, maar zijn stem trilde niet.

'Wanneer?'

'Toen ik begon te rotten.' Lukas keek naar het raam, in de verte kon hij het park met de bomen zien, het meer was nog iets verder weg. Olivia wilde iets zeggen, maar Mårten kneep in haar arm. Hij wilde wachten. Het duurde een hele tijd voordat Lukas weer naar de tafel keek.

Mårten keek naar hem. 'Wat bedoel je met rotten?' vroeg hij.

'Als datgene wat gezond is sterft.'

'Waarom stierf het?'

'Omdat het te zwak en te klein was, het had geen stem die gehoord werd,' zei Lukas.

'Begon je in Skå te rotten?'

'Ja. Mijn gezicht brak in het water.'

Olivia moest slikken om het brok in haar keel weg te krijgen en draaide haar hoofd weg omdat ze niet wilde dat Lukas haar betraande ogen zag.

'Ben je verdrietig?' vroeg hij.
Lukas had haar ogen gezien.
'Ja,' antwoordde Olivia.
'Waarom?'
Daar kon of wilde Olivia geen antwoord op geven. Ze wilde weg.

Terwijl ze naar Mårtens auto liepen kwam alles naar buiten wat Olivia had onderdrukt, ze huilde ongeremd en schopte net zo lang met volle kracht tegen de band van Mårtens auto tot hij haar in zijn armen nam om haar te troosten.

De betekenis van hun gesprek met Lukas was hun beiden volledig duidelijk. Hij had in Skå blootgestaan aan seksueel misbruik door Gustav Frövik.

Toen hij acht was.

*

Olivia zat thuis aan de keukentafel en probeerde te kalmeren. Telkens als ze aan Lukas dacht begon haar hart sneller te slaan en als ze aan Gustav Frövik dacht werd het nog erger. Ze voelde dat ze met iemand moest praten. Niet zomaar iemand, maar Lisa misschien? Hoewel het logischer was om met Mette te praten. Mette was degene die haar de koppeling met Skå had gegeven en Mette kon beoordelen wat de volgende stap moest zijn. Het maakte niet uit dat ze gepensioneerd was.

Ze belde Mette en ze praatten een hele tijd. Ze vertelde over het gesprek met Lukas en hoorde dat haar stem begon te trillen als ze over het misbruik praatte. Mette luisterde, ze had het meeste al van Mårten gehoord en had op Olivia's telefoontje gewacht. Ze was net zo verontwaardigd als Olivia en Mårten waren. Maar ze luisterde voornamelijk en liet Olivia alles eruit gooien wat ze kwijt moest. Toen er een pauze in Olivia's woordenstroom ontstond voelde Mette dat het tijd was om ook iets te zeggen.

'Wat wil je nu doen?' vroeg ze.
'Hem naar het bureau laten komen en verhoren.'
'Is dat wel verstandig?'
'Hoezo? Hij is een pedofiel.'
'Ja, maar kan Lukas daarover getuigen?'
'Dat weet ik niet. Hij voelt zich zoals hij zich voelt.'

'Wat doe je als Frövik ontkent?'

'Tom heeft gezien dat hij een ander kind misbruikte.'

'Tom is in Thailand.'

Mette stribbelde tegen. Ze wist wat Olivia van plan was. Ze wilde Frövik laten veroordelen vanwege seksueel misbruik. Als ze kon bewijzen dat hij Lukas Bengtsson had misbruikt, was er een koppeling naar de veroordeling van Lukas, waar Frövik bij betrokken was geweest. Ze wilde dat het forensisch psychiatrisch onderzoek ongeldig werd verklaard. En daarna? Wat zou er daarna gebeuren?

'Maar ik ben niet degene die dat bepaalt,' zei Mette. 'Als je Frövik wilt verhoren, dan moet je dat doen. Zorg er alleen voor dat je het discreet doet. Het kan nadelig voor jezelf zijn als je iemand zonder voldoende bewijs beschuldigt van pedofilie. Ik vind dat je meer bewijs moet hebben.'

'Tom kan getuigen als dat nodig mocht zijn.'

'Tom is op dit moment misschien niet de beste getuige ter wereld.'

Dat ben ik niet met je eens, dacht Olivia. Ze had de onderdrukte verontwaardiging in Toms stem gehoord toen hij vertelde wat hij Decha met het jongetje uit Myanmar had zien doen en ze wist heel zeker dat Tom er voor haar zou zijn als dat nodig was.

Dat was altijd zo.

Daarna dacht ze aan het verhoren van Gustav Frövik, de psycholoog met de vriendelijke ogen.

Toen Lisa en zij aanbelden bij Fröviks appartement, dat op de vijfde verdieping in de Grev Magnigatan in Östermalm lag, deed zijn vrouw Inger open. 'Ja?'

'Hallo, ik ben Olivia Rönning, rechercheur. We zijn op zoek naar Gustav Frövik. Is hij thuis?'

Inger Frövik was een vrouw die haar uiterlijk naarmate ze ouder werd steeds beter verzorgde. Dat was deels om persoonlijke redenen en deels omdat ze het hoofd van de afdeling Inzamelingen van de hulporganisatie Barnens Väl was en veel officiële afspraken had. Op dit moment droeg ze een keurig blauw mantelpakje met een bijpassende sjaal rond haar hals, ze moest naar een vergadering over het grote liefdadigheidsgala dat Barnens Väl komend weekend organiseerde.

Haar mooi gestifte mond ging open en weer dicht. 'Waar gaat het over?' vroeg ze.

Je man is een pedofiel, dacht Olivia. Dat zei ze echter niet. 'We willen Gustav Frövik informatief verhoren. Is hij thuis?'

'Waarover willen jullie hem verhoren?'

Olivia voelde de vibraties. *Waarover willen jullie hem verhoren?* Het was alsof Fröviks vrouw een verdedigend schild optrok. Alsof er dingen waren waarover niet gepraat mocht worden, of in elk geval nergens anders dan tussen de lakens.

Wat deels waar was.

Inger keek in de meeste opzichten tegen haar man op. Hij was een bijzonder succesvolle psycholoog, maar ze wist ook dat hij een verborgen kant had. Ze wist niet precies waarover het ging, maar was bereid om heel ver te gaan teneinde haar huwelijk te beschermen.

'Daar kan ik niet op ingaan,' zei Olivia.

'Hij is er niet. Helaas.'

'Waar kunnen we hem vinden?'

'Hebben jullie de praktijk al geprobeerd?' vroeg Inger.

Gustav Frövik was niet in zijn praktijk. Hij was in zijn zomerhuis op Ingarö en was bezig met het teren van een roeiboot toen zijn vrouw hem duidelijk geschokt belde.

'Rustig, Inger, wat wilden ze?' vroeg Frövik.

'Dat zeiden ze niet, daar konden ze niet op ingaan. Ze zeiden dat ze je informatief willen verhoren. Waarom dat? Ze zijn naar je praktijk gegaan. Waar gaat dit over?'

'Dat weet ik niet. Hoe heette de vrouw met wie je gepraat hebt?'

'Dat herinner ik me niet, Olivia en nog iets.'

'Rönning?'

'Misschien wel. Daarna zeiden ze dat ik ze moet bellen zodra ik contact met jou heb gehad,' zei Inger.

'Dat ga je absoluut niet doen. Laat mij dit maar regelen, het komt allemaal in orde.'

'Maar waar...'

'Ik kom naar huis. Tot straks.'

Frövik was helemaal niet van plan om naar huis te gaan. Hij wist niet of de politie zijn appartement of de praktijk in de gaten hield. Wat hij wel wist, of in elk geval vreesde, was dat zijn verborgen leven op het punt stond bekend te worden. Wat een ramp zou zijn, op alle niveaus. Hoe dat was gebeurd wist hij niet en hij was ook niet van plan het antwoord af te wachten.

Hij zette het blik teer neer en keek uit over de zee die zover hij kon zien rustig en nagenoeg kleurloos was. Vroeg of laat moest dit natuurlijk gebeuren, dacht hij, het was waarschijnlijk onvermijdelijk. Hoewel hij voorzichtig was geweest, op alle manieren. Het lukt niet om een geheim leven te leiden zonder dat dat op een bepaald moment bekend wordt. Maar hij had het geprobeerd en wilde daar nog een tijdje mee doorgaan.

Hij trok zijn colbert aan en rende naar de auto.

Olivia Rönning? dacht hij. Lukas Bengtsson? Was het zo gegaan?

*

Olivia had Lisa bij haar thuis uitgenodigd. Deze keer was het niet midden in de nacht en de reden had niets met Magnus Larsson te maken, ze wilde over Gustav Frövik praten. Hij en zijn vrouw hadden beiden niets van zich laten horen.

Olivia zette een paar glazen op tafel en vroeg Lisa om een fles witte wijn uit de koelkast te halen. Lisa liep naar de koelkast en bleef daar abrupt staan. Naast de koelkast hing een tekening met spelden aan de muur. Die had er de vorige keer dat ze hier was niet gehangen.

'Wie heeft die gemaakt?' vroeg ze terwijl ze naar de tekening keek. 'De gevilde god?'

'Dat is Lukas' signatuur, hij heeft die tekening gemaakt toen ik voor de rechtszaak bij hem op bezoek ging.'

'Hij heeft verdomd veel talent.'

'Ja,' antwoordde Olivia.

Lisa trok de koelkastdeur open, haalde er een fles witte wijn uit en gaf hem aan Olivia. Voordat ze aan tafel ging zitten keek ze weer naar de tekening. 'Waarom heeft hij geen mond getekend?' vroeg ze.

'Ik weet het niet, hij voelde zich niet goed toen hij de tekening maakte.'

'Voelt hij zich nu beter?'

'Ik geloof het wel.'

Olivia schonk wijn in de glazen, ze wilde niet over Lukas praten. Ze had een aantal kaarsen op de tafel aangestoken, voornamelijk voor de sfeer, want de avonden werden elke dag langer en inmiddels was het tot tien uur 's avonds licht.

'Wat doen we in vredesnaam met Frövik?' vroeg Olivia.

'Als hij geen contact met ons opneemt?'

'Ja. Moeten we hem op laten sporen?'

'Hebben we voldoende bewijs tegen hem?'

'Volgens Mette niet, maar misschien verdwijnt hij wel.'

Lisa knikte, trok een gele blocnote en een potlood naar zich toe en schreef enigszins afwezig *Frövik* op de blocnote. Olivia keek naar haar en zag dat Lisa piekerde. Ze kneep haar ogen half dicht en onderstreepte de naam een paar keer.

'Wat is er?' vroeg Olivia.

'Sinds zijn naam is opgedoken schuurt er iets in mijn achterhoofd. Dat begon al toen we bij zijn appartement met zijn vrouw praatten.'

'Wat schuurt er?'

'Ik ben zijn naam ergens tegengekomen,' zei Lisa. 'Voordat jij hem vond.'

'Hij was betrokken bij het forensisch psychiatrisch onderzoek.'

'Dat heb ik niet gelezen, het moet iets anders zijn, in al het materiaal dat we doorgeworsteld hebben.'

Lisa onderstreepte de naam nog een paar keer tot de punt van het potlood plotseling afbrak en ze naar Olivia keek. 'Ik weet het,' zei ze.

Het was al laat in de avond toen de twee vrouwen alle mappen en ordners met het onderzoeksmateriaal waarmee ze hadden gewerkt opnieuw doornamen. Het was bijna twee uur toen Lisa riep: 'Hier! Dit is het! Kijk!'

Ze stak een vel papier naar Olivia uit waarop ze aantekeningen had gemaakt. Olivia ergerde zich in eerste instantie aan de spelfouten en zwevende bepalingen, maar besefte even later waarom Lisa had geschreeuwd. Dat deed ze zelf bijna ook. Wat ze las was in eerste instantie alleen een koppeling, maar toen de ernst ervan tot haar was doorgedrongen pakte ze haar mobiel.

'Wie ga je bellen?'

'Mette.'

'Het is twee uur.'

Olivia liet haar mobiel zakken en keek op de klok. Het was twee uur 's nachts. Moest ze Mette wakker maken om het te vertellen? Ze was tenslotte met pensioen.

Ze maakte Mette wakker, vertelde dat Lisa en zij een huiszoekingsbevel voor Gustav Frövik wilden hebben en legde uitvoerig uit waarom dat was.

'Met wie kunnen we dat met zo weinig mogelijk rompslomp regelen? Tova Hemmingson? We willen het zo snel mogelijk doen!'

Mette liet Olivia's geforceerde stem en de merkwaardige informatie tot zich doordringen en begreep de situatie vrij snel. 'Ik regel het wel met haar,' zei ze. 'Dat gaat het snelst.'

'Dank je wel.'

Mette hield woord en de volgende ochtend om tien uur stond Olivia met een huiszoekingsbevel in haar hand voor Fröviks deur. Ze had Lisa en een paar collega's meegenomen. Meteen nadat Inger zag wie er voor de deur stond, zei ze: 'Mijn man is naar het buitenland.'

'O ja? Wanneer is hij vertrokken?'

'Gisteren.'

Olivia ging ervan uit dat de vrouw geen reis naar het buitenland zou verzinnen als dat niet klopte. Ze wist waarschijnlijk dat de politie dat heel snel kon controleren.

'Waar is hij naartoe?'

'Dat weet ik niet.'

'Dat weet je niet?'

'Nee. Gustav moet soms halsoverkop weg, hij heeft veel internationale opdrachten op crisisgebied. Ik was niet thuis toen hij vertrok, maar ga ervan uit dat hij binnenkort contact met me opneemt om te vertellen waar hij is.'

Olivia hield Inger het document voor. 'We hebben een huiszoekingsbevel en gaan het appartement doorzoeken.'

De politieagenten betraden het appartement van de geschokte Inger. Ze namen in beslag wat relevant kon zijn, onder meer een computer en een iPad, en lieten Fröviks echtgenote in een toestand van volslagen verwarring achter.

'Kunnen jullie niet vertellen waar het over gaat?'

'Misbruik,' was het enige wat Olivia zei, waarna ze het appartement verliet.

Zodra de deur dicht was liet Inger zich op de zachte stoel in de hal vallen. Ze had dit moment, als het geheime leven van haar echtgenoot bekend zou worden, gevreesd. Als het verborgene en donkere naar het licht werd gehaald. Ze pakte een zakdoekje van de kaptafel onder de spiegel en beet erin. Wat zou er bekend worden? Ze wist het niet. Ze wist dat Gustav problemen had waarover hij nooit had gepraat. Ze had nachtenlang wakker gelegen en had geprobeerd zich voor te stellen wat het kon zijn. Drugsmisbruik? Dat zou ze gemerkt hebben. Een minnares? *So what*? Dat was te banaal. Prostituees? Had hij behoefte aan seksuele uitspattingen die hij niet met haar kon delen? Ging hij naar plekken waar er over hem heen werd geplast of waar hij een verpleegster mocht spelen? Ze had geen idee.

Op een bepaald moment was ze uit zelfbehoud gestopt met haar gepieker.

Eén keer had ze hem ernaar gevraagd. 'Wat verberg je voor me?'

'Datgene wat ik moet verbergen zodat ons huwelijk in stand blijft.'

Meer had ze niet te horen gekregen.

Ze keek naar de kleine langharige teckel die op het kleed in de hal stond en met zijn stompe staart kwispelde.

Jij hebt in elk geval geen geheimen, dacht ze.

Olivia, Lisa en hun collega's gingen meteen daarna naar de praktijk van Gustav Frövik. De oudere dame die de administratie verzorgde was net zo geschokt als zijn echtgenote was geweest, zo geschokt dat ze alles overhandigde wat de politie wilde hebben en nog meer.

'Hij heeft ook een postlijst. Willen jullie die ook meenemen?'

'Graag,' antwoordde Lisa.

Vervolgens gingen ze naar Gustav Fröviks zomerhuis op Ingarö.

Het resultaat van de huiszoekingen was een flinke hoeveelheid materiaal dat onderzocht werd door diverse technisch rechercheurs, en Olivia, Lisa en in zekere zin ook Mette wachtten gespannen op de uitslag. De technici stonden bekend om hun stressbestendigheid en namen de tijd die ervoor nodig was.

Olivia wist wat Stilton over Fröviks misbruik op de rivierboot had verteld en ze had Lukas' verhaal over Skå gehoord. Niets daarvan kon echter voor honderd procent bewezen worden. Er was meer nodig als ze een houdbare zaak wilden hebben.

Het duurde een paar dagen voordat Olivia het volledige rapport kreeg, maar toen dat binnenkwam belde ze Mette meteen. Ze vertelde wat er in het rapport stond en besloot met: 'Het zal tijd kosten om hier een vervolg aan te geven, maar Lisa en ik hebben de middelen gekregen die we nodig hebben. Bovendien wil ik Tom erbij betrekken.'

Daar had Mette deze keer niets op tegen.

Stilton dacht dat het ongeveer net zo'n saaie middag zou worden als de vorige dag, hij had het gevoel dat hij de retraite te goed begon te kennen. Hij had vanochtend een paar oefeningen met Aditi gedaan en ze was heel tevreden over hem geweest.

'Je lichaam is minstens twee keer zo zacht als toen je hier arriveerde!'

En mijn hoofd is minstens twee keer zo duf, dacht Stilton.

Nu liep ze naar hem toe en ging bij hem zitten. 'Zullen we nog wat oefeningen doen?'

Op dat moment belde Olivia en redde hem, hoewel dat niet helemaal probleemloos ging. Aditi kwam op het idee om op de regels voor mobieltjes in de retraite te wijzen en dat het op dit moment niet was toegestaan om daar gebruik van te maken. Over een uur pas.

Stilton was niet van plan een uur te wachten. 'Na de lunch doen we een dubbele serie oefeningen,' zei hij.

Dat vermurwde Aditi dermate dat Stilton het gesprek kon aannemen.

'Hallo, Olivia,' zei hij. 'Wat gebeurt er?'

Als hier niets gebeurde, kon hij in elk geval luisteren naar wat er thuis gebeurde.

Olivia vertelde over de koppeling tussen Gustav Frövik en Lukas Bengtsson. Dat zei Stilton niet veel, hij wist niet wie Lukas Bengtsson was. Wat ze daarna vertelde was veel interessanter.

'Frövik is naar het buitenland gevlucht.'

'Weten jullie waarnaartoe?'

'Nee,' antwoordde Olivia.

'Denk je dat hij hiernaartoe gegaan is?'

'Ja.'

Dat was geen vergezochte gedachte. Als Frövik probeerde onder te duiken, had hij een perfecte schuilplaats in de opiumbergen, op de afgedankte rivierboot waar hij Decha heette en niemand zijn echte identiteit kende.

Dat dacht hij tenminste.

'Misschien verstopt hij zich op de rivierboot in de opiumbergen,' zei Stilton.

'Misschien. Kun jij proberen of je hem daar kunt vinden?'

'Ik kan het proberen.'

Olivia had geen idee hoeveel Stilton kon proberen. Voor hem was het een mogelijkheid om eindelijk wat losse eindjes aan elkaar te knopen, op verschillende niveaus.

Hij nam meteen een beslissing. 'Ik vertrek vandaag nog.'

'Misschien kun je beter tot morgen wachten.'

'Waarom dat?'

'Omdat Abbas dan in Bangkok landt,' zei Olivia.

'Abbas?'

'Mette en ik hebben het besproken. Ze wil graag dat hij helpt.'

'O ja?'

Stilton had niets tegen Abbas, integendeel, hij had graag gewild dat Abbas erbij was geweest in Wanssingi, maar om hem mee te krijgen zonder dat hem dat was gevraagd voelde een beetje, tja, hoe voelde dat? Kleinerend? Alsof hij het zelf niet aankon?

Wat maakte het ook uit.

'Mooi. Ik haal hem van het vliegveld.'

*

De man met de bruine huid, het gespierde lichaam en het maatkostuum stak nogal af bij de in korte broek geklede bleke Zweden met gebloemde overhemden en dorstige kelen.

Abbas was gearriveerd.

Stilton stond op hem te wachten toen hij naar buiten kwam met een kleine koffer in zijn hand, een koffer die hij had meegenomen als handbagage, maar die beslist iets bevatte wat bij het inchecken niet langs de veiligheidscontroles zou komen.

Stilton wist wat het was. 'Hallo. Heb je een goede vlucht gehad?' vroeg hij.

'Businessclass.'

Stilton prentte het in zijn hoofd, maar was niet van plan te vragen wie voor die extravagantie betaalde. De hoofdzaak was dat Abbas in vorm was. Het zou een lange reis worden.

'Leuk om je te zien,' zei Stilton.
'Insgelijks. Je bent afgevallen.'
Is dat zo? dacht Stilton. Hoe dik was ik dan? Of was het zomaar een opmerking van Abbas?
'Jij bent niets veranderd,' zei hij. 'Ik heb kaartjes voor de bus naar Chiang Rai, we vertrekken over vier uur, heb je honger?'
'Ja.'
Daarom belandden ze in Suzy's bar, in afwachting van het vertrek van de bus.

Stilton zag dat Abbas het ene na het andere gerecht van Suzy verslond, in elk geval drie achter elkaar. Zelf nam hij een wokgerecht met kip en Thaise basilicum en had daar genoeg aan. Hij zag ook dat Suzy in de deuropening van de keuken stond en de hongerige donkere Zweed observeerde.
Een vriend van Tom, maar met een volledig andere uitstraling. Meer haar type, wat aantrekkelijkheid betrof. Maar een beetje te jong. Ze was weliswaar weduwe en was vrij om te doen wat ze wilde, maar een vriend van Tom?
Abbas spoelde het laatste gerecht weg met een glas koud water, Stilton had een biertje genomen.
'Lekker eten, vind je niet?' zei Stilton.
'Fantastisch.'
Abbas draaide zich naar Suzy om en stak zijn duim op. Ze sloeg haar blik neer.
'Ze doet me aan mijn moeder denken,' zei Abbas zachtjes, alsof hij niet wist of Suzy Zweeds verstond.
'De vrouw die ervandoor gegaan is?' vroeg Stilton.
'Ja. Misschien is ze hiernaartoe gekomen en heeft ze een eettentje in een achterafstraat geopend.'
'Suzy is je moeder niet,' zei Stilton droog.
'Dat weet ik, maar haar ogen doen me aan haar denken.'
Stilton keek naar Suzy. Dezelfde ogen als Abbas' moeder?
'Heb je nog steeds geen idee waar ze naartoe gegaan is?' vroeg hij.
'Jaren geleden heb ik een kaart uit Trivandrum in India gekregen. Daar was ze op dat moment blijkbaar.'
'Wat stond erop?'
'"Zorg goed voor jezelf. We zien elkaar in een andere dimensie."

Waarschijnlijk gebruikte ze drugs. Maar vertel, waar gaan we naartoe? Een pedofiel die Mette en Olivia naar Zweden willen halen?'

'Ja.'

'Over wie jij meer weet?'

'Veel meer.'

Het kostte Stilton nog twee biertjes, hij was nu bezig aan zijn busrantsoen, voordat hij het hele verhaal over de pedofiel op de rivierboot had verteld.

'Gustav Frövik noemt zich hier dus Decha?' constateerde Abbas.

'Ja.'

'En hoe wil je te werk gaan?'

Hij ging ervan uit dat Tom daarover had nagedacht, hij was tenslotte een voormalige politieagent, zelf was hij maar een assistent. Waardevol, vanwege zijn bijzondere vaardigheden, maar geen man die aan het roer stond.

'Ik denk dat we eerst naar Wanssingi moeten gaan,' zei Stilton. 'Dat is in de buurt van de rivierboot. In het stadje zijn mensen met wie ik niet op goede voet sta, maar dat moeten we daar oplossen.'

'Dat doen we altijd. Wanneer vertrekt de bus?'

Stilton keek op de klok en besefte dat ze nog ruim een uur hadden. Het was tijd om te vertrekken. Hij stond op en legde de vereiste hoeveelheid geld op de tafel.

Abbas stond ook op en liep naar Suzy toe. 'Bedankt voor het heerlijke eten,' zei hij. 'Je hebt prachtige ogen.'

Daar kon Suzy een tijdlang op teren.

Abbas stond op het busstation te wachten. Tom moest iets regelen, had hij gezegd. Abbas keek naar een Thai die rondliep met een bezem en af en toe iets wegveegde. Toen hij het afval in een cirkel had verzameld verspreidde hij het en begon opnieuw.

Waarschijnlijk werd hij per uur betaald.

Abbas ging op een houten bank zitten en keek om zich heen. Er waren niet veel mensen, sommigen liepen naar vertrekkende bussen, voornamelijk jonge mensen met rugzakken, anderen liepen naar de uitgangen. Hij dacht aan Tom, de smeris die hem uit het tassenmoeras had getrokken en vervolgens zelf in de goot was beland. Nu waren ze samen op weg naar de Gouden Driehoek. Abbas wist het een en ander over die streek. Hij was een tijdlang betrokken geweest bij een drugsnetwerk rond Marseille dat de drugs uit de opiumbergen in de Gouden Driehoek had gehaald. Dat was rendabel geweest, maar gevaarlijk. Zo gevaarlijk dat hij informatie had doorgegeven en er een prijs op zijn hoofd was gezet.

Tom Stilton, dacht hij.

Ze hadden samen veel meegemaakt, waren in levensgevaarlijke situaties beland, hadden regelmatig backgammon gespeeld. Ze hadden niet veel met elkaar gepraat, niet over onnodige dingen in elk geval.

Nu gingen ze weer samen op pad.

Toen hij opkeek zag hij Stilton naderen. Het eerste wat hem opviel was de plastic tas van het warenhuis MBK in zijn hand, het tweede was Stiltons jack. Het was hetzelfde jack als bij Suzy een uur geleden en toch ook niet.

'Heb je een pistool?' vroeg hij.

'Is dat te zien?'

'Ja.'

'Een Smith & Wesson,' zei Stilton.

'Wie heeft dat geregeld?'

'Douglas. Een man met rood haar en een korte broek.'

Abbas keek naar Stilton en glimlachte even. 'Denk je dat we dat nodig hebben?'

'Dat zou kunnen.'

'Vertel.'

Stilton besloot om het hele verhaal over Jhang Sa te vertellen. Hij begon met zijn gestolen horloge.

*

Een gestoorde haan – het was tenslotte bijna tien uur 's avonds, een tijdstip waarop hanen niet kraaien – stond op het dak van een bamboehuis te kukelen.

Stilton en Abbas hoorden de haan, hij was niet ver weg. Ze zaten vlak bij Jhangs woning te wachten tot het helemaal donker was. Stilton had een paar goedkope hoody's bij MBK gekocht en ze hadden de capuchons beiden opgezet. Het was nog steeds warm, maar niet broeierig. Er stond een zwakke wind die enigszins verkoelde.

'Is dat zijn woning?' fluisterde Abbas terwijl hij naar een groot donker huis achter een paar stevige hekken knikte.

'Ja,' fluisterde Stilton terug.

Hij had zijn plan, dat uit drie delen bestond, aan Abbas uiteengezet. Een bezoek aan Jhang, een kort oponthoud bij Aom en daarna naar de rivierboot. Abbas was er niet helemaal tevreden over. Hij was hier om de pedofiel die zich hopelijk op de rivierboot bevond naar Zweden te halen, de twee andere bezoekjes waren persoonlijke prioriteiten van Tom.

Hij trok Toms voornemens echter zelden in twijfel.

Hij stond voor hem klaar.

Zoals Tom in Marseille voor hem had gedaan.

'Hoe gaan we naar binnen?' vroeg hij.

'Dat weet ik niet.'

'Is er een alarm?'

'Misschien, maar er hangen geen camera's bij de ingang.'

Abbas tastte naar zijn messen om zich ervan te verzekeren dat ze op de juiste plek zaten. Stilton had uitvoerig verteld over de eigenaar van de woning, de zoon van een legendarische opiumbaron en erfgenaam van een smokkelimperium.

Geen man die zich niet zou verdedigen.

'Ga mee,' zei Stilton.

Hij kwam overeind en begon langs de hoge muur te lopen die Jhangs huis omheinde. Ze hadden lang genoeg buiten het hek gezeten om er vrij zeker van te zijn dat Jhang en zijn groep primitieve handlangers zich niet in de woning bevonden. Daarvoor was het te donker. Misschien zouden ze terugkomen, of was de baron juist vanavond in een heel ander deel van het land. Het was een gok, maar hij was bereid die te nemen. Hij ging ervan uit dat er in elk geval mensen in de woning aanwezig waren, waarschijnlijk de onverschillige man die hem naar de kamer met het aquarium had gebracht.

En het beest.

Stilton volgde de muur tot die overging in een hek dat rond de tuin liep. Abbas bevond zich vlak achter hem. Stilton keek naar het hek, dat bijna drie meter hoog was. Zou het onder stroom staan? Het risico was groot, dus bukte hij zich en begon aarde weg te krabben. Na ruim een kwartier had Stilton een holte onder het hek gegraven waar ze zich doorheen konden wurmen.

'Jij eerst,' fluisterde hij.

Abbas keek naar Stilton. 'Waarom dat?'

'Geen idee.'

Stilton hurkte en begon onder het hek door te tijgeren. Het was een hel, maar het lukte, hij kwam aan de andere kant omhoog zonder dat hij het hek had aangeraakt. Een paar seconden later had Abbas hetzelfde gedaan.

Ze renden vlak naast elkaar onder de bomen door naar de achterkant van het huis. Daar zagen ze dat er achter twee ramen licht brandde. Er waren dus mensen in huis, maar daar had Stilton rekening mee gehouden. Hij liep langs de muur met Abbas vlak bij zich. Na een paar meter bereikten ze een grote houten deur. Een keukeningang, dacht Stilton. Hij duwde de kruk naar beneden. De deur was op slot.

'De zaklamp,' fluisterde hij.

Abbas haalde een smalle zaklamp tevoorschijn, schermde het licht af met zijn hand en richtte de bundel op het slot. Een oud mooi gepatineerd slot, helemaal in overeenstemming met de rest van het huis. Vreemd, dacht Stilton. Zo'n slot kan iedereen toch openmaken? Hij was opnieuw verrast door Jhangs nonchalance. Waarom was hij niet voorzichtiger? Of was hij er volledig van overtuigd dat hij zo machtig was dat niemand bij hem durfde in te breken?

Stilton durfde dat wel. Hij forceerde het slot met zijn kleine zakmes binnen een paar seconden en duwde de deur open. Die kraakte een beetje, dus verdwenen ze snel naar binnen en deden hem achter zich dicht.

'Weet je waar je in dit huis bent geweest?' fluisterde Abbas.

'Geen idee.'

Gaaf, dacht Abbas. Hij had er niets op tegen om ergens meteen op af te gaan, dat was vaak de snelste weg naar succes, maar hier, in de privéburcht van een drugsdealer, was een beetje kennis van de woning prettig geweest.

Stilton pakte de zaklamp uit Abbas' hand en begon te lopen, door een kleine hal en via een donkere keuken naar een brede houten trap. Omdat de deur waardoor ze naar binnen waren gekomen op de begane grond lag en hij de vorige keer via een brede trap bij de ingang naar boven was gebracht, ging hij ervan uit dat de trap naar de verdieping met de interessante kamers leidde.

Hij had niet aan Abbas verteld waarom hij hiernaartoe had gewild. Dat was deels om een persoonlijke reden, hij hield er niet van om te worden behandeld zoals hij was behandeld, maar hij had ook nog een andere reden. Hij wilde een kantoor of een werkkamer vinden om informatie te zoeken. Jhang had hem zwaar laten mishandelen, waarna hij met vastgebonden handen en bijna bewusteloos in de rivier was gegooid omdat Jhang dacht dat hij een tipgever was.

Nu wilde hij die reputatie eer aandoen.

Waarschijnlijk droeg de ruim dertig jaar politiewerk aan die beslissing bij. Hij wilde Jhang de gevangenis in krijgen als dat mogelijk was.

Hij liep de trap op met de lichtbundel recht naar beneden gericht. Hij hoorde geen geluiden, geen stemmen of geblaf. Hij bereikte de bovenste traptrede en wachtte daar op Abbas.

'En nu?' fluisterde Abbas.

Stilton hief de lamp een stukje en zag een grote kamer die hij niet herkende.

'Dat ziet eruit als een eetzaal,' fluisterde hij. 'Heb je honger?'

Humor was een manier om de spanning te verminderen.

Ze liepen door de eetzaal naar een deur aan de andere kant. Stilton had geen idee waar die naartoe leidde. Hij voelde aan de deurkruk, de deur gleed open en gaf toegang tot een donkere ruimte. Hij hief de lamp en verlichtte de kamer. De muren waren bedekt met boekenkasten vol mappen, twee bureaus stonden midden in de kamer tegenover elkaar. Het was een kantoor.

Stilton liep naar binnen, Abbas volgde en trok de deur zachtjes achter zich dicht. Stilton liet de lichtbundel over de muren glijden. Er was één muur zonder boekenkasten, die van vloer tot plafond was bedekt met een breed geribbeld scherm. Stilton scheen met zijn zaklamp over het scherm en zag rechts onderaan een knop. Hij drukte erop, het scherm gleed langzaam naar het plafond en onthulde een grote kaart. Hij liep ernaartoe en zag dat het een uitermate gedetailleerde kaart van Noord-Thailand was met een groot aantal lijnen die over de topografie golfden. Het had wel iets weg van een spinnenweb. Op sommige plekken raakten de lijnen getekende cirkels.

De betekenis van de kaart was Stilton niet helemaal duidelijk, maar hij vermoedde dat hij belangrijk was. Als ze geluk hadden was het een kaart met Jhangs smokkelwegen.

Hij haalde de kaart met zijn zakmes van de muur, vouwde hem een paar keer op tot hij hem in de zak van zijn jack kon stoppen en knikte naar de deur.

Ze slopen door de eetzaal terug en toen ze bij de trap waren fluisterde Stilton: 'Ik moet nog iets doen. We zien elkaar in de haven.'

Abbas keek naar Stilton. Hij wist dat hij een pistool in zijn jack had en daar redelijk goed mee kon omgaan als de situatie dat vereiste, maar moest hij hem hier echt achterlaten?

'Ga,' fluisterde Stilton.

Abbas sloop zo zachtjes mogelijk de trap af.

Abbas liep naar de haven. Hij passeerde een aantal bouwvallige, grijze houten huizen die op palen in het water stonden voordat hij de kade bereikte. De stank van afval, benzine en zoetige rook sloeg hem tegemoet. De meeste huizen langs het water waren donker, maar een paar cafés waren open. Er werd Thaise popmuziek gedraaid. Hij liep rustig rond, hier wist niemand wie hij was. Als ze zouden weten dat hij daarnet had ingebroken bij de opiumbaron zou de situatie misschien heel anders zijn.

Dat wist hopelijk niemand.

Hij liep naar een van de cafés met een terras op een paar meter van de kaderand. Er lagen een paar boten bij de boeien, aftandse houten vissersboten met roodgeschilderde stuurhutten en kleine open plastic boten. Hij wist niet goed hoe Tom naar de Contamana wilde gaan, maar er moest een boot geregeld worden. Dat kon hij net zo goed doen terwijl hij op de baas wachtte. Hij ging aan een van de tafeltjes zitten en gebaarde naar de grofgebouwde man die in de deuropening van het café stond. Hij nam aan dat het een ober was.

De man keek naar Abbas. 'Zeg het maar,' zei hij in het Engels.

'Ik wil een glas water en een boot, kun je me daaraan helpen?'

'Wat moet je met een boot?'

'Wat zou ik met een boot moeten?'

De man keek naar Abbas. Waarschijnlijk dacht hij na, ook al straalde hij dat niet meteen uit. Na een paar seconden liep hij naar Abbas toe en ging bij hem aan tafel zitten.

'Je hebt mijn vraag niet beantwoord.'

Abbas besefte dat hij niet tegen de ober had gepraat. Deze man had waarschijnlijk meer verwantschap met de opiumbaron dan met het café.

Dit kon leuk worden.

'Ik heb gewoon een boot nodig,' zei hij.

'Waar ga je naartoe?'

'De rivier op.'

'Waarom dat?'

Abbas begon er een beetje genoeg van te krijgen. De gedachte kwam heel even bij hem op dat dit misschien een zonderlinge burgersmeris was, maar die gedachte verdween op het moment dat hij het horloge van de man zag. Of liever gezegd Toms horloge, dat zo bijzonder was dat de waarschijnlijkheid dat er in Noord-Thailand een spierbundel met net zo'n horloge rondliep verwaarloosbaar was.

Hij veranderde van onderwerp. 'Je hebt een mooi horloge om.'

De man keek in Abbas' ogen, die volledige kalmte uitstraalden. Dat maakte hem heel even onzeker, zo onzeker dat hij zijn handen op de tafel legde om aan te geven dat ze duidelijke taal moesten spreken.

'Je hebt drie seconden de tijd om te verdwijnen,' zei hij.

Abbas wachtte twee seconden voordat hij een smal zwart mes dwars door de hand van de man in de tafel stak terwijl hij de zijkant van zijn hand tegelijkertijd tegen zijn strottenhoofd ramde. De man zakte rochelend op de stoel in elkaar. Abbas stond op, haalde het horloge van de pols, trok het mes uit de hand en keek om zich heen. Bij de deuropening van het café stonden twee vrouwen te roken. Abbas liep naar hen toe en zei dat hij een boot wilde huren. Een van de vrouwen verdween naar binnen. Abbas hield de in elkaar gezakte man op de stoel intussen in de gaten. De tweede vrouw liep naar de man toe en veegde het bloed met een donkere handdoek van de tafel.

'Hier.' De vrouw die naar binnen was gegaan hield hem een sleutel voor. 'Hij is van die boot.' Ze wees naar een van de kleine plastic boten met buitenboordmotor.

'Hoeveel kost het om hem te huren?' vroeg Abbas.

'Je mag hem gratis meenemen. Die vent is een klootzak.' De vrouw knikte naar de man op de stoel, die op het punt stond op de kade te glijden.

'Bedankt,' zei Abbas.

Hij pakte de sleutel aan en liep naar de boot.

Stilton had haast om in de haven te komen, om meerdere redenen. Hij had iets meer kabaal in Jhangs woning gemaakt dan verstandig was, mensen waren aan komen rennen en hij had de duisternis in moeten stormen. Bovendien was het slechts een kwestie van tijd voordat ze zouden ontdekken dat de kaart was verdwenen en daar wilde hij niet bij zijn.

Hij rende over de kade en zag een gespierde man met een bebloede hand bewusteloos bij een tafeltje liggen. Abbas? Hij bleef staan en keek een beetje hulpeloos om zich heen.

'Hij zit in die boot.' Een van de rokende vrouwen wees met haar sigaret. Stilton keek en zag Abbas op een kleine plastic boot met draaiende motor naar hem zwaaien. Stilton rende ernaartoe en sprong in de boot.

'Varen!'

Dat deed Abbas, maar omdat hij geen laserogen had, zoals Little Pluto, ging het niet snel. Ze hadden een beetje hulp van de lichten van Wanssingi, maar nadat ze het stadje achter zich hadden gelaten werd het moeilijker. Af en toe scheen er licht van een woning op de vaargeul, maar de bebouwing werd steeds schaarser. Stiltons volgende stop was Aom, had hij gezegd. Het probleem was dat hij geen idee had hoe ver ze moesten varen om bij haar te komen, maar omdat hij van een steiger in Wanssingi in de rivier was gegooid en door Aom uit het water was gehaald, kon het niet zo ver zijn. Er stond niet veel stroming.

Ineens besefte hij dat Wanssingi onder Aoms bamboehut lag. Hoe kon hij stroomopwaarts gedreven zijn?

Het was heel merkwaardig. Waren er kolken? Of onderstromingen?

'Het gaat niet meer,' zei Abbas. 'Ik zie niets.'

'Nog een klein stukje,' antwoordde Stilton.

Dat kleine stukje zorgde ervoor dat ze plotseling een flakkerend licht zagen.

'Stuur daarnaartoe,' zei Stilton.

Abbas stuurde de boot naar de oever, die vrij snel opliep, waardoor de boot op de grond liep. Stilton zag niets in de duisternis, op het flakkerende licht op de oever na, maar toen hij zijn hoofd draaide zag hij een houten kano, net zo een als hij van Aom had geleend. 'Hier is het.'

Ze trokken de boot samen op de oever. Stilton deed de zaklamp aan en begon naar de bamboehut te lopen. Hij hoopte dat de twee vrouwen niet van hen zouden schrikken.

De enige die schrok was Sudarat.

Ze kwam uit de bamboehut en staarde naar de zaklamp.

'Ik ben het maar,' zei Stilton. 'Tom. Sorry dat ik je heb laten schrikken. Slaapt Aom?'

'Ze is dood,' zei Sudarat zachtjes.

Stilton bleef roerloos staan. 'Wanneer is ze gestorven?'

'Donderdag.'

Het was inmiddels zondag. Vier dagen geleden dus.

'Kom binnen.' Sudarat maakte een uitnodigend gebaar en verdween in de hut. Stilton keek naar Abbas en liep achter Sudarat aan. In de hut brandden overal kaarsen, op de plank naast Boeddha en bij de bedden. Er hing een rokerige lucht.

'Ga zitten.' Sudarat knikte naar een van de bedden. Stilton ging zitten en zag Abbas in de deuropening verschijnen. Sudarat hurkte voor Stilton en pakte zijn handen in de hare. 'Ze is in haar kruidentuin overleden. We hebben haar gecremeerd en gisteren was de herdenkingsplechtigheid. Je krijgt dit van me.' Sudarat pakte een rood draadje en wikkelde dat rond een knoop van Stiltons jack.

'Wat gebeurt er nu? Met jou?'

'Ik word volwassen.' Sudarat stond op en ging op haar bed zitten. Stilton keek naar haar gezicht en zag in haar ogen wat er gebeurt als het dak boven je hoofd verdwijnt. Als je niemand meer boven je hebt die je kan bewaken, beschermen, troosten, vertellen. Als jij plotseling het dak bent geworden en er niemand meer is tussen jou en de dood.

'Willen jullie blijven slapen?' vroeg Sudarat.

'Graag,' antwoordde Stilton. 'Dit is Abbas trouwens.'

Abbas kwam binnen en begroette Sudarat, waarna hij ook een rood draadje rond zijn knoop kreeg.

Het werd een emotioneel beladen afscheid de volgende ochtend. Abbas begreep niet helemaal waarom, Tom was hier beland, had een paar dagen hulp gekregen en was daarna verder gereisd. Het waren geen mensen die hij zijn hele leven al kende. Toch zag hij dat Tom moeite had om zijn tranen te bedwingen toen hij Sudarat omhelsde.

'Zullen we gaan?' zei Abbas.

Sudarat liep mee naar de plastic boot. Stilton had uitgelegd wat er was gebeurd met de kano die hij had geleend en had haar geld aangeboden, dat Sudarat in haar rok had gestopt met net zo'n vanzelfsprekend gebaar als haar moeder had gedaan.

Ze was niet dom.

Terwijl ze naar de riviergeul voeren stond Sudarat op de oever te zwaaien. Stilton zwaaide zo lang mogelijk terug en ging daarna voor in de boot zitten.

'Waar ging dat over?' vroeg Abbas.

'Wat bedoel je?'

‘Je leek nogal aangedaan.’

Stilton keek naar Abbas en begon te vertellen. ‘Sudarat en Aom hebben me uit de rivier gehaald toen ik op het punt stond om te verdrinken. Aom heeft me behandeld met haar magische drankje dat alles geneest, vervolgens heeft ze me een kano geleend en een blikje met zalf gegeven waardoor ik niet aan knokkelkoorts ben bezweken. Bovendien herinnerde ze me eraan wat de echte waarden in het leven zijn. En nu is ze dood.’

Dat begreep Abbas min of meer.

Ze waren de eerste zes bochten gepasseerd toen Abbas vond dat het tijd was om Tom te vragen wat hij blijkbaar niet van plan was uit zichzelf te vertellen. ‘Wat heb je in Jhangs woning gedaan nadat ik ervandoor was gegaan?’

‘Ik heb een groet achtergelaten.’

‘Aan wie?’

‘Jhang Sa.’

‘Wat voor groet?’

Jhang was in Chiang Rai geweest om het transport van zijn activiteiten te regelen. Toen hij te horen kreeg wat er was gebeurd had hij een helikopter geregeld en was teruggevlogen. Hij landde ’s avonds laat op het grasveld voor de woning en werd opgewacht door een paar geschokte en bange mannen die wisten dat wat er was gebeurd waarschijnlijk het eind van hun baan zou betekenen, misschien zelfs van hun leven.

Jhang was naar het kantoor gerend en had geconstateerd dat de kaart met het hart van zijn activiteiten was verdwenen. Het duurde een paar minuten voordat de hartkloppingen waren verdwenen, zijn hersenen werkten koortsachtig. Wie? In zijn eigen woning. Wie had dat gedurfd? Hij wist dat er een aantal kleine baronnen was dat een deel van de markt in handen probeerde te krijgen, maar inbreken in zijn woning? De allerheiligste plek. Wie was er zo ongelofelijk brutaal?

‘Jhang Sa.’ Een van de mannen die wist dat zijn dagen waren geteld stond in de deuropening. Zijn stem trilde bedenkelijk. ‘Ga mee,’ wist hij uit te brengen.

De man liep voor Jhang uit naar een deur en opende hem, waarna hij snel opzijstapte. Jhang liep naar binnen.

Hij zag drie dingen. De dikke lege ketting in de hoek, de rijstbrande-

wijn die over de hele vloer was gestroomd en het dode beest dat door zijn kop was geschoten en in het aquarium lag.
Op dat moment was het hem duidelijk.

Abbas glimlachte toen Stilton klaar was met zijn verhaal. Wraak was altijd zoet. Een primitief genoegen waarop een taboe rustte, maar dat uitermate bevredigend was. Hij voer zo hard mogelijk. Nu het licht was kon hij zonder enige moeite tussen de takken en andere rommel in de riviergeul laveren. Hij vroeg zich af wanneer hij zijn eigen aas uit zijn mouw zou halen, het liefst op een moment dat het maximaal effect had.

Stilton keek naar hem. 'Bedankt dat je hiernaartoe gekomen bent.' Tegelijkertijd veegde hij een paar insecten van zijn gezicht. Hij was vergeten om Aoms blikje met zalf mee te nemen.

Slordig.

'Dat was Mette,' zei Abbas.

'Ze vertrouwt me niet.'

'Natuurlijk wel, maar ze is zuinig op je.'

Stilton dacht daar even over na. Mette was zuinig op hem. Ze was zuinig op Abbas. Ze waren allebei idioten die de grootste problemen konden veroorzaken maar tegelijkertijd dingen voor haar konden regelen.

Hij hield van Mette.

'Vind je het vervelend?' vroeg Abbas.

'Wat?'

'Dat ze me hiernaartoe gestuurd heeft.'

'Geen seconde.'

'Ik heb in elk geval een beetje nut gehad.' Abbas glimlachte en Stilton dacht aan de bewusteloze man met de bebloede hand in de haven van Wanssingi.

'Absoluut,' zei hij. 'Je hebt een boot geregeld.'

'En een horloge.'

Stilton keek naar Abbas. Hij begreep niet wat hij bedoelde. Een horloge? 'Wat voor horloge?'

'Dit.' Abbas haalde het horloge van de oude zeehondenjager tevoorschijn en gaf het aan Stilton.

Het duurde even voordat Stilton het snapte. 'Die vent in de haven?'

'Ja.'

'Bedankt.' Stilton deed het horloge rond zijn pols, waar het hoorde, en keek uit over de rivier. 'Nog maar één bocht,' zei hij.

Ze roken een bijtend scherpe lucht en nadat ze om de laatste bocht waren gevaren zagen ze dat de rook afkomstig was van de rivierboot. Die was één grote vuurzee, de vlammen sloegen uit alle hutten en duizend vonken werden naar de junglebeplanting gelanceerd. De jongens stonden op de steiger te schreeuwen. Een van hen rende met een kleine emmer in zijn hand bij de brandende boot vandaan.

Stilton ging in de boot staan terwijl Abbas naar het strand stuurde. Hij sprong van de boot, rende naar de rivierboot en vloog de ladder op. Abbas stormde achter hem aan. Toen Stilton het dek bereikte hoorde hij een verschrikkelijk gebrul uit Decha's hut komen. Hij zag de deur openvliegen en een brandende gestalte viel naar buiten. Stilton rende tussen de bulderende vlammen naar de brandende gestalte toe. Hij besefte dat het Decha moest zijn. Hij rukte zijn jack uit en sloeg ermee op het brandende lichaam. Het hielp nauwelijks. Abbas stond inmiddels naast hem en pakte een van Decha's armen vast.

'We moeten hem van de boot zien te krijgen!' riep hij.

Stilton pakte Decha's andere arm vast. Samen trokken ze het brandende lichaam van de ladder en naar de rivier. Abbas voelde de vlammen op zijn huid branden. De jongens bij het water schreeuwden en huilden. Stilton trok Decha het water in en draaide hem rond. De vlammen sisten in het lauwe water en doofden.

Abbas keek naar het naakte verbrande lichaam, de kleren waren verdwenen, het gezicht was zwart. 'De boot!' riep hij.

Ze tilden Decha zo voorzichtig mogelijk in de boot en legden hem op de bodem. Abbas sprong erin en startte de motor. Stilton draaide zich om en keek naar de jongens op de oever. Hij miste één gezicht. 'Waar is Little Pluto?'

Twee jongens wezen naar de rivierboot.

'Is hij nog op de boot?' riep Stilton.

'In Decha's hut.'

Stilton rende weer naar de boot.

'Tom!' riep Abbas.

Stilton was bij de ladder toen een krachtige explosie de brandende resten van de bovenbouw uit elkaar scheurde. De volgende explosie vernielde de laadruimte en liet een gapend gat in de wand achter. Stilton werd omvergeblazen door de drukgolf en rolde rond. Toen hij zich weer naar de boot draaide zag hij dat de hele constructie in een vlammend inferno in elkaar stortte. De gloeiende hitte dwong hem naar de rivier terug. Hij wankelde naar de steiger en snakte naar adem.

'We moeten weg!' riep Abbas.

Stilton keek weer naar de rivierboot. Waarschijnlijk zijn de gasflessen geëxplodeerd, dacht hij. Vervolgens dacht hij aan de kleine jongen.

Abbas zag dat Stilton over zijn hele lichaam trilde. Hij sprong uit de boot en liep naar hem toe. 'We moeten weg. Die vent in de boot heeft hulp nodig.'

Stilton knikte en Abbas legde een hand op zijn schouder. Hij trilde nog steeds.

'Ga mee.' Abbas pakte Stiltons arm vast en trok hem naar de boot. Met enige moeite kreeg hij hem op de voorste roeibank, waarna ze wegvoeren.

Stilton staarde naar de verbrande man op de bodem. Hij leefde, in tegenstelling tot Little Pluto. Hij kon niet goed beschrijven wat hij voelde, het was één grote chaos van woede, pijn en verdriet.

'Is er een ziekenhuis in Wanssingi?' vroeg Abbas.

'Geen idee.'

Abbas zag dat Tom in shock was. Hij wist niet precies wat de reden daarvoor was, maar dat zou hij later uitzoeken. Op dit moment was het belangrijk om hem te laten functioneren. 'Kun jij dat nagaan?' riep hij boven het kabaal van de motor uit. 'Nu!'

Abbas' harde toon zorgde ervoor dat Stilton zich vermande. Hij keek naar zijn vriend en haalde zijn mobiel tevoorschijn. Een ziekenhuis in Wanssingi? Misschien, maar niet het soort dat de verbrande man op de bodem nodig had. Dat bevond zich misschien in Chiang Rai.

Inspecteur Lek?

Hij zocht het telefoonnummer van Lek en toetste dat in. Na een paar seconden werd er opgenomen. 'Inspecteur Lek.'

'Hallo, met Tom Stilton. Ik zit in een boot op de Lat en heb de pedofiel Decha bij me. Hij is ernstig verbrand en moet zo snel mogelijk naar het ziekenhuis. Kun je me daarmee helpen? We zijn op weg naar Wanssingi.'

'Oké. Ik zie je daar!'

Stilton verbrak de verbinding en besefte hoe fijn het was als mensen niet moeilijk deden.

Na de zevende bocht zocht Stilton naar de hut van Aom en Sudarat die ze zo meteen zouden passeren. Hij hield een hand voor zijn neus en mond om de bijtende stank van het lichaam op de bodem niet te ruiken. Nadat ze de eerste bocht waren gepasseerd had hij niet meer naar Decha gekeken. Hij hield zijn blik op de rivier en op Abbas gericht.

'Gaat het weer een beetje?' vroeg Abbas.

Stilton knikte om meer vragen te voorkomen. Hij was niet in staat om over zijn werkelijke gevoelens te praten.

'Daar is het.' Abbas wees naar de hut van de twee vrouwen op de rivieroever. De deur was dicht en ze zagen Sudarat niet. De overgebleven kano was weg. Stilton trok zijn jack naar zich toe, dat naast Decha's lichaam lag. Het was een beetje aangetast door de vlammen en stonk naar rook, maar dat was alles. Hij draaide het om en zag dat Sudarats rode draadje nog rond de knoop gewikkeld zat. Waarom hadden Abbas en hij dat gekregen? Hij voelde in de binnenzak naar Jhangs kaart. Die zat er niet in. Ineens besefte hij dat hij die in de ruimte onder de voorste roeibank had gelegd voordat ze uit Wanssingi vertrokken.

De kaart lag er nog.

Lek was geen man die moeilijk deed. Hij was een man met middelen, in elk geval als het om zijn werk ging. Meteen na het gesprek met Stilton had hij ervoor gezorgd dat er een legerhelikopter naar Wanssingi werd gestuurd en had hij een aantal politieagenten met snelle voertuigen gealarmeerd. Hij ging ervan uit dat er om meerdere reden problemen zouden kunnen ontstaan in Wanssingi. Een legerhelikopter en een boot met drie farang, waarvan er een ernstig verbrand was, zou flink wat aandacht trekken in het stadje. Een stadje dat werd gecontroleerd door Jhang, een van de mannen op wie Lek al jarenlang jacht maakte, net zoals zijn vader jacht had gemaakt op Jhangs vader, Khun Sa. Soms met resultaat, als ze een smokkelweg hadden ontdekt of er een partij opium in beslag was genomen, maar de activiteiten waren daardoor nooit ernstig verstoord.

Die bleven doorgaan.

De belangrijkste reden voor het machtsvertoon was Stiltons verhaal over zijn bezoek aan Jhang en de poging van de opiumbaron om hem te vermoorden. Als Stilton weer in Jhangs domein opdook, kon er van alles gebeuren.

En dan wilde Lek daarbij zijn.

Hij arriveerde samen met zijn kleine politiearmada op het moment dat Abbas de plastic boot de haven in stuurde. De legerhelikopter wachtte op de kade. Een paar verpleegkundigen renden naar de boot, legden het verbrande lichaam op een brancard en schoven de baar in de helikopter, die meteen opsteeg. Op dat moment zag Stilton dat Lek in gezelschap van een paar zwaarbewapende geüniformeerde politieagenten uit een jeep stapte.

Overmacht tonen, dacht Stilton terwijl hij aan land stapte. Lek kwam naar hem toe en stak zijn hand uit. Stilton wilde die net schudden toen hij zijn handpalm voelde branden. Hij draaide zijn hand om en liet de wond aan Lek zien. 'De rivierboot is volledig uitgebrand,' zei hij.

'Maar jullie hebben de pedofiel bij jullie en dat is toch het belangrijkste?'

Op een bepaald niveau wel, maar op een ander niveau was het helemaal niet belangrijk. Hij kon het echter niet opbrengen om dat tegen Lek te zeggen. Hij had Abbas over Little Pluto verteld terwijl ze de haven in voeren en dat moest voldoende zijn.

'Ja,' antwoordde hij daarom.

'Hoe vertrekken jullie hier nu?' vroeg Lek.

'Een politie-escorte naar Chiang Rai zou niet verkeerd zijn.'

Lek glimlachte even. 'Dat is waarschijnlijk het veiligst,' zei hij. 'Het zal niet lang duren voordat Jhang Sa erachter komt dat je hier weer bent, als hij dat nog niet weet.'

Daardoor dacht Stilton weer aan de kaart.

Zijn hoofd was niet helemaal helder.

Hij liep naar de boot, tilde de roeibank op en haalde de kaart tevoorschijn. Abbas, die inmiddels aan land was gestapt, hielp Stilton weer op de kade.

'Misschien heb je hier iets aan,' zei Stilton terwijl hij Lek de kaart voorhield.

Lek vouwde de kaart open, keek ernaar, keek naar Stilton, keek om zich heen en vroeg vervolgens zachtjes: 'Waar heb je die te pakken gekregen?'

'Hij hing aan de muur in Jhangs kantoor, in zijn woning.'

'Ben je daar weer geweest?'

'Ja. Gisteren.'

Lek keek opnieuw naar de kaart en wenkte een geüniformeerde man, waarna ze beiden naar de kaart en vervolgens naar elkaar keken.

'Weet je wat voor kaart dit is?' vroeg Stilton.

'Ja,' zei Lek terwijl hij weer om zich heen keek. 'Dit is waarschijnlijk een overzicht van Jhangs verborgen overslagcentra.'

'Dat is mooi,' zei Stilton. 'Zullen we vertrekken?'

Lek vouwde de kaart op en gaf hem aan de geüniformeerde man naast hem. Die stopte hem in een zwarte aktetas en liep snel naar een jeep. Lek stak zijn arm uit en wees de auto aan die Stilton en Abbas zou vervoeren. Ze liepen ernaartoe toen Stilton een stem hoorde.

'Tom.'

Hij draaide zich om. Sudarat kwam met een glas vruchtensap in haar hand uit een van de cafés. Stilton liep meteen naar haar toe en omhelsde haar.

Sudarat knikte naar de plek waar de helikopter had gestaan. 'Was dat de man van de foto?'

'Ja. Een kwaadaardige man.'

'Ga je nu naar huis?'

Naar huis? dacht Stilton. Waar is dat?

'Ja. Of liever gezegd, ik ga naar mijn halfzus in Mae Phim.'

'Doe haar de groeten van me.'

'Dat zal ik doen. En jij?'

'Ik heb geen thuis meer. Ik woon nu bij een vriendin.'

Stilton knikte en keek naar het rode draadje op zijn jack. 'Waarom heb je me dat gegeven?'

'Dat is een herinnering aan de geest van mijn moeder. Op een dag ontmoet je haar misschien weer.'

'Misschien wel.' Stilton glimlachte, streelde over Sudarats arm en liep achter Abbas aan naar de auto met het naar rook stinkende jack in zijn hand. Hij vroeg zich af of er een snelwasserij in Chiang Rai zou zijn.

'Misschien moeten we Olivia bellen,' zei Abbas toen ze bij de auto waren.

'Natuurlijk. Jij of ik?'

'Jij.'

Olivia had gemengde gevoelens over het telefoongesprek met Stilton. Ze was dankbaar dat hij Frövik had opgepakt en tegelijkertijd ongerust over zijn toestand. Ze was net bezig met de slotfase van het onderzoek tegen hem en had voldoende materiaal verzameld om hem daarmee te confronteren. Nu lag hij met ernstige brandwonden in een ziekenhuis in Bangkok. Zou hij overlijden voordat ze hem had kunnen verhoren? Ze was zich ervan bewust dat de gedachte cynisch was, maar kon die niet verdringen. Ze belde Mette en legde de situatie uit. 'Wat denk jij dat ik moet doen?' vroeg ze uiteindelijk.

'Vlieg ernaartoe zodra je klaar bent met het onderzoek. Ik ga mee.' Daarna verbrak Mette de verbinding.

'Waarnaartoe vliegen?' vroeg Mårten, die een citrusplant met ongedierte besproeide.

'Naar Thailand.'

'Thailand! Waarom dat?'

'Olivia gaat Frövik daar verhoren.'

'Wat heeft dat met jou te maken?' Mårten begreep het niet. Waarom moest Mette naar Thailand omdat Olivia daar een pedofiel ging verhoren? Ze was tenslotte met pensioen.

'Je zou het als een reis voor gepensioneerden kunnen beschouwen. Veel gepensioneerden gaan naar Thailand.'

'Dan ga ik mee,' verkondigde Mårten, die was gestopt met sproeien. 'Ik ben ook gepensioneerd.'

Dat kon Mette niet weigeren, hoewel ze het graag had gewild.

Aditi had een backgammonspel opgeduikeld en voor de twee mannen in de schaduw neergezet. Stilton koos wit en Abbas kreeg de zwarte stenen. Terwijl ze over het spel gebogen zaten lieten ze alles los wat ze los wilden laten. Alle vragen en vervolgvragen. Ze hadden verteld over de reis naar het noorden. Abbas kon een verhaal flink dramatisch maken als hij ervoor in de stemming was. Luna en Aditi hadden met een combinatie van scepsis en verbazing geluisterd.

Was dat allemaal echt gebeurd?

Het was inderdaad gebeurd en toch had Stilton niets gezegd over het moeilijkste van de reis, het verlies van Little Pluto. Hij kon het niet aan om daarover te beginnen en liet Abbas de dames vermaken terwijl hij in de schaduw lag en een naar binnen gesmokkeld biertje dronk. Toen Abbas klaar was met vertellen ging Stilton glimlachend zitten. Het meeste was op zijn plaats gevallen. Ze hadden geregeld wat geregeld moest worden en zelfs meer dan dat.

Dat was het belangrijkste.

Voor Luna was het belangrijkste om Tom in de toestand waarin hij zich nu bevond te zien. Hij was een ander mens. De stem, de ogen, de handen die haar streelden als ze in de bungalow waren. Hij was terug. Ze wilde er niet aan denken wat ervoor nodig was geweest om dit te bereiken, maar Aditi zei altijd: 'Nu is nu, dit is wat we hebben en waar we verder mee gaan.'

Op dit moment voelde het fantastisch.

'Wanneer komen Olivia en Mette hiernaartoe?' vroeg ze.

Stilton had verteld dat ze de reis voorbereidden.

'Zodra Olivia klaar is.'

'Ik hoop dat ze naar de retraite komen,' zei Aditi.

'Dat hoop ik ook,' zei Abbas, waarna hij een zwarte steen verplaatste.

*

Veronica reed langzaam door de halflege gang. Niemand trok haar aanwezigheid in het ziekenhuis in twijfel, een vrouw met brandwonden in een rolstoel was een natuurlijk deel van de omgeving. Ze hoefde niet veel vragen te stellen om haar doel te bereiken: de man die in een bed lag met slangen uit zijn polsen en verband op de grootste delen van zijn lichaam. Hij was kaal, de huid van het gezicht was bijna zwart, het weefsel was verrot, de benen waren aangetast door koudvuur.

Ze reed de kamer in en ging bij het raam staan, op een plek waar de man haar niet kon zien, en observeerde hem zwijgend. Ze was nog nooit in haar leven in de buurt geweest van het gevoel dat nu door haar lichaam begon te stromen, het geluk dat haar volledig ongeschonden innerlijk met warmte vulde. Ze voelde het bloed in haar armen bijna branden van blijdschap toen ze naar het verminkte wezen op het bed keek.

Gustav Frövik.

Ze zat daar net zo lang tot er een verpleegkundige de kamer in kwam en voorzichtig vroeg: 'Sorry, wat doe je hier?'

'Ik geniet.' Daarna verliet ze de kamer en reed naar de lift.

*

Stilton keek naar de naam boven de ingang van het ziekenhuis. Hij had een paar keer geprobeerd hem uit te spreken, maar had het opgegeven. Phramongkutklao lag midden in het centrum. Het was een groot, modern ziekenhuis dat vaak door het leger werd gebruikt. Hij nam aan dat Lek Decha daarom hiernaartoe had laten brengen. Voor Stilton was de man op de rivierboot nog steeds Decha, ook al wist hij zijn echte naam inmiddels.

Hij school onder de luifel voor de grote glazen deuren vanwege de overvloedige regen. Hij was net even bij Suzy langs geweest en wachtte nu tot de delegatie uit Zweden zou arriveren. Als hij een uur eerder was gekomen, zou hij een bekende vrouw naar buiten hebben zien rijden, maar dat was niet zo.

Hij keek naar de regen terwijl hij op de taxi wachtte.

Hij voelde zich niet volledig kalm, het was heel lang geleden dat hij een van de drie Zweden die zo meteen zouden arriveren had gezien.

Hij had natuurlijk telefonisch contact met ze gehad, maar dat was niet hetzelfde. Dit waren de drie mensen die het meest voor hem betekenden, behalve Luna en Abbas. En Aditi, dacht hij, de relatie met zijn halfzusje was intenser geworden gedurende zijn tijd in de retraite en hij beschouwde haar inmiddels ook als een onderdeel van zijn privéleven. Bovendien was ze grappig. Vanochtend, voordat hij naar Bangkok vertrok, had ze voorgesteld dat hij een tatoeage zou nemen. Voor Stilton was een tatoeage synoniem aan een bajesklant, tot die generatie behoorde hij. Toen hij de tatoeage op Luna's rug had gezien was hij gealarmeerd geweest. Niet door de tatoeage op zich, maar de betekenis ervan.

Hij had gevraagd wat hij volgens Aditi voor tatoeage moest nemen en ze had een symbool voorgesteld.

'Wat voor symbool dan?'

'Van iets wat je belangrijk vindt.'

Dat had Stilton gedwongen om na te denken over wat belangrijk voor hem was en na een tijdje besefte hij dat dat misschien juist Aditi's bedoeling was geweest.

Toen zijn gedachten naar Little Pluto gingen vertrok hij uit de retraite.

Nu keek hij naar het geasfalteerde terrein voor het ziekenhuis. Dat moeten ze zijn, dacht hij toen een glanzende taxi door de regen kwam aanrijden en voor de ingang stopte. De drie musketiers uit Zweden stapten uit de taxi en knikten naar Stilton. Hij liep meteen naar ze toe. Van Olivia kreeg hij een korte omhelzing en een korte opmerking: 'We praten straks,' zei ze, waarna ze meteen naar de ingang liep. Hij had haar zelden zo verbeten gezien.

Mette omhelsde hem een tijdlang en zei iets meer tegen hem: 'Waar is Abbas?'

'Hij is in de retraite gebleven.'

'Oké. Als we hier klaar zijn gaan we daar allemaal naartoe.' Vervolgens liep ze achter Olivia aan.

Mårten omhelsde hem niet, omdat hij twee rolkoffers achter zich aan trok. Daarentegen praatte hij honderduit, hij had zijn vliegangst met alcohol onderdrukt en vond het geweldig om Tom weer te zien. 'Je ziet er heel gezond uit!'

*

Olivia stond in haar eentje bij een raam in de ziekenhuisgang en keek naar de neersijpelende regen. De vliegreis was een hel geweest. Lang, ongemakkelijk en zonder een oog dicht te doen. Haar hoofd was net een tombola geweest, de gedachten hadden zonder samenhang of focus rondgetold terwijl ze zich in een halve droomtoestand had bevonden. Ze was begonnen met denken hoe ze het verhoor moest benaderen en was heel ergens anders geëindigd, met een starende beheerder die klaagde over haar deurmat die voor en niet achter de deur lag.

Nu moest ze zich echter vermannen. Ze was zich ervan bewust dat dit verhoor een vuurdoop was. Zij was degene die deze reis had doorgedrukt en de staat had laten betalen. Niet voor Mårten, maar Mette had zichzelf op de een of andere manier op de factuur voor de politie weten te wurmen.

Dat was niet belangrijk. Er stond meer op het spel. Veel meer.

Als het resultaat anders zou zijn dan waarop ze hoopte, dan was dat waarschijnlijk nadelig voor haar carrière bij de politie.

Ze keek naar de vensterbank en zag de waterdruppels over de rand rollen.

'Zullen we naar binnen gaan?' vroeg Mette achter haar. Ze stond in de deuropening te wachten. Iets verder weg zaten Mårten en Stilton op een paar lage houten stoelen. Mårten had een kop koffie in zijn hand, hij probeerde zijn alcoholroes van de vliegreis kwijt te raken.

Olivia en Mette liepen de provisorische verhoorkamer in, een bezoekerskamer die in orde was gemaakt voor het doel waarvoor die gebruikt zou worden. Er stonden alleen een tafel en twee stoelen in de kamer.

Twee? dacht Olivia, voordat ze besefte dat de persoon die verhoord zou worden waarschijnlijk op een andere manier zou zitten. Mette trok een van de stoelen naar de muur en ging zitten. Olivia liep naar de tafel, zette een kleine bandrecorder neer en legde een deel van het onderzoeksmateriaal op de tafel.

Daarna ging ze zitten zonder naar Mette te kijken.

Ze voelde hoe gespannen ze was, ze zat een beetje voorovergebogen op de stoel en alleen haar tenen raakten de vloer. Ze hoopte dat haar stem normaal zou klinken.

Ze was nog nooit in deze situatie geweest.

Ze had inmiddels al veel verhoren achter de rug, maar geen verhoor dat zo belangrijk was. Ze wist bovendien dat het haar taak was om een ernstig gewonde, invalide man te verpletteren.

Een klootzak, dwong ze zichzelf te denken.

Vergeet dat niet, Olivia. Laat je niet beïnvloeden door zijn mismaakte buitenkant. Hij is een dader, ongeacht wat hem is overkomen. De slachtoffers van zijn misbruik zijn minstens zo beschadigd als hij.

Op dat moment gebeurde datgene waartegen ze zich had gewapend: een beeld van Lukas schoot door haar hoofd, een beeld van de schim die aan de tafel in Karsudden had gezeten.

Toen het beeld verdwenen was keek ze naar de man die de kamer in werd gereden door een Thaise verpleegkundige. Gustav Frövik. Olivia wees naar de andere kant van de tafel en de verpleegkundige duwde de rolstoel ernaartoe, zette hem op slot en verliet de kamer. Op dat moment ontmoetten hun blikken elkaar.

Hij had geen oogleden meer.

Het verband op het lichaam werd verborgen door een grijsgroen luchtig ziekenhuishemd. Het gezicht was mismaakt. Gelukkig weet ik wie je bent, dacht Olivia. Op zijn hoofd had hij een ronde platte muts.

Hij hield zijn handen onder de tafel.

Olivia zette de bandrecorder aan, sprak de gegevens in en leunde tegen de rugleuning van de stoel. Ze was bij veel verhoren van Mette aanwezig geweest en had veel geleerd. Een daarvan was om recht op haar doel af te gaan.

'Ben je een pedofiel?' was haar eerste vraag.

Fröviks donkere blik gleed over Olivia's gezicht, alsof hij wilde weten wie er tegenover hem zat. Vervolgens kuchte hij, zijn keel was aangetast en de stem die uit de smalle mond kwam klonk alsof hij opsteeg uit een diepe put. 'Ik ben psycholoog,' zei hij. 'Dat weet je.'

'Dat is geen antwoord op de vraag, ook psychologen kunnen pedofiel zijn. Ben je dat?'

'Niet alleen is het een buitengewoon schaamteloze vraag, maar hij mist ook nog eens elke basis.'

'Het antwoord is dus nee?'

'Natuurlijk.'

Olivia haalde een paar foto's uit een map die voor haar lag en verspreidde ze over de tafel. 'Dit zijn vijf pornografische foto's van kleine jongens in situaties waarin ze misbruikt worden.'

Olivia schoof de foto's naar Frövik, die ze vluchtig bekeek.

'Herken je deze foto's?' vroeg Olivia.

'Niet meteen.'

'Dat zou toch moeten. We hebben ze in een van je computers gevonden.'

'O, zijn het die? Ik snap het al. Dit zijn foto's die gebruikt zijn bij een onderzoeksproject over getraumatiseerde kinderen waarover ik de leiding had. Kinderen die zijn blootgesteld aan seksueel misbruik. Het is studiemateriaal.'

'Bevatte het project alleen deze foto's?'

'Voor zover ik me kan herinneren wel.'

'Dat klopt niet helemaal,' zei Olivia.

'O nee?'

'We hebben meer foto's in je digitale opslagmedia gevonden.'

'Het is mogelijk dat er nog een paar foto's waren.'

'Het waren er ruim vijfduizend.' Olivia keek strak in Fröviks ogen. Ze zag dat de pupillen reageerden.

'Vijfduizend,' herhaalde ze. 'Waarvan het grootste deel gevonden is in een privécomputer die niet met je praktijk verbonden was. Hoe verklaar je dat?'

Frövik keek naar het enige raam in de kamer, de regen roffelde nog steeds op de ruit, na een tijdje keek hij weer naar de vrouw tegenover hem.

'Wat waren dat voor foto's?' Hij siste meer dan dat hij articuleerde.

'Op een aantal ervan poseer je naakt met minderjarige kinderen in seksuele situaties. Meerdere van die kinderen hebben een donkere huid. Zijn die foto's op je rivierboot gemaakt?'

'Mijn rivierboot?'

'Je hebt, of had omdat hij in vlammen opgegaan is, een rivierboot die Contamana heette en in een zijrivier van de Kok lag. Je noemde jezelf daar Decha. Op de boot woonde een aantal Rohingya-kinderen uit Myanmar, of niet soms?'

'Ja. Het waren kinderen die blootgesteld waren aan een pogrom, een meedogenloze vervolging. Ik probeerde ze te helpen, redde ze, gaf ze een thuis, gaf ze voedsel, ze leerden Engels, ik speelde muziek voor ze en gaf ze veiligheid.'

'Daarvoor moesten ze een prijs betalen,' zei Olivia met een ijskoude klank in haar stem. 'Ze stonden bloot aan seksueel misbruik. Door jou.'

'Waarom denk je dat?'

'Dat denk ik niet, zo werken we niet, ik weet het. Behalve je eigen foto's is er een getuige die heeft gezien dat je op die rivierboot een twaalfjarige jongen verkrachtte. Die getuige zal dat in de rechtbank bevestigen.'

Olivia draaide zich om naar Mette, die al bij de deur was, hem opende en wachtte. Het duurde een paar minuten voordat Stilton verscheen. Hij liep naar de tafel, keek naar Frövik en zag ongeveer hetzelfde als Veronica Wadner een paar uur eerder had gezien.

Hij genoot er echter niet van.

'Dit is Tom Stilton, voormalig recherchecommissaris,' zei Olivia.

Frövik legde zijn handen op de tafel. Daarop zaten ook brandwonden en het was duidelijk te zien dat de vingers naar de handpalmen toe trokken.

Olivia richtte zich tot Stilton. 'Kun je vertellen wat je op de Contamana gezien hebt?'

Stiltons stem had een ijskoude klank. Hij staarde in Fröviks ogen en beschreef exact wat hij die nacht had meegemaakt, het seksuele misbruik in Fröviks hut waarvan hij getuige was geweest en dat het slachtoffer later had bevestigd dat het geen eenmalige gebeurtenis was geweest.

'Helaas kan de jongen daar zelf geen getuigenis over afleggen,' zei hij. 'Hij is omgekomen bij de brand op je boot.'

Frövik boog zijn hoofd een stukje, misschien dacht hij aan de rivierboot, of aan Little Pluto. Toen hij opkeek zocht hij Stiltons blik. 'Maar ik heb het overleefd,' zei hij. 'Dankzij jou. Jij hebt mijn leven gered.'

'Ja.'

'Waarom? Dat vraag ik me voortdurend af.'

'Zodat je ervan kunt genieten om jezelf de rest van je leven in de spiegel te zien.'

'Tom!' riep Mette. Ze voelde dat de situatie uit de hand begon te lopen. Stilton draaide zich om en liep de kamer uit. Toen hij de deur achter zich had dichtgetrokken keek Olivia naar Frövik.

Zijn hoofd rustte op zijn borstkas en Olivia wist niet goed hoe het met hem was. Hij was ernstig gewond, misschien was hij flauwgevallen? Ze keek even naar Mette en kreeg een kort knikje, waarmee ze wilde zeggen dat ze moest doorgaan.

Dat deed ze dus.

'Blijf je erbij dat je geen pedofiel bent?' vroeg ze.

Frövik bewoog niet, hij was verdiept in het verleden en herinnerde zich dat Tom had gevraagd of hij ongeneeslijk ziek was en wat zijn antwoord was geweest: *Dat hangt ervan af hoe je ziekte definieert. Ziek zijn hoeft niets met een fysieke of mentale aandoening te maken te hebben. Het kan ook gaan over de manier waarop de wereld je definieert.*

Uiteindelijk keek hij op, zijn stem was nu heel zwak, hij fluisterde bijna: 'Het is een neiging waaraan ik niets kan doen,' zei hij.

'Een neiging die strafbaar is als je je aan kinderen vergrijpt.'

Frövik keek naar Olivia. Ze zag dat hij probeerde een beweging met zijn verbrande lippen te maken, maar dat lukte niet.

'Ik heb mijn hele leven met mijn straf geleefd,' zei hij. 'Jouw straf is een bevrijding. Zijn we klaar? Ik ben heel moe.'

'Nog niet. We kunnen een pauze houden als je dat wilt.'

Mårten was met behulp van sterke koffie en koud water een heel stuk nuchterder geworden. Hij zat naast Stilton in de buurt van de verhoorkamer. De korte onderbreking vanwege Stiltons medewerking was achter de rug en ze konden hun gesprek voortzetten. Ze hadden elkaar bijgepraat over een aantal dingen die waren gebeurd, voornamelijk Stilton. Voor Mårten was Mettes pensioen belangrijk geweest. Hij was echter intens geraakt door Stiltons verhaal over zijn reis naar de Gouden Driehoek.

'Ben je bij je pijn gekomen?' vroeg hij.

'Mijn pijn?'

'Was dat niet waar de reis voor was? Dat je je pijnpunt zou vinden?'

Stilton wist niet goed wat Mårten bedoelde, hij had dezelfde soort uitspraken van Aditi gehoord. Zijn pijnpunt?

'Ik wilde een pedofiel oppakken,' zei hij.

'Nee, je wilde jezelf oppakken, Tom. Is dat gelukt?'

Stilton wilde net aan Mårten vertellen dat hij zowel het een als het ander had opgepakt toen Mette naar buiten kwam.

'Zijn jullie klaar?' vroeg Mårten.

'Hij heeft bekend dat hij een pedofiel is.'

Stilton balde zijn vuisten. Weten was één ding, bewijzen een tweede en bekennen een derde. Het was een duidelijke hattrick van Olivia.

Ongelofelijk. Hij zou haar op een etentje bij Suzy's trakteren.

'Hoewel we nog niet klaar zijn,' zei Mette.

'Nee?'

'We houden alleen een pauze.'

Mårten keek naar Stilton. 'Mag ik je iets vragen? Waarom ben je op zoek gegaan naar Decha, zoals hij zich in Thailand noemde?'

'Het was een opdracht. Een vrouw had een foto van een onbekende man en wilde dat ik hem zou vinden. Veronica Wadner.'

Hij richtte zich tot Mette. 'Misschien moet je met haar praten.'

Op dat moment riep Olivia Mette: 'We gaan verder!'

Mette liep naar de verhoorkamer terug en Mårten keek naar Stilton. 'Voordat we onderbroken werden vroeg ik je naar je pijnpunt.'

Toen Mette terugkwam in de kamer stond Olivia bij het raam en keek naar de donkere, verregende stad. Mette liep naar haar toe en legde zwijgend een hand op haar schouder. Olivia beschouwde dat als steun.

Dat had ze nodig, want nu begon het.

Ze ging weer tegenover Frövik zitten. Hij had in de pauze water en een paar tabletten van een Thaise verpleegkundige gekregen en zat weer rechtop. Olivia dacht heel even na over de absurde situatie. Ze moest een ernstig verbrande man die niet meer dan een schim van zijn vroegere ik was verder verhoren.

Over heel andere dingen dan pedofilie.

Vervolgens dacht ze aan Lukas en de zweem van sympathie verdween meteen.

Ze keek naar Frövik. 'De eerste keer dat we elkaar spraken heb je me verteld wat de oorzaak van een dissociatieve identiteitsstoornis kan zijn. Een van die oorzaken is seksueel misbruik in de jeugd. Klopt dat?'

'Ja. Wat heeft dat met mij te maken?'

'Veel. En met Lukas Bengtsson.'

Een bijna onmerkbare trilling in Fröviks schouders toonde zijn reactie.

Olivia zag het en ging verder. 'Voor de rechtszaak tegen hem zat je in het onderzoeksteam dat zijn mentale toestand moest onderzoeken, of niet soms?'

'Ja, dat weet je.'

'Jullie kwamen tot de conclusie dat hij aan een dissociatieve identiteitsstoornis lijdt.'

'Ja.'

'Ik heb je patiëntendossiers bekeken en daaruit blijkt dat Lukas Bengtsson en jij gedurende een heel lange tijd een doorlopende relatie gehad hebben, klopt dat?'

'Om volkomen legitieme redenen. Hij heeft psychische problemen. Ik ben psycholoog.'

'Je bent aanzienlijk meer dan dat voor Lukas geweest. Ik geloof dat jullie een relatie hadden die helemaal teruggaat tot je tijd bij Skå. Een seksuele relatie. Ik geloof dat je je destijds al aan Lukas vergreep en een afhankelijkheidsrelatie met hem opbouwde.'

Het waren directe en nietsontziende woorden.

Fröviks gezicht was uitdrukkingsloos vanwege zijn verwondingen, maar Olivia dacht dat ze kleine spierbewegingen onder de huid van zijn wangen zag.

'Je gelooft veel,' zei Frövik. 'Heeft Lukas dat gezegd?'

'Hij heeft voldoende gezegd.'

Olivia opende een map die naast haar lag en haalde er een paar papieren uit. Frövik probeerde te zien wat het was maar slaagde daar niet in.

'Wat heb je daar?' vroeg hij.

Olivia gaf geen antwoord. Ze wierp een korte blik op Mette om steun te krijgen voor wat er nu zou komen.

Die steun kreeg ze niet.

Mette wilde dat Olivia dit op eigen kracht deed en wist dat ze zich geen zorgen over haar opvolger hoefde te maken. Olivia was er klaar voor om uit het nest te vliegen.

Ze richtte haar aandacht weer op Frövik. 'Je hebt daarnet bekend dat je een pedofiel bent en dat je misbruik van een groot aantal kinderen gemaakt hebt, zowel via digitale media als fysiek. Als dit een halfjaar geleden bekend was geworden, zou dat een ramp voor zowel jou persoonlijk als voor je vrouw en haar werk voor Barnens Väl zijn geweest. Ben je het daarmee eens?'

'Ja. Dat wordt het nu ook.'

'Maar een halfjaar geleden wist niemand dit. Behalve jij en je slachtoffers, of niet soms?'

'Dat klopt.'

Plotseling veranderde Olivia van onderwerp. 'Ben je bekend met de bom waarmee het gezin Brovall in Stockholm opgeblazen is?'

Frövik had precies zo'n verbaasde blik in zijn ogen als Olivia had verwacht. 'Ja. Een gruwelijke geschiedenis.'

'Kaj Brovall, die is omgekomen bij de explosie, was jouw accountant. Klopt dat?'

'Ja. Hij werkte voor veel mensen.'

'Maar hopelijk is maar één van die mensen een pedofiel.'

Olivia glimlachte onbewust en haalde een papier tevoorschijn. 'Dit zijn wat aantekeningen die Kaj Brovall een paar dagen voordat hij stierf heeft gemaakt. Hij noemt geen namen, maar het is duidelijk dat het om jou gaat en dat hij je ervan verdenkt dat je een pedofiel bent. Hij is uitermate geschokt en denkt erover contact met de politie op te nemen. Wist je van zijn verdenking?'

'Nee.'

'Dat denk ik wel.' Olivia legde het vel papier neer en boog zich een stukje naar Frövik toe. Achter haar zat Mette te genieten. Eindelijk had ze een waardige erfgenaam voor de sublieme kunst van het kruisverhoor. Ze boog zich eveneens een stukje naar voren, omdat ze er geen woord van wilde missen.

'Ik geloof dat het opblazen van het gezin Brovall tegen Kaj gericht was, en niet tegen zijn vrouw,' zei Olivia. 'Het was de bedoeling om de persoon die over je pedofiele activiteiten wist te vermoorden en Malin Brovall tegelijkertijd het doelwit van de explosie te laten lijken. De verdachte van deze daad zou een psychisch zieke man zijn. Lukas Bengtsson.'

Ze zweeg. Nu had ze het onder woorden gebracht.

Olivia was op het idee gekomen toen ze ontdekten dat Kaj Brovall de accountant van Gustav Frövik was geweest. Was dat toeval? Of had Kaj ontdekt dat Frövik een pedofiel was en was hij van plan geweest om daarmee naar buiten te komen? Kon Kaj het eigenlijke doelwit van de bomexplosie geweest zijn? Hadden ze allemaal in de verkeerde richting gedacht, met inbegrip van haarzelf?

De gedachte was absurd, maar naarmate ze samen met haar collega's langer in het verleden van Frövik groef, werd de gedachte een zekerheid.

Of in elk geval een waarschijnlijkheid.

Nu moest ze het bewijs daarvoor leveren.

Olivia keek naar Mette. De gepensioneerde recherchecommissaris zag er kalm en welwillend uit. Ze wist al voordat ze naar Bangkok waren gereisd wat Olivia had ontdekt. Kaj Brovall was waarschijnlijk het doelwit voor de bomexplosie geweest. Ze wist ook dat Olivia Lukas eerherstel kon geven.

Toms reis naar Wanssingi was daarbij een grote hulp geweest.

Dat zou ze in haar memoires vermelden.

Frövik had net zo lang gezwegen als Olivia. Intussen was hij zich er volledig van bewust dat de vrouw die tegenover hem zat hem de moord op het gezin Brovall wilde laten bekennen. Hij merkte dat hij eerder gefascineerd dan bang was. Hij was benieuwd hoe ze te werk zou gaan. Hij zat hier met een lichaam dat voor altijd vernietigd was en een sociaal leven dat zou instorten als zijn misbruik bekend werd. Er was niet veel over om te verdedigen.

Dat vond Olivia ook. 'Ik denk dat jij degene was die de bom in de auto van het gezin Brovall hebt geplaatst,' begon ze.

Gedurende het volgende halfuur legde ze uitermate precies uit hoe het had plaatsgevonden, met behulp van wat de politie in Stockholm de afgelopen weken had opgediept, zoals lijsten met gecodeerde telefoongesprekken, foto's, oude dreigmails van Lukas en nog veel meer.

Bijvoorbeeld hoe Frövik technisch gezien te werk was gegaan. Hij had de autobom waarschijnlijk geconstrueerd met behulp van een uitvoerige instructie op internet.

Ze hadden de website op zijn computer gevonden.

'We hebben een huiszoeking in je zomerhuis op Ingarö gedaan. In het boothuis vonden we overgebleven materiaal van de fabricage van de bom,' zei ze.

'Zoals wat bijvoorbeeld?'

'Zoals fragmenten van een kneedbom, precies dezelfde soort bom als waarmee de auto van de Brovalls is opgeblazen.'

Olivia ging over op Lukas Bengtsson. Dat was het deel waartegen ze het meest had opgezien, het deel waarin ze haar persoonlijke gevoelens niet mocht tonen. Ze wist dat ze Mette Olsäters blik in haar rug had.

Met een zo vast mogelijke stem beschreef ze dat Frövik, op grond van de afhankelijkheidsrelatie die Lukas met hem had, Lukas had gemanipuleerd om naar de woning van Malin Brovall te gaan, dat Frövik hem had gebeld toen hij daar was zodat Lukas' mobiel aan de plek gekoppeld zou zijn, dat Frövik de nacht voor de explosie de dreigmail zelf naar Malin had gestuurd.

‘Dat hebben onze technisch rechercheurs bevestigd.’

En dat Frövik de mail zo had opgesteld dat die aan Lukas gekoppeld zou worden.

Frövik zweeg. Hij zat in zijn geruïneerde lichaam, keek naar de onverbiddelijke vrouw tegenover hem en voelde hoe oneindig moe hij was.

‘Je was tenslotte goed op de hoogte van Lukas’ gevoelens voor Malin Brovall,’ zei Olivia. ‘Je wist dat hij haar eerder bedreigd had, of niet soms?’

‘Het was een onderdeel van zijn behandeling. Hij moest zijn fixatie op haar loslaten.’

‘Dus je wist hoe de situatie opgevat zou worden als Lukas aan de plaats delict verbonden kon worden?’

Daar gaf Frövik geen antwoord op, hij vond het duidelijk genoeg. Dat was de kern van zijn plan geweest. Hij had tegen Lukas gezegd dat Malin Brovall ermee had ingestemd met hem te praten om Lukas te helpen zijn blokkade te overwinnen. Ze wilde hem bij haar thuis ontmoeten. Ze hadden afgesproken in haar woning en daarna had hij Lukas gebeld om te zeggen dat Malin de afspraak naar de volgende dag wilde verplaatsen. Om ervoor te zorgen dat Lukas zonder enige twijfel aan de plaats delict verbonden zou worden, had hij ’s nachts een van Lukas’ handschoenen bij de auto neergelegd. De handschoen zat niet in het oorspronkelijke plan, die had hij meegenomen toen hij bij Lukas thuis was geweest. Hij was daar omdat hij Lukas’ nieuwe schilderijen wilde zien, had hij gezegd, maar de bedoeling was om het manifest van de Unabomber stiekem in zijn boekenkast te zetten. Op het laatst had hij een van zijn handschoenen uit de hal meegenomen. Dat zou zijn plan helemaal afmaken.

Een plan dat helaas mislukt was.

Toen Olivia hem ronduit vroeg of hij degene was die de bom in de auto van de Brovalls had geplaatst, antwoordde hij met zachte stem: ‘Het had allemaal te maken met mijn liefde voor jongetjes.’

Na dat weerzinwekkende antwoord sloeg Olivia haar mappen dicht en liep de kamer uit.

Mette stond meteen op, liep naar de tafel en zei: ‘Het is een formaliteit, maar ik wil graag dat je bevestigt dat jij degene bent die de bom in de auto van de Brovalls geplaatst heeft.’

‘Dat was ik.’

‘Bedankt.’

Toen Mette naar buiten kwam stond Mårten op. 'Zijn jullie nu wel klaar?' vroeg hij.

'Ja.'

'Dat ben ik niet.'

Mårten liep de verhoorkamer in en deed de deur dicht. Toen hij zich omdraaide ontmoette hij Fröviks blik. Die was dood. Mårten keek naar de man in de rolstoel, die zo lang een van zijn naaste medewerkers bij Skå was geweest, een van zijn beste mensen, met een bijzonder talent om contact met getraumatiseerde kinderen te krijgen.

Een pedofiel.

Mårten zei geen woord. Uiteindelijk zei Frövik: 'Moet je het mes niet omdraaien?'

Mårten draaide zich om en liep weer naar buiten.

Stilton was met Mette en Olivia naar een kleine, benauwde koffiekamer gegaan. Hij merkte dat ze allebei kapot waren. Toen de koffie in hun kopjes begon te lopen, vroeg hij: 'Waar ging het nog meer over? Behalve dat hij een pedofiel is.'

Het antwoord verbijsterde hem.

*

Ze reden in een witte minibus van Bangkok naar Mae Phim. Het was de bedoeling om bij Aditi te slapen en te eten en het gezellig met elkaar te hebben tot het tijd was om naar huis te gaan. Stilton wilde vlak voordat ze bij de retraite waren afgezet worden. Hij was van plan een kort bezoek af te leggen.

Hij liep over het inmiddels vertrouwde stuk strand naar Veronica's woning en zag dat er licht brandde in de verandakamer. Toen hij aan de achterkant kwam klopte hij op de deur, duwde hem open en riep: 'Hallo, Tom Stilton! Ben je alleen?'

Hij wilde de slotenmaker niet nog een keer tegenkomen.

'Kom binnen!'

Stilton liep naar de verandakamer. Veronica zat op de bank bij de muur, had een plaid over haar benen geslagen en had een glas in haar hand. Stilton ging ervan uit dat het gin was.

'Wil je een glas whisky?'

'Whisky?'

'Het is niet goed om altijd hetzelfde te drinken,' zei Veronica. 'Schenk je zelf in?'

Stilton liep naar het dranktafeltje en schonk een glas whisky in. Hij had het nodig. Het ziekenhuisbezoek had een hoop van hem geëist, vooral de ontmoeting met de verbrande man had hem veel energie gekost, ook al had hij zich niet laten kennen.

'Kun je even helpen?' zei Veronica.

Stilton draaide zich om en zag dat ze naar haar rolstoel wees. Hij zette zijn glas neer en hielp Veronica in de stoel.

'Proost,' zei ze.

Stilton hief zijn glas en keek haar aan. 'De Zweedse politie heeft Gustav Frövik in Bangkok verhoord,' zei hij. 'Hij heeft bekend dat hij een pedofiel is en heeft zijn seksuele misbruik toegegeven.'

'Dat is mooi.'

'Bovendien heeft hij bekend dat hij in Stockholm een auto met drie mensen erin heeft laten ontploffen.'

'Ik weet het.'

'Hoe weet je dat?'

'Ik was een van die drie personen.'

Het duurde even voordat het tot Stilton doordrong wat ze had gezegd. Zijn mond viel open en hij staarde haar aan. 'Malin Brovall?' vroeg hij uiteindelijk.

'Dat is een kwestie van definitie.'

'Heb je het overleefd?'

'Ik heb het overleefd, waarschijnlijk omdat ik nog niet in de auto zat. De SÄPO heeft het feit dat ik nog leefde geheimgehouden om me te beschermen. Ze dachten dat ik het doelwit van terroristen was. Zodra ik uit het ziekenhuis ben ontslagen heb ik het huis verkocht, ben hiernaartoe verhuisd en heb mijn meisjesnaam aangenomen, Malin Veronica Wadner. Ik had niets meer om voor te leven en wilde van de aardbodem verdwijnen.'

Stilton was sprakeloos.

Dus in plaats van Veronica Wadner zat hij tegenover Malin Brovall?

Eerder een wezen dan een mens, volgens haarzelf.

'Wist Mette Olsäter dit?' stamelde hij uiteindelijk.

'Ja, vanaf het begin. Zij heeft me de tip over Mae Phim gegeven toen ik besloot naar Thailand te verhuizen, ze kende het dorp en de vrouw van de retraite en dacht dat zij me misschien kon helpen om verder te komen.'

'Aditi.'

'Ja. Vervolgens stelde Mette jou voor.'

'Mij?'

Stilton had moeite om het allemaal te verwerken, hij was sprakeloos. Malin zag zijn verwarring en voelde dat ze hem een verklaring moest geven.

Kalm en bijna geamuseerd begon ze te vertellen. 'Toen ik thuiskwam uit het ziekenhuis vond ik een groene map met een handgeschreven vel papier en een foto van een onbekende man onder de printer in Kajs werkkamer. Het leek alsof hij hem daar had verstopt. Op het vel papier had Kaj dingen geschreven die me verbijsterden.'

'Zoals?'

'Fragmentarische zinnen over een man die een duister geheim had, wat Kaj op het spoor was gekomen en wat hem heel bang had gemaakt. Ik nam aan dat hij de man op de foto bedoelde, maar op dat moment was mijn enige prioriteit alles verkopen en weggaan. Ik heb deze woning goedkoop kunnen kopen. Na een tijdje, toen ik me weer enigszins evenwichtig voelde, haalde ik het vel papier en de foto opnieuw tevoorschijn en toen kreeg wat Kaj had opgeschreven ineens een heel andere betekenis. Kaj was echt bang geweest, maar voor wie? Voor de man met het geheim? Dat was het moment waarop ik op het idee kwam.'

Malin zweeg en Stilton keek haar roerloos aan.

'Welk idee?' vroeg hij.

'Dat de autobom misschien niet voor mij maar voor Kaj was bedoeld.'

Malin nam een slok uit haar glas terwijl ze nadacht over wat ze had gezegd. De eerste keer was het idee schokkend geweest, maar inmiddels had ze de bevestiging daarvan gekregen.

'Toen de schok was verminderd keek ik weer naar de foto van de onbekende man en het woord op de achterkant.'

'Contamana,' zei Stilton.

'Precies. Misschien had Kaj die naam ergens gezien toen hij erachter kwam waar Frövik zich mee bezighield. Op een dag was ik in het Oriental in Bangkok en plotseling zag ik de man van de foto. Ik herkende hem meteen. Toen ik terug was belde ik Mette Olsäter en vertelde haar alles. Ik zei dat ik niet wist wat Kaj met de aantekeningen en de foto van plan was. Mette vond dat ik moest uitzoeken wie de onbekende man was. We wilden de Thaise politie er niet bij betrekken, daarvoor was het te vaag, dus stelde ze voor dat ik contact met jou zou opnemen. Ze wist tenslotte dat je in Aditi's retraite verbleef. Ik vond het een goed voorstel. Ik kende je naam al uit de tijd dat je bij de recherche werkte en wist dat je uitermate geschikt was voor de opdracht.'

Stilton keek naar de vloer terwijl hij Malins informatie probeerde te verwerken.

'De rest weet je min of meer,' besloot ze haar verhaal.

Malin glimlachte en hield hem haar glas voor. Stilton schonk whisky in, dronk uit zijn eigen glas en vulde dat ook bij. Hij was vanaf het begin verschrikkelijk in de maling genomen. Hij voelde alles wat hij moest voelen; hij was misbruikt, om de tuin geleid, gemanipuleerd – maar tegelijkertijd begreep hij het. Hij was het perfecte werktuig voor Malin en Mette geweest.

'Je was geknipt voor ons doel,' zei Malin, waarna ze een slok whisky nam.

Stilton knikte en nam eveneens een slok. 'Waarom heb je in het begin niet gewoon verteld wie je was?' vroeg hij.

'Dat was voornamelijk om Mette te beschermen.'

'Hoezo?'

'Ze wilde niet dat jij wist dat zij je naam aan me gegeven had.'

Die informatie bleef hangen bij Stilton, die zou hij meenemen naar Aditi's retraite. Hij nam opnieuw een slok en zei: 'Het is voor iedereen een lange reis geweest.'

'Ja. Misschien vooral voor jou.'

'Verhoudingsgewijs niet,' zei hij terwijl hij naar de mismaakte vrouw tegenover hem keek. 'Hoe voelt het nu alles opgelost is?'

Malin glimlachte. 'Ik was in het ziekenhuis om te zien hoe mismaakt Frövik was en dat gaf me een enorm gevoel van bevrediging. De kwaadaardigheid had een gezicht gekregen. Een mismaakt gezicht, net als dat van mij. Maar dat verandert het verleden en de toekomst helaas niet. Het verdriet blijft, ik ben mijn gezin nog steeds kwijt.'

'Heb je alles losgelaten?'

'Heeft Aditi dat gezegd?'

'Zoiets,' zei Stilton.

'Waarschijnlijk heeft ze gelijk.' Malin keek in haar glas voordat ze verderging: 'Je man en je dochter worden van je weggerukt, je sociale leven stort in, je lichaam en je uiterlijk zijn geruïneerd, wat is er dan nog over om voor te leven?'

Stilton had daar geen antwoord op.

'Niets,' beantwoordde Malin de vraag zelf. 'Je stopt met leven. Datgene wat je leven definieerde is weg. Degene die je in de spiegel ziet ben je niet... Je bent eenzaam en ontroostbaar, zit gevangen in een mismaakt lichaam. Het enige wat je nog herkent als je in de spiegel kijkt zijn je ogen, en die dwingen je om te zien hoe je bent geworden. Dat is slopend.'

'Ben je verbitterd?'

'Nee, ik heb de verbittering achter me gelaten.'

Malin draaide haar rolstoel, reed naar het verandaraam en keek naar de zee. Stilton ging vlak achter haar staan. Hij streelde haar wang, de wang van Malin Brovall, en liet zijn hand liggen. Toen hij de warme druppels op zijn vingers voelde haalde hij zijn hand weg.

Wraak, dacht Stilton terwijl hij over het strand naar de retraite liep. Malin had haar wraak gekregen en daar had ze van genoten. Had hij van zijn wraak op de Filipijnen genoten? Nee, het was eerder andersom. Het had hem achtervolgd.

Malin had Gustav Frövik echter niet vermoord, dus het was niet helemaal hetzelfde.

Maar we hebben er wel voor gezorgd dat een paar menselijke monsters hun straf hebben gekregen, dacht hij. In Fröviks geval was dat volkomen rechtmatig, in tegenstelling tot de vrouw op de Filipijnen.

Je vermoordt geen ander mens.

Misschien moet ik dat laten tatoeëren? dacht hij.

Hij voelde dat de whisky vrij spel had en besloot op het strand te blijven tot zijn hoofd weer helder was.

Mårten en Olivia hadden boodschappen gedaan in de winkelstraat van Mae Phim. Ze hadden gekocht wat er op Aditi's boodschappenlijst stond, maar ook veel wat er niet op stond, zoals wijn en inheems bier. Mårten had tussen de groente- en kruidenkramen gegrasduind terwijl Olivia vis en schaaldieren had gekocht. Veel van wat er te koop was kende ze niet, dus het was af en toe een gok. Uiteindelijk gingen ze met volle boodschappentassen in een tuktuk naar de retraite terug.

Inmiddels was het diner in volle gang.

Ze hadden allemaal geholpen met koken en Aditi had alles neergezet op een mooi groot kleed. Dat stond helemaal vol met schalen en schotels in allerlei kleuren waarop de heerlijkste gerechten lagen. Het was een bijzonder uitgebreid buffet, waar heerlijke geuren vanaf kwamen. Aditi had glazen potjes met kaarsen tussen het aardewerk geplaatst en Mårten had de drank op een lage houten tafel naast het kleed neergezet.

Olivia en Abbas zaten naast elkaar aan een kant van de deken, Mette en Mårten zaten tegenover hen, Aditi zat naast Luna.

Stilton was nog niet aanwezig.

Omdat Aditi de gastvrouw was, was zij degene die besloot dat ze zouden beginnen met eten, wat iedereen een verstandige beslissing vond. Tom kon tenslotte net zo goed op weg zijn naar Chiang Rai, bij hem was niets onmogelijk.

'*Skål!*' Mårten opende de feestmaaltijd met deze door en door Zweedse wens en daarna was het hek van de dam. Het eerste kwartier verstreek met opscheppen en naar binnen werken, iedereen was uitgehongerd en niemand nam de tijd om te praten. Toen de eerste acute honger was gestild en ze van de heerlijke wijn genoten, begon het gesprek op gang te komen. Mårten verkondigde dat hij niet over Gustav Frövik wilde praten. 'Die vent mag deze maaltijd niet verpesten.'

Dus praatten ze over andere dingen terwijl de zon onderging en de kaarsen werden vervangen door nieuwe. De bijzondere sfeer op het mooie terras en het heerlijke eten zorgden ervoor dat de tongen loskwamen en er veel werd gelachen. Het was duidelijk dat ze dit allemaal nodig hadden. Vooral Olivia en Mette moesten heel veel duisternis en stress kwijt.

Toen Mårten was verdwenen om zijn blaas te legen greep Mette haar kans om over Frövik te beginnen. 'Ik ben heel trots op je,' zei ze tegen Olivia. 'Je verhoor met Frövik was voorbeeldig, vooral als je bedenkt hoeveel er op het spel stond.'

'Dank je wel,' zei Olivia. 'Er was een moment waarop ik me onzeker voelde, heb je dat gemerkt?'

'Absoluut niet. Het gebeurt regelmatig dat je je onzeker voelt tijdens moeilijke verhoren, dat moet je alleen niet tonen. Was dat toen je over Lukas Bengtsson begon?'

'Ja.'

Mette knikte. Ze had Olivia's lichaamstaal tijdens het verhoor geobserveerd en had gezien dat die veranderde toen ze over Lukas begon, maar dat hield ze voor zichzelf.

'Heb je al contact met Lisa gehad?' vroeg ze.

'Ja. Ze trakteert op champagne als we terug zijn.'

Mette glimlachte. Ze had gemerkt dat haar twee favoriete onderzoekers de afgelopen tijd een heel ander contact hadden gekregen, vooral na de toestand met Magnus Larsson, en daar was ze blij om. Haar levenswerk was in goede handen.

'Jullie hebben het toch niet over Frövik?' Mårten was terug en ging naast zijn vrouw zitten.

'Natuurlijk niet, ik vertelde over onze heerlijke tuinreis,' zei Mette.

Mårten schonk haar glas met een waarderende glimlach vol, hoewel hij wist dat ze loog.

Er werd af en toe van plek gewisseld en nieuwe gespreksonderwerpen werden aangesneden terwijl het donker werd. Toen er een man in de richting van de retraite liep duurde het even voordat er iemand reageerde.

'Ben jij dat, Tom?' riep Mårten terwijl hij probeerde op te staan, wat erin resulteerde dat de voormalige kinderpsycholoog naar achteren buitelde. Hij had flink zijn best gedaan om de smaak van pedofielen weg te drinken. Luna had minder gedronken, ze stond op en liep Stilton tegemoet. Hij kreeg een omhelzing onder een palm, waarna ze zijn arm vastpakte en hem meenam naar het kleed. Er was nog voldoende eten over. Stilton knikte in het algemeen en ging zitten. Hij merkte meteen dat Mette naar hem keek, maar negeerde haar omdat hij het moment zelf wilde kiezen. Hij wist dat ze nieuwsgierig was naar zijn reactie op Malins verhaal. Hij besloot haar voorlopig in spanning houden, dat had ze verdiend.

'Waar hebben jullie over gepraat?' vroeg hij om iets te zeggen.

'Over jou,' zei Aditi, wat deels waar was.

'O ja? Iets leuks?'

Stilton schepte een flink bord eten op en kreeg een groot glas witte wijn van Mårten.

'Iets heel leuks,' zei Mårten met een brede glimlach. 'Jullie gaan blijkbaar hiernaartoe verhuizen!'

Stilton morste wat wijn uit zijn volle glas en Luna onderbrak Mårten om de situatie niet nog erger te maken. 'Ik heb verteld dat Bettan de aak wil kopen,' zei ze. 'Ik vind het een goed voorstel. Ik heb geen zin om daar weer te gaan wonen.'

'Dan gaan we op Rödlöga wonen,' antwoordde Stilton nadat hij een flinke slok wijn had genomen.

'Dat kan, maar ik ga daar niet naartoe.'

'Waarom niet?'

Iedereen zat zwijgend en gespannen te luisteren, vooral Abbas. Dit begon zich te ontwikkelen tot een gevecht waarvan hij liever geen getuige wilde zijn.

'Ik zou stapelgek worden als ik daar alleen met jou moet wonen,' zei Luna.

'Dat is dan duidelijk.'

'Je weet ook wel dat het niet om jou gaat. Of om ons. Het gaat erom waar we samen gaan wonen.'

'En jij wilt hier wonen?' vroeg Stilton.

'Daar zou ik geen bezwaar tegen hebben.'

'Daarover hoeven jullie nu toch geen beslissing te nemen?' zei Aditi.

Stilton bleef eten. Hij was aanzienlijk minder geschokt dan hij liet voorkomen. Hij wist tenslotte al een hele tijd dat Luna hier misschien wilde blijven. Daar had hij nachtenlang over nagedacht.

Hij wilde het niet.

Hij wilde naar huis, waar dat ook was. Een retraite in Oost-Thailand was het niet. Als de consequentie daarvan was dat Luna en hij uit elkaar gingen, dan moest dat maar. Hij hoopte dat ze dat konden voorkomen, maar hij wist dat Luna een vrouw was die over haar eigen leven besliste. Ze zou hem niet volgen alleen omdat hij dat wilde.

Hij dronk nog wat, voelde zijn blaas opspelen en liep weg om te plassen. Hij had verwacht dat hij dat in afzondering kon doen, maar Mette zag haar kans schoon.

'Hoe ging het bij Veronica?' vroeg ze plotseling vlak achter hem.

Stilton bleef plassen en gaf geen antwoord.

'Wat heeft ze gezegd?'

Stilton schudde zich af, deed zijn gulp dicht, draaide zich om en vroeg: 'Waarom?'

Hij keek strak in Mettes ogen en als ze hem niet zo goed had gekend, was ze misschien achteruitgedeinsd. Ze kende Tom Stilton als de beste, dus zei ze: 'Het was voor je eigen bestwil.'

'Voor mijn eigen bestwil...' Stilton herhaalde het met een ijskoude klank in zijn stem, niet als een vraag maar als een eis om uitleg.

'Ik wist hoe beroerd je je voelde,' zei Mette. 'Mårten en ik maakten ons zorgen, we hebben al een keer meegemaakt dat je diep in de put zat, dat weet je, en dat wilden we niet nog een keer meemaken.'

'Omdat jullie dat lastig vonden?' Stiltons sarcasme raakte Mette niet. Ze wist dat het om oprechtheid ging.

'Ik was bang dat je weer een psychose zou krijgen, zou verdwijnen, wegzakken. Ik wilde doen wat ik kon om dat te voorkomen.'

'Door me te manipuleren?'

'Door alles te doen wat nodig was om je weer op de been te krijgen. Toen Malin vertelde over de onbekende man in het Oriental en wilde weten wie hij was, stelde ik jou voor. Jij bent daar beter in dan de meeste anderen.'

'Maar waarom heb je me dat niet verteld?'

'Als je zou weten dat ik je naam had genoemd, was het risico groot dat je net zo zou reageren als de vorige keer dat je in een crisis belandde. Je zou je misschien nog meer terugtrekken en die gok wilde ik niet nemen.'

Stilton keek naar de jungle achter de retraite, zijn wangspieren trilden. 'Dacht je echt dat ik weer in een psychose terecht kon komen?' vroeg hij.

'Ja.'

'Waarom?'

Dat was het moment waarop Mette had kunnen vertellen dat ze een rapport van Interpol had gekregen over het verbrijzelde vrouwenlichaam dat in een ravijn in de Filipijnen was gevonden en dat uiteindelijk was geïdentificeerd als de voortvluchtige Maria Basescu. Ze was om het leven gekomen nadat ze 's nachts had gebungeejumpt. Mette had bewust niet uitgezocht waar Stilton op dat moment was geweest. Ze wilde het niet weten. Dus zei ze: 'Omdat ik om je geef.'

Stilton keek naar het zand en Mette boog zich naar voren en omhelsde Stilton, iets wat ze maar heel zelden deed.

'Ik was een tijdlang ongerust toen je verdwenen was,' fluisterde ze.

Ze zagen allemaal dat Stilton en Mette elkaar omhelsden en allemaal hadden ze hun eigen interpretatie van de reden daarvoor. Mårten was er vermoedelijk het dichtstbij. 'Ze houden gewoon van elkaar, daar moeten we op toosten!'

Ze feestten nog urenlang door in het maanlicht voordat ze zich terugtrokken naar hun slaapplaatsen. Mårten had een beetje hulp nodig van zijn gepensioneerde vrouw. Het laatste wat ze hoorden was Mårtens poging om een Ierse zangeres te imiteren voordat hij blijkbaar iets op zijn mond kreeg en abrupt stopte.

Toen Stilton naast Luna in bed was gaan liggen besloot hij de vraag te stellen die hem dwarszat. 'Hoe lossen we dit op?'

'We nemen gewoon een kind.'

Stilton was verre van nuchter, maar met zijn gehoor was niets aan de hand.

'Een kind?'

Luna ging op hem liggen om hem duidelijk te maken wat ze van hem wilde.

*

De volgende ochtend namen de vermoeide Zweden plaats in de witte minibus. De avond en de nacht hadden hun sporen nagelaten, maar er was een onmiskenbare warmte in de omhelzingen die werden uitgedeeld. Ze hadden met elkaar gepraat en contact met elkaar gehad op een manier die niet eerder was voorgekomen, of in elk geval een hele tijd niet. Degenen die vertrokken waren zich ervan bewust dat het de laatste keer kon zijn dat ze hier waren, behalve misschien als Luna

Stilton zover kreeg dat hij zich ging bezighouden met nachtvissen op de zee voor Mae Phim.

Die kans was niet groot.

Toen het busje wegreed had Stilton zijn armen om twee vrouwen heen geslagen. Van de ene vrouw hield hij en de andere was zijn halfzusje. Hij kon nog niet volmondig zeggen dat hij van Aditi hield, maar er groeide een bepaalde genegenheid tussen broer en zus en dat was goed.

Toen de minibus halverwege Mae Phim was boog Mette zich naar de chauffeur en vroeg hem om te stoppen.

'Ben je misselijk?' vroeg Olivia.

'Nee. Ik ben zo terug. Maak Mårten niet wakker.'

Mårten was in slaap gevallen zodra de bus bij Aditi's retraite was weggereden. Hij had veel korter geslapen dan hij op zijn leeftijd na een feest nodig had en sliep met zijn hoofd tegen Abbas' schouder.

Mette stapte uit en liep het strand op. Ze had gebeld om haar bezoek aan te kondigen en zag dat Malin van de oprit was gereden en bij het water stond. Ze hadden elkaar niet meer gezien sinds Mette had verteld over de beslissing van de SÄPO om te verzwijgen dat ze nog leefde. Zodra Malin daartoe in staat was geweest had ze Zweden achter zich gelaten, ze wilde niet in het land zijn tijdens het proces. Daarna hadden ze een paar keer telefonisch contact gehad en nu vond Mette dat het de hoogste tijd was om elkaar weer te zien.

Ze liep naar Malin toe en bleef een paar meter voor haar staan. De vrouwen keken elkaar aan, ooit waren ze vriendinnen en lid van dezelfde leeskring geweest.

'Bedankt,' zei Mette.

'Ik ben degene die jou moet bedanken. Voel je je goed?'

'Ja. Hoe voel jij je?'

'Veel beter dan toen ik hier kwam. Tom is een fijne man om in mijn situatie mee om te gaan.'

Malin glimlachte en Mette beantwoordde de glimlach.

'Was hij boos toen hij terugkwam?' vroeg Malin.

'Ja. Niet op jou, ik denk dat hij dat geaccepteerd had, maar wel op mij.'

'Is het goed gegaan?'

'Het gaat altijd goed als je direct tegen Tom bent. Ik heb gezegd hoe het zat, dat het ging om mijn ongerustheid over zijn toestand en dat ik jou en datgene wat je wilde gebruikt heb om zijn situatie te veranderen.'

'En dat accepteerde hij?'

'Het was tenslotte waar. Ik denk dat hij diep vanbinnen tevreden is. Als hij niet naar het noorden was gegaan, hadden we de moordenaar van Kaj en Ida nooit te pakken gekregen en dat weet hij.'

'Ik ben blij dat te horen. Ga je nu naar huis terug?'

'Ja. Ik heb dit voor je meegenomen.' Mette opende haar tas en haalde er een boek uit. Het was *Blauwe Nachten* van Joan Didion.

'Kun je je dit boek nog herinneren?' vroeg ze.

Malin knikte. 'Dit is het boek dat we gelezen zouden hebben als we niet met de leeskring gestopt waren,' zei ze.

'Ik ben van plan het in het vliegtuig te lezen. Misschien kunnen we er later contact over hebben?'

Malin pakte het boek aan en keek naar Mette. Ze stak haar hand voorzichtig uit en Mette pakte hem vast.

*

Stilton zat voor de bungalow met een grote fles koud water, hij had een verschrikkelijk droge mond. Een stukje verderop zette Aditi een aantal hoopvolle geestverwanten in een kring rond een grote gepatineerde waterkruik met drijvende bloemen. Alles gaat door, dacht hij, zij doet haar ding en ik zit hier en Luna is aan het zwemmen. De rest is naar huis. Voor de eerste keer in heel lange tijd merkte hij dat hij niet verder dacht dan dat. Nu was nu. Of zoals de oude zeehondenjager waarschijnlijk gezegd zou hebben: 'Het komt hoe dan ook goed.'

'Tom!' riep Luna. Ze was blijkbaar klaar met zwemmen.

Hij draaide zich om en zag dat ze naar de jungle achter de retraite wees. Stilton keek en zag een tengere gestalte tussen de begroeiing, een jongen met een donkere huid. Het duurde een hele tijd voordat Stilton besefte wie hij zag, opstond en begon te rennen. 'Little Pluto!'

Hij stormde naar de jongen toe en trok hem in zijn armen. Dit kon niet waar zijn! Hij hield de jongen zo stevig vast dat het pijn deed. 'Ik dacht dat je omgekomen was tijdens de brand!' riep hij.

Stilton liet Little Pluto los en keek naar hem. Hij had een brandwond op zijn arm.

'Hoe is dat gebeurd?'

‘Ik heb me verbrand toen ik de boot in brand stak.’

‘Was jij dat?!’

Little Pluto knikte en keek weg. Stilton zag de verdrietige blik in de donkere ogen en trok de jongen weer in zijn armen, een beetje minder stevig deze keer. Toen hij hem na een hele tijd losliet zei hij: ‘Hoe is het je gelukt om hiernaartoe te komen?’

‘Ik heb in Chiang Rai een schubdier verkocht en heb de trein genomen. Je riep dat je in Mae Phim woonde.’

Stilton kon nog steeds niet bevatten dat Little Pluto voor hem stond, hij moest op zijn hurken gaan zitten om naar de jongen te kijken.

‘Je hebt geen idee hoe blij ik ben,’ zei hij.

‘Wat is er met Decha gebeurd?’

‘Ga mee.’ Stilton sloeg zijn arm om Little Pluto’s schouders en nam hem mee naar de retraite. Onderweg vertelde hij wat er allemaal was gebeurd.

‘Zit hij in een rolstoel?’ vroeg Little Pluto.

‘Niet alleen dat, hij gaat ook nog eens naar de gevangenis. In Zweden. Hij heeft daar twee mensen vermoord.’

‘En Bagha hier.’

‘Ja, Bagha hier. Hij is een slecht mens.’

In de retraite werden ze opgewacht door Luna en Aditi.

‘Dit is Little Pluto,’ zei Stilton alsof hij een buitenaards wezen voorstelde. ‘Hij is een Rohingya en is dakloos.’

‘Hij mag hier wonen,’ zei Aditi terwijl ze naar Little Pluto keek. ‘Heb je honger?’

‘Ja.’

Aditi pakte de jongen bij zijn arm en nam hem mee. Luna keek naar Stilton en pakte zijn hand vast.

Olivia ging vanaf Arlanda rechtstreeks naar het centraal station en nam daar de trein naar Katrineholm, die om vijf uur arriveerde. Ze had naar Karsudden gebeld om haar bezoek aan te kondigen en werd bij de ingang opgewacht door een verpleegkundige, die haar naar Lukas Bengtssons kamer bracht.

Ze had zijn kamer nog niet gezien, de eerdere gesprekken hadden plaatsgevonden in een kille bezoekerskamer. De kamer waarin hij nu zat was zijn eigen kamer.

Het was een deprimerende ruimte.

Lukas zat in dezelfde soort kleren als de vorige keer op zijn onopgemaakte bed. Zijn haar was gegroeid. Het was nog niet zo lang als vroeger, maar het ging de goede kant op. Hij keek naar Olivia toen ze binnenkwam. Ze deed de deur dicht en ging naast hem op het bed zitten, Lukas schoof een paar decimeter op en Olivia pakte zijn handen voorzichtig vast. Lukas probeerde ze weg te trekken, maar Olivia hield ze vast. Ze keek diep in zijn ogen.

'Ben je er?' vroeg ze.

'Ik ben er,' antwoordde hij met een glimlach. Een glimlach die Olivia herkende van het moment dat ze de vrolijke en spannende kunstenaar had leren kennen.

Die glimlach had ze sindsdien niet meer gezien.

'Je bent onschuldig,' zei ze.

'Dat weet ik. Maar er is een ander binnen in me die schuldig is.'

'Nee, die is er niet. Jij hebt de auto van het gezin Brovall niet opgeblazen, en ook niet degene die je wordt als je hier niet bent.'

Lukas keek naar Olivia. Ze zag een glimp van zijn intensiteit in de blauwe ogen terug. 'Hoe weet je dat?'

'Dat weet ik omdat Gustav Frövik bekend heeft dat hij de bom in de auto van de Brovalls geplaatst heeft. En daarna heeft hij ervoor gezorgd dat jij de schuld kreeg.'

Ze liet Lukas' handen los.

Hij verstrengelde ze op zijn schoot, hield zijn hoofd een beetje schuin en raakte in zichzelf gekeerd alsof hij terugging in de tijd. 'Gustav,' zei hij na een tijdje.

'Het zwarte monster op het vaalgele paard.'

'Ja.'

'Hij krijgt een lange gevangenisstraf,' zei Olivia.

Lukas knikte en glimlachte weer.

'Dat wist ik,' zei hij.

'Hoezo?'

'Degenen die anderen laten verrotten zijn zelf het meest verrot.'

Olivia pakte een van Lukas' handen vast, ze voelde dat hij kouder was dan haar hand.

Lukas keek naar haar. 'Blijf ik hier?' vroeg hij.

'Dat weet ik niet, je tbs stopt in elk geval.'

Maar je hebt nog steeds dezelfde psychische stoornis, dacht ze. Hoewel die misschien ergens anders behandeld kan worden. Zou de wetenschap dat je onschuldig bent invloed op je ziekte kunnen hebben? Misschien kun je terugkeren naar een normaler bestaan, zoals je leefde voordat dit allemaal gebeurde.

'Mijn behandeling gaat goed,' zei Lukas. 'Ik verdwijn steeds minder vaak. Mijn medicijnen zijn gehalveerd.'

'Dat is fijn. Zullen we een wandeling gaan maken?'

Van een afstand, vanaf het meer gezien, kon een nieuwsgierige toeschouwer de twee die tussen de bomen slenterden voor een verliefd stelletje houden, of voor een broer en zus, of misschien twee familieleden die veel om elkaar gaven.

Dat was het allemaal niet.

De man en de vrouw die op een warme houten bank onder een bloeiende linde gingen zitten waren een politieagent en een patiënt.

Formeel gezien.

Als de toeschouwer dichterbij was gekomen en hun gesprek had gehoord, was hij waarschijnlijk verbaasd geweest. De politieagent drukte zich uit op een manier die niets met haar werk te maken had en de patiënt leek allesbehalve ziek. Toch zaten ze in het park van een ziekenhuis.

De politieagent vertelde dat ze het boek dat de patiënt had geschreven had willen kopen, maar dat ze het gratis had gekregen.

Hij vroeg waarom dat was.

Ze vertelde dat ze de man van wie het boek was kende.

Toen ze begon te vertellen over de dodenwake van de man vanwege de Zweedse Academie, liep de nieuwsgierige toeschouwer weer naar het meer terwijl hij erover piekerde waarom niets was wat het leek.

Lukas keek naar de grasvelden van Karsudden en pakte Olivia's hand in de zijne zonder ernaar te kijken. 'Het lastigst is alles wat hier naar boven komt,' zei hij. 'Alles wat je niet mist of verdrongen hebt. Wat heeft het voor zin om je dingen te herinneren die je geprobeerd hebt te vergeten? Er is waarschijnlijk een reden dat je een eigen bestaan creëert dat niet wordt gekweld door het verleden.'

'Misschien is het een manier om de dingen die nu invloed op je hebben te benaderen?'

'Misschien wel.' Lukas liet Olivia's hand los en keek naar haar. 'Toen ik klein was verdween ik vaak,' zei hij. 'Ik probeerde te verdwijnen om niet terug te hoeven gaan.'

'Misschien is dat nu nog zo?'

'Wat bedoel je?'

'Je schildert toestanden die je niet kent om niet op de plek waar je bent te hoeven zijn.'

Lukas keek naar Olivia, ze zag dat hij nadacht. Toen hij antwoord gaf glimlachte hij. 'Ik ben in een psychiatrisch ziekenhuis, hier gaat het erom verdwaald te raken.'

Lukas stond op en trok Olivia van de bank, waarna ze naar het ziekenhuisgebouw begonnen te lopen.

'Is er iets wat je nodig hebt?' vroeg Olivia.

'Een paar goede penselen. Ik schilder weer. Ik heb olieverf en doeken gekregen, maar ik heb geen goede penselen.'

'Wat schilder je nu?'

'Dat weet ik niet, ik schilder gewoon en als ik klaar ben is het een schilderij.'

Toen ze bij de ingang kwamen stak Lukas zijn hand in zijn jack, haalde er een opgevouwen vel papier uit en gaf dat aan Olivia.

'Wat is het?'

'Een gedicht dat ik voor jou geschreven heb.'

'Dank je wel.'

Olivia wilde het papier openvouwen, maar Lukas zei: 'Je mag het hier niet lezen.'

Het was laat in de avond. Olivia liep van de metro naar huis. Ze voelde een kalmte in haar lichaam die ze al heel lang had gemist. In Bangkok was ze heel gestrest geweest en had ze haar uiterste best moeten doen om haar gevoelens voor Frövik niet te tonen. In het vliegtuig naar huis was ze in slaap gevallen zodra ze waren opgestegen en Mette had haar pas wakker gemaakt toen het ontbijt werd geserveerd. Nu had ze Lukas gesproken en had ze hem kunnen vertellen dat hij onschuldig was.

Ze voelde zich voor het eerst in een heleboel weken goed.

Toen ze bij haar portiek kwam zag ze twee politieagenten naar buiten komen. Beheerder Belvin liep tussen hen in. Olivia kende een van de agenten en trok hem een stukje opzij. 'Wat is er gebeurd?'

'Hij is gepakt voor huisvredebreuk. Hij is een appartement binnengegaan en heeft daar foto's gemaakt. Ken je hem?'

'Nee. Maar het is fijn om van hem af te zijn.'

'Pas goed op jezelf.'

De agent liep naar zijn collega en Olivia liep het portiek in. Op dat moment besefte ze het pas. Was Belvin degene die foto's van haar had gemaakt toen ze onder de douche stond? Wat een klootzak. Maar waarom had hij haar mobiel dan gebruikt? Omdat hij ongelofelijk pervers was?

Ze schudde haar hoofd, opende de voordeur, trok haar jas uit en nam het vel papier van Lukas mee naar de warme keuken. Ze zette een raam open en keek naar de nacht terwijl de koele wind haar wangen streelde. Ze genoot een hele tijd van de koelte voordat ze aan de keukentafel ging zitten, een kaars aanstak en het vel papier openvouwde. Het gedicht was in een heel mooi handschrift geschreven. Olivia begon te lezen.

De mooiste mond
Kon ik niet tekenen
Die zat nog in mijn pen
Toen je vertrok

Ik bevond me in de schets
En dacht aan
Het ongeboren kind
Dat huilde in je ogen

Een andere keer
Als ik mezelf ben
Gaan we naar Cuatro Ciénegas
Samen.

Een dagje naar het strand
wordt nooit meer hetzelfde...

1987. Op het strand van Nordkoster wordt een gruwelijke moord gepleegd op een jonge vrouw. Er zijn amper aanknopingspunten en de zaak blijft onopgelost. Rechercheur Tom Stilton stort volledig in. Drieëntwintig jaar later schrikt een reeks brute moorden op daklozen de inwoners van Stockholm op. Intussen onderzoekt Olivia Rönning de strandmoord voor haar studie. Maar om verder te komen, moet ze Tom Stilton vinden. Die lijkt echter van de aardbodem verdwenen...

'De Rönning & Stilton-reeks behoort tot het allerbeste wat er in Scandinavië geschreven wordt.'
– *Boekhandel Jaspers, Badhoevedorp*

Terwijl Tom Stilton in Marseille de moord op de blinde assistente van een messenwerper onderzoekt, wordt in Stockholm het lijk van douanebeambte Bengt Sahlmann aangetroffen. Olivia Rönning raakt bij toeval betrokken bij de zaak-Sahlmann. Ze kiest daarin – hoe kan het ook anders – een heel andere weg dan het team van Mette Olsäter, en komt zo op het spoor van de moordenaar. Maar die weet op zijn beurt inmiddels ook wie Olivia is…

‘IJzersterke, filmische thriller.’
– *Hebban*

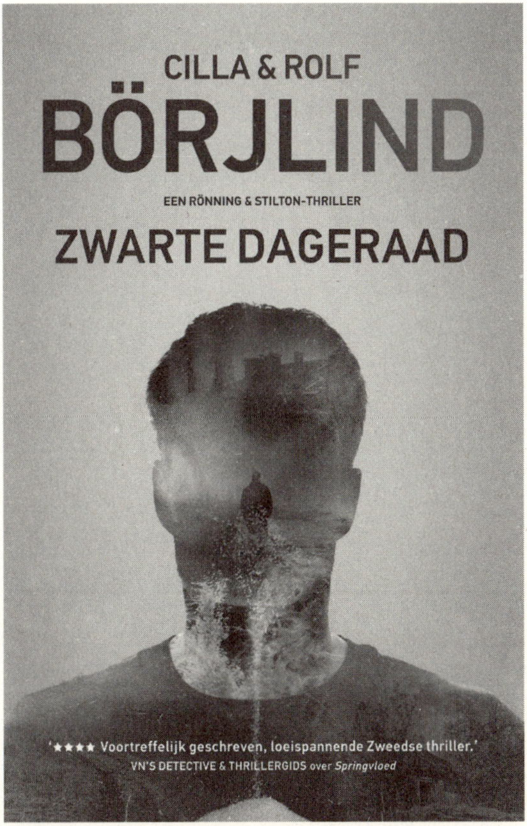

In een paar dagen tijd worden twee kinderen op gruwelijke wijze vermoord, in de provincie Skåne en in de omgeving van Stockholm. Van beide kinderen is de nek gebroken. De moorden veroorzaken een schokgolf door het hele land. Olivia Rönning wordt op de zaak gezet en vanuit de Rijksrecherche is Mette Olsäter betrokken bij het onderzoek. Zij verdenkt een racistische groepering, maar de uitslag van een forensisch onderzoek zorgt voor een onverwachte wending…